Hanns Kneifel

WEIHRAUCH für den PHARAO

Thienemann

SKLAVENMARKT AUF ZYPERN

Masten und Tauwerk knarrten und knirschten, Schiffsrümpfe schlugen gegeneinander, kleine Wellen brachen sich an den Kieseln. Die ungewohnten Geräusche und der Lärm der vielen Menschen rissen Karidon aus dem unruhigen Halbschlaf. Er richtete sich auf und blickte durch einen Spalt im Sklavenpferch: Der fremde Hafen war voller Schiffe und auf dem sandigen Platz vor den Häusern versammelten sich Händler, Steuermänner und Kapitäne zwischen Stapeln von Truhen und Taubündeln.

Karidon spürte kalten Schweiß auf der Haut. Durst quälte ihn, er musste ständig trocken schlucken und seine Lippen waren ausgedörrt. Ihm war übel vor Hunger und das Sklavenmal auf seiner Schulter brannte. Er war so müde und erschöpft, dass ihm die Augen zufielen. Er schwankte, schlief halb wieder ein und rutschte mit den Handflächen und der Stirn am rauen Holz hinunter. Das Schlimmste aber war die Verwirrung, die ihn beherrschte, seit er mit Tritten geweckt worden war. Er wusste weder, in welchen Hafen er gebracht worden war, noch was mit ihm geschehen würde.

»He, Kleiner, rutsch zur Seite«, brummte ein fremder, alter Sklave. Sein Handgelenk war gebrochen und sein Mund ohne Zähne. »Wer wartet draußen auf uns?«

»Weiß ich nicht. Schau selbst.« Karidon schloss die Augen und sackte zusammen. Er fühlte sich elend und er befürchtete, dass das, was vor ihm lag, noch schlimmer werden würde, als die Arbeit im Bergwerk. Am wolkenlosen Himmel stieg die Sonne und schlug glühend in den Pferch. Die älteren Frauen, in deren Mitte sich die Mädchen geflüchtet hatten, starrten mit leeren Blicken vor sich hin. Einige wimmerten. Sie alle, fast zwei Dutzend, waren ebenso hungrig und durstig wie er.

Es schien unendlich viel Zeit vergangen zu sein – oder vielleicht nur ein kurzer Augenblick –, als eine Hand Karidon am Oberarm packte, ihn in die Höhe riss und zum Ausgang stieß.

»Los, du bist dran, Gerippe.«

Halb blind stolperte er über die rauen Bretter vorwärts. Plötzlich wurde es unerträglich hell in seinen Augen. Blinzelnd stand er auf einem Steg. Auf beiden Seiten warteten ungefähr dreißig Männer jeden Alters und ein paar Frauen. Am Ende des Stegs saß ein mittelgroßer Mann, bärtig, mit schwarzem Haar und auffallend kräftigen Muskeln. Über der Brust trug er eine schwere Goldkette. Sein Blick durchbohrte Karidon.

Sharsta, der Sklavenhändler, auf dessen Schiff Karidon von Kreta nach Zypern gebracht worden war, rief: »Ein Knabe, zwischen elf und dreizehn Jahre alt, aus bester Familie – denn wer hätte je auf diesen farblosen Inseln grüne Augen? Inzwischen zu dick und zu lang für die Stollen des Bergwerks. Er ist wohlfeil.«

Karidon wandte sich ab.

Der Schwarzbärtige sagte: »Halt, bleib hier.«

Verwirrt blieb Karidon stehen.

Sharsta deutete auf ihn und sagte: »Gehorsam ist er. Man hat ihn nur wenig gepeitscht. Seht seine weiße, weiche, feine Haut. Aber nun isst er zu viel und wurde deswegen abgegeben. Ich will fünf rômetische Golddeben für ihn, Kupfer oder Bronze – egal. Wer nimmt ihn?«

Karidon hörte zwar die Stimme des Sklavenhändlers, aber zu viele fremde Gesichter, Geräusche und Gerüche drangen auf ihn ein. Im grellen Sonnenlicht, das ihn blendete, taumelte er. Die Gesichter verschwammen vor seinen Augen und es gab nichts, woran er sich hätte halten können.

»Ist er gesund, Sklavenschinder?« Das war die Stimme des Schwarzbärtigen.

»Wie ein junger Hund, Käpten Jehoumilq.«

»Wie heißt er?«

»Auf Kreta haben sie ihn Karidon genannt. Soll in der Sprache der Barbaren so viel wie ›Krabbe‹ heißen.«

»Was weißt du über seine Herkunft, seine Eltern?«

»Nichts, o Herr des ungeflochtenen Bartes.«

Karidon senkte den Kopf. Der Nacken schmerzte stärker als das runde Sklavenmal, sein Rücken tat weh, ebenso die gesplitterten Fingernägel und die Schenkel und seine Knie.

Der Schwarzbärtige stand auf. Er war viel größer, als Karidon im ersten Moment gedacht hatte. Ein prüfender Blick aus fast schwarzen Augen traf ihn. Als er die Hand ausstreckte, funkelten seine Ringe in der Sonne. »Er ist halb verhungert. Die Knochen bohren sich durch die Haut. Wahrscheinlich stirbt er nach einem Tag auf dem Meer. Ein halbes Deben. Ich zerschmelze vor Mitleid und Warmherzigkeit.«

Karidon wagte es, den Kapitän genauer anzusehen. Aber als der Schwarzbärtige sagte: »Ein Deben rômetisches Gold. Nimm's oder lass es bleiben«, zuckte er zusammen.

»Ein Deben neun Kite, o du Goldstarrender!«

»Eineinhalb Deben. Sonst kannst du ihn den Fischen vorwerfen. Schnell, entscheide dich.«

»Siebzehneinhalb Kite!«

»Einverstanden und gesiegelt.«

Karidon nahm das alles wie durch einen Schleier wahr. Zwar schlug niemand nach ihm, aber er ahnte, dass vor ihm nur eine andere Schinderei als das Kriechen durch die engen, stickigen Bergwerksstollen lag, denn es gab viele Arten, Sklaven zu quälen. Er fürchtete Prügel und härteste Schufterei.

Jehoumilq schaute ihm gerade ins Gesicht: »Gesiegelt und gekauft. Komm, Krabbe, du hast neue Herren.«

Die dunkle Stimme des Kapitäns beruhigte ihn. Karidon hörte, wie er zu einem seiner Männer sagte: »Nimm die verhungerte Krabbe. Lass ihn trinken und essen, schlepp ihn ins Badehaus. Er bekommt einen frischen Schurz und Sandalen. Dann bring ihn zum Schiff.«

»Mach ich, Käpten. Ich krieg von dir zurück, was ich für ihn ausgebe?«

»Und einen Tritt, Balmahor, wenn er abhaut!«

»Beim Kreischen der Möwen!« Der Sklavenhändler stieß Karidon vom Steg.

Er stolperte, fremde Hände fingen ihn auf. Er spürte den harten Griff jenes Mannes, der Balmahor hieß und ihn vorwärts trieb: »Da drüben gibt's Wasser, Dünnbier und Saft. Dann kannst du essen, was du willst. Wenn du davonrennst« – seine Hand glitt zum Dolchgriff –, »schlag ich dich tot. Du hast gehört, was der Käpten gesagt hat.«

Zum ersten Mal wagte Karidon zu sprechen: »Herr, warum soll ich weglaufen? Wenn ich renne, renn ich von einem Elend ins andere.«

Balmahor grinste, packte ihn an den Schultern und

schob ihn vor sich her zur Hafenschenke. Er winkte der Schanksklavin: »Einen großen Becher Bier für mich, Brot, Braten, Suppe und Fisch für den Kleinen. Schnell, dass er uns nicht vor Hunger wegstirbt.«

Die Schanksklavin brachte Schalen und Körbe, gefüllt mit Getränken, Braten, Suppe, Brot und Fisch. Karidon trank kalten Kräutersud, dann jenes dünne Bier, das Henket hieß. Jeder Schluck beruhigte seinen Magen und ließ ihn etwas wacher werden. Dann begann er zu essen. Er zwang sich, nicht alles in sich hineinzuschlingen. Während er aß, musterte er vorsichtig den Mann, der ihn hierher geführt hatte. Er war sonnengebräunt, seine Bewegungen waren ruhig und seine Augen schnell. Als er merkte, dass Karidon ihn anstarrte, grinste er: »Iss nicht zu schnell. Sonst wird dir übel, noch bevor du auf dem Schiff bist.«

Karidon nickte. Er hatte gelernt Drohungen oder Gleichgültigkeit am Klang der Stimme zu erkennen. Balmahor lehnte an der Wand, trank Bier und sah ihm gleichmütig zu.

Schließlich fragte Karidon leise: »Seid ihr Fischer, Herr?«

»Fischer?« Balmahor lachte dröhnend und setzte den Becher krachend auf den Tisch. »Sag das ja nicht zum Kapitän, er erdrosselt dich. Wir sind Händler, du dürre Landmaus. Zwischen Memphis am Nil, Kreta und Zypern und den Hafenstädten am Zederngebirge. Bist du fertig?«

»Ja, Herr.«

»Noch durstig? Hungrig? Müde?«

»Müde, Herr.«

»Eine Stunde wirst du noch durchhalten. Komm.«

Balmahor legte einen Streifen Zahlmetall, halb so lang wie sein Finger und dünn wie eine Dolchschneide, auf den

Tisch. Dann brachte er Karidon zum Badehaus, einem niedrigen Bauwerk aus Fachwerk auf steinernem Sockel.

Dort wurde Karidon von einer Frau in einen dunklen Raum gebracht, in dem heißer Dampf quoll. Als er sich an der Wand festhielt, nahm sie ihn am Oberarm und führte ihn über einige Stufen in ein Becken. Das Wasser war warm und roch nach Kräutern.

Die Frau winkte einen Badesklaven herbei und deutete auf Karidon, der die Unterarme auf den Beckenrand gestützt und den Kopf darauf gelegt hatte. »Der Kleine schläft gleich ein. Mach ihn gründlich sauber. Mit Öl massieren. Haare kurz schneiden. Sieh dir seine Haut an, sie ist voller Schnitte, Brandwunden und Pusteln. Tu Salbe drauf. Sieh nach, ob er verlaust ist.«

»Ja, Herrin.« Der Sklave stieg ins Becken und zog einen Korb auf der Umrandung entlang. Er nahm Karidons Hand und sagte: »Setz dich dort auf die Steinbank. Ich pass schon auf, dass du nicht einschläfst und dabei ertrinkst.«

Am anderen Ende des schmalen Beckens war es heller. Sonnenlicht fiel durch eine große Öffnung im Dach. Der alte kahle Sklave strich behutsam einen gelblichen Schleim auf Karidons Haut und goss ihm warmes Wasser über Kopf und Schultern. Karidon ließ alles mit sich geschehen. Zum ersten Mal seit … Er dachte den Gedanken nicht zu Ende. Trotz der Erschöpfung wusste er, dass es ihm gut ging, und er wehrte sich nicht.

Er ließ sich zu einer lederbezogenen Bank führen und streckte sich aus. Karidon spürte warmes Öl auf der Haut, roch strenge, unbekannte Düfte, zuckte kaum zusammen, als der Sklave die kleinen Geschwüre öffnete. Und er schlief ein, als er eine Klinge im Haar, im Nacken und um die Ohren spürte.

Vielleicht hatte er wieder von Feuer geträumt oder von Prügel und Hunger. Er wusste es nicht mehr, als er hochschrak. Er starrte mitten in die glutrote Sonne im Westen. Es dauerte, bis ihm klar wurde, wo er sich befand. Er saß auf zwei zusammengefalteten Decken im hinteren Teil eines Schiffes, das sich leise knarrend von einer Seite zur anderen neigte. Er trug einen frischen weißen Leinenschurz und einen Gürtel, er war satt und hatte keinen Durst. Er musste lange geschlafen haben. Hatte ihn etwa Balmahor hierher getragen, auf dieses Schiff, das Kapitän Jehoumilq gehörte? Er war allein. Trotzdem wollte er nicht wegrennen ...

Auf seinen Knien, den Schienbeinen, auf der Brust und den Armen, überall bemerkte er runde, fast durchsichtige Flecken. Er betastete sie vorsichtig. Es war Wachs. Darunter bewegte sich, wenn er draufdrückte, eine graue Salbe, die auf Wunden, Schnitte und Verbrennungen gestrichen worden war, selbst auf die sternförmige alte Narbe am rechten Oberschenkel und über die Muttermale auf der linken Brust. Er sah, dass seine Nägel geschnitten, gereinigt und glatt geschabt worden waren. Niemand schlug ihn, niemand schrie Befehle, er war nicht gefesselt worden. Die Männer vertrauten darauf, dass er nicht davonlief. Karidon verstand nicht, warum sie so handelten, denn er kannte nur Strafen und Befehle. Plötzlich wurden seine Augen feucht.

Das Schiff begann stärker zu schwanken. Ein Mann, vielleicht achtzehn Jahre alt, schwang sich über die Bordwand.

»Endlich wach?«, fragte er. »Wie heißt du?«

»Ich bin Karidon, Herr.«

»Mich nennen sie Yupa. Ich komm bloß, um die Lampe anzuzünden. Bleib liegen, kannst mir sowieso nicht helfen.«

Er verschwand im dunklen Bauch des Schiffes, aus dem es unbeschreiblich roch. Er hantierte, klapperte und fluchte und kam dann mit einer kupfernen Laterne, deren Docht brannte, wieder an Deck. Er ging an Karidon vorbei und befestigte die Lampe an einem wuchtigen Stück Holz in der Bordwand.

»Wenn Jehou an Bord kommt und stolpert, verflucht er uns und unsere Ahnen«, sagte Yupa. »Du bist also unser Neuer?«

Karidon zuckte die Schultern. »Der Kapitän hat mich gekauft. Du weißt es.«

»Weiß ich. Wo kommst du her?«

»Aus dem Bergwerk. Von Kreta. Dort war ich fünf oder sechs Jahre.«

»Und vorher?« Yupa setzte sich auf die Bordwand. Seine Gestalt hob sich schwarz vor dem roten Abendhimmel ab. Er baumelte mit den Beinen und musterte Karidon. »Hat man dich bei irgendeinem Kriegszug mitgenommen?«

»Ich weiß es nicht.« Versonnen blickte Karidon über die Dächer der Häuser. Am Hang sah er ein helles Haus, das mit bunten Säulen geschmückt und von mehreren Terrassen umgeben war, auf denen sich Menschen in weißen Gewändern ohne Hast bewegten.

Eine undeutliche Erinnerung flackerte in ihm auf. Langsam hob er den Arm, zeigte auf das prächtige Haus und sagte: »Ich hab in solch einem Haus gelebt – glaube ich. Ich erinnere mich kaum. Da waren Mutter und Vater und Schwestern. Vielleicht auch andere Kinder. Es war ein großes helles Haus am Meer. Von links ging die Sonne auf.«

Yupa nickte und blickte zur Schenke hinüber. Dann sagte er: »Das tut sie morgen auch wieder. Vergiss deine Träume und Erinnerungen; du bist jetzt auf der *Lob der*

Kothar.« Er schien einige Augenblicke lang seinen eigenen Erinnerungen nachzuhängen, dann zuckte er die Schultern. »Bevor du verdurstest oder verhungerst – wir sind drüben am Kai. Willst du weiterschlafen? Dann bleib hier. Wir legen erst übermorgen ab. Kannst du schwimmen?«

Karidon schüttelte den Kopf.

Yupa grinste und sagte: »Wenn du bei uns bleibst, lernst du's bald. Wird ein hartes Leben für dich, bei Rudraja! Also, schlaf weiter.« Er griff nach einem Seil, zog sich hoch, sprang auf die federnde Planke und ging an Land.

Karidon lehnte sich an die Bordwand und sah ihm nach. Dann schaute er noch einmal hinauf zu dem kleinen Palast und wieder stiegen undeutliche Erinnerungen in ihm auf, die er nicht fassen konnte. Er seufzte und senkte den Kopf.

Die vielen neuen Eindrücke verwirrten ihn, aber über eines wurde er sich klar: Für ihn schien ein neues Leben begonnen zu haben. Aus der qualvollen Enge der Schächte und Stollen ging es hinaus in die salzige Luft des Meeres. Er war satt. Niemand trat nach ihm. Es würde vielleicht weniger schlimm werden als die Zeit bisher.

Die Sonne war glühend im Meer versunken. Karidon stand auf, blickte ans Ufer und betrachtete die undeutlichen Gestalten im schwachen Lichtschein. Er hörte das Gluckern der Wellen und die Geräusche der Schiffe, die sich wie müde große Tiere bewegten. Er trank. Dann faltete er eine Decke auf, streckte sich aus und zog den rauen Saum bis zur Brust. Es dauerte nicht lange, bis er einschlief.

Stimmen, Poltern, Gelächter und ein Seilende, das über seinen Körper streifte, weckten ihn. Die Sonne stand eine Handbreit über den Baumwipfeln der schmalen Landzunge. Er blinzelte und sah einen Schatten, der sich näher schob. Karidon stand auf, gähnte und rieb sich den Schlaf aus den Augen. Schweigend blickte ihn Kapitän Jehoumilq an. Seine Augen waren zum Fürchten.

»Ich bin Jehoumilq, der Kapitän, mir gehört das Schiff und ich habe dich gekauft.«

Karidon spürte, wie ihm die Knie schwach wurden. Überragt von der breitschultrigen Gestalt des Mannes fühlte er sich wie ein Zwerg. Er kannte Zwerge, denn sie hatten einige erwachsene Zwerge im Bergwerk gehabt, ganz vorn, in den engen Gängen. Er versuchte dem Blick unter den dichten schwarzen Brauen standzuhalten und wartete schweigend.

Jehoumilqs Stimme war drei Schiffe weit deutlich zu verstehen: »Wir brauchen zwei Hände mehr auf dem Schiff. Kel will die *Kothar* irgendwann verlassen. Wenn du dich nicht ganz blöde anstellst, kannst du bleiben. Wenn Arbeit da ist, schuften alle, wenn nicht, können wir ans Ausruhen denken. Arbeiten, hat der Sklavenschinder gesagt, kannst du. Also?«

»Ich kann arbeiten, Kapitän.« Karidon musste sich räuspern, ehe er weitersprechen konnte. »Aber ich verstehe nichts von Schiffen. Ich war im Bergwerk … Du musst mir sagen, was ich tun soll.«

»Keine Angst, ich sag's laut und unmissverständlich. Du wirst lernen, viel lernen, alles lernen. Kannst du schwimmen?«

»Nein.«

»Heute Abend kannst du's. Also, Sandrone kocht jeden Morgen seinen furchtbaren, gesunden Kräutersud. Nimm dir was davon. Dann gehst du zum Brunnen, holst Wasser und putzt das Schiff mit dem Lappen und dem Bimsstein.

Hol kein Wasser aus dem Hafen! Ich will heute Mittag kein Körnchen Salz mehr sehen. Das, worauf du stehst, sind die Planken. Vorn ist der Bug, hinten, wo du viel zu lange geschlafen hast, ist das Heck.« Sein fester Blick schien Karidon zu durchbohren. »Du hast tatsächlich grüne Augen. Du weißt nicht, woher du kommst?«

»Nein, Herr, ich …«

Jehoumilq fiel ihm ins Wort: »Nenn mich nicht ›Herr‹! Ich bin der Käpten.«

»Ich weiß nicht, woher ich komme, Herr … Käpten. Ich glaube, ich bin auf Kreta aufgewachsen.«

»Lass es dabei, Grünauge. Los jetzt, an die Arbeit.«

Der Aufguss, der mit Honig gesüßt war, schmeckte gut. Während die Männer das Schiff entluden, schleppte Karidon Brunnenwasser heran und putzte das Schiff. Er fing am Bug an, wischte und schabte, holte noch mehr Wasser, schüttete es auf die knochentrockenen Bretter und spülte das Salz aus den Enden der Seile, die Balmahor »das Tauwerk« nannte. Karidon schwitzte, trank immer wieder von dem lauen Sud und um Mittag kratzte er das letzte Salz aus den Schnitzereien am Heck.

Jehoumilq stapfte über den Hafendamm. Er sah auf die Außenplanken, die so tief, wie Karidons Arme reichten, vom Salz befreit waren, starrte das dreifarbige Auge unter dem Bug an, das Karidon vom Steg aus geputzt und mit Sand glatt gescheuert hatte, bemerkte, als er sich an Bord schwang, das nasse Tauwerk und blickte Karidon an, als wollte er ihn verprügeln.

»Wer hat dir geholfen?«, knurrte er.

Unwillkürlich wich Karidon zurück. »Niemand, Kapitän Jehoumilq.«

Als Sandrone, einen feuchten Sack auf der Schulter, über

die Planken gelaufen kam, brummte Jehoumilq ihn an: »Habt ihr dem Grünauge geholfen? Sag's oder ich schmeiß dich in den Hafen!«

»Wir alle haben ihm geholfen. Und die Ladung haben die Möwen an Land getragen, mit ihrem spitzen Schnabel, Kapitän.«

Jehoumilq grinste breit. Und wieder erschrak Karidon. Er spürte einen Schlag auf die Schulter, dann eine Hand im Genick, die ihn zum Heck schob.

»Gut, Krabbe«, sagte Jehoumilq. »Hab vielleicht doch nicht zu viel gezahlt. – He, Sandrone, schlepp deine versalzenen Leckerbissen ins Heck und bring den Henket-Krug. Macht eine Pause und esst. Bis zur Dunkelheit müssen wir wieder eingeladen haben.« Dann wandte er sich noch einmal an Karidon: »Wenn du immer so fleißig bist, wird dich keiner prügeln, Krabbe.«

»Herr Kapitän Jehoumilq«, sagte Karidon stockend und sah in das bärtige, furchige Gesicht des Kapitäns, »wir alle, auch die Kinder, sind jeden Tag geprügelt worden, auch wenn wir fleißig waren. Und waren wir faul, erst recht. Warum soll ich langsam arbeiten, wenn es mir gut geht. So gutes und solcherart reichliches Essen habe ich in zwei Jahren nicht gesehen!«

»Wenn man ihn so reden hört«, sagte Sandrone, »könnte man meinen, er sei ein Fürstensohn. Du weißt wirklich nicht, woher du kommst?«

»Nein, Herr Sandrone.«

Sandrone zuckte die Schultern. Er steckte zwei Finger zwischen die Lippen, stieß einen gellenden Pfiff aus und winkte Kel und Balmahor. Dann verschwand er im Bauch des Schiffes.

Als er wiederkam, brachte er die köstlichsten Speisen. Es

gab ölgetränktes, gesalzenes Brot, grüne und schwarze Oliven, harten Käse, gesalzene Fischstücke, Datteln, Sud und Henket. Karidon konnte sich nicht erinnern jemals so gut gegessen zu haben.

Balmahor, Jehoumilq und Sandrone sprachen über Preise und über die Handelswaren, die die *Lob der Kothar* befördern würde. Es war vor allem Metall, das sie zu den Rômet nach Memphis bringen sollten. Karidon verstand von all dem überhaupt nichts, hörte aber gespannt und aufmerksam zu. Als Kel anfing in hohem Bogen Olivenkerne über die Bordwand zu schnippen, musste er grinsen. Dann sahen sie, wie ein Schiff ablegte und aus dem Hafen gerudert wurde. Die Mannschaft der *Kothar* winkte und rief rüde Segenswünsche hinüber.

Bis zwei Stunden vor der Abenddämmerung schleppten sie Truhen und Ballen, in denen es klirrte und rasselte, an Bord: Metall. Als die letzte Truhe aus dicht geflochtenen Binsen und ledernen Scharnieren im Kielraum verstaut und verschnürt war, deutete Jehoumilq auf Balmahor, dann über die Bordwand.

»Du schwimmst am besten, Balm. Spring rein. Ich sag dem Kleinen, was er machen muss.«

Balmahor öffnete den Gürtel und streifte den Schurz ab. Er sprang aus dem Stand über das Holz und tauchte mit vorgestreckten Armen ins Wasser.

Jehoumilq klopfte auf den Handlauf und sah Karidon fest in die Augen: »Halt dir die Nase zu, Krabbe. Mach im letzten Augenblick auch Augen und Mund zu. Keine Angst, Balm lässt dich nicht ersaufen. Und runter mit dem Lappen.«

Karidon gehorchte. Nun würden Jehoumilq und die anderen das mondsichelförmige Muttermal sehen. Im Bergwerk hatten sie ihn deswegen verspottet. Aber niemand lachte. Er kletterte auf die Bordwand, hielt sich fest und sah, wie Balmahor neben dem Schiff schwamm und einen Arm hochstreckte. Das Bier hatte seine Gedanken leichter gemacht und als er hinabsah, schwindelte ihm ein wenig.

Balmahor winkte und rief: »Es ist herrlich warm, Kleiner. Spring schon!«

Karidon packte die Nase mit Daumen und Zeigefinger. Er bereitete sich auf etwas Unbekanntes, Furchtbares und Kaltes vor – und sprang. Er tauchte ein, überschlug sich langsam, öffnete wieder die Augen und sah einen grünen Schimmer und unzählige Blasen. Er fühlte, wie er sank, an den Blasen vorbei, sich drehte und langsam wieder nach oben getragen wurde. Als sein Kopf die Wasseroberfläche durchstieß und er Luft holte, merkte er, dass das Wasser erschreckend kalt war.

Balmahor packte ihn fest am Oberarm und hielt ihn an der Oberfläche. »Ganz ruhig«, rief er. »Streck dich. Das Wasser trägt dich. Langsam Luft holen, Krabbe.«

Karidon versuchte seinen Atem zu beruhigen. Er streckte Arme und Beine aus und dehnte den Rücken. Ihm war, als sei ihm vertraut, wie er sich im Wasser zu bewegen habe.

Balmahor hielt und stützte ihn. Als er sicher war, dass Karidon keine Angst mehr hatte, zeigte er ihm, wie er Arme und Beine bewegen musste.

Nach vier oder fünf ungeschickten Schwimmzügen begriff Karidon, wie er vorwärts kam. Als er tief Luft holen wollte, schluckte er aber Wasser. Er glaubte zu ersticken, das Wasser schmeckte wie Gift. Er keuchte und hustete und rief mit tränenden Augen: »Das hab ich nicht gewusst, es schmeckt schauderhaft!«

Balmahor tauchte dicht neben ihm auf und lachte: »Aber

sonst ist es gut: reinigt alles, bringt Läuse um, macht weiße Zähne und weiche Haut!«

Sie schwammen zwischen der *Kothar* und dem nächsten Schiff hin und her, stießen sich an den Schäften und Blättern der Steuerruder ab oder hielten sich an den Tauen des Ankersteins fest. Karidon hatte begriffen, mit welchen Bewegungen er untertauchen und mit welchen er wieder auftauchen konnte und fand Spaß daran.

Schließlich zog ihn Balmahor an eine Leiter aus Tauwerk mit hölzernen Quersprossen und sie kletterten wieder an Deck.

»Merk's dir für dein Leben, Krabbe: Immer kräftig mit Süßwasser spülen. Also, zum Brunnen!«

Sie rannten zum Hafenufer und schütteten sich gegenseitig Wasser über Köpfe und Schultern.

An Bord gab Sandrone Karidon ein großes Leinentuch: »Das ist deins. Zum Abtrocknen und für alles andere. Musst du selber waschen.« Dann blinzelte er gegen die untergehende Sonne und sagte: »Um Mitternacht legen wir ab. Weißt du, warum?«

»Nein. Vielleicht weil Kapitän Jehoumilq gern im Finstern segelt?«

Sandrone stieß ein brüllendes Gelächter aus und rief: »Das muss ich ihm erzählen! Nein, Krabbe. Weil nach Mitternacht der Wind vom Land zur See weht. Klar?«

»Nein, Herr Sandrone«, sagte Karidon, den das Wasser müde gemacht hatte. Sandrone kümmerte sich nicht weiter um ihn und Karidon suchte sich einen ruhigen Platz, um auszuruhen. Er fiel in einen angenehmen Halbschlaf.

Als er erwachte, waren zwei blakende Fackeln am Strand und die Hecklaterne die einzigen Lichter. Die Männer hantierten schweigend und bemühten sich die anderen Seefahrer nicht zu stören. Die vier langen Ruderriemen lagen an Deck. Balmahor, Kel und Sandrone holten das dicke Tau des Ankersteins ein und Kapitän Jehoumilq stand am Ruder. Er blickte unruhig hin und her und betrachtete den gelben Vollmond. Karidon bemerkte, dass tatsächlich ein Wind wehte, der nach Blüten, Herdrauch und blühendem Gras roch. Wieder wurden ferne Erinnerungen in ihm wach, die er nicht deuten konnte.

Dann spürte er, wie Bewegung in das Schiff kam. Die *Kothar* schob sich langsam und ruhig vom Kai weg, der Ankerstein schlug dröhnend aufs Deck. Karidon sprang auf und lief zu den anderen. Die Männer schoben die Riemen durch die Öffnungen in der Bordwand und begannen zu rudern. Ungeschickt verknotete Karidon das Ankertau im Bug. Fast lautlos glitt das Schiff geradeaus. Als nichts mehr zu tun war, lehnte sich Karidon in den warmen Wind. Er blickte zurück und erschauderte: Er verließ die Insel Zypern ohne Fesseln, satt und gesund, ohne dass ihn jemand getreten oder geprügelt hätte, auf einem Schiff, auf dem er etwas zu tun hatte. Er blickte auf das schwarze Wasser, in dem sich das Mondlicht auf unzähligen kleinen Wellen brach, sah die Lichter und Häuser am Hafen kleiner werden und er fühlte, dass schwer begreifbare Dinge mit ihm geschahen, dass er womöglich für immer dem Elend der Erzgruben entglitt, in eine unbekannte Ferne, auf eine unbegreifliche Reise, die vielleicht besser sein würde als alles, was er kannte.

Als die Männer zu rudern aufhörten, die Riemen verstauten und ihm zeigten, wie sie festzubinden waren, als die Rah ruckweise nach oben schnellte und sich das große Segel laut raschelnd und krachend zu entfalten begann und das Deck und ihn mit einem Schauer winziger Salzkristalle überschüttete, die im Mondlicht glitzerten, kamen ihm wieder die Tränen und er wusste nicht, warum.

Er half die Riemen festzuzurren und lernte ein paar Knoten zu knüpfen, brachte Jehoumilq heißen Kräuteraufguss und sah zu, wie Sandrone in einer mit nassem Sand gefüllten Kupferschale das Feuer unter dem Kessel in Gang hielt. Immer wieder blickte er hinauf in die Sterne und zum weißen Halbmond. Ihm war, als wäre er in den engen Stollen aufgewachsen und als habe er nie zuvor den Himmel gesehen. Wieder stiegen unklare Erinnerungen in ihm auf. Doch, er kannte Himmel, Sonne, Wolken, Sterne und Mond: Auf einer großen Terrasse hatte ein Mann – vielleicht sein Vater? – ihm Sterne gezeigt und Bilder, die man darin sehen konnte, die Tiernamen und andere, unverständliche Namen trugen. Aber hatte er das wirklich erlebt – oder hatte er es nur geträumt?

Jetzt, als der mächtige Schattenriss der Insel allmählich kleiner wurde, weitete sich alles über eine Grenze hin aus, die er wahrnehmen und verstehen konnte. Er wusste, er hatte schon einmal so grenzenlos weit blicken können – aber wann? Und wo war das gewesen? Karidon stand im Bug, der sich hob und senkte und dabei jedes Mal schäumende Wellen aufwarf, deren Spritzer seinen Oberkörper trafen und in den Augen bissen.

»Geh aus dem Bug, Karidon. Bei der ersten großen Welle fällst du sonst ins Meer! Ist dir noch nicht übel?« Die raue Stimme Käpten Jehoumilqs riss ihn aus seinen Gedanken.

»Nein, Kapitän.«

Karidon tastete sich die Bordwand entlang. Es machte ihm keine Schwierigkeiten, die Bewegungen des großen, schweren Schiffes mit den Knien auszugleichen. Verwundert fragte er: »Warum soll mir übel werden? Ist das so auf dem Meer?«

»Ich kenn mehr kotzende Seeleute als Sterne. Komm zu mir, setz dich auf die Hecktruhe.«

Karidon schob sich zwischen dem zweiten Steuerruder und Jehoumilq hindurch und lehnte sich gegen die Bordwand im Heck. Yupa, Kel und Sandrone hatten sich auf den weichen Teilen der Ladung ausgestreckt und schliefen.

Nun war es ruhig auf dem Schiff. Ein, zwei Stunden vergingen, in denen niemand sprach. Mit prallem Rahsegel glitt die *Lob der Kothar* vor dem Wind aufs offene Meer. Karidon blickte in die schäumende Heckspur, die sich in der Dunkelheit verlor. Warum, so fragte er sich, stiegen gerade jetzt, wo er dem Bergwerk entkommen war, immer mehr bohrende Erinnerungen in ihm auf? Hatte sich sein Leben ganz und gar geändert? Und würde es so bleiben? Wenn er an die Tage im Bergwerk dachte, war ihm, als seien seine Gedanken dort wieder und wieder gegen die steinernen Wände gestoßen und von der Dunkelheit verschluckt worden. War jetzt wirklich alles anders?

Als er bemerkte, dass Jehoumilq wach war, fragte er: »Wohin fahren wir, Herr Kapitän?«

Jehoumilq brummte: »Ungefähr nach Westen. Gen Sonnenuntergang.«

»Dann geht die Sonne hinter uns im Heck auf, ja?«

»In reichlich zwei Stunden. Warum fragst du?«

»Weil ich es wissen will.«

Jehoumilq drehte sich halb herum und deutete mit lang ausgestrecktem Arm auf ein Sternbild. Karidon kannte es, wusste aber seinen Namen nicht.

»Wenn du oft und lange genug hinsiehst, merkst es auch du: Um den einen Stern wandern alle anderen. Das ist der

Angelstern. Er ist immer im Norden und wenn du ihn siehst, dann weißt du, wohin wir segeln.«

Karidon starrte zu dem großen Stern. Davon, dass die anderen Sterne sich bewegten, sah er nichts. Er versuchte die Erinnerung an den Namen des Sternbildes zurückzubeschwören. Aber es gelang ihm nicht.

Über dem Meer wandelte sich die Schwärze der Nacht in fahles Grau. Zuerst erschien ein heller Streifen am Horizont, dann eine gelbe Linie und schließlich in der Mitte das helle Rot, das sich nach Norden und Süden hin ausbreitete.

Balmahor und Sandrone kamen aufs hintere Deck. Balmahor setzte sich zu Jehoumilq und sagte: »Bis jetzt war's ruhig. Wir segeln schnell, Jehou.«

»Bin ganz zufrieden. Aber mir ist es ein wenig zu ruhig. Spätes Frühjahr – man muss mit allem rechnen.«

Niemand kümmerte sich um Karidon. Jetzt, wo es heller wurde, starrten nur alle auf das Meer, um zu sehen, ob dort vielleicht noch etwas anderes zu erkennen war als Wellen und Schaumkämme.

Karidons Empfindungen schwankten noch immer zwischen Hoffnung und Verzweiflung. Verzweifelt war er, weil er zwar den Herrn gewechselt hatte, aber dennoch Sklave geblieben war; Hoffnung hatte er, weil seine neuen Herrn ihn besser behandelten. Im Sklavenpferch hatte er einmal die Vorstellung gehabt, dass ein Fremder ihn kaufen würde und dass er und der Fremde einander langsam erkannten: als Vater und Sohn. Dann wäre er frei, wäre daheim. Hier auf dem Schiff war er bis jetzt zwar nicht geprügelt worden, aber es war doch wieder eine Art Gefängnis und er konnte nichts tun als warten, zusehen und gehorchen.

In dem rot und silbern flammenden Himmel strahlte die Sonne auf, das Segel leuchtete. Balmahor und Jehoumilq lehnten an der Bordwand und beobachteten den Horizont. Jehoumilq deutete nach Süden. Dort fielen die Sonnenstrahlen auf ein mächtiges weißes Wolkengebirge, das aus dem Meer heraufwuchs. »Ich hab's doch gewusst«, knurrte er. »Gewitter, Sturm und Regen, beim Baal!«

»Vielleicht zieht es mit dem Westwind nach Osten.« Balmahor legte die Arme auf das zweite Steuerruder, dessen Blatt noch am Heck festgebunden war. »Unser Zypernwind ist gut.«

»Noch. Ändert sich, wenn's warm wird.«

Karidon kniete auf der breiten Truhe, hielt sich an der glatten Rundung der Bordwand fest und schaute ins Kielwasser. Er spürte, wie die Sonne in seinem Nacken brannte. Plötzlich schossen links aus den Wellen handgroße Fische hervor, huschten wie Vögel flatternd über die winzigen Schaumkronen der Wellen. Als sie am Schiff vorbeisurrten, sah Karidon, dass sie wirklich zu fliegen schienen, einige tauchten spritzend ein, manche flogen weiter. Fische, die flogen! Karidon wünschte sich älter und klüger zu sein und mehr zu verstehen.

Aus den Stimmen der Männer hinter sich hörte Karidon Besorgnis und Furcht heraus. Und Jehoumilq sagte sehr laut: »Nun gut. Ihr kennt mich. Lieber zu vorsichtig als zu kühn. Sandrone! Bring heißen Sud für alle und Brot. Karidon hilft dir. Weckt die anderen! Alles doppelt festzurren. Wenn uns das Gewitter streift ... Wir haben wertvolle Ladung und keiner will ersaufen. Also los!«

Balmahor sagte: »Das zweite Ruder, Käpten?«

»Noch nicht. Ich seh mir erst alles in Ruhe an.«

Karidon drehte sich um und staunte den riesigen quellenden Wolkenberg an. Aus den Schatten zwischen den Schluchten wehten breite graublaue Bänder hervor: Regengüsse. Er faltete die Decken zusammen und kletterte in den düsteren Laderaum, wo das Wasser im halb vollen Kessel unruhig schwankte.

Sandrone tröpfelte Öl in die Flammen und deutete mit dem Daumen über die Schulter: »Du wickelst Decken und Mäntel um die Krüge. Lederschnüre hängen an den Haken. Binde die Truhen besonders fest.«

Karidon machte sich an die Arbeit. Langsam breitete sich der Geruch des Suds im Schiffsinneren aus. Noch während er die Schnüre über die Decken spannte und die Truhen dicht aneinander rückte, spürte er, dass die *Kothar* sich höher zu heben begann und sich unruhiger bewegte. Das Klatschen der Wellen wurde lauter.

Sandrone fluchte. Er füllte zwei Krüge mit der heißen Brühe und rief: »Ich hab nicht geglaubt, dass sich das Gewitter so schnell nähert. Beeil dich!« Sandrone trieb ihn an. »Zum Träumen ist keine Zeit!«

Er stemmte sich mit der Schulter gegen einen Metallbarren, verkeilte ihn mit Holzstücken und zerrte an einem Seil, das so dick war wie sein Unterarm. Zweimal klemmte er sich die Finger ein, verbiss sich aber den Schmerz und rüttelte an den Barren. Sie bewegten sich nicht.

Jehoumilq brüllte: »Mach dein Feuer aus, Sandro! Komm an Deck!«

Die Wolken waren höher gewachsen und zogen von Süden her immer näher. Eine Seite war schwarz geworden. Noch wehte der Wind, der sie von Zypern durch die Wellen getrieben hatte. Rechts hinter dem Schiff waren die Berge noch als graue Schatten zu erkennen. Karidon nahm einen Holzbecher voll Sud und sah, dass Balmahor die dicken Taue löste, die das zweite Steuer gehalten hatten. Klatschend fiel der schwere Holzschaft ins Wasser.

Jehoumilq trank und rief: »Das Gewitter wandert schnell. Es wird böse bis Mittag. Dann ist alles vorbei.« Er riss Sandrone das Brot aus der Hand und biss davon ab. Karidon sah zu, wie Yupa und Kel mit breiten Brettern die Luke verschlossen. Das Schiff hielt noch immer den gleichen Kurs wie bisher, aber es legte weit nach den Seiten über und der Bug schmetterte schwer in die Wellen. Yupa nahm die leer gebrannte Lampe aus dem Heck und verstaute sie im Laderaum.

Mit einem Mal wurde es düster. Die Sonne verschwand hinter den Wolken. Von fern rollte dumpfer Donner und über das Meer legte sich ein grauer Schatten, der das Wasser dunkelgrün, fast schwarz erscheinen ließ.

DER STURM

Von Backbord näherten sich die Wolken. Riesige Flächen des Meeres waren unter blaugrünem Regen verschwunden und ein quellender Wolkenarm griff nach der Sonne.

»Gleich geht es richtig los!« Jehoumilqs Bart sträubte sich.

Karidon hielt sich an einem Tau fest und kaute auf dem salzigen Brot. Er schaute von einem zum anderen.

»Was machen wir jetzt?« Er wandte sich an Yupa. »Wird uns der Sturm umwerfen? Ertrinken wir alle?«

»So leicht ertrinkt niemand«, sagte Yupa, aber seine Augen flackerten. »Uns stehen ein paar furchtbare Stunden bevor. Ich kenn's schon, Kleiner. Halt dich fest und geh nicht in den Bug.«

»Ich weiß nicht, was ich tun soll.«

»Festhalten und beten.«

Karidon fand heraus, dass das Stampfen und Aufbäumen des Schiffes in der Nähe des Mastes am leichtesten zu ertragen war. Er klammerte sich mit beiden Händen daran fest und blickte um sich. Alles, was er sah, war erschreckend, obwohl ihm war, als würde er nicht zum ersten Mal einen solchen Gewittersturm erleben.

Plötzlich wurden das Heck und die Körper der Männer in zuckende grelle Helligkeit getaucht; im selben Augenblick hörte Karidon das scharfe Krachen des Donners, dann wurde es dunkel. Das Segel knatterte. Als die Sonne wieder aufflammte, sah Karidon den heranrasenden Regen, den Nebel und die Wolken. Im gleichen Augenblick drosch ein wütender Regenguss auf das Schiff nieder und durchnässte die Männer bis auf die Haut. Über die Wellen kam das Heulen des Sturmes. Als Regen, Sturm, Blitz und Donner zugleich das Schiff trafen und Karidon zur Seite geschleudert wurde, war er sich sicher sterben zu müssen. Eine Woge erfasste ihn. Karidon schrie, aber sein Schrei wurde vom salzigen Wasser erstickt. Sein Blick suchte Jehoumilq. Er schien mit der Ruderpinne verwachsen zu sein, obwohl ihn schwere Wassergüsse trafen und umherschleuderten.

»Haltet euch fest, bei den Tränen der Rudraja!«, brüllte der Kapitän.

Karidon sah, dass sich der Bug hierhin und dorthin drehte. Das Schiff taumelte durch die Wellen. Das Krachen, das Heulen des Windes und die Geräusche des Schiffes, dessen Planken zu brechen schienen, die Blitze und der Donner waren schlimmer als alles, was Karidon bisher erlebt hatte. Er fürchtete sich zu Tode. Er hing mehr zwischen den Tauen, als dass er auf den Planken stand. Seine Hände und Füße wurden kalt und gefühllos.

»Es geht nicht mehr lange!«, schrie Balmahor. »Ist bald vorbei!«

Riesige Wellen rollten heran und rissen den Bug in die Höhe. Krachend bohrte er sich in die dunkelgrauen Wassermassen, die sich am Bugsteven teilten, über Deck schwemmten und an den Beinen der Männer zerrten.

Der wütende Sturm dauerte Stunde um Stunde. Karidon verlor jedes Zeitgefühl, wurde immer wieder durchnässt von einem schmerzhaft kalten, beißenden Schwall Meerwasser oder vom Regen, der auf seinen Rücken und auf seine Schultern peitschte. Der Anprall der Wellen ließ das Schiff dröhnen wie eine Trommel. Karidon zitterte vor Angst. Er blickte zu Jehoumilq und hoffte, dass die Kraft und Ruhe des Kapitäns ihm etwas von seiner Furcht nehmen könnten: Aber Balmahor und der Kapitän blickten aufgeregt zum Heck. Karidon sah hinter dem Schiff eine unnatürlich breite Welle. Sie schien höher als der Mast zu sein und begann sich zu brechen. Einen schrecklichen Augenblick lang sah es so aus, als wäre die gischtende Mauer schneller als das Schiff; Balmahor und Jehoumilq wechselten einen Blick und klammerten sich an die Ruderpinnen, dann war die Welle heran. Das Heck wurde mit großer Gewalt hochgerissen, ein krachender Schlag traf das Schiff und ein Teil der Wassermassen ergoss sich auf das Heck und begrub Männer, Hecktruhe, Ruder und Planken. Karidon hörte Kel und Sandrone schreien, schrie selbst und schloss die Augen, als das Wasser über das Heck zum Mast flutete, ihn von den Füßen riss und herumwirbelte. Der Griff der linken Hand löste sich und Karidon wurde vom zweiten Tau nach hinten gerissen, auf die Bordwand zu. Plötzlich hörte er hinter sich ein Brüllen, fühlte sich am Oberarm gepackt und zur Seite gerissen – mit einem Satz sprang Jehoumilq mit ihm zurück zum Heck, packte die Pinne und hielt Karidon fest.

»Ist … gleich … vorbei!«, verstand Karidon, und als er das Wasser aus den Augen geblinzelt hatte und sich an einer Tauschlinge festhalten konnte, sah er, dass vor ihm das Meer in strahlend helles Sonnenlicht getaucht war. Er blickte um sich, tauchte triefend und zitternd aus dem furchtbaren Traum auf, und was er sah und verstehen konnte, nahm von ihm Besitz und füllte sein Inneres aus: die hintere Seite der

Gewitterwolke, die über sie hinweggezogen war, einzelne ferne Regenschauer, die kleinen Schaumkronen, die sich auflösten, und jene langen Wogen, deren Täler und Berge von kleinen Wellen ausgefüllt waren. Die *Kothar* glitt nun rüttelnd, aber auf geradem Kurs dahin und die Sonne stand links am Himmel, zwischen Morgen und Mittag. Sie brannte heißer als an allen Tagen zuvor.

Karidon holte tief Luft. Zweimal setzte er zum Sprechen an: »Danke, Herr Kapitän. Ich hab solche Angst gehabt.«

»Wenn du im Bug gewesen wärst, Krabbe, wärst du jetzt ersoffen.« Jehoumilq grinste Furcht erregend. »Baalverdammt teures Fischfutter!«

In weniger als einer halben Stunde beruhigte sich das Meer; der Wind ließ nach und unter den davonziehenden Wolken wetterleuchtete es.

»Und jetzt – ein paar trockene Tücher!«, rief Jehoumilq. »Mach den Weinkrug auf, Sandrone. Und ihr: Das Wasser muss aus dem Schiff!«

Sandrone bückte sich ächzend und löste ein Lukenbrett. »Der Kleine auch?«

»Ausnahmsweise. Mit viel Wasser.«

Jehoumilq stellte sich in den Wind und schüttelte sich wie ein großer Hund. »Der Wind! Warm und aus Sonnenaufgang! Er bringt uns gut nach Kreta.«

Sandrone sammelte im Laderaum die Becher ein, füllte fünf mit Wein aus Zypern und gab in Karidons Becher reichlich Wasser. Als er den Wein brachte, duckten sich Karidon und Jehoumilq unter das Segel, das sich träge auffaltete und kleine Tropfen versprühte, als es sich füllte.

Plötzlich, nachdem er den halben Becher auf einen Zug

geleert hatte, sagte Jehoumilq: »Die dürre Landmaus hat sich gut gehalten, wie?«

»Hmm.« Kel schlug Karidon zwischen die Schulterblätter. »Ist dir noch immer nicht übel geworden?«

Karidon schüttelte den Kopf und trank. Aber dann nickte er und sagte: »Doch, zweimal fast. Als die Rah so tief eintauchte und später, als die Großmutter aller Wellen beinahe Balmahor, den Herrn Kapitän und mich über Bord gerissen hätte.«

Er blickte in Jehoumilqs Augen und sah für einen Augenblick Überraschung und Nachdenklichkeit darin. Dann grinste der Kapitän und brach schließlich in dröhnendes Gelächter aus: »Da haben wir aber einen seltsamen Schiffsjungen eingekauft. Spricht wie ein Verwalter in Memphis, scheint seefest zu sein, bringt uns zum Lachen und grinst dabei selbst nicht einmal. Gib dem Grünauge noch einen Schluck Wein, Sandro. Wir haben's wieder mal überstanden, Krabbe – du kannst endlich lachen!«

Karidon sagte ernst: »Ich lach ja schon. Vor Angst bin ich ein paar Mal fast gestorben. Das alles, vom Badehaus angefangen, hab ich noch nie erlebt. Nichts davon kenne ich und ich weiß nicht, ob ich darüber lachen soll.«

Er hörte das Knurren seines Magens, der Wein ließ ihn ein wenig schwindlig werden. Er blickte von einem Seemann zum anderen und lächelte; zum ersten Mal seit der Zeit, die sich in seinen Träumen versteckte.

**

Mitten in der Nacht, vier oder fünf Stunden ehe das Schiff den Hafen von Knossos verließ, betrat die große schlanke Gestalt die Planken und kam in den Bereich des Lichtes.

Kapitän Miron blinzelte und gähnte, stemmte sich aus dem Sitz in die Höhe und murmelte: »Amina-Nefer? Bist du's? Willkommen an Bord.«

»Ja, ich bin's. Pünktlich und rechtzeitig, wie es ausgemacht war.«

Miron nahm ihr den schweren braunen Watsack ab. Die Frau – ein Bote vom Palast hatte ihretwegen mit Miron verhandelt und ihm Silber gegeben – sah ihn prüfend aus blauen Augen an. Ihr schwarzes Haar war nicht länger als zwei Fingerbreit und wurde von einem Band aus Leopardenfell gehalten.

Miron sagte leise: »Wir haben Decken. Du magst dort schlafen. Oder warten und zusehen. Vor dem ersten Licht legen wir ab.«

»Wie lange segelst du bis Kition auf Zypern?«

»Das bestimmt der Wind. Drei Tage und Nächte, meist weniger, hin und wieder aber auch fünf Tage.«

Amina-Nefer trug einen Kittel aus feiner kretischer Wolle, mit weiten Ärmeln bis zu den Ellenbogen, und einen hellen Ledergürtel. Für den Gürtel einer Frau war er ungewöhnlich breit, hatte viele Schnallen und eine ebenso ungewöhnlich schmale Dolchscheide. Sie hob den Ledersack auf, als wöge er nichts, brachte ihn zur Heckbank und setzte sich.

Ihr Lächeln war karg und zurückhaltend, als sie sagte: »Tu so, als sei ich nicht wichtig, Kapitän Miron. Wenn du meine Hilfe brauchst, sag's deutlich: Ich kann vieles, wenn ich will. Meinen Dank für dein Willkommen erfährst du in Kition.«

»Du kennst Schiffe – Herrin?« Das letzte Wort sprach der schwarzbärtige Kapitän zögernd aus. »Du fällst nicht über Bord und wirst auch nicht seekrank?«

Amina-Nefer rührte keinen Muskel. Sie saß, die Arme um die Knie geschlossen, wie eine Steinstatue auf der rissigen Holzbank. Ihre Stimme war voll und dunkel, etwas rauchig, wie die eines Mannes: »Ich kenne Schiffe, Kapitäne und Wellen, Miron, werde nicht seekrank, kann vier Stunden lang rudern, ich schwimme wie ein Fisch und vertrage wahrscheinlich mehr Wein als du. Sorg dich nicht mehr um mich. Tu so, als sei ich nicht an Bord.«

»Das hat so seine Schwierigkeit, Frau.« Er deutete in Richtung der Luke. Von dort kamen tiefe Atemzüge und lautes Schnarchen. »Frauen an Bord, sagen die Seeleute, bringen wenig Glück.«

»Wart's ab, Miron«, sagte Amina-Nefer leise. »Das meiste Unglück kommt nicht von den Frauen, sage ich. Ich rede nicht viel. Aber wovon ich rede, weiß ich genau. Lasst euch nicht stören – bring dein Schiff und mich schnell und gut nach Zypern.«

Sie sah ihn an, verzog die Lippen und schwieg. Später sah er, dass sie mit undeutbarem Gesichtsausdruck in die Sterne blickte und zu warten schien, bis die Mondsichel hinter den Bergen Kretas verschwand.

DIE FAHRT ZUM GROSSEN STROM

Stunde reihte sich an Stunde und die Tage gingen dahin. Karidon hatte, wie er glaubte, tausend Ledereimer Wasser aus dem Rumpf geschöpft. Er kannte nun die *Lob der Kothar* von den Holzsplittern im Bug bis zu den Strickleitern im Heck, hatte tausend Fragen gestellt und bestenfalls halb so viele Antworten bekommen. Seine Wunden schlossen sich und vernarbten, seine Haut wurde braun und er durfte sogar das Zedernöl aus Byblos gegen den Sonnenbrand auf der Haut verteilen. Trotzdem traute er diesem neuen Leben noch immer nicht.

Als endlich der Wind wechselte und von Norden blies, fuhren sie Richtung Festland, auf die Mündungen des Nil zu.

»Was sind die Mündungen des Nil, Kapitän?«

Jehoumilq sah ihn an, als wolle er ihn über Bord werfen, seufzte und hob die Hand. »An diesem großen Strom, den sie Hapi oder Jotru nennen – was ›das Wasser‹ heißt –, wohnen die Rômet – das heißt ›Menschen‹. Der Strom mündet mit vier, fünf oder sechs flachen Armen ins Meer. Das Mündungsland ist ein riesiges Dreieck, eben, sumpfig und fruchtbar. Es gibt dort wenig Städte. Wir segeln nach Memphis, einer großen Stadt. Sie selbst nennen sie Mennefer. Dort tauschen wir die Waren gegen andere Waren, die wir wieder woanders eintauschen. Am Unterschied zwischen dort und anderswo verdienen wir. Und jetzt lass mich rechnen.«

Mit einem Kohlestück zeichnete Jehoumilq Sternchen, Dreiecke und andere Symbole auf die Planken, schrieb Linien und Kreise dahinter, zog Striche und murmelte vor sich hin.

Die Tage auf der *Kothar* verliefen einförmig. Karidon sah den Spielen der Tümmler in den Wellen zu oder er blickte in den Himmel und versuchte in den wechselnden Formen der Wolken Gesichter, Tiere und Gestalten zu erkennen. An einem solchen trägen Nachmittag, als Karidon an Deck lag, um zu dösen, hörte er, wie Balmahor und Jehoumilq miteinander sprachen:

»... sage ich Jehou: Das ist nicht irgendein Sklavenjunge. Grüne Augen! Hab ich nur ganz selten gesehen, bei Frauen, die von den nördlichen Inseln kamen.«

»Du hast Recht, Balma. Hast du seine Hände gesehen?«

»Schlanke, starke Finger. Er kann kein Bauernkind sein oder einer von den Fischern.«

»Er fragt dir Löcher in den Wanst, versteht alles, merkt sich alles – was soll ich mit dem mageren Kerl machen? Weiterverkaufen?«

»Du hast einen guten Schiffsjungen gesucht – ich glaub, du hast einen gefunden.«

Karidon rührte sich nicht und lächelte ein wenig. Er versuchte jedes Wort zu verstehen. Sie sprachen über ihn!

Jehoumilq brummte: »Lach nicht, Balma, aber manchmal spricht er wie ein Fürstensohn! Und er weiß nicht, woher er kommt! Er war länger als fünf Jahre im Bergwerk auf Kreta ...«

Karidon wollte nicht wieder an die Bergwerksjahre denken. Er versuchte sich an die Zeit davor zu erinnern.

Doch Jehoumilqs Stimme unterbrach noch einmal seine Gedanken: »Er ist fleißig und gut. Meistens sucht er sich selbst etwas zu arbeiten. Und auf dem Schiff turnt er herum, als wäre er darauf aufgewachsen.«

»Also ist er nicht blöde. Vielleicht wird noch etwas aus ihm.«

»Vielleicht. Wenn er nicht mehr so klapperdürr ist, sehen wir weiter.«

»Recht so. Jedenfalls hat er verstanden, dass er von uns nicht geprügelt und geschunden wird.«

Bevor die Erinnerungen an die Qualen in den Bergwerken wieder übermächtig wurden, schlief Karidon ein. Seine Träume quälten ihn nicht mehr so sehr. Ein kleiner Teil seiner Ängste schien bedeutungslos geworden zu sein.

Das Meer vor dem Bug hatte sich verändert. Karidon sah Nebel und wechselnde Strömungen, lange Bänke aus Schwemmgut, Lehm und Sand, schmale und breite Rinnen. An Steuerbord voraus trieb eine dünne Säule schwarzen Rauchs nach Süden.

Jehoumilq, der neben Karidon im Bug stand, legte ihm die schwere Pranke auf die Schulter und sagte: »Dort, der Lotse. Ohne ihn sitzen wir im Fluss hundertmal im Schlick auf.«

»Und mit ihm, Herr?«

»Lass endlich das ›Herr‹! Nenn mich Käpten.« Jehoumilqs Handfläche klatschte gegen Karidons Hinterkopf. »*Mit* ihm nur ein Dutzend Mal.«

»Was ist ein Lotse, Herr … Käpten?«

»Jetzt fängt das schon wieder an! Also, pass auf!«

Während Karidon riesige Felder aus Schilf und Binsen vorbeiziehen sah und eine ärmliche Flechtwerkhütte auf Stelzen, ein Boot, das einem großen Löffel ähnelte, und das Feuer, von dem der schwarze Rauch aufstieg, erklärte ihm

Jehoumilq alles über den Strom, die Stadt Memphis und die Lotsen, die auf die Händlerschiffe warteten.

Balmahor beugte sich weit aus dem Bug und hielt die Hände trichterförmig vor den Mund: »Bringst du uns nach Memphis, Bruder der Sandbänke?«

Karidon zwinkerte: Redeten die Hapi-Rômet nicht in einer anderen Sprache?

Der mittelgroße Mann mit hellbrauner Haut winkte und schrie zurück: »Ich mach mein Feuer aus und komme. Ich kenn euch noch! Haltet euch weiter links!«

Das Schiff glitt im grünlichen Wasser auf die Wand aus Schilf zu.

Der Lotse schüttete Wasser in die Flammen, sprang in das Boot, das aus Binsen geflochten war, und paddelte zur *Kothar*.

Karidon half ihm über die Strickleiter. Sein Boot wurde hinter dem Heck der *Kothar* hergezogen.

Der Lotse sagte: »Ich bin Ahau-Ramose. Guter Lotse. Der Mündungsfluss ist gut und tief.«

»Das wird man sehen.« Jehoumilq nickte und deutete zum Bug. »Das Jahr ist jung. Wir sind wohl die Ersten? Je schneller es geht, desto besser für dich. Einen Becher Henket?«

»Bier? Henket aus Kreta?«

»Henket aus Zypern. Oder willst du Irep, köstlichen Wein?«

»Lieber Wein.«

Karidon begriff: Der Lotse sprach beide Sprachen. Von ihm würde er ein wenig die Rômet-Sprache lernen können, wenn er fragte, auf die Dinge deutete und oft wiederholte. So hatte er die Sprache der Mitgefangenen im Bergwerk gelernt.

Er begleitete Ahau-Ramose in den Bug. Der Lotse setzte einen langen Peilstab zusammen, indem er die Enden von drei kräftigen Binsenrohren ineinander steckte und mit dünner Lederschnur umwandt. Er drehte sich um und rief zum Heck: »Bei Ptahs Krone: sieben Ellen unter dem Kiel. Geradeaus weiter!«

»Ich bin der Schiffssklave Karidon. Was meinst du mit Ptahs Krone? Wie lang ist bei euch eine Elle?«

Ahau-Ramose starrte ihn an und murmelte etwas in seiner Sprache.

Karidon lauschte dem fremden Klang sowie den Wellen und dem Summen des Windes in der Takelung, dann fragte er: »Was hast du gesagt?«

»Ich hab gesagt: Du hast grüne Augen, wie Malachit. Eine nie gesehene Sache! Wie kommst du auf Jehoumilqs Schiff?«

»Wenn du mir sagst, was ›grüne Augen‹, ›Kapitän‹ und ›Schiff‹ in deiner Sprache heißen, sag ich's dir. Wie lange dauert es bis Manopher?«

»Mennefer oder Menefru-Mirê oder kurz: Menufrê. Acht Tage und Nächte, mindestens.«

»Fahren wir auch in der Nacht?«

Ahau-Ramose lachte schrill. »In der Nacht? Willst du, dass uns Sobeks Geschöpfe, die schrecklichen Krokodile, fressen? Ausgeschlossen. Wir ankern im Schilf.«

»Weil das alles für mich fremd ist, bitte ich dich mir das eine oder andere zu erklären«, sagte Karidon und legte die Hand auf den Arm des Lotsen, der seinen Peilstab senkte, herauszog und hob, den Schlamm am Ende anstarrte und ab und zu eine Zahl nach hinten rief.

»Du bist der Erste, der das von mir verlangt!«

»Ich bin nur eine dürre Landmaus, die mit dir in deiner

fremden Sprache sprechen will.« Karidon sagte sich, dass vielleicht, wenn er grinste, ihm der Lotse die fremden Wörter mit mehr Geduld erklären und, wenn er nicht verstand, wiederholen würde. Er wünschte sich, er könnte schreiben wie der Kapitän.

Auch an diesem Morgen tastete Karidons Zeigefinger über die winzigen Kerben, die er mit dem Messer des Kochs in den Bug geritzt hatte: Der zweite Zehntag endete. Jede Stunde der langsamen Fahrt stromaufwärts zeigte ein neues, farbiges, strahlendes Wunder. Er taumelte unter dem Anflug der unzählbaren neuen Eindrücke, der Bilder, Worte, Gerüche, Stimmungen, Gespräche und Farben. Er sah Fischer und Jäger, die in Booten aus geflochtenen und gebündelten Binsen im Schilf jagten, und Arbeiter, die Papyruspflanzen schnitten, kleine Herden hellhäutiger, gescheckter und schwarzer Rinder, wogende Kornfelder und Weiden hinter dem Schilf: Karidon trank die fremden Bilder in sich hinein. Jedes Bild war für ihn neu. Alles sah er zum ersten Mal, denn in den finsteren Schächten der Bergwerke hatte er nichts als Fels und Metalladern erblickt.

Auch in der neuen Sprache fand er sich zurecht. Er hatte zwar mitgezählt, war aber sicher, dass er sich verrechnet hatte: Zwölf oder fünfzehn Dutzend neuer Wörter kannte er schon. Es fiel ihm nicht schwer, sich stockend mit dem gutmütigen Lotsen zu verständigen, der so alt wie Balmahor zu sein schien, aber nur noch halb so viele Zähne hatte.

Die *Kothar* näherte sich mehr und mehr der großen Stadt, die der Lotse nun endgültig Menefru-Mirê nannte. Karidon arbeitete den ganzen Tag an Deck und im Laderaum, tat alles, was ihm die Männer auftrugen, mühte sich mit Knoten und Tauschlingen ab und fragte, wann immer er etwas nicht verstand. Er war inzwischen tief gebräunt, Zedernöl, Seewasser und Nilwasser hatten alle seine Wunden vernarben lassen und die Knochen und Gelenke stachen längst nicht mehr so kantig durch die Haut.

Die *Kothar* war an drei kleinen Siedlungen am Rand großer Schwemmhügel vorbeigekommen. Ahau-Ramose erklärte, dass die Nilüberschwemmung fast niemals die Mauern der Häuser oder die Säulen der Tempel erreichte.

Karidon fragte: »Warum steigt der Strom, Ramose? Und wo kommt denn das viele Wasser her?«

Ahau-Ramose blickte seufzend zum Himmel und versuchte eine Antwort in einfachen Worten zu geben.

Am nächsten Tag zogen sich die Schilffelder und die sattgrünen Büsche mehr und mehr zurück. Sandflächen tauchten hinter den Uferböschungen auf. Im Mündungsgebiet hatte es noch Nebel und Wolken gegeben, manchmal sogar Regen, aber jetzt spannte sich ein blauer Himmel über die Landschaft des weiten Stromtales.

Die *Kothar* glitt, vom stetigen kräftigen Nordwind getrieben, um eine Biegung. Hinter Weiden, Palmen, Tamarisken und Sykomorenfeigen schoben sich unzählige Mauern hervor; weiße, gelbe, braune und rote, mit weiten flachen Vordächern und Säulen.

Jehoumilq rief aus dem Heck: »Wir sind da. Hier hast du endlich deine Wunderstadt, Krabbe!«

»Ich freu mich schon«, rief Karidon. »Das ist die erste Stadt, die ich in meinem Leben sehe, Käpten!«

»Du kannst sie dir ansehen, sobald wir ausgeladen haben! Zum Ankerstein! Und die Trossen klar machen! Und dann die Planke und die dicken Schlingen an Deck! Los!«

Um die *Kothar* herum sah Karidon andere Boote auf dem Wasser: Binsenboote in allen Größen, Fähren mit straffen kleinen Segeln und schmale Ruderschiffe, die stromabwärts strebten.

Jehoumilqs Schiff fuhr einen weiten Bogen nach Backbord und steuerte dann die Steinsäulen an, die die breite Kanaleinfahrt kennzeichneten. Die Rah fiel, das Segel wurde festgebunden, vier Riemen klapperten auf die Planken und wurden zwischen den Pflöcken festgeschnürt. Auch Karidon musste rudern. Die *Kothar* glitt durch das stille Wasser auf den Kai zu. Ahau-Ramose rief zu einigen Arbeitern hinüber und Jehoumilqs Stimme schallte bis zu den Häuserfronten am Hafenplatz. Kel hängte die stockfleckigen Prallsäcke über die Bordwand, Yupa und Balmahor zogen die Riemen ein und der Lotse schleuderte die dünnen Wurfleinen vom Schiff. An ihnen zogen die Hafenarbeiter die Tauschlingen an Land und legten sie um die Poller. Sie zogen das Schiff mit der Längsseite zum Kai.

Ein Rômet näherte sich der *Kothar*. Er trug eine Perücke, einen halbmondförmigen Wesech-Brustschmuck, einen weißen Schurz und lederne Sandalen. Zwei ähnlich gekleidete junge Männer begleiteten ihn.

»Die *Kothar*!«, rief er. »Das erste Schiff in diesem Jahr. Grüße von Parennefer an Kapitän Jehoumilq! Willkommen in Memphis.«

»Danke!« Jehoumilq und Balmahor zerrten das Steuerruder in die Höhe. »Helft ihr uns beim Entladen?«

»Wie immer, Kapitän. Ich bin Thot-Rechmire. Habt ihr viel Bronze?«

»So viel, wie wir bekommen konnten. Beim nächsten Mal brauchen wir mehr Salben und Binsenschreibblätter – aber das klären wir nachher.«

Karidon stapelte die leichteren Stücke der Ladung neben der Luke auf. Die gesamte Besatzung ging daran, die Metallbarren aus dem Schiff zu wuchten. Krachend und klirrend setzte Jehoumilq die gegossenen viereckigen Metalle auf dem Kai ab und schwitzende Sklaven schleppten sie weg. Thot-Rechmires Schreiber malten mit den weichen Spitzen der Binsenstäbchen kleine Zeichen und Striche auf die Schreibblätter. Karidon blickte über ihre Schultern. Die Zeichen sahen ganz anders aus als jene, die Jehoumilq auf die Planken gezeichnet hatte.

Karidon sah zu Jehoumilq hinüber. Er schien stärker als Balmahor und Sandrone zu sein. Und viel klüger.

Am frühen Nachmittag, so lange die Sonne heiß durch die Öffnung der Luke schien, hatte Karidon den Kielraum des Schiffes geputzt.

Als er nackt bis auf das Schamtuch an Deck stand, sagte Jehoumilq: »Ihr geht ins Badehaus, Kel und du. Lasst euch verschönern. Du brauchst einen neuen Schurz. Sandrone gibt euch ein paar Kupferblättchen. Für einen Becher Henket reicht's vielleicht auch noch.«

Karidon und Kel blieben im Schatten der Häuser, als sie die breite Straße vom Hafen zum Mittelpunkt der Stadt gingen, wo die Häuser dichter standen und bisweilen drei Stockwerke hoch waren.

Karidon sah sich um. Einige Atemzüge lang hoffte er alle neuen Bilder verstehen zu können, ebenso wie die Sprache, die Figuren an den Wänden und die tief eingekerbten Zeichen in den Steinsäulen. Dann gab er es auf. Es waren zu viele fremde Eindrücke.

Fast zwei Stunden verbrachten sie im Badehaus. Auf dem Rückweg, den sie über andere Plätze und Straßen zurücklegten, blieb Karidon verwundert vor einer Mauer stehen.

»Was ist das, Kel?« Er deutete auf die Mauer, die mit unzähligen Bildern und Skizzen bedeckt war. Davor hockte ein alter Mann auf einem Gerüst.

»Weiß nicht. War das letzte Mal nur eine leere Mauer. Wohl irgendeine Palastmauer.« Kel packte Karidon an der Schulter und schob ihn weiter zur Straße.

Als Karidon zwischen den Häusern den Mast der *Kothar* erkannte, sagte er: »Ich komm gleich nach, Kel. Ich lauf nicht weg. Lass mich die Bilder ansehen, ja?«

Kel zuckte mit den Schultern und schlenderte zum Hafen zurück.

**

Der lange Tisch unter dem Sonnensegel auf der Terrasse der Schenke war mit weißem Leinen gedeckt. Weiß glasierte Tonbecher, Schüsseln und kleine Körbe standen an den sechs Plätzen, Messer lagen da, ein Salznapf und zwei Kessel voll warmem, duftendem Wasser.

Kapitän Miron kam ohne seine Männer. Er blieb vor Amina-Nefer stehen, verbeugte sich und grinste breit. »Ein schöner Abschluss, Herrin, für eine ungefährliche Fahrt«, sagte er und streckte den Arm aus.

Sie ergriffen sich gegenseitig an den Handgelenken zum Gruß. Die Frau packte zu wie ein Mann.

»Bevor du mich unter den Tisch trinkst, Herrin: Es gibt eine Änderung. Wir haben Ladung für Iqarat. Willst du weiter nach Iqarat?« Miron setzte sich.

Zum ersten Mal sah er Amina-Nefer fröhlich lächeln. »Auf deinem Schiff? Gern, Kapitän! Wann?«

»Übermorgen. Du hast es ja nicht eilig, Herrin. Wo warst du die fünf Tage und Nächte?«

»Hier und dort. Du musst wissen: Ich suche Menschen, Auskünfte, Namen, jemanden, der mir zuverlässig berichtet, was vor einigen Jahren geschah, und danach. Ich suche Spuren, Kapitän.«

Es war später Nachmittag, das Frühjahreslicht färbte sich bronzen. Miron lehnte sich zurück, hob den Becher und betrachtete Amina-Nefer. Sie schien völlig verändert. Sie trug ein weißes Leinenkleid mit blauen Säumen, breite goldene Armspangen und einen schmalen Goldreif um die Stirn. Das Haar war nicht schwarz, sondern rötlich dunkelbraun und schien an den Schläfen gefärbt zu sein; auf den Lidern hatte sie feine schwarze Striche, um die Augen trug sie grünlich silberne Schminke; ein Hauch von Rot lag auf ihren Wangen und Lippen. Vier fremdartige Ringe schmückten die schlanken, sehnigen Finger. Alles Düstere und Starre an ihr war verschwunden.

Miron sprach leise: »Du bist anscheinend drei Frauen, Herrin. Willst du mir sagen, warum du allein durch die Welt streifst und dich wie ein wanderndes Geheimnis gibst?«

Sie blickte ihn aus unendlich kühlen Augen an. Plötzlich lächelte sie, leerte mit einem Zug den Becher. »Einst, ich war fast eine junge Frau, wurde ich geraubt und verkauft. Als Sklavin geschah mir, was Sklavinnen geschieht: Ich schuftete, wurde geschlagen und lernte mich zu ducken. Zwei Jahre lang. Dann zahlte ein Kaufmann aus Iqarat viel Silber für mich. Bei ihm hatte ich kein schlechtes Leben. Ich lernte schreiben und rechnen. Er schenkte mich dem rômetischen Verwalter Isqanus, für den ich schrieb und rechnete und für dessen Gäste ich lächeln musste. Er war ein anständiger, nicht mehr ganz junger Mann, der mir – ich war ihm Tochter und Geliebte – Schmuck schenkte.« Sie hob die Hände und strich über die Goldreifen. »Dann waren unbekannte Götter gut zu mir. Einer der Söhne des Fürsten von Knossos verliebte sich in mich. Er war der erste Mann, für den ich gelächelt hab, ohne mich zu verstellen.« Amina-Nefer senkte den Blick. Der Kapitän betrachtete sie still. »Es war die große Liebe, Miron. Wir hatten nur drei Jahre. Er starb lange und qualvoll an einer Krankheit, die ihn auszehrte, in unserem Haus auf Kreta. Ich begrub ihn und bin seither Witwe. Ich zähle zum Palast von Knossos. Meine Suche setze ich fort, denn ich habe Silber und Gold, bin allein und habe Zeit.«

Nach einer Weile des Schweigens sagte Miron: »Eine Frau, knapp drei Jahrzehnte alt, schön und begehrenswert, allein zwischen Kreta, Zypern und den Hafenstädten am Zederngebirge ... Sag: Ist dein Mut größer als dein Wissen, was dir geschehen kann?«

Sie warf ihm einen funkelnden Blick zu und setzte sanft den Becher ab. Dann bewegten sich ihre Hände und Arme so schnell, dass Miron nicht begriff, was sie taten: Mit der Rechten streifte Amina-Nefer den Saum des Kleides hoch, mit der Linken zog sie den Dolch rechts am Gürtel und zielte mit zwei eisernen Klingen auf seine Augen.

»Ich weiß, wie man Männer verletzen und töten kann, Kapitän.«

Zwei Atemzüge später waren die Klingen wieder versteckt und Miron wagte aufzuatmen. Eiserne Klingen! Sie waren selten und ein Vermögen wert! Er schüttelte den Kopf. »Das Leben ist voller Geheimnisse, Frau. Du bist eines davon. Deine Dolche wirst du an Bord nicht brauchen.«

Er blickte in ihr Gesicht. Nur die Augen verrieten Amina-Nefers Empfindungen. In der Erinnerung an das Leid waren sie dunkel geworden; fast purpurn glänzten sie im Licht der Abenddämmerung.

Der Kapitän sagte leise: »Wenn du willst, sprechen wir in den langen Segelnächten weiter. Auch ich hab's nicht einfach gehabt. Still jetzt, Fürstin, die hungrige Mannschaft kommt und für diesen Abend werden sie dich alle lieben und verehren.«

Er hätte nicht geglaubt, dass Amina-Nefer ihn je berühren würde – außer vielleicht im Sturm, ehe sie über die Bordwand fiel. Doch sie legte ihre Hand auf seinen Arm. »Es gäbe viel zu reden. Ich weiß nicht, ob es besser ist zu reden oder zu schweigen. Ich bin auf dem Weg zurück ins wüste Land meiner Jugend, Kapitän.«

**

Langsam ging Karidon über das saftige Gras auf die Wand zu. Die Sonne spiegelte Farbfächer aus den Näpfchen und Schalen. Nadelfeine und fingerdicke Holzkohlenstriche, Zeichenlinien und halb fertige Figuren, die so klein waren wie Karidons Handfläche, erstrahlten auf der kalkweißen Mauer. Bewaffnete, Lastenträger, Ruderer, Kapitäne und Lotsen bevölkerten in langen Reihen einen Teil der hohen Wand und wurden von Pharao Senwosret überragt.

Der Maler, der auf die Gerüstbretter gekauert saß, bemerkte Karidon nicht. Mit dem weichen Ende des Riedgriffels tupfte er blaue Flecken auf die Schwingen prächtiger Vögel.

Karidons helle Stimme durchbrach die behagliche Ruhe, die vom Summen der Bienen und Käfer erfüllt war. »Die

Schiffe, so viele Männer, diese Bilder ... was bedeuten sie, Vater des Pinsels?«

Der Griffel fiel dem Maler aus den Fingern. Blinzelnd hielt er die Hand vor die Augen und sah Karidon an.

»Lass dich nicht unterbrechen, Meister«, sagte Karidon. »Aber ich hab noch nie etwas so Schönes gesehen.«

Der Maler lächelte unsicher. »Du bist kein Rômet, nicht war? Weißt du nicht, was das ist?«

Karidon schüttelte den Kopf. »Ich bin Karidon, ein Sklavenjunge aus Kreta. Bin zum ersten Mal in eurer schönen Stadt.« Hingerissen betrachtete er die vielen Bilder.

Der alte Mann antwortete: »Das sind Träume. Alle sollen sie sehen, auch der junge Königssohn im Großen Haus, unser Pharao Amenemhet. Ich bin Hophra, der Maler. Einst wagten gute Schiffe und tapfere Kapitäne die Fahrt ins ferne Weihrauchland.«

»Ins Weihrauchland?«

»Nach Punt.«

»Solche Schiffe wie die *Lob der Kothar* von Jehoumilq?«

»Schiffe und Kapitäne der Königlichen Flotte, Karidon.« Hophra hob den Griffel wieder auf. »Diese Bilder sollen uns Rômet erinnern. Große Herrscher haben die Befehle gegeben. Mutige Kapitäne kamen mit wertvoller Ladung aus Punt zurück.«

»Und warum fahrt ihr nicht mehr nach ... Punt?«

»Das Wissen vom Kurs zum Weihrauchland ist verloren gegangen. Dies, sagt unser großer König Amenemhet, sind seine Träume.«

»Hast du das alles selbst gemalt, Meister Hophra?«

»Priester und Baumeister haben mir geholfen und gesagt, was ich malen soll. Sie halfen bei den Zeichnungen. Komm ruhig näher.«

Karidon trat an die Mauer heran. Verträumt ließ er seine Finger über das strenge Gefüge aus waagrechten und senkrechten Linien gleiten, über die Gestalten, die fremden Pflanzen, über schwarzhäutige Menschen, die seltsamen Tiere und die rote Sonne über den spitzdachigen runden Hütten.

»Deine Finger, Meister Hophra, schaffen Wunderbares.«

»Ich zeige nur, wie stark und mächtig unser Land am Nil werden soll. So mächtig wie damals, als Henenu nach Punt fuhr.« Hophra richtete sich stöhnend auf. Sein Rücken schien zu schmerzen. Er lächelte Karidon an. »In einem Mond oder zweien werden die Gerüste abgebaut. Dann trag ich die Glasur auf. Wenn du dann wiederkommst, erzähle ich dir alles, was ich weiß.«

»Wenn ich wieder nach Memphis komme, besuch ich dich, Meister. Aber sage mir noch: Wo liegt Punt?«

»Nicht einmal die Priester wissen es genau. Aber mutige Männer werden kommen, die den Weg finden.«

Hophra wandte sich wieder dem Bild zu. Er atmete tief ein und aus, träufelte Wasser in ein Schälchen und rührte hellgelbe Farbe glatt. Der Stirnreif eines Kapitäns, Verzierungen am Bug, helles Holz, Tauwerk und Schmuck bekamen mit der Farbe eigenes Leben.

Karidons Gedanken schweiften in unendliche Fernen. Er sah sich im Heck eines prächtigen Puntschiffes, in den Wellen fremder Meere, auf einer Fahrt zu unbekannten Küsten.

»Ich komm wieder, wenn ich kann«, sagte er. »Es wird ein herrliches Bild werden, Meister Hophra.«

Hophra nickte Karidon zu, seufzte lächelnd und tupfte Goldgelb in fremdartige Blüten.

Versonnen ging Karidon zum Hafen zurück. In seinen Gedanken vermischten sich die Bilder von Punt, der Küste und den blauen Wellen mit seinen nebelhaften Erinnerungen an einen Meeresstrand – dem Strand, an dem er aufgewachsen war?

Doch als er Jehoumilq am Hafen zwischen Stapeln neuer Handelsware stehen sah, dachte er nur noch an seine Schiffsarbeit auf der *Kothar* und die bevorstehende lange Fahrt nach Byblos, das er ebenso wenig kannte wie das Land Punt und die ersten Jahre seines Lebens.

Hundertfünfzig Tage, fast ein halbes Jahr war die *Kothar* unterwegs, ehe sie wieder im Hafen von Memphis einlief. Karidon zählte jeden Tag und stellte unzählige Fragen. Er lernte weiter die fremde Sprache und versuchte sich die Namen der Buchten, Winde und Strömungen zu merken. Bald kannte er das Schiff bis zum letzten Holzsplitter und lernte besser zu schwimmen als Balmahor. Er streifte durch die Gassen der Städte, in denen sie anlegten, genoss die Gerüche der fremden Häfen; in den Schenken sprach er mit Steuermännern und Ruderern.

Als die *Kothar* das fruchtbare Dreieck verlassen und Kurs auf die nordöstliche Meeresküste genommen hatte, sah Karidon zum ersten Mal die Städte im Zederngebirge. Danach ging es westwärts nach Zypern, wo Jehoumilq ihn damals gekauft hatte. Windstille, Gewitter, kurze Stürme, herrliche Sonnenaufgänge und der kalte Ostwind begleiteten die *Lob der Kothar* weiter nach Kreta, wo Jehoumilq in Knossos' Hafen Katsambas anlegen ließ und handelte. Stets wechselte nur ein Teil der Ladung – was der Kapitän in Tyros eingehandelt hatte, war in Byblos schon wertvoller geworden und noch wertvoller in Kition oder Katsambas.

Von Kreta ging es wieder ins Unendliche nach Südost, bis die breiten Mündungsarme im Dreieck der Nilmündung die *Kothar* nach Memphis zurückbrachten.

Als Karidon wieder vor der Palastmauer stand, war die rechte Hälfte des Bildes fertig. Meister Hophra kauerte wie damals auf dem Gerüst. Er malte an den prächtigen Gestalten Amenemhets und seiner Familie.

Ohne dass Hophra ihn bemerkte, setzte sich Karidon auf einen Steinsockel im Rücken des Malers. Er aß getrocknete Datteln, trank Bier und bewunderte das riesige Gemälde. Einige der Schriftzeichen kannte er inzwischen. Sie hießen Medu-Neter: Worte der Götter. Jehoumilq hatte ihm beigebracht die Punkte, Striche und Zahlzeichen der Rômet ebenso gut zu verstehen wie die, die auf Kreta gebräuchlich waren. Karidon versuchte kleine Erzählungen aus den Bildern herauszulesen.

Nach einer Weile schien Hophra zu spüren, dass er beobachtet wurde. Er drehte sich um, griff nach dem Henketkrug und baumelte mit den Beinen.

»Da bist du ja wieder«, sagte er. »Ich hab mich schon gefragt, ob du wohl noch einmal kommen wirst. Gefällt es dir?«

Karidon nickte und stand auf. »Es wird immer schöner. Jetzt, mit dem Glanz der Glasur, wenn die Sonne darauf scheint ... herrlich! Schöner als im Traum.«

»Selbst die Große Königliche Gemahlin und König Amenemhet haben mich zweimal besucht, früh am Morgen. Es hat Gnade vor ihren Augen gefunden. Amenemhet sagt, er kann von nichts anderem mehr träumen – aber das hat er nur gesagt, weil er weiß, dass es mich freut.«

Karidon betrachtete jede Einzelheit. Alles war liebevoll

gemalt. Jedes Tau und jeder Mann an Deck der Schiffe war zu erkennen und vor seinen Augen erstanden fremdartige Fische und Pflanzen. Das riesige Bild glänzte und leuchtete – fast schmerzten die Augen vom langen Hinsehen.

»Jeder, der es sieht, ist erfreut, Meister aller Farben. Ich segle im Großen Grünen und ich sage dir: Alles sieht so aus, wie es wirklich ist, nur noch viel schöner und feiner.«

»Wenn du es sagst, glaub ich's«, murmelte Hophra. »Wann kommst du wieder?«

»In einem Mond, vielleicht«, sagte Karidon. »Dann kann ich noch mehr von den Schriftzeichen lesen.«

Er winkte Hophra mit beiden Händen, nahm Bier und Datteln und lief zurück zum Schiff.

Als die letzte Fahrt des Jahres abgeschlossen und die *Kothar* aufs Neue im Hafen von Memphis entladen worden war, ließ Jehoumilq noch einen halben Tag lang weiter nilaufwärts segeln. Karidon hatte nicht einmal Gelegenheit zur Palastmauer zu gehen und nach dem großen Bild zu sehen.

»Wohin segeln wir diesmal, Käpten?«, fragte er, als die *Kothar* im bronzenen Licht der Abenddämmerung langsam in einen Seitenkanal glitt.

»Zu Parennefer, Krabbe.« Als er Karidons fragenden Blick bemerkte, fügte Jehoumilq hinzu: »Wart's ab, Kleiner, du wirst schon sehen.«

AUF PARENNEFERS GUT

Karidon erlebte diese Nacht wie einen Traum. Kein Lüftchen regte sich, tausend Sterne starrten aus der Finsternis. Unter ihnen fühlte er sich winzig und verlassen. Wenn er von dem flachen Dach, auf dem er stand, hinunterblickte, sah er die Lichter der Fischerboote, die Fackeln entlang des Ufers und die Öllampen an den Häusern, die wie weiße Würfel die Straße säumten. Im schwarzen Wasser des Kanals spiegelte sich der Mond. In dem Garten unter ihm leuchteten Dochte in ölgefüllten Schalen zwischen den Blumen, Büschen, Weinreben und Bäumen hindurch. Musik und Stimmen schlugen an sein Ohr. Alles war so fremd, dass er kaum noch wusste, wer er war.

Die neue Welt, die er hier kennenlernte, war angefüllt mit Seltsamkeiten und von aufregender Schönheit. Sie drohte ihn heute zu verschlingen und er taumelte, als er begriff, dass er sich nicht mehr in der Sicherheit des Schiffes und der Mannschaft befand.

Als er Jehoumilqs Stimme hörte, zuckte er zusammen. Der Kapitän war unüberhörbar und – wirklich. Es war gut, dass er sich gerade jetzt an ihn erinnerte.

»Wo steckst du, Krabbe?«

Karidon versagte die Stimme. »Hier«, antwortete er heiser. »Auf dem Dach!«

Er tappte die Treppe hinunter und fand sich wieder jener Vielzahl von Menschen gegenüber, vor der er geflohen war.

Der Kapitän überragte sie alle um einen Kopf. Ihre Blicke trafen sich, Jehoumilq schwenkte den Becher. An seinen Fingern funkelten Gold und kostbare Steine. Neben ihm stand neugierig lächelnd ein Mann in mittleren Jahren. Er trug einen blütenweißen Schurz und war überaus reich geschmückt. Sein Blick war ebenso prüfend wie die dunklen Augen Jehoumilqs.

»Das ist er.« Der Kapitän legte die Hand schwer auf Karidons Schulter. »Auf dem Schiff und in den Häfen findet er sich zurecht, ist fleißig und ehrlich. Südlich von Memphis ist ihm alles fremd, aber er spricht eure Sprache. – Das ist Freund Parennefer, Krabbe. Nenn ihn Herr, denn er ist mächtig und der Hausherr dieses Gutes.«

Parennefer musterte Karidon, der sich vor Verlegenheit wand. Freundlich fragte er: »Wie alt ist dein Matrose?«

Der Kapitän hob die Schultern. »Weiß niemand genau. Zwölf, dreizehn, vielleicht ein Jahr mehr. Er weiß es selbst nicht. Sklave, auf Zypern gekauft. Wahrscheinlich von Kretas Südküste. Wir versuchen herauszufinden, woher er kommt. Dann gibt's vielleicht von seiner Familie eine große Belohnung.« Jehoumilq lachte. »Wenn sie reich sind.«

Karidon fühlte Scham, so wie damals, als sie ihm das Sklavenmal einbrannten. Er starrte zu Boden.

Jehoumilq legte seine Hand um Karidons Hinterkopf, zog ihn an sich und schlug ihm leicht zwischen die Schulterblätter. »Weil er wenig anderes kennt als Schiffe, Meer und Häfen, soll er sich umsehen, Freund Parennefer. Hier wird er anderes lernen als auf der *Kothar*. Sogar mir hast du Sachen beigebracht, von denen ich nie geträumt hätte.« Er schob Karidon auf Armeslänge von sich weg, fasste ihm unters Kinn und grinste. »Sieh dich um, Krabbe. Los! Parennefer erlaubt's. Ich bleibe hier, keine Angst.«

»Warte.« Parennefer hielt ein dunkelhäutiges Mädchen auf, deutete auf Karidon und befahl: »Führ ihn herum, Amisu. Zeige ihm alles. Fragt er, gib die richtige Antwort. Er ist Gast in meinem Haus.«

Sie verbeugte sich, wobei ihr Halsschmuck leise klirrte. Ein halb spöttischer, halb mitleidiger Blick traf Karidon. »Ja, Herr«, sagte sie. »Spricht er unsere Sprache?«

Der Kapitän winkte sie freundlich weg. »Frag ihn selbst.« Dann legte Jehoumilq den Arm um Parennefers Schulter und zog ihn fort, dorthin, wo sich die Gäste um die Tänzerinnen scharten.

Zwei Atemzüge lang stand Karidon verlegen neben einer Säule, dann schoben sich schmale Finger in seine Hand. Das Mädchen, das fast so groß war wie er, lächelte ihn an; die schneeweißen Zähne leuchteten im dunklen Gesicht. Über ihrer Stirn verströmte ein schmelzender Talgtropfen verwirrende Düfte.

Sie führte ihn zu einem Teich voller Lotosblüten und Schilf. »Ich heiße Amisu. Wie nennst du dich?«

»Karidon.« Er schluckte. »Gehörst du Parennefer?«

»Ich gehör zu seinem Haus. Stimmt es, was man über euch flüstert?«

»Was flüstert man? Ich weiß nichts. Ich weiß ja nicht mal, wo ich bin.« Er blieb stehen. Zu viele fremde Bilder und Farben, Lichter, Klänge von Trommeln, Flöten und Harfen, zu viele Düfte drangen auf ihn ein. Er war sich nicht sicher, ob nicht auch Amisu ihn auslachte, ihn, der wenig anderes kannte als prügelnde Aufseher, enge Bergwerksschächte, das Schiff und die Weite des Meeres – und Jehoumilqs knochenbrechende Freundlichkeit. Aber Amisu drückte lächelnd seine Hand und zog ihn weiter. Vielleicht verstand sie ihn, weil sie ebenso versklavt war wie er.

»Wir sind in Parennefers Haus, dem Obersten Kapitän von des Pharaos Flotte.«

»Er ist Kapitän?«

»Ja, auch. Dein Kapitän hat ihm kostbare Geschenke gebracht. Eure Ladung, sagt man, findet seit Jahren das Wohlgefallen des gottgleichen Herrschers. Alle wichtigen Menschen sind heute hier. Auch Menkaura-Nacht. Er ist Herr über Memphis.«

Amisu erkannte, dass Karidon Schwierigkeiten hatte alles zu verstehen.

Er deutete auf die Weinstöcke und Dattelpalmen, den riesigen Feigenbaum und auf die breiten Wege unter den kunstvoll gezogenen Laubranken. »Gehört das alles ihm?«

»Das meiste. Hast du Hunger?«

»Nein. Ja«, sagte er. »Später. Parennefer ist sehr reich?«

»Er ist wohlhabend, ein guter und gerechter Herr. Wo hast du unsere Sprache gelernt? Du sprichst sie besser als ein gewöhnlicher Schiffssklave aus Kreta.«

»Vom Lotsen, in den Badehäusern, in Byblos – überall.«

Amisu sah ihn erstaunt an. »Wie lange seid ihr schon im Rômet-Land?«

»Sechs-, nein siebenmal sind wir vom Großen Grünen nach Memphis gesegelt und zurück. Heute Nachmittag haben wir in eurem kleinen Kanalhafen festgemacht.«

»Du hast unsere Sprache in solch kurzer Zeit gelernt?« Amisu schüttelte den Kopf. »Du musst klüger als ein Tempelpriester sein. Wie alt bist du?«

»Weiß nicht. Der Kapitän sagt, vielleicht dreizehn oder vierzehn Jahre.«

»Komm!« Amisu wurde plötzlich ernst. »Iss etwas. Ein bisschen Bier verträgst du auch.«

Karidon folgte ihr in einen hellen, prächtigen Raum. Bilder schmückten Boden und Wände, gemalte Ranken, zwischen deren Blättern sich Vögel und Schmetterlinge tummelten, zogen sich unter der Decke entlang. Inmitten springender Gazellen, leuchtendem Obst und Palmwedeln unterbrachen winzige Nischen die Flächen. Auf einer Steinplatte lag eine falbe Katze und musterte Karidon aus grünlich funkelnden Augen. Auf den zierlichen Bänken, aus Schilf und Weidenzweigen geflochten, standen Schüsseln, Körbe und Schalen, in denen zwischen weißen Blüten goldgelbe Früchte geschichtet lagen. Eine Säulenhalle trennte den kühlen Raum vom Garten.

Staunend blickte Karidon sich um. In seinem Wollhemd, dem kurzen Rock und den schäbigen Sandalen fühlte er sich unbehaglich. »Es ist sehr schön hier. Solch ein Haus hab ich noch nie gesehen.«

Amisu füllte zwei Becher und sagte: »Parennefer ist ein wichtiger Mann. Der Pharao macht ihm große Geschenke. Viele Familien und Sklaven arbeiten für ihn. Er kennt jeden Kapitän und Steuermann der königlichen Flotte. Wie viele Schiffe er führt, weiß nur der Schreiber.«

Sie zog einen Vorhang zur Seite. Karidons Blick fiel auf unzählige ölgefüllte Schalen, die auf kleinen Säulen standen und in denen kleine Dochte brannten.

»Hier empfängt Parennefer Boten und Kapitäne, lobt und tadelt. Man sagt, dass dein Kapitän alle Küsten kennt. Der Pharao wird ihn um einen Rat bitten.«

Karidon hob die Schultern. »Ich weiß nichts davon. Jehoumilq sagt nie, was er vorhat.«

»Man wird sehen, was geschieht.«

Mittlerweile war Karidon mutig genug Amisu anzusehen. Ihre Haut war sehr dunkel, dunkler als die der Gäste. Das Haar war in zierlichen Zöpfen voller Perlen geflochten. Unter dem weißen Leinen zeichnete sich deutlich ihr schlanker Körper ab.

Amisu hielt seinen verwunderten Blicken stand und sah ihn aus dunklen Augen an. »Du hast außer dem Meer und deinem Schiff wirklich nur wenig gesehen. Dabei heißt es doch, dass Seeleute die Sitten vieler Völker kennen.«

Karidon leerte den Becher und suchte nach einer Antwort. »Vor ungefähr einem Jahr hat mich der Käpten gekauft … In elf Häfen war ich schon. Und davor …«, er stockte, »hab ich von der Welt nicht viel gesehen. Ich weiß eben, wie man auf dem Schiff und in den Häfen lebt, und du weißt andere Dinge.«

Amisu lächelte ihn schweigend an. Noch nie hatte ihn jemand so freundlich angelächelt, ausgenommen der Maler Hophra.

»Ja, ich kenne anderes als die Wellen des Meeres. Ich kenne Sand, Durst und Krieg in der Wüste.« Sie nahm ihn bei der Hand. »Komm, gehen wir zu den Musikern.«

Amisu führte ihn zwischen Steinsäulen hindurch, die am oberen Ende wie Palmwedel gemeißelt waren. Frauen und Männer, an deren Hälsen Blütenkränze schaukelten, kamen lachend in den Garten. Die Luft roch süßlich. Karidon hörte das Schlagen der Trommeln, der Klanghölzer und Rasseln.

Als er Jehoumilq wieder unter den Gästen entdeckte, sah er ihn im Gespräch mit Parennefer und einem Mann mit schwarzer Perücke.

»Das ist Menkaura-Nacht, der Gaufürst, ich habe ihn vorhin erwähnt«, flüsterte Amisu ihm ins Ohr. »Menkauras Schwester ist Parennefers zweite Frau, unsere Herrin Nefer-May. Sie ist eitel und scharfäugig wie ein Geier.«

Sie betrachteten schweigend die drei Männer. Zwischen

den schmalschultrigen Gästen wirkte Jehoumilq stark und massig. In seinen krausen Bart und das schwarze Haar mischten sich wenige graue Fäden, seine Haut war wettergegerbt und tief gebräunt.

»Dein Kapitän ist ein ungewöhnlicher Mann, Karidon. Auch unser Herr hat's gesagt. Parennefer bewundert ihn und ist froh sein Freund zu sein.«

Karidon zuckte mit den Schultern. Was wusste er wirklich von Jehoumilq und dessen Freunden und Plänen?

Auch als Jehoumilq mit anderen Gästen sprach, glitten seine Blicke überallhin. Er nickte Karidon zu. Sprach er über ihn? Schon wieder?

Parennefers Frau, die Herrin Nefer-May, kam heran. Auch sie trug Kleider aus edelstem Stoff, war reich geschmückt und geschminkt. Sie redete leise auf Parennefer ein und deutete auf Amisu und Karidon.

Jehoumilq winkte. »Komm her, Krabbe! Die Herrin des gastfreundlichen Hauses hat dir etwas zu sagen.«

»Ja, Herr.« Karidon blickte unsicher von einem Gesicht zum anderen, aber er entdeckte keine Feindseligkeit.

Nefer-May sprach mit angenehmer Stimme: »Kapitän Jehoumilq ist unser Gast, sein junger Matrose auch. Sorg dafür, Amisu, dass es ihnen gut geht.«

»Wir werden alles tun.« Amisu verbeugte sich tief.

Karidon stand ratlos daneben.

»Wohin sollen sie geführt werden?«

»Der Kapitän schläft im Raum der Gazelle. Den Kleinen bring ins Zimmer des Kiebitzes. Stellt Getränke und Essen in die Zimmer und vergesst die Lampen nicht.« Mit einer weichen Armbewegung, die alle Ringe und Armreife klirrend ins Licht brachte, entließ die Herrin Amisu und Karidon.

Amisu brachte ihn zurück ins Haus. Sie liefen einen schmalen Korridor entlang. Hinter der letzten Tür lag eine kleine Kammer. Darin standen ein gemauertes Bett und ein geflochtener Hocker. Vor dem kleinen Fenster lag eine bunte Matte.

»Findest du nachher allein hierher zurück?«

»Nachher? Was hast du vor?«

»Komm mit, dann siehst du's.«

Eine halbe Stunde später stand Karidon splitternackt auf glatten Steinplatten. Zwei Diener gossen angenehm warmes Wasser über seinen Kopf. Dann tropften sie Öl in ihre Handflächen und massierten es in seine Haut. Der Geruch des Duftöls, das Bier und der Wein, die vielen fremden Eindrücke und der lange Tag voll harter Arbeit – es wurde Karidon zu viel. Alles drehte sich vor seinen Augen. Er spürte, wie seine Knie weich wurden. Dann verlor er die Besinnung.

Der Diener, der sich Harkhuf nannte, trug ihn in sein Zimmer und legte ihn auf die Decken. Aus der Besinnungslosigkeit glitt Karidon in tiefen Schlaf.

Die Sonne stand schon im Mittag, als Karidon von Eselsgeschrei und dem Blöken von Schafen geweckt wurde. Verwundert sah er sich im fremden Zimmer um. Er erinnerte sich nicht, wie er hierher gekommen war. Sein Kittel und sein Lendenschurz fehlten. Stattdessen lagen da ein Paar Sandalen, ein weißes Tuch und ein schmaler Ledergürtel mit einer kupfernen Schnalle. Beim Baal, dachte er, will der Kapitän aus mir einen Nil-Schiffer machen? Dann nahm er das Tuch und versuchte sich zu erinnern, wie die Menschen hier einen Schurz knoteten. Schließlich schlang er den Stoff um seinen Leib, wie es ihm richtig erschien.

Niemand rief nach ihm und nichts geschah. Von draußen drang ein Gewirr von Stimmen und Geräuschen an sein Ohr. Karidon stieg auf den Hocker und blickte aus dem Fenster. Was er sah, überwältigte ihn. Vor seinen Augen erstreckte sich grenzenlos weites, fruchtbares Land, überall herrschte geschäftiges Treiben. Karidon ließ seinen Blick über die Felder, die Gärten und Gebäude und die Felsen im Hintergrund schweifen. Wenn alles, was er sah, zu Parennefers Gut gehörte, musste es unvorstellbar groß sein: Auf der einen Seite lag ein riesiger Garten voller Dattelpalmen, Feigenbäumen und torbogenförmig hochgezogener Weinstöcke; auf der anderen Seite gab es geräumige Stallungen, in denen Rinder und Schweine rumorten. Er sah Mägde, die Korn zwischen Steinen malten, und Arbeiter auf den Feldern. In der Luft lag ein Geruch von Dung, Knoblauch und Zwiebeln. Karidon betrachtete die Tiere. Antilopen sprangen zwischen den Mauern umher, auf einem Dach saß ein Pelikanpärchen mit gestutzten Flügeln und sah zu, wie die Katze einen Vogel beschlich. Hühner stritten sich um Körner, um die Gitter strichen fette Hyänen und warteten auf Fütterung.

Plötzlich knirschte hinter Karidon die Tür.

Amisu trat auf nackten Sohlen ein. Sie trug einen Becher und eine Schale mit Brot, Fleisch und Früchten. Ihr Blick glitt über den weißen Schurz, dessen Saum schief über Karidons Knie baumelte. Sie lächelte.

»Schon wach, Matrose?«

»Wo ist Jehoumilq?«

Er nahm einen Schluck Milch. Sie schmeckte nach Honig und einem unbekannten Gewürz.

»Der Kapitän ist mit Menkaura-Nacht und zwei Schreibern auf dem Schiff. Warte, ich helfe dir.« Als sie nach seinem Gürtel griff, wollte er sie zuerst wegstoßen. Aber sie öffnete einfach die Schnalle, zog am Schurz und drehte den Saum, bis er entlang des Schenkels verlief. Sie zog den Gürtel fester und schlug das Leinen darüber. »So! Zu einem richtigen Menschen fehlt dir aber noch viel!«

»Ich bin keiner von euch, Amisu!«

»Was bist du denn?«

Er senkte den Kopf. »Ich weiß es nicht.«

Amisu lächelte und sagte sanft: »Komm, Parennefer will dich sehen.«

»Weißt du, was er vorhat ... mit mir?«, fragte Karidon und leerte die Tonschale.

»Nein, aber du erfährst es bald. Nun komm, unser Herr wartet nicht gerne. Und ... triffst du jemanden im Haus, der älter und wichtiger ist als du, und das ist fast jeder, zieh die Sandalen aus und grüße mit ›Herr‹ oder ›Herrin‹.«

Sie brachte ihn zum Arbeitszimmer des Hausherrn, klopfte und schob ihn hinein.

Parennefers Blick traf ihn. Der Herr winkte und zeigte auf einen Platz vor dem Tisch. Drei Männer hockten entlang der Wand auf den Unterschenkeln, hielten Bretter auf den Knien und hantierten mit Tusche und dünnen Röhrchen. Auf dem Tisch lagen drei Barren des dunklen Metalls, das die *Kothar* in Kreta geladen hatte.

Parennefers Stimme war freundlich. »Du brauchst keine Angst zu haben, Karidon. Ich sehe, man hat dich gekleidet, wie es sich im Land von Binse und Biene geziemt.«

»Ich verstehe nicht, Herr.«

»Du wirst alles lernen. Die Binse ist das Schilf, von welchem wir leben und auf dem sie schreiben.« Sein ringgeschmückter Finger zeigte auf die Männer mit den gefalteten Kopftüchern. »Sie ist Symbol für das fruchtbare Nildreieck im Norden des Landes. Die Biene ist das Symbol für den Süden. Sie schenkt uns Wachs und Honig.« Wieder lächelte der mächtige Herr. »Du weißt, dass mein alter Freund Jehoumilq dich beim Schiff erwartet?«

»Jetzt weiß ich es, Herr.«

»Amisu begleitet dich. Frag sie, sie antwortet so gut sie kann. Wohlstand und Ordnung herrschen im Land des Pharao Amenemhet. Große Dinge sind in Vorbereitung und wir, die Glücklichen, werden sie miterleben. Geh jetzt, Horus schütze dich.«

Aus Karidons Nicken wurde eine Verbeugung. Parennefers Worte hatten ihn tief verwirrt. Er schloss die Tür. Als er aufsah, blickte er in Amisus strahlendes Gesicht.

»Er mag dich, Krabbe!«, lachte sie. »Ewig sei die Güte des Herrn Parennefer! Er gibt und nimmt Macht.«

»Meinetwegen«, sagte Karidon. »Ich will zu Kapitän Jehoumilq.«

Amisu packte seine Hand und führte ihn durch den Garten und durch ein Tor hinaus auf die Straße. Karidon sah, was ihm in der Dunkelheit verborgen geblieben war. Das Tor bestand aus Steinsäulen und sorgfältig verzierten Querbalken, worin unbekannte Zeichen und Tiere eingemeißelt und in Farben ausgemalt waren, die im Sonnenschein leuchteten.

Zwischen den Baumstämmen ragte der Mast der *Kothar* auf. Als Karidon Balmahor und Sandrone neben Jehoumilq auf dem Achterdeck erkannte, rannte er los. Er vergaß alles um sich herum und hastete an den vornehmen Rômet am Anlegeplatz vorbei die Laufplanke hinauf.

»Kapitän Jehoumilq!«

Der Kapitän grinste, als habe er einen Beutel Goldstaub verdient. Sandrone und Balmahor hakten die Daumen in die Gürtel und starrten Karidon an wie einen seltenen Fisch, der an Bord gesprungen war.

»Ausgeschlafen, Krabbe? Und einen halben Rômet haben sie aus dir gemacht. Ging schnell, wie?«

Suchend blickte Karidon zu Amisu, die auf dem Poller saß, die Hände auf den Knien. Sie sah aus wie eine der Granitfiguren an der Rampe.

Jehoumilq schlug auf die Planke. »Setz dich hierher.«

Vorsichtig, um den weißen Schurz nicht zu beschmutzen, gehorchte Karidon und wunderte sich: Warum rief ihn der Käpten nicht zur Arbeit?

»Um es kurz zu machen.« Jehoumilq kratzte sich am Bart. »Du bleibst bei Parennefer. Er schickt dich in die Schreiberschule. Vielleicht ruderst du mit seinen Schiffen. Ich will, dass du alles lernst. Alles! Fürs Essen und alles andere hab ich reichlich bezahlt. Wir legen in zwei Stunden ab und lassen uns in die Strömung rudern.«

Jedes Wort traf ihn wie ein Fausthieb. Hier sollte er bleiben? Allein? Hier, wo ihm alles fremd war? Ihn überkam ein Gefühl der Verlassenheit, das ihn weit stärker packte als die Verstörtheit.

Scheinbar ungerührt sprach der Kapitän weiter. »Wir segeln nach Byblos und Kreta und kommen mit mehr Metall und gutem Öl zurück. Vielleicht in einem Jahr, wahrscheinlich eher. Bis dahin wirst du in der Lage sein, die Seeschiffe der hochnäsigen Rômet so genau zu kennen wie die *Kothar*. Wenn wir uns wieder sehen, Krabbe, werden wir weiter segeln als je ein Schiff zuvor. Überleben wir diese Fahrt, haben wir nie wieder Sorgen. Ich hab dich als dürren Sklavenjungen gekauft. Wenn ich dich so ansehe, hat sich's vielleicht gelohnt. Du bist frei.« Er legte behutsam drei Finger auf das Sklavenmal, eine Geste von seltener Bedeutsamkeit. »Hast du Sorgen, frag Parennefer oder seine Frau Nefer-May. Ein Arzt macht dein Zeichen weg. Balmahor!«

»Käpten?« Der Steuermann konnte Karidon nicht in die Augen sehen.

»Sein Zeug. Gib's her.«

Karidons Bündel aus zerschlissenem Leder war kleiner als ein Wasserkrug. Balmahor stellte es auf die Planken.

Karidons Augen wurden feucht. Er tastete nach dem Bündel und stand auf. Seine Knie zitterten.

Jehoumilq räusperte sich und packte ihn am Oberarm. »Bleib gesund und anständig, Krabbe. Du musst viel und schnell lernen. Wenn wir zurückkommen, wirst du ein Mann sein und es verstehen. Noch etwas: Wir glauben, dass du kein einfacher Fischerjunge bist. Räuber haben euer Haus auf Kreta überfallen und dich weggeschleppt. Ich lasse nach Leuten suchen, die dich vielleicht kennen: Ein Junge mit einer sternförmigen alten Narbe und drei sternförmigen Pünktchen auf der Brust, vielleicht erinnert sich jemand an deine grünen Augen. Abwarten. Werde ja nicht zu einer räudigen Landratte, verstanden?«

Balmahor merkte, dass der Kapitän ein Ende zu machen wünschte. »Wir haben's eilig. Mach, dass du von Bord kommst!«

Karidon klammerte sich an die Bordwand und tappte zur Laufplanke. Er bewegte sich wie im Traum. Im Hals würgte und kratzte jeder Atemzug. Er ließ zu, dass Amisu ihren Arm um ihn legte und ihn fortzog. Einmal drehte er sich um. Jehoumilq stand breitbeinig an Deck, die Augen auf Karidon gerichtet. Der einzige Ort auf der Welt, an dem er sich geborgen gefühlt hatte, war verloren. Er fühlte sich unbeschreiblich einsam. Er glaubte nicht, das Schiff, die Mannschaft und Käpten Jehoumilq jemals wiederzusehen.

IM ZEICHEN DES GOTTES THOT

Parennefer ließ Karidon nur wenig Zeit traurig zu sein. Er veranlasste, dass er schon bald zu den anderen Schülern in den Schreibunterricht kam.

An jedem der vierzig Tage, die vergangen waren, seit Jehoumilq ohne ihn abgelegt hatte, achtete Amisu darauf, dass er in der übrigen Zeit nicht einsam war. Nach und nach erklärte sie ihm vieles von dem, was seine neue Umgebung bestimmte und ihm so fremd war. Auch sie hatte damals, als sie aus dem elenden Kush als Sklavin hierher gekommen war, lernen müssen das reiche und unnahbare Volk der Rômet zu verstehen, das so befremdlich starr wirkte. Karidon begriff allmählich die unermessliche Bedeutung des Pharao, der über dem Staat stand wie ein Gott. Des Pharao Worte galten so viel wie die Zeichen der Götter und die Götter durchdrangen das Leben der Rômet und bestimmten alle Entscheidungen. Die Worte des Malers Hophra und das herrliche Bild an der Palastmauer in Memphis flirrten wieder durch Karidons Gedanken. Er begann zu verstehen, dass jede Tat und jede Tätigkeit der Rômet der Verehrung der Götter galt und dass auch die Schönheit, die sie an sich selbst, ihren Gemälden und ihren Gebäuden so pflegten, dem Ruhm der Götter diente.

Karidon kniete auf dem Boden der Schreibschule. Hinter seinem Ohr steckte ein Paar gespitzter Binsenstücke. Noch schrieb er auf ein Holzbrett. Neben seinem rechten Fuß lag die Holzpalette mit den Vertiefungen für schwarze und rote Tusche, im Seitenfach klapperten trockene Binsenstücke. Er tunkte das ausgefaserte Ende ins Wassertöpfchen, rührte dann in der schwarzen Farbe und beendete das Wort. Er betrachtete das erste Zeichen, eine Silbe. Sie glänzte dunkelrot am Beginn eines neuen Absatzes.

»He, Grünauge!«, schreckte der Lehrer ihn auf. »Üben, üben! Viel schreiben, sonst wird nie ein Kapitän aus dir!«

Die Schüler, von denen die größten einen Kopf kleiner waren als er, drehten sich herum und lachten. Er lachte zurück und tauchte die Binsenspitze wieder ein. Damit er keine Fehler machte, spritzte er ein paar Tropfen zu Boden und flüsterte: »Hilf mir, Thot.« Der paviànköpfige Gott hatte den Menschen die Schrift geschenkt. Sein Bild blickte von der Wand auf die achtzehn Schüler hinab.

Karidon machte weder das Verstehen noch das Schreiben Schwierigkeiten. Dass er von rechts nach links schrieb, störte ihn kaum. Bald bekam auch er ein Heft aus Schilfmarkblättern, das keine Fehler mehr erlaubte.

Jeder Tag begann mit dem Spruch eines uralten Gottes, mit einem Bild, das Karidon erst wie ein rätselhaftes Wunder erschien; und jeder Tag endete, indem sich das Wunder durch Verstehen selbst erklärte. Karidon schrieb emsig. Er wusste, dass er besser war als die meisten. Wenn er schrieb, merkte er nicht, wie schnell die Zeit verging, bis der Lehrer in die Hände klatschte.

»Was ihr heute nicht lernt, ihr Faulen, versteht ihr vielleicht morgen. Jeder muss sich noch mehr Mühe geben! Aber nun steckt eure Binsen weg.«

Karidon griff nach dem Wassernapf, stand auf und lockerte die Muskeln. Jeden Tag sagte der Lehrer das Gleiche. Karidon schüttete das Wasser ins Kräutergärtchen, verbeugte sich vor seinem Lehrer und hob die Binsengriffel auf.

Ohne sich umzusehen, lief er an bunten Säulen entlang zum Tor des Gutshofes und über den Kanal, der den viereckigen Teich zwischen den Säulen speiste. Er schlug den Pfad nach rechts ein und kam zwischen Feldern, einer struppigen Ziegenweide und dem Zwiebelgarten zum Ufer des Großen Kanals.

Ein mannslanger Katzenfisch schnellte aus dem niedrigen Wasser und fiel klatschend zurück. Hennasträucher und Binsen raschelten; ein Falke jagte einen Taubenschwarm über die Grenze zwischen dem Fruchtland und der Wüste. Am trockenen Seitenkanal, dessen hölzerne Schleusen von Bauern ausgebessert wurden, schaute Karidon den Männern zu, die an einem Schiff arbeiteten.

In der sauberen Grube lagen ein Kiel aus Zedernholz von Byblos, ein Bugteil und ein Heckbalken. Das Holz war gut erhalten, aber alt: Schrammen, abgesplitterte Kanten und ausgefranste Löcher zeigten, dass die Wrackteile zum Bau eines neuen Schiffes verwendet wurden.

Karidon hob einen Holzmeißel auf und warf ihn einem Arbeiter zu. Zwei Dutzend Männer schliffen das Holz mit Steinen, sägten Schwalbenschwänze, schnitzten Zapfen und hobelten mit Kupferwerkzeugen Späne und Splitter ab. Auf der Böschung lagen benutzte Planken, ein Haufen Bohlen, zerbrochene Binsen, Tauwerk, Leinenfetzen und unbrauchbare Reste.

Der Aufseher sprach auffordernd und laut: »Parennefer wird zufrieden sein und uns loben. Bald steht der Sirius am Morgenhimmel. Viel ist noch zu tun. Ehe der Strom steigt, muss die Grube leer sein, beim Horus!«

Ein Mann antwortete aus der Tiefe des Docks. »Reg dich

nicht auf, Pinhasi. Die *Horusauge* wird so gut wie neu werden.«

»Besser als neu!«, rief ein anderer Arbeiter und wuchtete mit dem Hebelholz den Kiel zwischen die Steinblocklager.

Der Aufseher winkte Karidon zu sich. »Und du darfst den Kiel tragen! Du bist der Junge aus dem Haus des Herrn Parennefer?«

Karidon sprang über ein Taubündel.

»Ich bin Karidon aus Kreta. Was tut ihr mit dem Schiff, Herr?«

»Wir setzen das Schiff zusammen, bis es schwimmt. Dann zerlegen wir's wieder.«

»Warum?«

Pinhasi schlug mit der Faust in die offene Hand. »Überall kennt man dich. Du bist der Junge, der immer ›warum‹ fragt.«

»Wer viel fragt, bekommt viele Antworten.«

»Frag deinen Herrn, vielleicht erklärt er's dir.«

Karidon winkte den Männern zu und lief zwischen Strom und Kanal weiter. Gruppen schwitzender Männer rammten an den Seitenkanälen lange, mit breiten Streifen bemalte Stangen tief in den Boden.

Zwanzig Schritte weiter verstand Karidon, was die Markierungen bedeuteten. Sie standen entlang sicherer Fahrwasser.

Zwischen Schilf und Binsendickicht folgte Karidon dem Pfad. Er wusste nun, warum es Kapitän Jehoumilq so eilig gehabt hatte, stromab zu fahren: In der Jahreszeit Shemu, viermal dreißig Tage lang, führte der Nil Niedrigwasser. Die fünfzig Tage, in denen gelbrote Sandstürme heiß über das Land fuhren, waren gerade vorbei. In einem Mond begann das Jahr der Hirten und Bauern, hatte der Lehrer gesagt. Für Karidon waren die Namen der Monde und der Jahreszeiten nun ebenso neu, wie damals die Namen der Städte und Buchten, die er mit der *Kothar* angelaufen hatte. Und erst allmählich begann er zu begreifen, wie der Strom den Jahresablauf bestimmte.

Karidon grüßte die Eseltreiber und Fischer, die ihr Binsenboot ans Ufer zerrten, schlüpfte durchs Tor und ging durch den einsamen Garten. Als er die Bilder um die winzigen Fenster des Gebäudes sah, die grünen Ranken, Bäume, Vögel, Fische und Gazellen, fühlte er sich daheim.

Das Sonnenlicht erhellte den Vorraum. Karidon sah Parennefer, verbeugte sich und schloss die Tür.

Parennefer sprach ihn freundlich an: »Ich hörte, du darfst bald auf die Blätter des Binsenmarks schreiben? Hoffentlich lernst du andere wichtige Dinge ebenso schnell!«

»Ich versuch's«, sagte er. Dann sprudelte er hervor, was er herausgefunden hatte. »Man steckt schon die Pfähle in den Grund!«

»Kaum eineinhalb Monde in unserem Land, schon weiß er alles. Recht so!« Parennefer nickte. »In einem Mond und fünfzehn Tagen, rechnet man, zeigt der Sirius den Jahresanfang an und damit eine neue Jahreszeit: hundert Tage des Wassers und der Deiche. Der Strom wird alle Felder und Weiden mit nahrhaftem Schlamm überfluten. Viele Bauern arbeiten dann an den Bauwerken und in den Steinbrüchen. Warum? Weil sie jetzt Zeit haben. Erst im vierten Mond, im Tybi, können sie säen und Ochsen über die Felder treiben. Warst du, junger Schreiber, bei den Bootsbauern?«

Karidons Augen glänzten. »Der Aufseher hat gesagt, ich soll dich fragen. Warum setzen sie das Schiff zusammen und nehmen es wieder auseinander?«

»Damit sie nur gute Teile haben und genau wissen, wie

man es wieder zusammensetzt.« Parennefer lächelte über Karidons verständnisloses Gesicht. »Du wirst alles erfahren. Später.«

Er nickte Karidon zu, wandte sich ab und ging ins Arbeitszimmer. Er war ein viel beschäftigter Mann, der täglich zahlreiche Boten abfertigte.

Karidon ging zu der Köchin Werel, die ihn schon gut kannte, in die Küche und ließ sich zu essen geben. Er fragte sie: »Kennst du die Namen der Monde, Werel? Sagst du mir, was sie bedeuten?«

»Immer musst du fragen!«, stöhnte sie, zählte ihm aber auf, was sie wusste. »Und fünf Tage hängt man am Ende des Mesore an, vor dem Aufstieg des Hundssterns. Er ist der Stern des Aufgangs und der schönste Stern. Er bringt Wasser. Wenn der Strom steigt, ist's gut, aber wenn der Schlamm zu hoch steigt oder wenn der Schlamm ganz wegbleibt, Junge, dann geht's uns allen schlecht.«

»Unsere Speicher sind voll ... Habt ihr oft gehungert, als Pharao Amenemhets Vater regierte?«

»Nein, richtig schlimm war es noch nie. Immer gab es Bier und Brot. Seit fünfundzwanzig Jahren herrschte unser gottgleicher König Senwosret und jetzt sein Sohn Amenemhet. Es war eine gute Zeit. Alles ist wohl im Land, glaub mir.« Sie nahm ihm das leere Geschirr ab. »Und dir geht es auch gut.«

Karidon nickte. Er grüßte Werel und ging in den Garten, tauchte in den gesprenkelten Schatten der Akazien ein und war sich zum ersten Mal bewusst, dass er die *Kothar* nicht mehr vermisste. Er kletterte im rutschigen Sand die Düne hinauf, zog sich an Felsnasen entlang und hockte schließlich hoch über dem Gutshof. Sein Blick glitt über den Strom zu den Feldern und bis zum Rand der gegenüberliegenden Seite, bis zum Rand der östlichen Wüste. Die Grenze zwischen dem Fruchtland und den Farben des Welkens schien scharf gezogen, wie mit einem Messer.

Im Sonnenlicht verschwammen die kantigen Tempel. Schatten und kreidige Helligkeit zeichneten die weißen Mauern. Fischerboote trieben im Wasser und ließen die Schilfhalme schwanken. Nun verstand Karidon, dass jeder Handbreit Boden kostbar war. Es gab keinen Fleck, auf dem nichts gedieh oder auf dem kein Busch oder Baum stand. Viele einzelne Gehöfte waren über die Anhöhen verteilt. Unter riesigen Segeln fuhren Binsenschiffe im Mittagswind stromauf.

Er ertappte sich dabei, dass er dorthin starrte, wo Jehoumilqs Schiff angelegt hatte. Er atmete tief, schloss die Augen und ließ seine Gedanken schweifen. Das herrliche Bild an der Palastmauer von Memphis fiel ihm ein, und was der Maler gesagt hatte. Wieder träumte er sich an Bord eines Schiffes, das auf unbekannten Meeren, vorbei an unbekannten Küsten, fuhr. Immer häufiger träumte er diesen Traum, er, Karidon, der vor nicht allzu langer Zeit nichts weiter gekannt hatte, als die schwarze Enge der Bergwerksschächte. Sein Leben war nicht mehr das eines Sklaven; er war in einem Land, in dem alles seinen Platz hatte und wo die Ordnung kluger Menschen herrschte, die von der Wüste und vom Meer umgeben waren, wie von einer hohen Mauer. Es lebte sich gut im Schwarzen Land von Tameri, dem Reich der beiden Länder. Trotzdem fürchtete er im Grunde noch immer, dass hinter dem leichten Leben eine Veränderung lauerte, die ihn zurückschleudern könnte in die Jahre im Bergwerk, ins Dunkel, in Hunger und Prügel.

Nachdenklich kehrte er um. Warum war er in die Schreiberschule geschickt worden? Seltsam war auch, dass er Amisu seit zwei Tagen nicht gesehen hatte. Ihm war, als machten die Menschen um ihn herum rätselhafte Andeutungen. Die dicken, kühlen Mauern schienen hinter den heiteren Malereien Geheimnisse zu verbergen.

Karidon betrat den kühlen Raum und nahm seine Schreibsachen auf. Bedächtig übte er weiter, las von der Vorlage aus weiß geschabtem Leder ab. Als er das Wort »Seeschiff« schrieb, zuckte er zusammen. Was hatte Jehoumilq gesagt? In einem Jahr auf Parennefers Schiff?Unmöglich! Er würde es nicht schaffen. Er übte immer noch die einfache, schnellere Schrift und freute sich darauf, bald die Bilderschrift zu lernen; sie war sehr viel schwieriger. Aber dann könnte er vieles von dem lesen, was er in Memphis an den Säulen und, von Hophras Hand gemalt und geschrieben, auf der großen weißen Palastmauer gesehen hatte.

DES STROMES FEUCHTER ÜBERFLUSS

Der Priester Ges-beryt richtete seinen Blick nach Süden und rief: »Schäumend bricht sich das Wasser des Stromes an den Granitfelsen der Stromschnellen. An den Markierungen im Bogenland strudeln schlammige Wellen. Die Höhle des Nil leert sich über der Elfenbeininsel und speit sandigen Staub, mit grauem Schlamm und Wasser gemischt, einst Erde fruchtbarer Hänge, über die Wasserfälle.«

Karidon flüsterte: »Woher weißt du das, Herr?«

»Es ist immer so.« Er streckte den Arm aus, richtete seinen Blick in die Ferne und antwortete mit der Sicherheit eines Schlafwandlers: »Jeden Morgen, vor Sonnenaufgang, schwebt der Stern hoch und höher am nächsten Tag: Sirius steigt. Das Sternenzeichen des Himmels im Frühaufgang lässt jedes Jahr das Wasser schwellen, wenn die Götter gnädig sind. Schon vor Tagen hob sich das Wasser. Nun gurgelt schlammiges Wasser über ferne südliche Ufer.«

Der Priester wurde Karidon unheimlich. Kreiste sein Auge, wie der Horusfalke, weit im Süden?

Karidon stieg die Tempelstufen hinunter und rannte nach Hause. Am Kanal traf er auf Parennefers Fischer. Er hörte, wie sie mit einem erschöpften Boten sprachen, der gerade erst angelegt hatte. Er schien die Worte des Priesters zu bestätigen: »Die Kunde vom Steigen des Wassers hat man im Süden schon gehört. Boten kamen, sie jubelten. Das Wasser steigt und füllt die Kanäle bis zu den Felsen der

Talgrenze. Sie rufen: Schlamm schwappt in Wellen, sämigen Wirbeln und murmelnden Trichtern gegen Deiche und Wälle, bedeckt als dünner Brei die Felder. Das Binsendickicht ist voller Schlamm. Es wird ein gutes Jahr!« Er atmete schwer und leerte den Henketkrug, den ihm die Fischer gereicht hatten. »Dank! Ich muss nach Memphis. Das Wasser kommt schnell!«

Obwohl er elend vor Müdigkeit wirkte, paddelte er davon, als sei er auf der Flucht.

Karidon berührte die Dringlichkeit des Boten ebenso seltsam wie die Worte des Priesters. Er war befremdet, dass das Steigen des Wassers die Menschen in so tiefe Aufregung versetzte.

Fünf Tage später sollte er begreifen, warum. Er stand auf dem Dach. Als er über die Mauer sah, erkannte er das Maß der Veränderungen. Alles war von Wasser bedeckt. Vor seinen Augen lag ein stiller und unergründlich schwarzer See. Die Häuser spiegelten sich darin. Ein spinnwebartiges Netz aus Hochwegen und Stegen spannte sich über das Wasser.

Amisu trat hinter ihn. »Nun, Grünauge«, lächelte sie spöttisch, »jetzt siehst du, was dich heute Morgen geweckt hat: der Geruch des Lebensschlammes.«

Karidon nickte, ohne den Blick von der weiten Wasserfläche zu nehmen. »Jetzt verstehe ich vieles«, sagte er langsam. Und: Er konnte das Wasser tatsächlich *riechen*. Es war ein eigentümliches Gemisch aus den Gerüchen von Erde, Sand, Dung und warmem Schlamm.

Amisu sagte: »Hundert Tage lang saugt jedes Feld den fruchtbaren Schlamm in sich ein. Wenn das Wasser gesunken ist, fängt die große Arbeit an.«

»Auch für mich? Und für dich?«

»Für mich nicht auf dem Feld. Ich arbeite im Haus. Ich glaube auch nicht, dass du auf die Felder musst. Mit dir hat unser Herr etwas anderes vor. Er sagt, es ist noch nicht an der Zeit, darüber zu reden. Schreibst du schon ins Binsenmarkheft?«

»Ja. Bald darf ich die Bilderschrift lernen«, antwortete Karidon, noch immer in den gewaltigen Anblick versunken.

Der Dunst, der vom Wasser aufstieg, ließ Felswände und Steinbrüche verschwimmen.

Als Karidon das Dach verließ, sah er, wie Arbeiter dünnen Schlamm aus dem Kanal schöpften und zwischen den Pflanzen verteilten.

Drei Tage später war der große Kanal übersät mit Lastschiffen, die nach Norden gerudert wurden. Aus den Steinbrüchen, entlang der markierten Wasserwege, kamen Boote, in denen wuchtige Steinblöcke festgezurrt waren. Von Amisu erfuhr Karidon, dass viele Schwellen und Blöcke einige Meilen weit stromauf gebracht wurden, wo der göttliche Herrscher seine Residenz weiterbauen ließ.

Das Steigen des Wassers war für viele Bauern, Sklaven, Handwerker und Arbeiter das Zeichen gewesen, zu den Steinbrüchen und Baustellen zu kommen. Block um Block aus gelbem Sandstein, weißem Kalkstein oder dunklem Basalt wurde aus den Steinbrüchen gelöst. In den drei Monden, die nun folgten, wimmelten die Wasserflächen täglich von Schiffen und Booten, die Stein, Palmenholz, Heu und Vieh geladen hatten.

Als diese Zeit verstrichen war, nahm die Höhe der Überschwemmung Fingerbreit um Fingerbreit ab. Die

Schlammteilchen sanken zum Grund. Wenn Karidon auf dem Dammweg kniete, konnte er Fische, Quappen und winzige Frösche erkennen. Die Wasserstände hatten unterschiedlich graubraune Markierungen an den Palmstämmen hinterlassen. Feuchte Hitze erfüllte das Land. Über Wüste und Strom breitete sich ein wolkenloser Himmel.

In der Jahreszeit, die nun folgte, es war Peret, die Zeit der Aussaat und des Keimens, gingen die Bauern auf die Felder. Aus Säcken, die ihnen vor der Brust hingen, streuten sie Körner in den Boden. Sie trieben Ochsen mit leierartig gebogenem Gehörn, Schafe und Esel über die Felder, um die Saat einzutreten. In der Luft flirrten goldleuchtende Libellen und Insekten wie durchscheinende Edelsteine.

Dann trocknete das Land. Hier wurde noch gesät, dort sprossen schon die ersten Schösslinge. Das Flussbett, die kleinen Seen, die Kanäle und Wasseradern blieben gefüllt und das Land verwandelte sich in ein Muster aus dem unterschiedlichen Grün von Weizen, Hafer, Hirse und Flachs. Gemüse und Gewürzpflanzen wuchsen in ebenmäßigen Reihen und die Bäume trieben Blätter und junges Holz. An den Ufern des Stroms lärmten unzählige Frösche. Als wollten sie das Land erobern, wucherten die Binsen.

Es war um diese Zeit, als ein prächtiges Schiff mit dreißig Ruderern dort anlegte, wo im Jahr zuvor die *Lob der Kothar* festgemacht hatte. Der Doppelmast war zum Bug gekippt, das Segel hing über dem Schiff und bildete, an der Rah gerefft, einen großen Sonnenschutz. Karidon blieb stehen und betrachtete das riesengroße Horus-Falkenauge am Bug.

Der Lotse rief, an eine offene Lotosblüte aus bemaltem Holz gelehnt: »Bist du aus Memphis, Junge?«

»Ist das ein Schiff der Königlichen Flotte? Ich wohne drüben, im Haus deines Vorgesetzten.«

Der Lotse blickte ungläubig und fragte spöttisch: »Du kennst den Obersten der Königsflotte? Unsinn.«

»Er hat mir die Sandalen geschenkt.«

Der Lotse lachte. »Lügner. Wie heißt er denn?«

»Bin kein Lügner. Er heißt Parennefer. Ich bin Karidon aus Kreta. Was willst du von ihm?«

Der Lotse zuckte mit den Schultern, warf den Ruderern seine Stange zu, kam über die Planke und lehnte sich an die Bordwand.

»Ich will nichts von ihm. Wir bringen Botschaft aus der Stadt der Stromschnellen.«

»Botschaft für Parennefer?« Als Karidons Stimme kippte, lachten die Männer.

Werel, die Köchin, hatte ihm schon erklärt, dass jeder Junge einmal den Bruch-der-Stimme erleiden musste und Karidon krächzte unbeirrt weiter: »Ich bringe deinen Herrn ins schöne Haus meines Herrn.«

»Er wird's gerne hören. Wartest du?«

Karidon versuchte die wichtigste von tausend Fragen auszusprechen, ehe der Lotse die Geduld verlor: »Ihr kommt aus dem Süden, Vetter der Sandbänke?«

»Von der Elfenbeininsel, wo das Wasser des Stromes wieder gefallen ist.«

»Und die Botschaft?«

»Vom Verwalter im Bogengau. Er bekam sie von Haptjetai, Verwalter des elenden Kush.«

»Also eine wichtige Botschaft.«

Der Lotse nickte.

»Warum lässt du mich in der Sonne schwitzen?«, fragte Karidon.

»Kannst an Bord warten, wenn du willst.«

Karidon legte sein Schreibzeug vorsichtig nieder. Als er auf den Planken stand, ließ er seine Finger langsam über das Holz, das raufaserige Tauwerk und die dünnen Kupferbeschläge gleiten, die so poliert waren, dass sie wie Gold aussahen.

Der junge Lotse grinste. »Gefällt dir, wie? Ich bin Nebamun, Kleiner. Wir bleiben nicht lange.«

»Schönes Schiff«, sagte Karidon und wies auf eine Hütte aus Leinwand, Leder und Flechtmatten, die zwischen Achterdeck und Mastfuß stand. »Wohnt dort der Kapitän?«

»Dort wohnt er. Sei höflich zu Kapitän Ahau-Tinofer, wenn er nach dem Weg fragt.«

»Keine Sorge, Herr.« Karidon hustete, aber seine Stimme wurde nicht glatter. »In Parennefers Haus lernt man wahre Höflichkeit.«

»Aus der Schreiberschule, wie?« Der Lotse löste die Schnallen seines Armschutzes.

»So ist es, Herr. Wie weit ist es bis zur Stromschnelle?«

Nebamun deutete auf die Wüstenränder. Dazwischen lagen rund zweieinhalb Meilen eckiger Felder, wenige Straßen und das Gespränkel von Häusern, markiert von Palmenreihen und Mauern. »Vierzigmal diese Entfernung.«

»Wie lange habt ihr gebraucht?«

»Flussab geht's schneller als flussauf.«

Karidon stand da und blickte Nebamun in die Augen. »Warst du schon in Byblos?«

»Zweimal. Einmal sogar mit diesem Schiff, unserer schönen *No-Amuns Stolz*.«

»Ich war dreimal in Byblos. Kennst du die Häfen Kretas?«

»Nein. Du auch nicht, denke ich.«

»Dorther komme ich. Und wie steht's mit Zypern?«

Der Lotse starrte Karidon an. »War nie auf Zypern.«

»Ich war dort, mit Käpten Jehoumilqs feinem Seeschiff.« Karidon senkte den Kopf. »Aber bei den Stromschnellen war ich noch nicht. In der Schule erzählen sie von herrlichen Tempeln und Städten, flussaufwärts.«

»Dort ist es so schön wie hier. Du bist nicht aus unserem Land – ich seh's jetzt: helleres Haar, kleine Locken, grüne Augen und eine breitere Nase.«

»Woher ich komme, weiß ich nicht. Ich kenn meine Eltern nicht, nur die Stöcke der Besitzer. Ich war Sklave. Jehoumilq hat mich gekauft.«

Er wollte das Sklavenmal auf der Schulter zeigen. Doch die Kunst des Arztes, die Salben und das zweimalige Abreiben mit Stein, die bräunende Sonne und Amisus Ölmassagen hatten es fast völlig ausgelöscht.

Ein Mann kam aus dem Decksaufbau und schlug die Leinwand aufs Dach hinauf. »Er sagt die Wahrheit. Ich kenne Jehoumilq. Er bringt die Bronze vor die Augen unseres Gottkönigs.«

Kapitän Ahau-Tinofers Bauch hing eine Handbreit über den Gurt. Bartstoppeln wuchsen um sein Kinn. Er hatte gelichtetes Haar und stülpte eine zerrupfte Perücke über den Schädel. Seine Arme und Handgelenke trugen breite Zierbänder mit den Bildern des Cheper-Skarabäus, des heiligen Pillendreherkäfers.

Ahau-Tinofers Blick war prüfend und scharf. »Bring mich zu Parennefer. Ich muss ihn sprechen.«

Karidon verbeugte sich tief. Ahau-Tinofer hätte ein älterer Bruder Jehoumilqs sein können, dachte er; ein Mann von weniger rauem Benehmen und mit grauen Haaren. »Es ist nicht weit. Gut eine halbe Meile, Herr.«

Ahau-Tinofer stapfte in sein Binsenzelt und kam mit einem versiegelten Tonzylinder zurück, schlüpfte in seine Sandalen und knurrte: »Zwei Mann bleiben an Bord. Seid bei Sonnenaufgang wieder hier. Schüttet nicht zu viel Bier in eure trockenen Köpfe.«

Der Kapitän wartete, bis Karidon sein Schreibzeug aufgehoben hatte, dann folgte er ihm über den Kanal.

Sofort wurde er zum Hausherrn geführt. Amisu holte Essen und kühles Bier. Kurze Zeit herrschte aufgeregtes Treiben in Haus und Garten. Karidon ging zu Werel, um zu essen.

Als er später auf seinem Bett lag und mit offenen Augen träumte, knirschten plötzlich die Drehzapfen der Tür. Karidon sprang auf; es war Nefer-May.

Die Herrin schien seine Aufgeregtheit nicht zu bemerken. Ihr geschminktes Gesicht war streng. »Amisu wird dir einen frischen Schurz bringen. Der Herr will dir in einer Stunde etwas sehr Wichtiges sagen.«

Karidon wiederholte eine der vielen Höflichkeitsformeln, die er immer und immer wieder abgeschrieben hatte: »Ich gehorche. Ich eile vor sein Gesicht.«

Sie schloss die Tür, ohne zu antworten. Etwas sehr Wichtiges? Eine schreckliche Entscheidung? Oder wurde sein Traum endlich wahr?

Er hoffte das Beste und zitterte, weil er das Schlimmste erwartete.

**

Amina-Nefer zog einen daumengroßen Streifen Kupfer aus der Gürtelschnalle, schnippte mit den Fingern und zeigte auf die oberste Stufe. Der Lastenträger, der ihren

Watsack vom Hafen von Byblos zum Haus des rômetischen Verwalters geschleppt hatte, wuchtete ihn von seinen Schultern und wischte sich den Schweiß von der Stirn. Die Frau nickte ihm zu, gab ihm das Kupfer und sagte: »Du hast dir gemerkt, was ich dir sagte? Du weißt, wen ich suche? Wenn du etwas erfährst – auch wenn du nicht überzeugt bist –, sag es dem Verwalter Pi-Nacht.«

Der Träger verneigte sich und starrte auf das Zahlmetall in seiner Hand. »Dank, Herrin. Ich werd's nicht vergessen.«

Der Verwalter Pi-Nacht, gefolgt von zwei Sklaven, trat auf sie zu. Er starrte sie einige Atemzüge lang an und forschte in ihrem Gesicht. Schließlich klatschte er lachend in die Hände.

»Amina-Nefer! Liebste Freundin! Du – hier? Wie lange ist es her? Zehn Jahre oder elf?«

»Sieben«, sagte sie. »Sieben lange Jahre, Freund meines Käufers und Lehrmeisters. Hast du für eine Hand voll Nächte ein Lager für mich und den einen oder anderen Becher Sud?«

»Alles was du brauchst und mehr als du verlangst. Komm in den kühlen Schatten.«

Eine Stunde später saßen Amina-Nefer und Pi-Nacht im Innenhof des Hauses. Der Vertraute des Pharao betrachtete sie mit wohlwollendem Lächeln. »Als Prinz Nysos damals seinen Blick in deine bewunderungswürdigen Augen versenkte und sein Schiff zurück nach Kreta segelte, habe ich geglaubt dich niemals wieder zu sehen, Schönste. Nun bist du hier und erfreust meine alten Augen. Welcher Schicksalsweg trieb dich hierher? Welcher auch immer – du glaubst mir, dass mein Herz vor Freude springt?«

»Dir glaube ich es.« Amina-Nefer lächelte. Dann setzte sie die Ellbogen auf den Tisch und starrte in Pi-Nachts ungeschminkte Augen. »Prinz Nysos ist tot. Er starb achtzehn Monde lang unter Qualen. Ich habe ihn bis zu seinem Tode gepflegt. Mein Herz barst, alter Freund. Ich verlor unser Kind. Ich bin Witwe und geehrt im Palast von Knossos.« Sie schob den Saum des Halsausschnitts zur Seite. Pi-Nacht sah ein blaues Stichmal: das Symbol des Stiergehörns über der Doppelaxt. Es war das Zeichen, das jedes Besitztum trug, das zum Palast des Fürsten von Knossos gehörte. »Aber niemand vermisst mich. Ich suche meine Mutter und einen Bruder, die zusammen mit mir geraubt worden sind – vor vielleicht zehn Jahren.«

Pi-Nacht stand schweigend auf, legte seinen Arm um ihre Schulter, räusperte sich und sagte mit rauer Stimme: »Damals ... Du warst die Liebenswerteste und Schönste ... Wir alle waren so glücklich wie ihr beide, Nysos und du ... Was soll ich für dich tun, Amina-Nefer?«

»Meine Mutter und meinen Bruder finden. Sie sind Sklaven. Ich kaufe sie frei.«

»Ich tu, was ich kann. Du weißt, dass es sehr schwierig ist nach so endlos langer Zeit?«

»Ich weiß es. Ich habe in den Häfen von Kreta und Zypern, auch in Ugarit, mit mehr als hundert Leuten gesprochen. Sie wissen, dass ich sie reich belohnen werde, wenn sie mir sagen, was ich wissen muss.«

»Du bist auf dem Weg in das Land deines rômetischen Herrn, meines inzwischen verstorbenen alten Freundes, und dort willst du weitersuchen?«

Sie hob die Schultern. »Ich suche überall. Wenn du mir einen Schutzbrief mitgibst, auch in Memphis.«

»Was immer du von mir verlangst, du wirst es bekommen. Zuerst hören wir uns hier im Umland um. Die Suche, Amina-Nefer, wird ungeheuerlich viel Zeit erfordern.«

»Ich hab die Unterstützung des Palastes und viel Zahlmetall. Ich gebe nicht auf. Mir scheint, ich habe alle Zeit der Welt.«

»Schon damals warst du halsstarrig. Niemand kannte dein Ziel, aber du hast es verfolgt, schweigend und unbeirrt. Du kannst hier bleiben, so lange du willst.«

Wieder wurde ihr Gesicht unbewegt wie das einer Statue. »Das wusste ich. Deshalb bin ich gekommen. Und deshalb hast du all meinen Dank.«

DER KÄFER UND DER DOLCH

Parennefer hob den breiten Kopf und richtete den Blick auf den müden Kapitän. Karidon sah die tiefen Falten und die Tränensäcke unter seinen Augen. Auch Schreiber Ipuenre blickte Ahau-Tinofer erwartungsvoll an. Parennefer bemerkte Karidons Unsicherheit. An den Kapitän gewandt sprach er freundlich und ernst: »Umsichtiger Bezwinger der Stromschnellen, Kapitän beider Länder, gib meinem Schützling die Botschaft.«

Der Rômet-Kapitän zog eine Rolle aus dem Tonkrug. Im Gegenlicht traten die Tuschezeichen deutlich hervor. Er gab Karidon das starre Blatt.

Parennefer forderte ihn auf: »Zeig, was du gelernt hast: Lies laut. Es geht auch dich an.«

Karidon öffnete das Siegel, drehte die Rolle und erkannte, dass sie von einem tüchtigen Schreiber stammte. Der Text war deutlich geschrieben. Er begann stockend zu lesen.

Ahau-Tinofer winkte mit der schwieligen Hand. »Lauter!«

Karidons Stimme blieb rau, wurde aber fester: »Anch Udscha Seneb Hena Sepet-her Dsched er Nechech. Leben, Wohlergehen, Gesundheit und einen scharfen Geist ewig und ewiglich. Dies schreibt Sirenpowet, Königssohn von Kush im fernen Süden, an den Obersten Kapitän aller königlichen Schiffe, Parennefer, dessen Befehle gut und freundlich sind. Deine Tüchtigkeit ist vollkommen. Lies nun, welche Kunde aus dem elenden Kush kommt. Pharao Amenemhet, der glänzende Sonnengott, befahl mir viel Gold und Elefantenzähne, gegerbte Haut und allerlei Getier, Straußenfedern und Ebenholz einzutreiben, um dies gegen gutes Salz eintauschen zu können. Das ist geschehen. Die Lagerhäuser quellen über dank meiner Tüchtigkeit und Unbestechlichkeit. Ich schreibe dies, damit mein guter Herr im Großen Haus es wisse.«

Karidon sah aus dem Augenwinkel, dass Parennefer nur mühsam ein Stöhnen unterdrückte und las weiter.

»Das Salz, das so wichtig ist wie der Glaube an die Götter, geht zur Neige. Die Krüge sind leer und ich schreibe dies, um die Herzen meiner Truppen zu erfreuen, denn sie brauchen es für ihre Speisen. Sorge also, guter Parennefer, für Schiffe, die uns Salz bringen, sobald der Strom die Reise erlaubt, und für Lastschiffe. Sage unserem guten Herrn, dem goldenen Horus: Alle Aufträge sind ausgeführt, alles ist überaus gut gefügt, dass mein Herr nicht an Tadel denken wird. Das schrieb Sirenpowet, Verwalter der Elfenbeininsel in den Wassern des Stroms.«

Karidon ließ das Blatt sinken und blickte Parennefer an.

Der Hausherr strahlte: »Gut gelernt in der Schreiberschule!« Dann, an den Kapitän gewandt: »Ahau-Tinofer, sei mein Gast, lass dich verwöhnen, schlaf im kühlen Zimmer, träum von schönen Schiffen. Morgen kommen Schiffe aus dem fruchtbaren Dreieck mit Salz. Einen Teil davon bringt ihr Sirenpowet. Ipuenre, der Schreiber, fährt mit und führt die Listen. – Karidon, bring Ahau-Tinofer zum Bad.«

Karidon legte das zusammengerollte Blatt zwischen Parennefers andere Briefe.

Der Kapitän stemmte sich hoch. »Bin wirklich müde.

Das Holz aus Sirenpowets Magazinen muss noch ausgeladen werden. Dank für den Wein.«

Karidon öffnete die Tür. Er führte Ahau-Tinofer zu einem Diener.

Als er danach am Arbeitszimmer vorbeikam, hörte er den Schreiber Ipuenre sprechen. Er lieb stehen. »Der Junge liest, als wäre er seit zehn Jahren in der Schule. Der Lehrer sagt, er kennt auch die Bilderschrift. Dein Freund Jehoumilq hat ein gutes Auge.«

»Was er noch nicht kann, wirst du ihm beibringen, als unbestechlicher Schreiber des Obersten der königlichen Schiffe. Und bring Ordnung in den lästigen Kram aus Fragen, Antworten und Selbstlob.«

Später sah Karidon Parennefer im Garten. Versonnen schritt er durch den zitternden Schatten der Dattelpalmen. Kühler Wind trug den Duft unzähliger Blüten. Durch die Schilfhalme des Teichs schwirrten Libellen, ihre Flügel glänzten in leuchtenden Farben. Im Schatten einer Statue leckte eine falbe Katze ihre Pfoten.

Parennefer setzte sich auf eine Steinbank unter einer Palme. Er schien sehr nachdenklich.

Nach einer Weile verbeugte sich ein Diener vor ihm. »Fühlst du dich gut, Herr? Kühles Henket?«

Parennefer blickte ausdruckslos in sein Gesicht, dann sagte er entschlossen: »Ja. Bring Bier. Zwei große Becher. Karidon soll kommen.«

»Sofort, Herr.«

Der Diener schlurfte durch den Sand und kam sogleich mit zwei großen Bechern zurück.

Karidon klappte den hölzernen Laden vor das Fensterchen und ging zu Parennefer. Das Gesicht des Hausherrn zeigte Gleichmut, als er sich näherte. Erst als er sprach, erkannte Karidon, dass seine Entschlüsse so fest und gewaltig waren wie die Fundamente der Pyramiden.

»Setz dich, Schreiber Karidon, mein Sohn.«

In Karidons Magen bildete sich ein harter Klumpen.

Parennefer reichte ihm einen Becher und studierte sein Gesicht. Er deutete zu Boden und sagte streng: »Sag mir, was du siehst. Als junger Schreiber musst du es wissen.«

Karidon wollte aufspringen und fortrennen wie der Gepard, den er in den Palastgärten gesehen hatte. Er musste sich zwingen ruhig zu antworten. »Einen Skarabäus-Käfer, Herr, den heiligen Kugeldreher, der einen Ball aus Ziegenkot vor sich her rollt. Man hat die Bäume gedüngt.«

Parennefer nickte. »Eine umfassende Beobachtung, Schreiber Karidon. Der Cheperkäfer, Symbol der Sonne, rollt die Weltkugel von Sonnenaufgang bis zum Untergang des Horusgestirns. Er vergräbt die Kugel für neunundzwanzig Tage, am dreißigsten rollt er sie in den Strom, dann taucht daraus ein neuer Skarabäus auf. Siehst du die sechs Strahlen seines Kopfes?«

»Ich sehe auch, dass der Kotball viermal größer ist als der Kugeldreher, der hart für seine Ernte arbeitet.«

Der Käfer mit den schwarz schimmernden Flügeldecken, der nicht größer war als das erste Daumenglied, hatte die Kugel bis zum frisch angehäuften Schlamm unter dem Palmenstamm gerollt.

»Was lernen wir beide daraus?«

»Dass wir viel arbeiten müssen, um in späteren Jahren vom großen Vorrat leben zu können.« Karidon wusste nicht, ob diese Antwort klug genug war. »Der Skarabäus sagt: Herr, ich hab viel gesehen. Riesige Tempel, Säulen und Götterbilder, Auszeichnungen und Beschreibungen, die sich niemand merken kann, die sich nie verändern. Jetzt weiß ich's: In deinem herrlichen Land ändert sich kaum etwas. Ihr wisst, dass euer Leben gut ist, wenn jeder zwischen dem göttlichen Herrn und dem Fischer der alten Ordnung gehorcht. Wie es die steinernen, farbigen Pyramiden über dem Strom zeigen.«

Sein Atem ging stoßweise. Sprach er aus, was keiner zu sagen wagte?

Parennefers Miene blieb unbewegt. »Und das ist gut so für uns Rômet.«

»Ich bin kein Rômet. Aber in deinem Haus, Herr, geht es mir so gut wie nie zuvor.«

»Weil du kein Rômet bist, aber viele Bräuche unseres Landes kennst, gab dich Jehoumilq in meine Hände. Du kennst die Inseln im Großen Grünen, dem Meer nördlich des fruchtbaren Dreiecks. Du bist Arbeit, Prügel und Palastschule gewöhnt, sprichst und schreibst unsere Sprache, bald wirst du ein Schreiber sein, weißt vieles über Schiffe – und liebst sie zweifellos. Was tätest du, wenn man dir Macht gäbe?

»Ich … weiß es nicht.«

Parennefer lächelte zufrieden. »Du weißt und kennst noch nicht genug. Wenn du zurückkommst, weißt du mehr – und wirst einige Männer mit deinen vielen Fragen zur Verzweiflung getrieben haben.«

»Zurückkommen, Herr?« Karidon begriff, dass seine Träume sich womöglich der Wirklichkeit näherten. »Von woher?«

»Von der Elfenbeininsel Ta-seti im großen Strom.«

»Von den Stromschnellen? Von Assuan, der Stadt des Handels?«

Parennefer nickte.

Karidon sprang auf; erschreckt raschelte eine Eidechse

davon. Am liebsten hätte er einen Freudenschrei ausgestoßen. Er strahlte Parennefer an, seine Augen leuchteten.

»Drei Schiffe voller Salz schicke ich, mit Bewaffneten und vollen Laderäumen. Dir, meinem Schützling, bringt der Schreiber Ipuenre bei, was er besser kann.« Parennefer blickte Karidon prüfend an. »Kräftig genug für eine solche Fahrt bist du. Du wirst die Länge des Stromes befahren und die Planken der *No-Amuns Stolz*, der *Neb-taui* und der *Herr beider Länder* unter den Sohlen haben.«

Karidon setzte sich wieder.

Parennefer lächelte: »Bis dahin erhole dich, tu einige Tage nur, wozu du Lust hast. Geh mit Amisu zum Markt. Kauf ein, was du brauchst.«

»Ja, Herr. Wann segeln die Schiffe?«

»Wenn sie vom Ende der westlichen Salzstraße und von den Salzteichen kommen, legen sie hier kurz an. Zwei Dinge sind noch von großer Wichtigkeit –« Parennefer sah sich um. Sie waren allein. Seine Stimme wurde eindringlich: »Alle Augen richten sich auf dich, Karidon, so, als wäre ich selbst an Bord. Viele kennen Jehoumilq, alle kennen mich. Befolge die Regeln, bleibe freundlich zu jedermann und stelle deine Fragen. Sprich über nichts Wichtiges, nicht einmal mit dir selbst. Lerne zu lügen. Denke nach. Es wird eine Zeit kommen, in der Jehoumilq und du jene Verantwortung tragen müsst, die eigentlich uns obliegt.«

Karidon begriff nicht alles, antwortete aber: »Ja, Herr. Wie es mich Jehoumilq lehrte.«

»Ich plane ein Vorhaben göttlicher Größe, niemand hat es seit einem Jahrhundert mehr gewagt. Gelingt es, überhäuft uns Pharao Amenemhet mit Ehrungen und man meißelt das Lob unserer Taten in Palastmauern ein.«

Karidons Stimme zitterte: »Und Kapitän Jehoumilq?«

Parennefer lachte. »Natürlich auch seine! Er hat wahrscheinlich am meisten davon ... Gerade er!« Dann wurde Parennefer wieder ernst. Er stand auf und blickte Karidon noch einmal aufmunternd und streng in die Augen. Dann eilte er durch Sonnenglast und Schatten ins Haus zurück und ließ Karidon allein.

Überwältigt und wie im Traum starrte Karidon auf die schaukelnden Lotosblüten. Tausend Fragen und Gedanken schwirrten in seinem Kopf. Was waren die göttlichen Pläne, von denen Parennefer sprach? Warum hatte er ihn so nachdrücklich ermahnt? Und vor allem: Auf welche Weise sollte er an diesem Vorhaben beteiligt sein?

Hin und her gerissen zwischen zügelloser Freude und drückenden Ahnungen der großen Dinge, die ihm bevorstanden, ging Karidon langsam in das Zimmer des Kiebitzes zurück und versuchte etwas Rômet-Ordnung in seine Barbaren-Gedanken zu bringen.

In den nächsten Tagen tat Karidon, was Parennefer ihm geraten hatte. An einem Nachmittag nahm er das Binsenboot des Dieners und ruderte in der trägen Nachmittagshitze ins Schilf. Es war eine für Karidon bis dahin unbekannte, rätselhafte Welt.

Amisu saß im Bug. Vor dem Westufer des Stromes breitete sich das Schilffeld aus. Einige abgestorbene Bäume ragten zwischen den doppelt mannshohen Halmen heraus. Unzählige Tiere, die sie nur hören, aber nicht sehen konnten, lärmten um das Boot. Schmale Einschnitte teilten wie Wasserstraßen das Feld und bildeten kleine Seen. Den Pfad vor dem Bug bevölkerten Wasserläufer, Käfer und Enten.

Als das Boot die Halme teilte, drehte ein Reiher langsam den Kopf. Er schien den Weg des breiten Bootes zu verfolgen. Im Kehrwasser hinter der Sandbank öffnete sich eine Gasse durch die knisternden, raschelnden Halme, die dicht wie eine Mauer standen.

Karidon zog das Paddel rechts und links vom Heck durch das Wasser und steuerte das Boot durch einen Mückenschwarm.

»Willst du Fische speeren? Oder Enten jagen? Ich sehe keinen Bogen, keinen Pfeil«, lächelte Amisu.

»Ich kann noch nicht mit dem Bogen umgehen«, sagte Karidon. »Ich will nur sehen, wie es im Schilf ist. Überall am Nil ist so viel Schilf.«

Karidon paddelte langsam an den Halmen entlang. Die Luft war unbewegt und roch nach Schlamm und Moder.

»Es ist so heiß wie in der Wüste«, sagte Amisu und zog den Saum ihres Tuches in die Stirn.

»Vielleicht noch heißer«, murmelte Karidon und wischte mit dem Unterarm den staubigen Schweiß vom Gesicht. »Das Schilf hält den Nordwind ab.«

Als sich der Bug nach rechts wandte, schwiegen Karidon und Amisu: Sie waren so überwältigt, als beträten sie eine völlig andere Welt. Es war wie der erste Sonnenaufgang auf der *Lob der Kothar*, dachte Karidon. Amisu beugte sich vor, lauschte den Geräuschen und verfolgte das Flattern eines Eisvogels. Dann fiel ihr Blick auf die großen Schmetterlinge, die zwischen den Halmen gaukelten. Weit geöffnete Lotosblüten und farbenprächtige Seerosen lagen schwer im Wasser und zwischen Schilfstängeln fingen sich Sonnenstrahlen in großen Spinnennetzen. Fische schnappten nach Fliegen. Neben dem Boot schwamm weich und majestätisch gleitend eine Wasserschlange.

»Es ist ganz anders als im Kush«, flüsterte Amisu. »So viel Leben, so viele Farben, so viel Bewegung.«

»Ich hab es auch nicht gewusst.«

Langsam schob sich das Boot in die Mitte des Tümpels. Karidon legte das Paddel quer über die Knie und sie ließen sich treiben. Hinter Schilfinseln schnatterten Enten und Gänse. Ein Hauch von Gefahr erfüllte das große, undurchsichtige Feld.

Karidon fühlte sich gänzlich abgeschnitten vom Rest der Welt. Die Ruhe inmitten des Schilfs, keine zweitausend Schritte von Parennefers Gutshof entfernt, war beängstigend, trotz der vielen Tierlaute und des leisen Plätscherns.

Karidon tauchte das Stirnband ins Wasser, wrang es aus und knotete es wieder fest. Die Abkühlung hielt nicht lange an. Er lehnte sich ins Heck.

»Weißt du«, sagte er, »seit der ersten Nacht bei euch, als alles so erschreckend neu war, hab ich viel gelernt. Und doch entdecke ich immer wieder Neues.« Am Rand der Wasserlichtung schlug eine Gans mit den Schwingen, schrie und verschwand unter Wasser. Ein knallendes Klatschen ertönte. Karidon richtete sich auf, spähte zu der Stelle und lachte. »Was ist das dort? Siehst du? Wenn ich etwas sehe, was ich nicht kenne, will ich wissen, was es ist.«

Ein Schwarm kleiner Vögel stob auf. Karidon fühlte, wie sich die Härchen an seinen Armen aufrichteten.

Amisu schüttelte den Kopf. Nach einer Weile sagte sie: »Du bist so ganz anders. Wir, die armen Nomaden aus der Wüste und die reichen Rômet suchen nicht. Wir sind froh über das, was wir haben und wissen.«

Plötzlich breitete sich im Wasser ein großer Schlammwirbel aus, durchsetzt mit Blasen, zwischen denen Federn schwammen.

Als Amisu ins Wasser schaute, zuckte sie zusammen und schrie leise auf: »Kari, Sobeks Geschöpf!«

Karidon blickte in Amisus erschrockenes Gesicht, packte das Paddel und bewegte das Boot rückwärts. Als sich das Boot drehte, schob sich eine kantige Schnauze aus dem schwarzen Wasser. Zwei gelbe Augen leuchteten unter eckigen Panzerknochen. Eine dreieckige Spur hinter sich ziehend, schob sich das Krokodil näher, genau auf die Breitseite des Bootes zu. Karidon begann wild zu paddeln. Trotzdem trieb das Boot nur sehr langsam auf den Wasserpfad zu, durch den sie in die Lichtung eingefahren waren.

Karidon keuchte: »Nimm die Speere, Amisu!«

Das Boot wurde schneller, das Krokodil schwamm mit mächtigen Schwanzschlägen hinter dem Heck und kam näher. Karidon spannte die Muskeln und sah, immer wieder über die Schulter blickend, wie Amisu den Speer hob und herumdrehte. Schwitzend versuchte Karidon den Bug auf die schmale Öffnung im Schilf auszurichten. Er paddelte wie ein Rasender, das Boot bohrte sich ins Schilf und wurde langsamer. Karidon hielt das Paddel mit einer Hand, mit der anderen schleuderte er ein Wurfholz nach dem Schädel des Tieres. Mit einem trockenen Knacken traf es, wurde hochgeprellt und schwirrte davon.

Langsam öffnete sich der lange Rachen und zeigte hellrotes Fleisch und hundert nadelfeine weiße Zähne. Aus dem Schlund wehte grausiger Gestank nach Fäulnis und Gärung zum Boot. Der offene Rachen war nur noch ein kleines Stück entfernt. Karidon ließ das Paddel fallen und riss Amisu den Speer aus der Hand. Mit aller Kraft schleuderte er die Waffe zwischen die klaffenden Kiefer des Krokodils. Die Spitze bohrte sich in das Fleisch zwischen den doppelten Zahnreihen. Das Tier stieß ein gurgelndes Brüllen aus und schlug die Kiefer zusammen. Der Speerschaft zersplitterte. Karidon wartete nicht, hob das Paddel auf und schob das Boot durch den gewundenen Kanal bis zur nächsten Engstelle. Hinter ihm warf sich das Tier brüllend aus dem Wasser, schlug mit dem riesigen Schwanz, wirbelte die Gliedmaßen umher, tauchte und kam in einem Strudel stinkenden Schlammwassers wieder an die Oberfläche. Die Wellen ließen das Schilf schwanken; erschrocken kreischten Vögel auf.

Karidon holte tief Luft. Der Schweiß lief ihm in Rinnsalen über die Haut. Er paddelte ans Ufer in den Schatten eines Feigenbaums und machte das Boot an einer Wurzel fest.

»Hier sind wir in Sicherheit«, sagte er leise. »Ich habe Durst.«

Amisu zitterte und verschüttete Henket, als sie den Krug zu öffnen versuchte. Karidon nahm in ihr aus der Hand und füllte die Becher. Er war erschöpft. Er zog das Stirnband herunter, wischte sich den Schweiß ab und murmelte: »Ausgerechnet wir müssen der Bestie begegnen. Nun frisst sie den Speer und ist verärgert.«

»Wir haben Gott Sobek verärgert«, flüsterte Amisu.

Karidon schüttelte den Kopf und sagte: »Wir haben uns nur gewehrt. Denk an die Geschichten, die Werel immer erzählt: wie viele Kinder und Frauen, wenn sie Wasser holen oder Wäsche waschen, von Sobeks Geschöpfen verschlungen worden sind.«

Ihre Augen bohrten sich in sein Gesicht. Sie sah ihn an wie etwas, das sie zwar sehen, aber nicht begreifen konnte.

Am frühen Abend, als Karidon zu Parennefers Gut zurückpaddelte, saß ihnen der Schrecken noch immer tief in den Knochen. Aber sie erzählten nicht einmal der gutmütigen Köchin von ihrem Erlebnis.

Vom Hafen von Memphis ging Karidon die breite Straße entlang bis zur Palastmauer, als kenne er jeden Schritt. Er zog Amisu an der Hand hinter sich her und blieb erst stehen, als er die Bilderwand vor sich sah. Alle Farben und Linien waren frisch, als wären die Bilder erst gestern fertig gestellt worden.

»Sieh es dir genau an, Amisu«, sagte er drängend. »Der alte Maler hat gesagt, das sind die Träume des jungen Herrschers. Solche Träume hab ich auch. Aber die Hütten und die schwarzen Menschen – das ist nicht meine verlorene Heimat.«

»Und es ist auch nicht der Süden«, sagte sie und ging neben ihm näher heran. »Warum soll ich davon träumen?«

»Weil jeder von etwas Schönem, Neuem und Fremdem träumen soll, Amisu.« Karidon las einige Zeilen halblaut vor. »Punt ist viel weiter weg als Zypern, Kreta und die Häfen am Zederngebirge.«

»Ich will nicht nach Punt.«

»Es wäre herrlich, wenn ich ins Weihrauchland segeln dürfte!«

Sie zuckte mit den Schultern und betrachtete die Bilder. Karidon betastete die Schiffe und fremden Bäume. Dann drehte er sich langsam um und nahm Amisus Hand.

Es wimmelte nur so von Menschen zwischen den Palastmauern, Zierteichen, Tempeln und Götterbildern, zwischen Strom und Kanal. Noch nie hatte Karidon so viele Menschen an einem Ort gesehen – zwei Stunden nach Sonnenaufgang. Amisu ließ Karidons Hand nicht los, als sie von einem Händler zum anderen schlenderten.

Karidon unterschied die Gerüche von gebratenem Fisch, verschmortem Horn und verbranntem Fleisch, frischem Lauch und feuchten Fellen. Hier wurde Wein eingeschenkt, dort klapperten Bierbecher; Wachteln flatterten in Käfigen. Im Sonnenlicht schmolzen Salben, Metall blinkte unerträglich grell. Durch das Gurren von Tauben auf dem Sims hörte man einen Schmied seinen Singsang leiern.

Da entdeckte Karidon einen Dolch. »Der ist etwas für mich. Scheint ein guter Dolch zu sein.«

»Nur zu, Parennefer ist großzügig«, nickte Amisu.

Er kauerte sich auf die Matte des Schmiedes, auf der Dutzende Axtschneiden, Dolche, Messer und Messerchen lagen. Karidon sagte zu dem Schmied, der nach kaltem Rauch roch: »Ich werde dir ein Blatt geben. Darauf verspricht der Oberste der Königsschiffe dir zu geben, was der Dolch wert ist. Der hier taugt nichts.«

»Der Oberste der Schiffe? Parennefer? Du bist in seinem Haus?«

Amisu antwortete voller Stolz: »Er ist der Freund des Händlers, der das neue Metall ins Land bringt. Glaub's mir.«

Der Schmied machte große Augen. Dann griff er in einen Korb und zog einen anderen Dolch heraus. »Ist dieses Meisterwerk für einen jungen Krieger zu schwer?«

Die zungenförmige Dolchschneide war länger als Karidons Hand. Er drehte die Waffe, wog sie, schloss die Finger um den Griff und fing ihn auf, nachdem sich die Kupferwaffe überschlagen hatte. »Wie viel?«

Der Schmied kratzte sich am Bauch. »Elf Deben Kupfer.«

Karidon lachte und Amisu schnitt eine Grimasse. Jede Ware, hatte Werel ihnen erklärt, hatte ihren Preis, aber fast nie wurde in kupfernen Deben gezahlt. Karidon schüttelte lachend den Kopf: »Dafür bekomme ich zehn Krüge Dattelwein oder Honig.«

»Willst du prassen oder schneiden, Kapitän?«

»Schneiden, stechen und Wucher treibende Schmiede umbringen. Drei Deben, Vater der Glut.«

»Erstich dich selbst, Barbar. Neun.«

»Vier. Mit schöner Lederscheide, Rußhuster.«

Der Schmied kicherte und schaute sich Hilfe suchend um. Weder der Nachbar, der Ringe, Silber und Leder feilbot, noch der mit den Fischspeeren und Angelhaken achtete auf ihn.

Karidon sagte: »Schau: Schleudere ich den Dolch, bleibt er nicht mit der Spitze stecken. Der Griff: zu klobig. Ich muss ihn zurechtfeilen. Also brauch ich Messer und Feile. Fünf Deben. Mit Scheide.«

»Sechs. Scheiden hat der Ledermacher.«

»Vier. In einem Mond zeig ich dir, was ich aus dem Dolch gemacht habe. Mit dem da kann ich gerade noch Schilf schneiden.«

Der Schmied hatte verloren. »Sobek im Wasser soll dich zerstückeln. Fünf.«

»Parennefer hätte dich vom Schiff gestoßen, Herr der Asche.«

Der Name Parennefer beseitigte die Zweifel des Schmiedes. Er konnte zwar nicht lesen, was Karidon schrieb, aber als Karidon und Amisu gingen, rannte er zum Schreiber auf den Tempelstufen und ließ sich vorlesen.

Beim Schmuckhändler erhandelte sich Karidon einen breiten Brustschmuck. Er achtete darauf, dass die Verbindungsglieder und Schnüre zwischen den Gliedern und Steinen fest genug waren. Als Amisu die Lederschnur in seinem Nacken knotete, fühlte er ein seltsames Rieseln entlang des Rückens.

Der Handwerker hielt ihm eine spiegelnde Kupferscheibe entgegen. Karidon bewunderte sich in der kopfgroßen

Scheibe. Als sich der Spiegel mit dem Bild seines Gesichts bewegte, zuckten Lichtblitze zu den Götterstatuen und Königsbildern.

Zwei Stunden vergingen zwischen honigtriefenden Datteln, Körben, die mit zwei Dutzend Sorten süßen Gebäcks gefüllt waren, meckernden Zicklein, gerupften Enten und Gänsen, Gefäßen für jeden denkbaren Zweck, stinkendem Leder, Braten und Knoblauch. Amisu hing an Karidons Arm, während sie zwischen den Matten der Händler umherschlenderten.

Karidon erhandelte noch einen breiten Gürtel mit Kupferschnalle, eine Dolchscheide, einen ledernen Unterarmschutz voller Kupfernieten, mit einem Horus-Falkenkopf verziert, Ledersandalen, einen Schurz mit Doppelsäumen und die größte Manteldecke, die er finden konnte.

»Ist dir in der Nacht so kalt?«

»Auf den Planken liege ich so viel weicher. Mit der anderen Hälfte deck ich mich zu. Es war kalt im Regen, auf dem Meer.«

»Regen? Auf dem Meer?«, fragte Amisu ungläubig. Aber sie hatte ihm auch die Geschichten von den fliegenden Fischen und den Schweinsfischen, die Menschen in Seenot ans Ufer trugen, oder den Walen geglaubt, die durch ein Loch im Nacken atmen konnten.

Er hob die Schultern. »Überhaupt kann man einen Mantel immer gebrauchen. Meinst du, dass Parennefer schimpft?«

Amisu schüttelte den Kopf und zeigte auf einen Händler, der breite Goldreife feilbot.

Karidon nickte. »Er hat gesagt, dass jeder auf mich blicken wird. Ich nehme nicht den Teuersten, aber dir schenke ich einen Armreif.«

Sie hielt die Finger vor seine Augen. »Einen ganz dünnen Ring, Kari.«

Sie probierten ein Dutzend Ringe und Armreife. Karidon wählte einen dünn vergoldeten Reif voller Schriftzeichen und ließ ihn sich an den Oberarm hinaufschieben.

Der Schmuckschmied rief: »Langes, gutes Leben, wachsames Auge, Sieg im Kampf. Heute schon siehst du wie ein Fürst aus, Freund des Kapitäns, einer, der schon ist, was andere nie sein werden.«

Nachdem sie sich gestärkt und ihre Arme und Gesichter im Wasser gekühlt hatten, gingen sie zu den Schiffen zurück. Sie versuchten im Schatten zu bleiben und kamen bis zu den großen Warenhallen am Hafenrand. Plötzlich blieb Karidon stehen, als sei er gegen eine Mauer gerannt. Zwei Schiffe legten an, die langen Rahen knatterten an den Masten herunter; die Matrosen warfen dünne Leinen an Land. Dicke Taue wurden um Steinsäulen gelegt. Die Steuermänner zogen die schweren Steuerruder hoch und wischten sich den Schweiß ab.

Karidon packte Amisu an den Schultern. »Die Schiffe! Mit ihnen fahr ich zur Stromschnelle!«

Amisu sagte nichts. Sie blickte traurig zu Boden und zog ihn von den Schiffen fort, als wolle sie flüchten. »In die elende Wüste«, flüsterte sie. »Dorthin, wo ich geboren wurde und meine Eltern verloren hab. Und meine Geschwister.«

Karidon blieb dreimal stehen und schaute zurück, bis die Schiffe klein wie Spielzeuge geworden waren. Seine Gedanken eilten voraus, über den Strom, zwischen den Bergen hindurch in den geheimnisvollen Süden.

DIE ELENDE WÜSTE

Hoch über Memphis, im Licht Amun Re-Harachtes, der aufgehenden Sonne, kreiste ein Falkenpärchen. Ahau-Tinofer tippte auf Karidons Schulter und zeigte hinauf: »Horus ist mit uns. Wird eine gute Fahrt.«

Die *No-Amuns Stolz* legte zuerst ab. Stille und Bewegungslosigkeit umgaben Karidon. Ahau-Tinofer lehnte mit ernstem Gesicht am Heckbalken, Schreiber Ipuenre blickte nach Osten. Aus der dämmrigen Tiefe des Tals wuchsen die Spalten und Felskanten der Steinbrüche empor. Die große Steinmasse des Tempels des Ptah glühte auf in den rötlichen Strahlen der Sonne.

Ahau-Tinofer nickte seinen Männern zu und hob den Arm. Der Lotse Nebamun im Bug der *No-Amuns Stolz* donnerte mit dem Stangenende auf die Planken und rief: »Hinaus in die Strömung, bei Sachmet, der Löwenköpfigen! Wir bleiben im Kielwasser!«

Die Ruderer drückten die Griffe der Riemen auf die Schenkel. Dreißig Riemen tauchten zugleich ins Wasser – langsam trieb das Schiff von den Quadern weg und glitt in die Mitte des Stroms. Leise Kommandos begleiteten die Bewegungen der Ruderer. Ein Steuermann schob die Pinne von sich weg, der andere zog sie an sich.

Die Rampen und Gerüste um Pharao Amenemhets Pyramide loderten gelb.

Ahau-Tinofer legte die Arme um Karidons und Ipuenres Schultern: »Für dich ist entlang des Stroms alles neu. Aber wie's auf einem Schiff zugeht, weißt du besser als unser Schreiber Ipuenre.«

Karidon grinste: »Alles andere weiß Ipuenre besser als ich.«

»Wir gehen nur dann an Land, wenn es sein muss. Das Schiff ist das Haus, auf dem wir leben und schuften.«

Karidon fand schnell zurück in die Welt der schwankenden Planken. Er spürte das Schiff von den Fußsohlen bis unter die Haarwurzeln und genoss es. Ipuenre lächelte unbehaglich und hielt sich am Handlauf der Heckkanzel fest. »Nicht einmal bis Nechen bin ich gekommen. Hab bei den Alabasterbrüchen im Schlangenberggau gewohnt.«

»Dann werde ich euch viel zeigen können.« Ahau-Tinofer klatschte seine Pranke auf Ipuenres gänsehäutige Schulter. Das Gespräch wurde vom Pochen des Taktgebers und der Riemengeräusche begleitet. »Und du, Karidon, hältst deine grünen Augen offen.«

»Das brauchst du nicht zu befehlen, Kapitän. Und ich frage, wenn ich's nicht verstehe. Kennst du Jehoumilq gut?«

»Viele Kapitäne kennen einander. Sie tauschen beim Bier Nachrichten. Wir sind Boten ungeschriebener Briefe. Merk dir: Wir sind so etwas wie Brüder.« Er seufzte. »Na ja. Jedenfalls fast alle.«

Karidon balancierte an der Heckkante, sog den Geruch des Schiffes ein, blinzelte und betrachtete die aufgekräuselten Fasern im Tauwerk.

Ahau-Tinofer tastete mit den Blicken jede Einzelheit an Bord ab und brummte: »Als Kapitän des göttlichen Horus mit einem guten zerschrammten Schiff und einer schlechten zerschrammten Mannschaft fahren wir zusammen nach

Süden. Du wirst dem Koch helfen, bringst den Kameraden Bier und Peser lehrt dich Bogenschießen. Geh in den Bug und frag Nebamun, wenn du etwas wissen willst. Fällst du ins Wasser – gibt's Ärger.«

»Ich kann gut schwimmen.«

»Hinweg mit dir, Söhnchen.«

Karidon turnte mittschiffs schnell über den Steg, duckte sich unter beiden Rahen durch und tauchte am hakenförmig gekrümmten Bug wieder auf. Der Lotse holte den Peilstab ein, betrachtete den Schlamm am Ende und deutete mit dem Kinn zum Uferfelsen. Das heiligste Hapi-Maß des Reiches zeigte die Wasserhöhe.

»Halt dich fest, Kleiner, sieh dich um und frag.«

Karidon hatte den Lotsen Nebamun längst wieder erkannt. Er fragte: »Erinnerst du dich an Parennefers Gut?«

Nebamun grinste und nickte.

Karidon grinste zurück. »Sag mir, wo fängt der vordere Naretbaum-Gau an?«

Der Lotse seufzte, musterte Karidon still und deutete nach Backbord.

Ruhig glitten die Schiffe stromauf. Karidon genoss die Fahrt ebenso wie die neuen Eindrücke, die er jetzt aufnahm, ohne sich erschreckt und erdrückt zu fühlen. Er ließ den Blick über den weiten Strom schweifen und es wurde ihm wieder bewusst, wie sehr er sich, seit er aus dem Bergwerk geholt worden war, verändert hatte.

Zunächst herrschte Windstille. Die Sonne flirrte im Talgrund in den Binsenfeldern, löste den Dunst und ließ das dunkle Grün leuchten. Der Strom kroch durch die Ebene. Karidon sah Bauern hinter dem Schilf. Manchmal waren die Felsen nur einen Bogenschuss vom Ufer entfernt, dann einen Tagesmarsch oder mehr. Das Fruchtland lag in vieleckiger Ordnung. Fischer scheuchten Enten und Gänse aus den Sümpfen und von den Sandbänken. Am schlammigen Ufer sonnten sich Sobeks Geschöpfe. Karidon betrachtete ihre Rücken und Schädel, die aussahen wie aus tief genarbtem Leder. Mit schläfrigen Augen stierten sie herüber, ihre mächtigen Zähne funkelten wie Messer. Karidon dachte an den Tag im Schilf, an dem Amisu und er mit viel Glück dem Totbeißer davongepaddelt waren.

In den Stunden zwischen Morgen und Mittag erreichte der Tageswind die Schiffe. Ruckweise knirschten die Rahen den Mast hinauf; das taufeuchte, ockerfarbene Tuch sackte in Falten auseinander.

»Riemen ausziehen und sichern!«, rief Ahau-Tinofer. »Der Wind reicht bis abends, hoffe ich.«

Mit dicken Knoten befestigten die Ruderer die Tauenden im Heck. Schmatzend blähte sich das Segel. Dann versammelten sich die hungrigen Ruderer um den Koch, der vor dem Mast auf den salzgefüllten Tonkrügen saß und seinen kochenden Brei im Kessel mit fein geriebenen Kräutern würzte.

Langsam zog die Landschaft vorbei. Ein Damm trennte ein sumpfiges Abwasser von einer Weide, auf der Rinder, Antilopen und Gazellen in Gattern standen. Ständig gab es Neues zu sehen.

Karidon putzte den rußigen Kessel mit Sand und schwenkte ihn an einem Tau im Wasser des Stroms. Er lernte am Farbunterschied des Wassers oder am veränderten Gekräusel der Wellen die Lage der Sandbänke zu erkennen. Manchmal schrieb er etwas Wichtiges und bat Ipuenre es zu verbessern. Wenn es keine Arbeit an Deck gab, feilte Karidon an seinem Dolch, bis er gut in seiner Hand lag.

Dicht vor dem südlichen Iwni, schon eine gute Strecke stromaufwärts, wich die *No-Amuns Stolz* in der Flusskrümmung einer Gruppe glatthäutiger Tiere aus, die sich im Wasser balgten, durch den Schlamm tauchten und ihre rosa Mäuler mit mächtigen Hauern aufrissen.

»Flusspferde«, sagte Nebamun. »Es ist besser, ihnen nicht in den Weg zu kommen, auch wenn sie so harmlos aussehen.«

Über dem Schiff schwebten Reiher. Ihre Nester in den abgestorbenen Bäumen am Ufer waren deutlich zu sehen. Aufgeregt trompetend flatterten sie um die trägen Flusspferde.

Selten wurde nachts gerudert. Nur dann, wenn der Mond hell genug strahlte und der Strom sicher schien. Meist lagen die Schiffe an einem felsigen Uferstück oder nebeneinander, mit dem Bug auf dem Sand. In der Stille hörte man das Jaulen jagender Schakale aus der Wüste.

In den Hecks brannten kleine Öllampen. Auf der *Herr beider Länder* erkannte Karidon Menkaura, den er damals auf Parennefers großem Fest gesehen hatte, wie er Wein trank und mit Papyrusrollen hantierte.

Irgendwann schlief Karidon ein, am Fuß dieses schönen Tages in seinem neuen Leben.

Als er wachgerüttelt wurde, sah er undeutlich eine Hand auf seiner Schulter. Er riss die Arme hoch, schützte seinen Kopf und rollte auf die Seite. Arme und Knie krachten gegen die Bordwand. Der Schmerz machte ihn hellwach; mühsam erkannte er Nebamun.

»Karidon!«, sagte er sanft.

»Ruhe im Bug!«, rief jemand aus dem Schiffsbauch.

An Menkauras Häuschen auf dem Schiff nebenan raschelte der Vorhang. Er fragte: »Was ist los bei euch?«

Der Lotse antwortete: »Der Kleine hat schlecht geträumt.«

»Ihr weckt alle drei Schiffe auf. Gebt Ruhe!«

Nebamun sagte leise zu Karidon: »Du hast geschrien, als wollte man deine Ohren abschneiden.« Er strich ihm übers Haar. »Schlechte Träume?«

Karidon nickte. Er lehnte sich gegen Nebamuns Schulter. »Ich hab geträumt ... Von früher. Vom Bergwerk. Jeder hat geprügelt. Mit der Hand, mit dem Stock, mit der Peitsche. Nachts. Am Tag noch mehr. Weiß nicht, warum. Immer hab ich gehorcht und bin gerannt. Und vom Haus hab ich auch geträumt, vielleicht vom Elternhaus.«

»Der Käpten sagt, du kennst deine Eltern nicht?«

»Nein, aber ich hab von ihnen geträumt. Von einem weißen Haus, dem Strand, einer Schafherde. Ich erinnere mich nur an fremde Gesichter. Dann an den Stollen.«

Er starrte aufs Wasser hinaus.

»An Bord rührt dich niemand an. Parennefer hat dich nicht geschlagen. Beruhige dich, Karidon.«

»Jehoumilq hat gebrüllt und geflucht, wenn wir in Gefahr waren. Aber er hat mich behandelt wie einen Sohn – wie ihr alle. Sei nicht böse, dass ich dich geweckt hab, Nebamun.«

Der Lotse legte seinen Arm um Karidons Schulter. »Die Götter strafen manchmal. Keiner weiß, warum. Unsere Sklaven werden selten geschlagen. Du wirst sehen: Wenn wir zurück sind, besiegst du jeden, der dich anfasst.«

Karidon zuckte mit den Schultern.

»Leg dich wieder hin«, sagte Nebamun und schlug mit der Faust leicht gegen Karidons Oberarm. »Vergiss, was früher war.«

Karidon kroch unter seine Decke und zog sie bis ans

Kinn. Er merkte nicht, dass Nebamun wartete, bis er tiefere Atemzüge machte. Zwischen Wachen und Schlaf tauchten seltsame Bilder auf; ein ernster, blondhaariger Mann, jüngere und ältere Kinder, vielleicht Brüder und Schwestern, eine Terrasse im Schatten von uralten Ölbäumen, ein blaues Zeichen, das er nie zuvor gesehen hatte: Es zeigte ein Boot oder ein Schiff mit einem Stiergehörn im Segel, er sah ein Haus voller Fröhlichkeit über einem Strand aus weißem Sand und goldener Sonne, aber alles verging im schwarzen, wohltuenden Abgrund des Schlafes.

»Den linken Fuß vor. Die Zehe zeigt aufs Ziel. Den anderen Fuß quer. Sieh das Ziel an, Junge!« Pesers Hände, hart wie Holz, packten Karidons Arme, Schultern und Knöchel und bogen sie dorthin, wo er es für richtig hielt. Karidon gab es auf, sich gegen ihn zu wehren und hielt mit der Linken den Bogen senkrecht.

Peser nickte. »So ist's besser. Das ist der schwächste Bogen an Bord.«

Karidon blickte Pesers stämmige Beine und muskulöse Arme an und sagte sich, dass er nie richtig würde schießen können.

»Pass auf, dass du ihn ja nicht zerbrichst!«, mahnte ihn Peser.

»Zerbrechen? Ich? Ich kann ihn ja nicht einmal spannen!«

Peser gab ihm einen Pfeil und erklärte, dass die Sehne in die Kerbe und die Nock zwischen den zweiten und dritten Finger gehörten; der Daumengriff sei etwas für die Fürsten der Bogen. »Einatmen und Sehne ausziehen.«

Karidon gehorchte. Der Pfeil drehte sich nach rechts vom Bogen weg.

»Zurück.«

Sie standen hinter dem Steuermann im Heck. Dreißig Ruderer grinsten schadenfroh hinauf.

Nachdem Karidon den Bogen fünf Dutzend Mal gespannt hatte und seine Muskeln zitterten, konnte er die Griffe richtig ausführen.

Peser beruhigte ihn: »Der wahre Meister des Bogens hat fünftausend Pfeile verschossen, bis er sicher ist. So viele sind gar nicht an Bord.«

Mehrere Male durfte Karidon die Sehne nur ohne einen Pfeil loslassen, dann gab Peser ihm schließlich einen Pfeil. »Den Pfeil schenk ich dir. Jetzt – ausatmen, ehe du den Schuss löst.«

»Verstanden – hoffentlich.« Karidon führte langsam die »Schritte des guten Bogenschusses« aus und zielte auf eine Schilfinsel. Er verfolgte ihre Bewegung, indem er den Oberkörper drehte. Er spürte die Sehne am Kinn, atmete aus, löste den Schuss und sah, wie der Pfeil in fast gerader Bahn davonheulte und ein gutes Stück über dem Ziel ins Wasser schlug.

Peser sagte in gespielter Trauer: »Heute Abend wird ein fröhlicher Fischer einen toten Fisch finden und sagen: Der furchtbare Jäger Karidon hat wieder seinen Bogen gespannt. Morgen mehr. Bald wirst du deine Pfeile selbst schnitzen und leimen.«

»Kann man keine Pfeile kaufen?«

»Nichts da, beim Horus. Nie wird aus dir ein guter Schütze, wenn du dir nicht einmal deine Pfeile machen kannst.«

»Verzeih, ich wusste nicht, dass Ahau-Tinofer sein Schiff selbst gebaut hat.«

Diesmal lachten die Ruderer über Peser. Er lachte mit.

»Sei sicher, dass er mit gutem Werkzeug auch ein Schiff baut.«

»Habe ich denn geeignetes Werkzeug?«, fragte Karidon.

Peser holte grinsend mit dem Bogen aus. Beide lachten und Karidon sprang in den Kielraum, um seinen Freunden Wasser und Bier zu bringen.

Tage und Nächte, nachdem sie das Wadi Hammamat – wo nahe der Stadt Koptos viele Arbeiter noch größere Schiffe als die *No-Amuns Stolz* zusammensetzten – passiert hatten, fuhren sie unter kochender Sonne in eine leblose Landschaft aus Stein und Wasser ein. Sie glich der aus Karidons bösen Träumen: Es war das Bogenland mit den Minen.

Sie näherten sich Ta-seti, der Elfenbeininsel, mit jedem Ruderschlag. Hinter der Insel lagen die Stromschnellen, die kein Schiff mehr bezwingen konnte. Sie waren die Grenze zur Wüste.

»Heute Abend, tapfere Freunde, legen wir an der Insel an. Oder am Kai von Assuan«, rief Ahau-Tinofer. »Das Segel hoch im Tageswind!«

Die drei Schiffe furchten die Wasserfläche, die so glatt vor ihnen lag wie ein Silberspiegel.

Nebamun schüttelte sich. »Geisterland. Welt der Horizontbewohner. Barbarenland.«

Es war ein Land aus Stein, Sand und Hitze. Beklemmende Stille herrschte. Wind strich mit leisem Heulen durch die Bäume, deren Wurzeln sich in Felsspalten krallten. Unter dörrenden Palmwedeln kauerten weiße Hütten.

Der Lotse flüsterte schaudernd: »Hinter den Stromschnellen, hinter der Wüste, liegt das Jenseitige.«

»Und vor uns liegt ein seltsam geformter Berg«, entgegnete Karidon, weit weniger beklommen.

»Der Opferberg, Kari. Dahinter ist das Reich zu Ende.«

Steininseln lagen in der reglosen Wasserfläche. Unzählige Buchten, Schroffen und Vorsprünge aus Sandstein und Granit bildeten die Ufer. Kreidige Mauern von Bauwerken, für eine Ewigkeit errichtet, stießen ins grelle Licht. Hinter kleinen Siedlungen und Grenzmauern erstreckten sich Sanddünen – Wüste, aus der Durst, wilde Tiere, Seuchen und Pest kamen, sagte Nebamun.

Als Karidon Menschen am Ufer erspähen konnte, meinte er: »Hier also leben die Dunkelhäutigen.«

»Und noch weiter im Süden. – Siehst du das dort?« Nebamun wies nach Backbord. »Das sind die Tafeln des Hapi-Pegels.«

In einen Felsen waren längliche Kammern eingemeißelt, zwei in der Höhe gegeneinander versetzte Leitern. Schwach zeichnete sich das letzte Hochwasser ab. Feuchtigkeit und trockener Schlamm markierten die Linie.

Die nördliche Spitze der Elfenbeininsel war durch schmale eckige Kanäle von den Felsen und dem Festland getrennt. Geier und Adler zogen ihre Kreise in großer Höhe über dem heißen Land.

Schräg nebeneinander glitten die Schiffe unter Vorsprüngen, kantigen Türmen und Mauern in die Enge hinein. Von den Türmen ertönten aufgeregte Signale.

»Jetzt, Männer!« Ahau-Tinofer brüllte vom Achterdeck und deutete nach Steuerbord voraus. »Zeigt den Sandläufern ein Anlegemanöver! Vom Besten!«

Im Wasser spiegelten sich Treppen und Rampen. Von schroffen Felsvorsprüngen ragten Mauern und Steinplatten auf. Das Rascheln der Palmwedel und die Rufe vieler Menschen begleiteten die knappen Kommandos. Die Schiffe legten ohne Schwierigkeit an, langsam und ruhig.

Eine Stunde später schützten Säcke voller Palmblätter

und Gras die Bordwände vor dem körnigen Stein der Mole. Planken krachten an die Decks. Die hundert Männer wurden stürmisch begrüßt. Ein Hagel von Fragen ging über sie nieder.

Karidon und Ipuenre standen müde im Heck. Karidon dachte lange nach, ehe er aussprach, was ihn bewegte. »Die Küste am Oberen Meer ... die leere Wüste ... und hier die Grenze zwischen Schwarzhäutigen und Rômet: Ihr habt Angst vor jeder Grenze. Ihr fürchtet euch davor, ins Land dahinter einzudringen.«

Ipuenre zuckte mit den Schultern, umklammerte sein Schreibzeug und schüttelte den Kopf. »Ich erflehe den Schutz vieler Götter. Tödliche Skorpionbisse, giftige Vipern, unverständliche Barbarensprache, abstoßende Sitten, wütende Fabelwesen ... Ich sage dir, es ist schwer, mutig zu sein.«

Ipuenre wandte sich ab und ging an Land. Er zählte jeden Salzkrug und alles andere, was die Träger aus den Schiffen schleppten.

Karidon wartete, bis Ahau-Tinofer ihn rief. Der Kapitän stand zwischen schwarz- und braunhäutigen Menschen am Kai, lachte, trank und winkte.

»Ich komme, Kapitän!«, rief Karidon und ging von Bord. Vor ihm bildete sich eine schmale Menschengasse. Alle sehen mich an, dachte er, als er an den Menschen vorbeiging, weil ich grüne Augen habe und einen Kopf größer bin als die anderen. Er fühlte den heißen Sand unter den Sohlen. Bald würde er auf dem höchsten Turm stehen und ins Land hinausblicken. *Er* vermochte keine Grenze zu entdecken, nicht einmal in seinen Gedanken.

Am Abend gab Sirenpowet, der Verwalter im Süden, ein Fest für die Männer der Königlichen Flotte, zum Dank für das dringend erwartete und so schnell eingetroffene Salz.

Karidon spürte nach dem langen Tag das viele Bier. Die Blicke der Tänzerin waren ihm lästig und machten ihn verlegen. Er verbeugte sich vor Sirenpowet und seiner Frau und tappte gähnend die Treppe hinunter. Harfenklänge und halblauter Gesang begleiteten ihn.

»Froh ist mein Herz,
denn er sagt, dass er nicht von mir geht.
Meine Hand liegt in seiner Hand.
An allen schönen Orten wandern wir gemeinsam;
das erste Mädchen seines Herzens bin ich.
Nie wird er mich kränken …«

Karidon streckte sich unter dem kühlen Laken aus. Die nächste Strophe hörte er schon nicht mehr.

Als er aufwachte, lag schon das kalte graue Licht der Dämmerung über dem Garten. Ich muss zum Schiff, dachte er, fast zu spät!

Karidon war alles andere als ausgeschlafen. Schnell schnürte er Sandalen und Halsschmuck um, zerrte den Gürtel um die Hüften, trank Quellwasser aus der tropfenbeschlagenen Kanne und ordnete den Schurz. Er lief durch den Garten zum Hafen. Über der geisterhaften Wildnis hing der bleichfarbige Mond. Die Tür der Schattenmauer knarrte, seine Sandalen klatschten auf Steinplatten.

Als er endlich auf dem Schiff war, schnappte er nach Luft. »Hier bin ich. Wo sind die Kapitäne?«

»Noch an Land, aber sie kommen gleich.« Nebamun

zog die Mantelsäume zusammen. »Verdammte Wüste. Zu heiß am Tag und nachts zu kalt.«

Im Osten erhob sich erste Helligkeit, die Sterne erloschen.

Karidon kletterte zwischen den Stoßzähnen, Krügen, Lederbeuteln, Kupferbarren und flauschigen Federbündeln von Laufvögeln, die an Deck aufgestapelt waren, hindurch. Es war die Ware, die sie gegen das Salz eingetauscht hatten.

Die Ruderer wurden durch sein Lärmen wach und blinzelten.

Er rief grinsend: »Auf! Re-Harachte öffnet sein Goldauge. An die Riemen! Gleich kommt Ahau-Tinofer und schimpft.«

Der Kapitän traf ein. Dienerinnen aus nahen Häusern brachten Kannen und Becher mit heißem Würzwein und Kräutersud. Selbst Ipuenre zeigte gemessene Heiterkeit.

Schließlich stieß die *No-Amuns Stolz* ab, mit klappernden Rudern und gebrüllten Kommandos. Sie rammte die *Herr beider Länder* krachend am Steuerbordheck. Ihr Kapitän Menkaura fluchte ungehemmt; Karidon und Nebamun hörten aufmerksam und grinsend im Bug zu und erinnerten sich noch lange an diesen lauten Morgen.

DIE ARCHIVE DES TEMPELS

Drei- oder viermal schneller war die Fahrt flussab. Auch sie verlief ohne Zwischenfälle. In Iwni nahmen die Schiffe Vorräte und Frischwasser, die bis Memphis reichen mussten. Die Schnellruderer überholten viele kleine Boote und, weiter stromabwärts, breitbauchige Transportschiffe, auf deren Decks Quader und lange Säulen festgezurrt waren. Die Tage an Deck verliefen eintönig. Karidon verschoss in langen Stunden der Proben etwa fünfzig Pfeile.

Die schwer beladenen Schiffe lagen tief im Wasser. Nebamun trug die größte Verantwortung. Karidon half ihm, so gut er konnte.

Einmal ließ Nebamun den Stab beinahe ins Wasser fallen. Er war erleichtert, als er ihn gerade noch erwischte. Er schien eine Weile zu überlegen, dann fragte er Karidon: »Ist dir nichts aufgefallen, Kari?«

»Nein. Was meinst du?«

»Ahau-Tinofer hatte Recht. Eine glückliche Fahrt.«

»Will ich meinen …«

»Kein Schiff lief auf eine Sandbank. Gibt das nicht zu denken?«

Karidon zuckte gleichmütig die Schultern. »Es ist, wie es sein soll. Ich finde nichts dabei.«

Nebamun blickte lange einer Kette Flugenten nach. Schließlich sagte er leise: »Ich jedenfalls bin froh.«

Endlich weitete sich die Ebene, zwischen grünen Bäumen und den Schattierungen abgesichelter Felder zitterten Säulen in der Mittagsglast.

Ahau-Tinofer grinste. »Die Götter halfen. Nicht einmal der Koch verbrannte sich die Finger. Kein bisschen Salz ging verloren. Die Götter waren gnädig.«

Schreiber Ipuenre lächelte säuerlich. »Nun zählen auch Freuden und Leiden der Schiffsreise zu meinen Erfahrungen.«

»Im zahnlosen Alter zehrst du davon und erzählst alles deinen Kindern.« Der Kapitän rief die Ruderer an die Arbeit.

Nur wenig später passierten sie Parennefers Besitz, Karidons kühle Heimat. Karidon fielen die Ermahnungen des Hausherrn ein. Ein Anflug von Stolz schoss heiß in ihm hoch. Er hatte sich richtig verhalten.

Felder, Palmenhaine, Dämme und Häuser glitten vorbei. Die Biegung des Stromes mündete in den Hafenkanal. Eine Weile später, als alle Einzelheiten des Stadthafens von Memphis klar zu erkennen waren, ergriff Karidon eisige Starre. Er sah schärfer hin, er glaubte es nicht. Stromauf kam ein Schiff. Die Linie, der Mast, der Bug und die Flanken: Er erkannte es wieder. Es würde zugleich mit der *No-Amuns Stolz* anlegen. Schmerzhafter Druck legte sich auf Karidons Brust.

Nebamun sah ihn besorgt an: »Bist du krank?«

Karidon wartete, bis er sicher war. Als hinge sein Leben davon ab, musterte er mit pochendem Herzen die Gestalten an Deck. Auf der *No-Amun* riefen Stimmen durcheinander, er beachtete sie nicht: Dort legte sein Schiff an, die *Lob der Kothar*.

Die Schiffe liefen aufeinander zu, dann änderte die *No-*

Amun den Kurs. Vom Seeschiff flogen die Taue an Land. An Deck stakten drei Mann, unter ihnen, unverkennbar, Käpten Jehoumilq. Ein Pfeilschuss trennte die Buge beider Schiffe.

Über den Hafen hallte Karidons gellender Schrei: »Kapitän Jehoumilq!«

Jehoumilq riss den Kopf herum, starrte hinüber und lehnte sich schwer aufs Ruder. Karidon winkte wie besessen, schwang sich auf den Handlauf und sprang, tauchte mit einem Kopfsprung ins Wasser und wich den Steuerrudern seiner Kameraden aus. Er packte die Riemenschäfte des Seeschiffs und kletterte die rissigen Planken der *Kothar* hinauf. Ein Satz trug ihn über die Bordwand. Kel und Yupa ließen die Ruder los, Jehoumilq breitete die Arme aus. Ohne nachzudenken warf sich Karidon triefend an die Brust des Kapitäns. Die Pranken und Arme zerdrückten ihn fast, dann packte Jehoumilq seine Oberarme, schob ihn auf Armeslänge von sich weg und starrte ihn an.

»Bei Talina, der Regenreichen!« Jehoumilq hustete. »Seht euch die Krabbe an! Größer als sein alter Kapitän!«

Karidon stammelte: »Kapitän, du bist ... ihr alle seid wieder da. Vierzehn Monde!«

Jehoumilq packte ihn wieder, hob ihn und drehte sich mit ihm ein paarmal im Kreis. Die Kameraden schlugen Karidon auf die Schultern, er blickte in Balmahors und Sandrones lachende Gesichter. Schließlich lehnte er an der Bordwand und sagte zwischen Lachen und Freudentränen: »Ich kann alles lesen und schreiben. Rechnen auch. Wir kommen von der Stromschnelle. Und ihr? Bleibt ihr lange? Woher kommst du, Kapitän?«

Er sprudelte die Worte hervor, ohne zu überlegen. Er

sah nur Jehoumilq und Balmahor; struppig, bärtig, grinsend und mit gelben Zähnen.

Jehoumilqs Pranke tätschelte seinen Kopf. Karidon schmiegte sich in die Hand und hörte den Käpten sagen: »Wir kommen von Kreta, über Byblos, und diesmal bleiben wir lange, Krabbe.«

Sie waren in Memphis und blieben! Vielleicht erfuhr er jetzt von dem großen Vorhaben? Seine Welt war in Ordnung. Ahau-Tinofer und Menkaura riefen Begrüßungen und Scherze über das Wasser. Karidon taumelte in einer Welle aus Freude und Glück.

Aus Südwest erhoben sich rote und gelbbraune Wolken, in wirbelnden Böen fuhr heißer Wind über das Land und verfinsterte die Sonne. Von einem Tag zum anderen war die Luft trocken geworden. Zuerst glomm das Horusauge blutrot im Staub, dann verschwand es. Außerhalb der Häuser sah niemand weiter als zehn Schritte. Regenschauer lösten sich aus dem Innern des Sturms; das Wasser verdunstete, ehe es den Boden berührte. Zweimal in fünf Tagen hämmerten Hagelschlossen auf die flachen Dächer, bedeckten sie mit rotem Sand und schmolzen knisternd. Sand drang durch geschlossene Läden, legte sich auf Schreibbögen, knirschte zwischen den Zähnen, bedeckte die Malereien auf den Fußböden.

In Parennefers Haus herrschte geschäftiges Treiben. Boten kamen und gingen, wurden bewirtet und trugen Briefe in viele Richtungen davon.

Ipuenre las halblaut den Brief Userhets vor, des Gottkönigs rechtem Wedelträger. Karidon hatte sich zuerst gewundert, dann aber verstanden, dass dies der Titel war für einen der höchsten Vertrauten des göttlichen Pharao.

Jehoumilq hörte zu, trank Bier und schien sich jedes einzelne Wort einzuprägen: Gottkönig Amenemhet befahl die Schiffe aus den Magazinen zu holen und bestimmte einen Obersten Leiter für alle Arbeiten. Der Oberste Schatzmeister schicke erfahrene Soldaten, Handwerker und Seeleute. Und Kapitän Jehoumilq solle einen Mann namens Ptah-Sokar beraten. Ptah-Sokar war seinerseits der Vertraute Userhets.

»Das ist, bei Rudraja, der Leuchtenden, auch dringend nötig.« Jehoumilq kratzte Sand aus dem Bart. »Mit euren zusammengeknoteten Schiffen kommt ihr nicht einmal durch die Brandung.«

»Später Freund.« Parennefer hob die Hand. »Ohne Eile tun wir das Nötige. Viel ist es bei Ptah!«

Namen und Titel schwirrten durch den stickigen Raum. Karidon war erregt. Er schrieb und versuchte sich alles zu merken. Das Vorhaben von göttlicher Größe, dessen Geheimnis nun endlich für ihn gelüftet werden sollte, bestand aus tausend lebenswichtigen Kleinigkeiten, die mit größter Sorgfalt und Umsicht bedacht werden mussten.

Parennefer zeigte auf Ipuenre. »Ein Schreiben an den Obersten Schatzmeister. Er soll erfahren, was wir benötigen.«

»Ich bin bereit, Herr.«

Eselskarawanen für Koptos, Futter für die Esel, Verpflegung für dreitausend Männer: Wasser, Bier, Lauch und Brot. Ein Dutzend Segel. Ebenso viele als Ersatz. Junge, furchtlose Seeleute, möglichst solche, die nicht nur den Strom kannten, sondern schon einmal im Großen Grünen, vielleicht nach Byblos gefahren waren. Parennefer hob den Zeigefinger. »Schreibe, dass man in Koptos die Straße durch das Wadi Hammamat für uns ebnen muss.«

Längst hatte Karidon begriffen, warum Parennefer ein so wichtiger und geachteter Mann war. Er dachte an jegliche Winzigkeit. Er hatte wohl seit Jehoumilqs erstem Besuch an jedem Teil des Vorhabens gearbeitet. Sogar an Tauschwaren dachte er.

Ipuenre sagte: »Fertig, Herr.«

Parennefer rollte das Blatt eng zusammen, blies den Staub weg und tropfte Wachs auf die Kanten, bevor er seinen Siegelring eindrückte. »Gib's dem Boten. Es eilt mäßig.«

Jehoumilq stand auf. »Warum weiß eigentlich keiner von euch, wo dieses Weihrauchland liegt? In dem Gold im Sand und Weihrauch am Strauch wachsen?« Er schüttelte den Kopf. »Ihr seid, bei aller Freundschaft, ein merkwürdiger Stamm!«

Karidon schreckte auf: das Weihrauchland? Schlagartig wurde Karidon alles klar; all die Andeutungen und Vorbereitungen, was Jehoumilq damals beim Abschied gesagt hatte und Parennefers eindringliche Worte. Sie planten eine Fahrt nach Punt! In jenes herrliche Weihrauchland, dessen Schönheit ihn in dem Gemälde an der Palastmauer so tief berührt hatte. Und er, Karidon, sollte dabei sein?

Jehoumilq blickte fest in die Gesichter. »Ihr erstickt in Gänsekeulen, schwarzem Bier und Honigbroten! Während wir, die armen, geschundenen Händler, das wirklich harte Leben haben. In den Häfen, auf dem Meer, Tag und Nacht. Kein tiefer Schlaf, Sorgen um Schiff, Mannschaft und Ladung und, wenn überhaupt, karger Gewinn. Im Ernst, mein Freund: Jeder Schreiberling hat es besser. Er weiß, dass er morgen zu essen hat und im Kühlen ungestört schlafen kann. Er muss nicht rudern oder in die stinkende Bilge, und wenn er an hundert statt an zehn Götter glaubt, macht's keinen Unterschied. Wir Handelskapitäne, die Steuermänner und die Ruderer – wir haben nicht die Zeit träge darüber nachzudenken, was jenseits des Sturms ist; ob der Horizont hinter dem Gewitter gelb oder schwarz sein wird. Wenn die *Kothar* untergeht, ersaufen wir alle. Darum, Freund Parennefer, klopfen wir an morsche Planken. Auch in allen anderen Dingen müssen wir misstrauisch, trocken und berechnend sein. Falsche Sicherheit? Sie bedeutet tödliche Gefahr oder Tod. Nicht einmal der arme, alte Jehoumilq will sterben.«

Er blickte halb ernst, halb grinsend in die Runde, wischte den Schweiß ab und leerte einen Becher Henket.

Die Rômet wiegten nachdenklich die Köpfe. Jehoumilq nickte Karidon zu.

Parennefer zuckte die Schultern. »Nun kennen wir auch die nüchternen Gebete der Seefahrer. Nun gut – du klopfst auf morsche Planken, Jehou, und wir lassen die Priester in endlosen, unbedeutenden Stunden um den Schutz der Götter beten. – Ich möchte Sechem sprechen, den Obersten der Königsflotte ...«

»Das ist doch dein Amt, Par!«, fiel ihm Jehoumilq ins Wort.

Parennefer sagte kopfschüttelnd: »Ich bin Oberster *Kapitän* der Königsflotte, ein kleiner, aber wesentlicher Unterschied.«

»Ihr übergründlichen Rômet! Entsetzlich umständlich.« Jehoumilq stöhnte.

»Du wirst es erleben, Freund. Alles greift ineinander. In der heiligen Ordnung ist jeder Mann, jedes Sandkorn an seinem Platz. Sei nachsichtig mit uns Umständlichen! Du bist nicht auf deinem Schiff.«

Jehoumilq hob die Brauen. »Jetzt weiß ich auch, warum ihr eure Schiffe in so viele Teile zerlegt!«

Auch für Karidon schoben sich tausend Antworten und Beobachtungen zu einem Bild zusammen.

Parennefer nickte: »Nun hast du verstanden. Die Flotte wird nach Süden segeln, stromaufwärts bis Koptos. Dort werden die Schiffe zerlegt. Tausende von Männern tragen die Stücke durch das Wadi Hammamat zum Roten Meer. Ihr Kapitäne kommt nach und baut die Schiffe dort wieder zusammen. Du siehst, Freund Jehoumilq«, Parennefer lächelte, »es ist alles ganz einfach.«

Jehoumilq sagte in ärgerlichem Ton: »Wie lange sollen wir für euch Frondienste leisten?«

Parennefer wurde wieder ernst. »Zwei oder drei Jahre. Bis du mit Schiffen, Männern und Kurs zufrieden bist, dauert's lange, glaube ich. Ich kenne dich: Du bist genau und gewissenhaft.«

Jehoumilq nickte schwer. »Weil ich überleben muss. Gut. Der Erfolg rechtfertigt sechsunddreißig Monde. Hörst du gut zu, Krabbe?«

»Jedes Wort.«

Jehoumilq war zufrieden. »Wenn wir zurückkommen, Baal soll uns schützen, kannst du ein Schiff führen, Krabbe, weil du ein Mann geworden bist. Klar?«

Karidon nickte. Für ihn lag der Zeitpunkt so fern wie das Weihrauchland.

Parennefer fiel der nächste Brief ein. »Schreib an Kashi, den Obersten Jäger. Seine Männer müssen im Wadi Hammamat Fleisch für die Bratspieße schießen.«

Ipuenre nickte, rollte das nächste Blatt mit beiden Händen auseinander und tauchte das Binsenende ins rote Tuschnäpfchen.

Am Ende, als alle erschöpft die Schultern hängen ließen, wagte Karidon eine Frage: »Segelt die *No-Amuns Stolz* mit, Herr?«

»Auch die *Neb-taui* und die *Herr beider Länder.* Du wirst deine Freunde von der Stromfahrt bald wieder sehen.«

Der letzte Mond der Erntezeit, nach deren Ablauf der Jahreskreis von neuem begann, war angebrochen. In diesen Tagen führte der Strom Niedrigwasser. Nach der feuchten Fülle, die Karidon am Jahresanfang so sehr in Erstaunen versetzt hatte, verwunderte ihn nun die Trockenheit, die oft die Kapitäne zwang die Schiffe in den Häfen zu lassen und abzuwarten, bis das Wasser wieder stieg.

Die Ernte war schwer und reich. Tagtäglich füllten sich die Speicher mehr und die Nächte rochen nach reifem Korn.

Fledermäuse zuckten durch die Dunkelheit. In der Stille hörte man das Rascheln der Igel und Ginsterkatzen im Laub. Im Lichtkreis eines Öldochts saßen Karidon und Amisu auf der Teichumrandung.

Amisu sagte traurig: »Bald gehst du weg, mit Jehoumilq und den Kapitänen.«

»Noch lange nicht. Bis die Schiffe an einem unbekannten Strand zusammengebaut sind, vergeht viel Zeit.«

»Du freust dich darauf, ins Weihrauchland zu fahren.«

»Es ist, wie ich dir damals vor dem Bild an der Palastmauer gesagt habe. Nichts Schöneres kann ich mir vorstellen, Amisu.«

Sie legte ihre Finger auf seinen Unterarm. Er drehte den Kopf und sah in ihre Augen. Sie schloss ihre Hand um seinen Arm, als wollte sie ihn fest halten. »Man sagt, ihr seid zwei oder drei Jahre fort?«

Er wich nicht aus, als sie sich gegen seine Schulter lehnte. »Das sagt Parennefer. Nachher werden wir reich, geachtet und von Pharao Amenemhet ausgezeichnet sein. Wir segeln mit wertvollen Tauschwaren.«

»Für dich freue ich mich, Kari.« Leise fügte sie hinzu: »Aber wenn du weggehst, bin ich ganz allein.«

»Ich komm ja wieder. Wohin sollte ich sonst? Vielleicht« – er legte seine Hand auf ihre Schulter –, »bin ich dann reich. Dann baue ich ein Haus.« Er zuckte mit den Schultern. Seine Gedanken gingen weniger weit voraus. Sie kreisten um Kiele, Planken, Masten und Segel, um geheimnisvolle Küsten und Buchten, in denen sie am Ankerstein lagen.

Amisu flüsterte: »Du musst zurückkommen, Kari. Ich kann mit niemandem so reden wie mit dir. Versprichst du's?«

Als sie sich über die Wangen strich, sah er, dass sie weinte. Er wollte sie an sich ziehen, aber sie sprang auf und rannte ins Haus zurück. Ratlos folgte er ihr.

Die sechs Sänftenträger Parennefers waren schneller als Karidon, Jehoumilq, Ahau-Tinofer und die anderen Kapitäne. Die zwanzig Männer gingen ohne Eile entlang des Kanals im Schatten. An einer dicken Kordel klapperte Karidons Schreibzeug über der Schulter.

Jehoumilq zeigte auf die Stadt zwischen Strom und Kanal. »Kennst du den Tempel des Ptah, Karidon?«

»Ich weiß, wo er steht und die Stelle, an der wir uns treffen.«

Jehoumilqs Bart und Haar waren so stark gestutzt, dass Karidon ihn kaum wieder erkannte. Im weißen purpurgesäumten Hemd mit Goldstickerei wirkte er halb fremd, halb mächtig und drohend. Die *Lob der Kothar* lag an der Mole. Olivenöl in großen Krügen, Zedernbretter aus Byblos, Salbeiöl aus Kreta, Zedernöl und kostbare Auszüge für Salben, Duftwasser und Schminken waren längst entladen, die Geschenke für Parennefer und Nefer-May waren übergeben. An der Wand des Kiebitzzimmers hing eine doppelschneidige Bronzeaxt mit einem Schaft aus Zedernholz: das Geschenk von Kapitän Jehoumilq für Karidon.

Jehoumilq schürzte verächtlich die Lippen, als der Tempel in Sicht kam. »Bin neugierig, was die Geschorenen im Leopardenfell, die alle Zeit der Welt zum Sinnieren haben, uns erzählen.«

Er mochte Priester nicht, das wusste Karidon, obwohl er ständig die Namen von Göttern im Mund führte.

Ahau-Tinofer antwortete ernst: »Die Priester, Freund, haben in den Tempeln unendlich viele Archive. Man sagt, dass sie seit den Herrschern Menes und Skorpion alles Geschriebene aufbewahren.«

Jehoumilq nickte und murmelte: »Dazu haben sie bekanntlich genügend Zeit. Wahrscheinlich seit der Nacht, an dem Ptah das Ei auf der Töpferscheibe drehte, aus dem die Welt entstand, wie?« Er winkte den Arbeitern auf einem Lastschiff zu, die eine kantige Säule entluden.

Ahau-Tinofer schlug ihm auf die Schulter. »Barbar! Du glaubst den Schutz der Götter nicht zu brauchen? Wart's nur ab, Jehoumilq.«

»Ein Barbar, den ihr aber braucht, weil er mehr vom Wasser versteht, als ihr Flussruderer. Ich hab's nicht mit der Welt von Männern und Frauen, die sich keine Gedanken über ihr Überleben machen müssen und achtzehn Stunden am Tag überflüssige Zeit haben. Faule Handelskapitäne sind bald arm und dann tot.«

»Das Wasser, auf dem wir segeln werden – auch du, Jehoumilq! –, zeigen uns die Priester. Beiß auf deine Zunge, mein Freund!«

»Meine Neugierde ist unbeschreiblich.«

Je mehr sie sich dem Tempel näherten, desto mehr Menschen belebten die Straßen und Plätze. Karidon führte die Männer auf dem Plattenweg vorbei an steinernen Göttergestalten und Tieren mit Fabelköpfen. Die Säulen warfen Schatten, die Bildnisse und Bilderschriften leuchteten in der Sonne. Der Weg führte neben dem heiligen Teich unter Palmen vorbei; ein leerer Hof lag vor ihnen. Die Statuen des menschengesichtigen Ptah und seiner Geliebten, der löwenköpfigen Sachmet, standen in hoheitsvoller Starre. Nefertem mit der Lotosblüte als Kopfschmuck blickte in die Ferne.

Zwischen schwarzen Apis-Stieren mit dreieckigen Stirnblessen, Ptahs Herolden, hindurch betraten die Kapitäne den Hof. Sänften standen im Schatten, die Träger saßen abseits. Aus einem Durchgang drang Weihrauchgeruch. Von den gemeißelten, mit Schriftzeichen bedeckten Palmensäulen ging nächtliche Kühle aus.

Ein Priester glitt aus dem Schatten hervor und verneigte sich. »Euch erwartet der Priester Hekanacht. Ihr seid die Kapitäne, die den Weg nach Punt kennen lernen wollen?«

»So ist es.« Ahau-Tinofer verschränkte die Arme vor der Brust. Jehoumilq betrachtete den Priester aus zusammengekniffenen Augen wie einen großen toten Fisch.

»Folgt mir«, sagte der Priester.

Sie betraten einen Raum, in dessen Dunkel sich die Decke verlor. Geräusche verhallten murmelnd und flüsternd. Aus stiller Dunkelheit, lastend von Geheimnissen vieler Jahre und Riten, traten die Kapitäne und Karidon in ein säulengesäumtes Viereck. Priester saßen auf Steinhockern und Stufen.

Ahau-Tinofer schärfte Karidon ein: »Du wirst wortgetreu aufschreiben, was für uns wichtig ist. Wir verlassen uns drauf!«

»Ja, Herr«, flüsterte Karidon. Die schweigenden Priester beeindruckten ihn.

Die Kapitäne und Priester begrüßten einander. Der älteste Priester begann zu sprechen.

»Dem Land soll Wohlstand blühen. Achtung vor der Macht des Gottkönigs bestimmt unser Handeln. Unverändert leuchtet Amenemhets Licht. Er will also, dass ihr Kapitäne ins ferne Land Punt fahrt und von dort holt, was Ehre, Macht und Schönheit dem Großen Haus verschafft.«

»Wir sind hier, um den Weg dorthin zu erfragen.« Jehoumilq sprach so deutlich, dass ihn auch der Greis verstand. »Wir müssen sicher segeln können. Und zurückkommen. Mit allen Schiffen.« Er war kein Freund langer Reden.

Hekanacht nickte nur und winkte einem jungen Priester.

Er verbeugte sich und sprach: »Es gibt Aufzeichnungen, seit Sahure vor mehr als fünfhundert Jahren die Fahrt wagte. So wie er damals, werdet auch ihr die Schiffe dort zusammensetzen, wo das Wadi Hammamat in die Wellen des Roten Meeres stößt. Henenu, der letzte der Puntfahrer – er brach vor hundert Jahren auf – berichtet, dass er bis zum Land Punt die Küste stets zur rechten Hand sah. Er ließ schreiben, dass die Ufer gefährlich und wasserlos sind, dass Sandstürme, Untiefen, Klippen und Riffe, auch viele Inseln im Mittelteil der Fahrt, sein Segeln gefährlich machten.«

Karidon schrieb schweigend und sagte sich, dass eine

solche Beschreibung wenig hilfreich war. Ahau-Tinofer und Jehoumilq fragten, was auch er hätte fragen wollen.

»Wie viele Tage brauchten Henenus Kapitäne?«

»Sie legten im Mond Pharmuti ab und kamen im Choyak zurück.«

Ein anderer Priester sprach: »Dazwischen lagen aber zwanzig Monde.«

Jehoumilqs Augen schienen nach innen zu blicken, er war in Überlegungen versunken.

Parennefer hob die Hand. »Brachte er alle Schiffe zurück? Alle Männer unverletzt und lebend?«

»Ein paar Männer waren verwundet. Die Schiffe wurden ausgebessert mit Holz von den Küsten. Nichts wirklich Schlimmes geschah.«

Ein jüngerer Mann, der ein Kopftuch aus besonders wertvollem Stoff trug, sprach mit mehr Macht als Parennefer. Sein Gesicht, wenig sonnengebräunt, trug scharfe Züge. »Kapitän Jehoumilq wird es nicht leicht haben.«

»Nein, o Ptah-Sokar.« Parennefers Finger woben beschwichtigende Gesten. »Dies erwartet niemand. Er kennt, im Gegensatz zu unseren Fluss-Kapitänen, die Gefahren des wirklichen Meeres.«

Ptah-Sokar lächelte. »Henenus Kapitäne schrieben von zwei Meeren. Sie litten viermal schwer unter Durst und fanden keine Bäche, Kanäle oder Flüsse. Einmal dauerte es einen ganzen Mond lang, bis sie Wasser fanden.«

Jede Erwiderung kam von einem anderen Priester. Die Köpfe wandten sich hierhin und dorthin. Der Greis sagte mit brüchiger Stimme: »Der göttliche Herrscher im Palast zeichnete jeden Mann der Fahrt aus. Er verteilte große Lehen an die Kapitäne. Die Tempel bekamen Weihrauch für viele Jahre. Alles war gut.«

»Es wird auch diese Fahrt ein glückliches Ende haben. Die Verzeichnisse Userhets, des Herrschers rechtem Wedelträger, werden erfüllt«, sagte Ptah-Sokar.

Die Kapitäne nickten.

Jehoumilq hustete. »Was wisst ihr von günstigen Winden?«

Der Chor der Priester gab Antworten in eintönigem Singsang. Zwei Drittel aller Antworten taugten so viel, dass sie Karidon guten Gewissens aufschrieb.

Schließlich hörte er Priester Hekanacht sagen: »Das ist, was wir wissen. Mehr können wir euch nicht sagen. Unsere Priester werden für euch opfern und beten. Glaubt mir, es wird keine Verluste geben, denn die Götter belohnen gnädig die Qual langer Vorbereitungen.« Er senkte den Kopf und schloss die Augen.

Ptah-Sokar und Parennefer standen auf und sahen zu, wie junge Priester ihr Oberhaupt wegführten. Jehoumilq bedeutete Karidon seine Blätter zusammenzurollen. Zwölf Priester geleiteten die Kapitäne in den Hof.

Karidon versuchte sich Gesichter und Namen zu merken. Kaum ein Kapitän war älter als drei Jahrzehnte. Ptah-Sokar, der wichtige Mann aus dem Palast, der den Namen eines Gottes trug, war noch jünger. Er trug die größte Verantwortung.

In dieser Nacht vermischten sich für Karidon Schlaflosigkeit und Träume. Er sah sich im Heck der *No-Amuns Stolz*, die Pinne in den Fäusten; vor dem prallen Segel türmten sich die Wellen höher als die Säulen des Tempels.

Ptah-Sokar stützte das Kinn in die rechte Hand und beobachtete mit dem Blick eines Falken Jehoumilq, der einen großen Becher mit Wasser füllte und in einen bauchigen Krug leerte: Zweiundzwanzig Becher füllten einen Krug.

»Das, Kapitäne des friedlichen Stromes, braucht ein Mann täglich auf dem salzigen Meer. Denkt nur: Er arbeitet und schwitzt. Die Hitze ist mörderisch. Keiner merkt im Seewind, wie er schwitzt.« Er zählte vor Kapitän Anchaf von der *Weißen Unsinkbaren* an den Fingern weiter. »An Steuerbord fünfzehn Ruderer, fünfzehn an Backbord; Steuermänner und Koch. Vierzig Mann auf einem Schiff, einer mehr, zwei weniger?«

»Vierzig. Vierzig Krüge. Für nur einen Tag.«

Jehoumilq blickte grimmig von einem Gesicht zum andern.

Ptah-Sokar sagte nüchtern: »Für zehn Tage vierhundert Krüge auf einem Schiff.«

»Oder zweihundert Krüge«, sagte der Kapitän der *Hathors Lob*, »die doppelt so groß sind.«

»Das ist erst der Vorrat an Wasser«, meinte Kapitän Pentu-Nacht. »Dazu versiegelte Krüge mit Wein und Bier. Suppen kann ein guter Koch mit Meerwasser strecken. Hast du genug Krüge bestellt, Parennefer?«

»Hundert vierfach große Krüge für jedes Schiff. Hättest du genau zugehört oder Karidon gefragt, wüsstest du's.« Der Hausherr tippte auf ein Binsenblatt. »Sag's ihm, Karidon.«

»Beiderseits des Innenkiels, eingebettet in Ringe aus Stroh und festgezurrt im dünnen, doppelt ausgeführten Binsengeflecht. Sie dürfen nicht zerbrechen.«

Ptah-Sokars anerkennender Blick traf Karidon.

Jehoumilq fragte: »Die Krüge werden fertig sein, Parennefer?«

»Eintausend und dreihundert. Und dazu unzählige Wasserschläuche. Zufrieden?«

Jehoumilq nickte.

»Das wussten nicht einmal die Priester so genau«, bemerkte Ahau-Tinofer.

Jehoumilq brach in dröhnendes Gelächter aus. »Von denen ist auch keiner nach Punt gesegelt!«

Parennefer fuhr in seiner Auflistung fort. »Als Essen haben wir angeordnet: gebratene Geflügelkeulen und Brustfleisch in Würzöl. Geschrotetes Korn. Mehl in wachsversiegelten Krügen. Viel Nüsse. Getrocknete Weinbeeren. Datteln in Honig. Für die ersten Tage Zwiebeln, Lauch und Melonen. Ungesäuertes Brot in gewachsten Truhen. Jehoumilq schlägt vor, dass wir Eier aufschlagen und an der Sonne trocknen. Später kann man mit ihnen Suppen kochen. Salzbutteröl, Schafs- und Ziegenkäse, Salzfisch, Salzfleisch ...«

»Etwa vierhundert Männer haben viel Hunger«, sagte Ptah-Sokar. »Und vor der Rückfahrt füllen wir alle Krüge mit dem gleichen Inhalt. Wertvolle Tauschwaren in kleinen Gebinden, um sie leichter stapeln zu können. Viel Bronze und Kupfer.«

»Wann fahren wir nach Koptos?«, fragte Karidon.

»Bei Niedrigwasser, wenn's kälter wird. Bald erwarten wir das Steigen des Sirius. In acht oder neun Monden.«

GELBE KÜSTE, ROTES MEER

Karidons Tage tropften dahin wie goldener Honig. Je häufiger sich die Kapitäne in Parennefers Haus trafen, desto größer wurde seine Vorfreude – aber auch die Furcht in ein Land zu segeln, das nicht einmal Käpten Jehoumilq kannte.

Die Erinnerungen an sein früheres Leben im Bergwerk verblassten allmählich. Manchmal, mit dem Heulen der Hyänen in der Nacht, versetzten ihn Erinnerungsfetzen in Unruhe. Tagsüber aber war er ausgefüllt von den zahllosen Einzelheiten der Planung, den Inhalten vieler Briefe, dem Kommen und Gehen wichtiger Männer. Seine Träume von der fernen Küste riefen lange Ketten phantastischer Bilder in ihm hervor.

Der Tag des Aufbruchs kam näher.

Die Sommerhitze zog die letzte Feuchtigkeit aus dem Boden und versengte das Land. Sie machte die Menschen empfindlich und reizbar.

Amisu glitt durch den Schatten der Palmwedel. Sie brachte Karidon einen Becher schäumenden Bieres.

»Man hat dein Schiff durch den Kanal gerudert und am Steg festgemacht.«

»Schon heute? Die *No-Amuns Stolz*? Das ist Ahau-Tinofers Schiff, nicht meines. Die meisten Schiffe sollten außerdem schon in Koptos sein.«

Amisu schwieg. Seit Jehoumilq das Haus mit seinen

unglaubwürdigen Geschichten und seinem Gelächter erfüllte, war ihr unmissverständlich klar geworden, dass Karidon nur noch an die Fahrt dachte. Die Schwierigkeiten blieben für Amisu undenkbar groß und Punt lag weit jenseits ihrer Vorstellungskraft. Sie sagte vorwurfsvoll: »Ihr redet, als gäbe es überhaupt nichts Wichtigeres für euch!«

»Für den Kapitän und mich gibt es auch nichts Wichtigeres.« Karidon war unsicher. Amisu war wie eine jüngere Schwester. Mit ihr sprach er über alles, was ihn bewegte. Er sagte zögernd: »Komm, setz dich zu mir. Du musst das verstehen. Jehoumilq hat mich freigelassen. Was ich kann, verdanke ich ihm und Parennefer. Alle wichtigen Männer sprechen, als sei ich einer von ihnen. Ich hab so viel gelernt – worauf sollte ich mich sonst freuen, wenn nicht auf diese Fahrt? Vor zwei Jahren hat man mich noch im Bergwerk geprügelt. Jetzt sagen sie ›Junger Herr‹ zu mir. Wir alle werden vom Horus königlich belohnt.«

»Wenn ihr lebend zurückkommt!«

Karidon lächelte in ihr erschrockenes Gesicht und streichelte ihre Wange. »Du siehst, meine Schwester, ich hab keine andere Wahl. Ich freu mich auf jeden neuen Tag, an dem ich lernen und erkennen kann, was ich wirklich bin. Ich werde nach Punt fahren und am Schluss führe ich ein Schiff. Wie Jehoumilq.«

Amisu bohrte die Zehen in den Sand und senkte den Blick. So klar hatte sich Karidon noch nie ausgedrückt.

Er leerte den Becher und atmete tief durch. »So ist es. Ich sage nichts anderes, weil ich nichts anderes weiß.«

Sie hob die Schultern, sprang vom Mäuerchen und rannte durch den Garten, dessen Blüten und Blätter wie erstarrt schienen.

Karidon wollte ihr folgen, aber Jehoumilq rief aus dem

Arbeitszimmer: »Karidon, wo steckst du? Wir brauchen einen Schreiber.«

»Ich komme, Kapitän.«

Der wichtige Brief an den Verwalter der Stadt Koptos musste geschrieben werden. Parennefer nannte darin den Tag für den Aufbruch der Karawane, die alle Schiffe und jedes Stück Ausrüstung in sicheren Tagesmärschen durch die Wüste zum Roten Meer bringen musste. Er deutete auf Karidon und sagte hart: »Schreib: Das ist der Befehl des Pharao. Ptah-Sokar kommt mit und prüft, als sei er der gerechte Gottkönig selbst. Frohes Dasein, Erbauung, Heil und Förderliches, Grüße, meinen Namen und Titel.«

In drei Tagen, erfuhr Karidon, legte das Schiff ab!

Jehoumilq grinste: »Denkst du, Krabbe, die Seefahrt fängt jetzt richtig an? Enttäuschung, Söhnchen! Monde harter Arbeit haben wir vor uns!«

Ahau-Tinofer wischte sich den Schweiß von der Stirn und deutete mit dem Daumen über die Schulter. »Geh schon zum Schiff und grüße. Nebamun wartet auf den Freund der zahlreichen Fragen. Wir haben hier noch vieles zu besprechen.«

Karidon verließ den Raum in einer Hast, die gerade noch der Würde des Hauses entsprach. Er rannte, bis er das Schiff vor sich hatte. Nebamun legte die Hand über die Augen, als er Karidon erkannte, und vollzog eine gespielte Geste der Verzweiflung.

Das Trompeten der Kraniche begleitete im Morgengrauen den Aufbruch der Karawane. Über Koptos hing noch die Kälte der Wüstennacht. Die letzten Sterne verblassten. Im Licht der Fackeln bewegten sich mehr als tausend Männer. Schwer beladene Esel schrien durchdringend. Sie wurden geschoben, gezogen und mit Stockhieben angetrieben. Kommandos verhallten, die Soldaten marschierten zur Spitze. Hinter Karidon klapperten die Werkzeuge der Zimmerleute und Handwerker. Ein Anführer plärrte: »Das geht schneller, beim Horus!«

Aus der anderen Richtung kam das Echo: »Und auch in besserer Ordnung.«

Auf den Schultern der Träger, die sich gegenseitig halfen, schwankten Bretter, Ballen, Seilbündel, Krüge, Sänften, Säcke und Schiffsteile. Als der Lichtstreifen am Horizont sich verbreiterte, nahm Karidon den Mantel ab, ging zu Jehoumilq, der neben einem Gluthaufen stand und trank. Die Esel trippelten vorbei. Geschrei, Ächzen, Stöhnen, Schritte, Stockschläge, Flüche und raues Lachen schallten durcheinander. Karidon schulterte sein Bündel und schloss sich der Gruppe um Nebamun, Ipuki und Cheriuf, den beiden Steuermännern der *No-Amuns Stolz*, an. Der schwarze Schattenriss einer Akazie stand vor dem Morgenrot. Nebamun hob die Schultern. »Zehn Meilen oder zwölf. Bis zum ersten Brunnen.«

Während er dahinstapfte und durch die Sandalen die Kälte spürte, sah sich Karidon um. Endgültig war er Teil der riesigen Menschenmasse geworden, die sich nach Osten schob.

Über müden Gesichtern hingen schwankende Lasten. Die Sonne blendete, niemand sprach. In der kühlen Luft schwankten die Sänften, die Abgesandten des Gottkönigs liefen auf dicken Sandalen. Rund siebzig Meilen Wüste, neun Tagesmärsche, lagen vor ihnen, bis sie die wund gelaufenen Sohlen im Meerwasser kühlen konnten.

Die Straße war eine breite Spur im Sand. Sie war von tausenden Männern und Tieren für die Kolonne hart getreten worden, wie Parennefer es angeordnet hatte. Steine und Geröll bildeten eine wasserglatte Fläche. Eingerammte Stangen, die einen oder mehrere Farbringe trugen, säumten rechts den Pfad.

»O du Gott der Wüstenwanderer!«, drang ein scherzhaftes Stöhnen aus der Kolonne. »Warum hast du hier keinen Palmenwald wachsen lassen?«

Lautes Gelächter antwortete.

Voraus und zu den Seiten ragten niedrige Felsenberge auf wie Inseln im windstillen Meer. Breite helle Adern glänzten an dunklen Hängen wie verzweigte Wasserläufe. Über dem Land lagen riesige Schatten. Die Straße stieg leicht an, das Stromtal lag nun weit hinter dem westlichen Horizont. Die Abgeschiedenheit der Berge nahm die Männer auf.

Dann brach die Sonne über die Felsen. Die Kälte verflog und die Hitze kam von allen Seiten. Farben wurden klarer, Licht erfüllte die leere Landschaft. Nirgendwo gab es ein Fleckchen Grün. Dornige Sträucher ohne Blätter reckten braune Äste in die flirrende Luft. Geröll brach die Sandflächen, in denen Karidon manchmal Fährten unbekannter Tiere entdeckte. Die Hitze wurde alle zehn Schritte unangenehmer, die Männer begannen zu schwitzen. Karidon blieb stehen, schnürte seinen Mantel und die Bronzeaxt quer über das Bündel. Sein Magen verkrampfte sich. Noch achtete er darauf weniger als auf die Sandhühner, die schreiend aufflogen.

Stundenlang marschierten sie. Auf der Haut der Männer glänzte der Schweiß. Flüche und Verwünschungen wurden laut, als die ersten Blasen in den Sohlen aufsprangen und der Schweiß in ihnen biss.

Ich halte durch, sagte sich Karidon, nur noch wenige Meilen bis zum Brunnen.

Vier Stunden vor Mittag war die Luft kochend heiß und unbewegt. Über dem Sand schwebten flirrend die Bilder kleiner Tümpel. Hinter einer Mauer aus Bergen, die wie erstarrte Meereswogen aussahen, hoben sich die nächsten und höheren Bergketten in den blauen Himmel. Erschöpftes Schweigen lastete über den Männern. Außerhalb der Karawane gab es keinen Schatten. Zu der Anstrengung kam das beängstigende Gefühl von Leere und Verlassenheit. Wie auf dem Meer, dachte Karidon, wenn die Küste verschwunden ist. Er hielt den Kopf gesenkt und schleppte sein Bündel, blickte müde nach rechts und links: Nur Schakaltrauben wuchsen schwarzblättrig in Felsritzen. Unter dem lodernden Himmel verloren Entfernungen ihre Bedeutung. Karidon drehte sich um und hielt die flache Hand über die Augen. Bis zum Ende seines Blickfeldes reichte die Kette der Marschierenden. Sie verschwamm zu einer formlosen Masse, in der Lasten schwankten.

Der Anführer hatte ein Zeichen gegeben. Drei jammervolle Signaltöne aus einer kupfernen Fanfare erklangen. Fast augenblicklich blieben alle stehen, auch die Tiere.

Der Anführer brüllte: »Pause! Wasser! Verteilt Bier und Wasser!«

Die Träger schnallten Krüge und Ledersäcke von den Rücken und den Flanken der Esel. Tonkrüge klapperten. Soldaten und Träger teilten salziges Wasser aus, ließen stark verdünnten Dattelwein und dünnes Bier in große Schalen gluckern. Alle blieben in der Reihe und tranken gierig. Karidon verschluckte sich. Überall lagen Traglasten, die Träger saßen im Sand. Karidon wunderte sich nicht über den salzigen Geschmack des Wassers: Ptah-Sokar hatte die Erfahrung ausgesprochen, dass Salz im Wasser das Salz des Schweißes ersetzte.

Als der größte Durst gestillt war, rieben die Männer Öl auf ihre ungeschützte Haut. Die Sonne hatte den höchsten Stand erreicht.

Ein Bogenschütze rief: »Wir haben mehr als die Hälfte. Auf die Beine, Männer, weiter! In drei Stunden schlafen wir im Schatten des Lagers!«

Ein Standartenträger schwenkte den blitzenden Stab: »Geht weiter, Freunde. Macht es wie die tapferen Esel!«

Einer rief: »Das Vieh hat keine Blasen an den Hufen!«

Einige lachten. Die letzten Tropfen wurden ausgetrunken. Die Männer wuchteten die Lasten auf die Schultern. Das salzige Wasser und das Bier schienen die üble Laune vertrieben zu haben.

Karidon stapfte weiter. Ihm fiel ein, dass Jehoumilq in einer nachdenklichen Stunde gesagt hatte, der Mensch sei nicht für die Weite des Meeres geboren. Auch nicht für die wasserlose Wüste, dachte Karidon, zwischen deren Bergen die Sonnenstrahlen mehrfach zurückgeworfen wurden.

Als der Pfad eine Biegung machte, sah man in Quertäler hinein. Kümmerliches Gesträuch duckte sich an den Seiten, die aussahen wie Ufer von Tälern, deren Grund Sand statt Wasser war. Ein Adler schwang sich von einer Klippe.

Nach einem Viertelkreis, vorbei an einem langen, terrassenförmigen Berg, erblickten sie endlich Rauchsäulen. Die Anführer schrien: »Nur noch bis zu den Feuern! Das schaffen wir auch noch. Nicht rennen, Leute, bleibt ruhig!«

Der Rauch der Signalfeuer schwebte zwischen den wenigen Palmwedeln auf. Sonnensegel und Zelte lagen vor ihnen. Sie sahen umherrennende Männer winken. Die Esel witterten Wasser und schrien.

Karidon sah sich um. Die Karawane war nun mitten im

Gebirge. Er sah kantige Narben in einer Bergflanke. Dort war schwarzes Gestein herausgebrochen worden. Von hier stammten also die Quader, die auf breitbauchigen Schiffen in den Norden gebracht wurden.

Eine Stunde danach erreichte die erste Gruppe das Tagesziel.

In den Steintrögen plätscherte frisches Wasser und zwischen Lanzen war eine Leinwand gespannt, die Schatten gab.

Schnell löste sich die Ordnung, in der die tausend Männer marschiert waren, auf. Jeder entledigte sich seiner Last, taumelte in den Schatten, lief zum nächsten Trog. Gesichter tauchten gierig ins Wasser, man schaufelte sich und dem Nachbarn das Wasser über den Körper. Die Männer stöhnten erleichtert, tranken und halfen einander. Es roch verlockend nach Brot, Braten und gewürztem Brei.

Karidon blieb stehen, nachdem er getrunken und sich gewaschen hatte. Er wartete auf die Sänften, die abgesetzt wurden. Ptah-Sokar, Ahau-Tinofer und Jehoumilq gingen zu dem Zelt mit dem großen Vordach. Karidon folgte ihnen. Jeder Muskel tat ihm weh und seine Füße schienen aus rohem Fleisch zu bestehen.

»Unwürdige Sache.« Jehoumilq kratzte Sand aus dem Bart. »Noch sieben, acht solcher Gewaltmärsche. Wie geht es dir?«

Karidon grinste nur matt und sagte: »Wenn ich erst ausgeschlafen hab …« Er zog die Schultern hoch. Obwohl seine Haut viel dunkler gebräunt war als die der meisten Rômet, spürte er einen stechenden Schmerz in den Falten, wenn er sich bewegte.

Ptah-Sokar stemmte den großen Krug mit beiden Händen hoch. Er sah aus, als sei er zwischen kühlen Mauern spaziert. Sein sehniger Körper schien die Anstrengung nicht zu spüren.

»Die nächsten Märsche sind eine Stunde kürzer«, sagte Jehoumilq und tätschelte Karidons Kopf.

»Niemand wird das ernsthaft bedauern.« Karidon legte sich auf den Rücken und streckte Arme und Beine aus. »Ich glaub, ich mag Berge und Wüste nicht.«

»Ich auch nicht, Krabbe.«

Eine halbe Stunde blieb Karidon liegen und sah den roten Ameisen zu, die Essensreste wegschleppten.

Mittlerweile war die Sonne gesunken. Rot verschwand sie hinter den gezackten Bergen. Im Lager wurden Feuer errichtet, auf denen Gazellenfleisch und Fischstücke gebraten wurden. Aus der Glut sprangen trocken knisternd große Funken.

Kurze Zeit später herrschte im Lager die Ruhe der Erschöpfung. Kaum jemand lachte oder redete laut, alle Bewegungen waren langsam. Öllampen wurden angezündet. Wie Schatten schlichen die Wachen zwischen den Schlafenden umher.

Obwohl er eine Schüssel Brei, zwei Stücke Fleisch und zwei Brote gegessen hatte, wurde Karidon das Gefühl der Übelkeit nicht los. Er schnallte seinen Mantel vom Bündel, machte eine Grube und breitete den dicken Stoff darin aus. Kaum dass er sich eingewickelt hatte, schlief er ein.

Zwei weitere Tage marschierten Karidon und die Männer ohne Zwischenfälle durch die Glut. Am vierten Tag empfand Karidon die Schritte, mit denen er sich durch den glühenden Sand kämpfte, als ein Dröhnen in seinem Kopf. Zwischen seinen Achselhöhlen und Knien brüteten Schmerzen, die jeden Schritt zur Qual machten. Kurz vor

Mittag zwang er sich todmüde vorwärts. Er atmete schwer, sah kaum etwas und blinzelte ständig Tränen aus den Augenwinkeln. Seine Haut war kalt. Ab und zu schüttelte er sich wie im Fieber. Panik und die Angst krank zu sein trieben seine Erschöpfung auf die Spitze. »Ich muss es schaffen«, versuchte er sich einzuhämmern. »Nur bis zu den Zelten …«

Seine Nebenmänner bemerkten seinen Zustand nicht. Jeder schleppte nur sich selbst und seine Traglast vorwärts.

Heute würde der höchste Punkt der Straße, die Passhöhe, das Tagesziel sein. Vor der schwersten Steigung näherte sich die Karawane dem Brunnen. Längst säumten keine Stangen mehr den Weg. Berge wie aus gepresstem Sand drängten sich heran, die Schlucht wurde zur Feuerfolter und die Hitze fraß die letzte Kraft aus den Muskeln. Die Sonnengrelle verzerrte selbst die kümmerlichen Bilder, die Karidon gerade noch erkannte. Im Takt seiner Schritte wiederholte sich Karidon die Worte: »Ich schaffe es. Weitergehen.« Mit festem Willen musste er die letzten Schritte hinter sich bringen. Dann erst durfte er sich fallen lassen.

Er zwang sich Schmerzen und Durst zu vergessen, so gut es ging. Wieder überzog eisige Kälte seine Haut. Er wollte sich zusammenkrümmen, zwang sich trotzdem weiter. Schritt um Schritt. Aber er konnte nicht mehr. Seine Zehen krümmten sich und schleiften im Sand. Er verlor eine Sandale und spürte nicht, wie die Hitze seine Sohle versengte. Plötzlich drehte sich die Welt. Karidon stolperte, sein Bündel flog in den Sand. Dann wurde es schwarz um ihn; er fühlte nichts mehr.

Irgendwann spürte er Hände unter den Knien und an der Hüfte, spürte, dass nasse Tücher auf seine glühende Haut gelegt wurden, dann erkannte er Jehoumilqs Stimme.

Undeutlich und schwach drangen Worte in sein Bewusstsein: »... ist zäh. Er hat lange im Bergwerk geschuftet ... aber noch ein Junge. Kein Mann ... wie wir ...«

Karidon versuchte die Augen zu öffnen. Er erkannte Ptah-Sokar. Als er sich aufrichten wollte, verlor er wieder das Bewusstsein. Er merkte nicht mehr, dass er auf eine Trage gelegt wurde und Jehoumilq sein Bündel trug und seine Hand hielt.

Traum und Wirklichkeit vermischten sich im Fieber. Über die Gegenwart schoben sich Bilder der Erinnerung. Plötzlich wusste Karidon zwei Namen und erkannte, wem sie zuzuordnen waren: Vater Mylos und Mutter Kara. Wieder sah er sich auf der Terrasse spielen, blickte weit aufs Meer hinaus und hinunter in die Flussmündung. Er erinnerte sich ebenso an den Palast, der höher am Uferhang lag, wie auch daran, dass Vater Mylos und er nicht in dem Palast gewohnt hatten. Sein wirklicher Name kam in dem wirren Traum nicht vor. Aber die erschreckenden Wirren eines Tages am Strand, Schreie, Kampf, Waffenklirren und Schläge, die das Bewusstsein auslöschten. Dann das langsame Verstehen versklavt zu sein, ohne zu wissen, was das Wort bedeutete, und die Fahrt im stinkenden Bauch eines Schiffes, die Trennung von seiner Mutter und einer anderen Frau und der lange Weg ins Bergwerk.

Karidon wachte auf und spürte Hunger in seinem Magen rumoren. War es einen Tag später? Oder zwei? Als er sich aufrichtete, zitterten Arm- und Schultermuskeln. Er fiel zurück, sah die Sterne in dem Ausschnitt des Himmels zwischen den Felsen. Er versuchte sich zu erinnern, an den Marsch und den Traum. Als er begriff, dass er zusammengebrochen war, schämte er sich. Trotz der Schlaffheit seiner

Glieder stand er auf, aber nach drei Schritten schwankte er und fiel auf Knie und Ellenbogen. Zwischen den Zeltwänden glitzerte eine Wasserfläche, in der sich Mond und Sterne spiegelten. Er kroch darauf zu, zog sich am Rand des Steintroges hoch und trank gierig das kühle Wasser.

»Du bist aufgewacht!«

Karidon drehte sich um und erkannte einen Aufseher. Der breitschultrige Mann im Lederhelm stützte ihn. »Wie geht es dir?«

»Keine Schmerzen mehr. Habt ihr etwas zu essen?«

»Wenn du Hunger hast, bist du gesund. Wird die Kapitäne freuen.«

Der Lanzenträger packte Karidon unter der Schulter, zog ihn hoch und stützte ihn, indem er ihn um die Hüfte packte.

Karidon stotterte: »Lass die Kapitäne schlafen. Wie lange war … habe ich?«

»Die zweite Nacht ist halb vorbei.« Der Aufseher gähnte. »Ich lass dir was zu essen bringen. Brei? Brot? Suppe?«

»Und Henket, bitte.«

Der Aufseher begleitete ihn zu seinem Lager zurück und half ihm, sich in seinen Mantel zu wickeln. Karidon atmete tief durch. Die stechenden Schmerzen waren vergangen, er fror und schwitzte nicht mehr, seine Haut war warm wie immer. Er wollte aufstehen, um sich das Essen selbst zu holen, aber sein Körper gehorchte ihm nicht. Ein zahnloser Mann brachte ihm eine Schale heißen Brei mit Fleischbrocken. Karidon tunkte das Brot ein, verlor es einige Male aus den Fingern und schlief nach dem vierten Schluck lauwarmen Bieres wieder ein.

Am Abend des nächsten Tages saß er im Zelt der Kapitäne, matt gegen eine Traglast gelehnt, zwischen den Steuermännern, den beiden Kapitänen und Ptah-Sokar. Sie aßen und tranken. Jehoumilq reichte Karidon einen vollen Becher.

»Mach dir keine Sorgen, Krabbe. Du bist nicht der Einzige. Auch kräftige Männer sind zusammengebrochen.«

»Ich hab's nicht gewollt, Kapitän.« Trotzig hob er den Kopf.

»Glauben wir gern«, sagte Ptah-Sokar. »In ein paar Tagen bist du wieder auf den Beinen.«

Deutete er die Blicke richtig, sagte sich Karidon, war keiner mit ihm unzufrieden.

Jehoumilq räusperte sich und sagte in seinem rauen Ton: »Du hast ein übles Fieber eingefangen, Kari. Das passiert. Alles in Ordnung. Bald wirst du wieder gebraucht.«

»Bin ich jetzt wieder gesund?«

»Scheint so. Schlaf dich aus. Morgen wird deine Trage zwischen die Esel geschnallt.«

Der letzte Teil des Marsches war begleitet von dem wohltuend kühlen Luftzug, der von den nördlichen Bergen herunterkam. Man roch das Meer. Alle Erschöpfung schien vergessen, als sich die Straße talwärts schlängelte und die Hügel den Blick auf eine weite Bucht freigaben.

Am neunten Tag hatte die Spitze der Karawane das Lager der königlichen Seeschiffe erreicht. Hier warteten die Schiffe und dreitausend Männer.

Das Meer glitzerte unter der Sonne und dem strahlend blauen Himmel. Jehoumilq legte seine Hand auf Karidons Schulter und grinste: »Das ist durchgestanden, Krabbe.«

Allen Männern stand die Anstrengung ins Gesicht geschrieben. Nur Ptah-Sokar sah so frisch aus, als käme er aus dem Schatten einer kühlen Oase.

DIE BUCHT DES BEGINNENS

Karidon konnte seinen Blick nicht vom Strand lösen. Gestaffelte Zeltreihen umstanden die Werft. Mit der Wasserlinie zusammen bildeten sie ein Viereck. Jedes Deben Material war aus den Magazinen von Memphis und Koptos durch das Wadi Hammamat hierher geschleppt worden. Das Durcheinander an der Bucht schien verwirrend, aber in den unterschiedlichen Arbeiten der unzähligen Handwerker herrschte eine sinnvolle Ordnung. Durch Stimmengewirr und Eselsgebrüll drang das Dröhnen der Klöpfel besonders laut: Männer schlugen Holzplanken aufeinander, zwischen denen mit Pech getränkte Leinwandstreifen lagen. Viele spannten Taue zwischen den Planken und zogen Schnüre durch Löcher, die meisten sortierten Spanten und Planken, flochten Binsen und Stroh, tauchten Geflochtenes in heißes Wachs, bohrten, sägten, schliffen mit Stein und hobelten mit kupfernen Ziehklingen. Handbreit um Handbreit wuchsen die Schiffe vom Kiel aufwärts in die Höhe.

Unüberhörbar erhob Ptah-Sokar seine Stimme über den Lärm: »Arbeitet gediegen, Männer! Keine Eile! Unser Leben hängt an eurer Gewissenhaftigkeit. Tut genau, was man euch sagt!«

An anderer Stelle wurde ein halbes Tausend langer Riemen geprüft, geschliffen, eingekerbt, mit Kupferringen versehen und wachsversiegelt. Vor jeder Schiffsgrube lagen zwei tropfenförmige Ankersteine. Hunderte von Ausrüstungsgegenständen waren zu geordneten Haufen gestapelt, die Wasserkrüge steckten in Viererreihen im Sand.

Jehoumilq schien zufrieden mit dem, was er sah. »Bei Athirat! Gute Handwerker. Aber sie erschrecken, sobald sie etwas Neues tun müssen!«

Kapitän Hapuseneb rief: »Der fremde Graubart hat Recht. Ist das Deck geschlossen?«

Pinhasi von der *Horusauge* betrachtete die Holzplatten. »Nicht ganz geschlossen … Wenn es geschlossen ist, kann wenig Wasser in den Kielraum laufen.«

Unablässig gingen die Kapitäne, Jehoumilq, Ptah-Sokar und die Steuermänner hin und her, lobten, tadelten, halfen und scherzten. Spanten wuchsen hoch, die Lotosblüten aus Zedernholz wurden bemalt und eingesetzt. Jeden Tag sahen die Schiffe in den Gruben ein wenig seetüchtiger aus.

»Gut so.« Jehoumilq zeigte Karidon eine fertige Platte, die zwischen die Ruderbänke eingehängt werden konnte. »Nicht zu schwer, nicht zu leicht und rau an der Oberfläche, damit niemand ausrutscht und sich die Zähne in den Schlund schlägt.«

Er klopfte dem Obersten der Holzarbeiter anerkennend auf die Schulter.

Jeder, der nicht mehr gebraucht wurde, ging nach Koptos zurück und entlastete so den Vorrat an Wasser, Brot und Bier, Fleisch und Geflügel, Zwiebeln und Lauch. Die Bäcker arbeiteten fast Tag und Nacht; auch ihr Brennholz wurde vom Ufer des Stroms gebracht. Erst wenn die Dämmerung kam und die Wachen begannen, ihre weiten Kreise um das Lager zu ziehen, riss das Lärmen der Arbeiten ab.

Fast einen Mond nachdem sie Parennefers Haus verlassen hatten, fanden Karidon und Jehoumilq endlich die Zeit in Ruhe miteinander zu sprechen. Sie saßen nahe der Brandung. In ihrem Rücken erstreckten sich die schwarzen Wälle der Berge im kupfernen Mondlicht. Karidon ließ Sand durch seine Finger rieseln und hörte Jehoumilq nachdenklich zu.

»Was wir erleben, ist ein großer, wohl überlegter Ausbruch aus einer starren Ordnung, die wie ein Schatten über den Rômet liegt.«

Karidon runzelte die Stirn. »Was meinst du damit?«

»Du kennst Kreta und Zypern. Dort wachsen die Dinge in größerer Freiheit. Neues wird nicht abgelehnt, sondern geprüft und angenommen, wenn's brauchbar ist. Hier muss sich jeder Atemzug in ein Muster fügen, das tausend Jahre alt ist. Sie haben Angst über die Grenzen hinauszugehen. Ob zu Fuß oder auf den Planken.«

Karidon nickte.

Jehoumilq fuhr fort: »Sie brauchen die Hilfe von Fremden, die ihnen Neues zeigen, denn sie leben hinter einer Mauer. Sie hält Fremdes fern und die Tradition zusammen. Dahinter fühlen sie sich sicher. Es geht ihnen nicht schlecht. Keiner verhungert, niemand wird gepeitscht. Die Sklaven essen das Gleiche wie die Herren. Sie sind ein seltsames und ein gutes Volk.«

»Ich könnte mir nichts Besseres vorstellen.«

»Glaub ich. Weißt du, warum uns die Rômet so schätzen? Mich und dich und Leute wie Balmahor? Weil wir Löcher in ihre Mauer gemacht haben. Weil wir schneller verstehen und besser handeln. Sie haben nicht geglaubt, wie schnell du lesen und schreiben konntest!« Jehoumilq lachte kurz. »Sie kamen nicht selbst darauf, dass der Kiel, wenn man ihn mit Kupfer beschlägt, schwerer ist: keine Seepocken, kein Bruch, wenn das Schiff aufsetzt. Zum Weihrauchland haben sie nicht einmal einfache Aufzeichnungen. Jeder wartet auf den Befehl vom Pharao im Palast.« Er lachte und klopfte Karidon auf die Schulter. Jehoumilq schien unerschütterlich. »Wird für uns eine herrliche Fahrt, verlass dich drauf, Krabbe. Wir sind das Salz in ihrem Brei. Wenn wir zurückkommen, sind wir reich und die Lieblinge von ganz Memphis.«

Karidon blickte eine Weile stumm zu Boden. Dann gab er sich einen Ruck. »Wenn wir zurück sind, Kapitän, werde ich dich bitten nach Kreta zu segeln. An die Südküste. Ich sag dir, warum …«

Er erzählte, was er geträumt hatte und woran er sich erinnerte. Jehoumilq hörte still zu, blickte aufs Meer hinaus und nickte bisweilen.

»Ich habe verstanden. Gut. Wir segeln nach Kreta. Versprochen. Nach der langen Fahrt nach Punt.«

Leise fragte Karidon: »Bist du sicher, dass wir Punt erreichen?«

»Bei Athirat!«, sagte Jehoumilq mit fester Stimme. »Dafür werden wir schon sorgen!«

Etwa fünfzig Tage und Nächte später waren die Arbeiten so weit gediehen, dass die *No-Amuns Stolz* auf ihre Seetüchtigkeit geprüft werden konnte. Käpten Jehoumilq sollte zusammen mit Ptah-Sokar auf dem Schiff von Ahau-Tinofer segeln und die Flotte anführen.

Lang ausschwingend, mit dem breiten Bug einsetzend, der große Mengen Gischt aufwarf, glitt das Schiff nach Südost. Felsen und Riffe am Ufer, Hänge und Spalten – alles war von der Sonne ausgelaugt, gelb und rötlich karg, ohne ein Pflänzchen, fernab von jeder Quelle.

Karidon stand neben Nebamun im Bug. Der Lotse deutete auf das zerklüftete, ausgedörrte Land. »Jetzt ahne ich erst, was Henenu damals geschafft hat … Todesküste …« Er nickte in tiefer Nachdenklichkeit. »Er und seine Männer waren Helden.«

»Ich sehne mich aber nicht danach, ein Held zu werden«, sagte Karidon.

Barfuß, nur mit kurzem Schurz und Kopftuch bekleidet und die Haut mit Öl eingerieben, standen sie im Wind. Eine Brise aus Nord hatte mittelgroße Wellen aufgetürmt. Karidon kannte viel größere aus dem Großen Grünen.

Im Heck standen Ptah-Sokar, Jehoumilq, Ahau-Tinofer und Peser, der Karidon damals das Bogenschießen beigebracht hatte. Dreißig Seeleute hockten im Schatten an der Bordwand und warteten auf Ahau-Tinofers Kommando.

Jehoumilq packte das Spanntau, das vom Bug zum Heck lief. »Das Schiff hält sich gut. Aber Punt ist weit.«

»Du sagst es. Zufrieden, großer Meereskapitän?« Ptah-Sokars sehniger Körper, troff vor Schweiß und Öl. Er rief den Ruderern zu: »Für die Fahrt: Sonnensegel übers Heck und über die Ruderer!«

Jehoumilq zählte an den Fingern auf: »Eine doppelte Tauschlinge für den Abtritt hier an Steuerbord. Proben wir den Einsatz der Riemen und ein paar Segelmanöver, Freund Ahau? Deine Befehle, Kapitän!«

Ahau-Tinofer nickte. Jehoumilq trat auf die Planken, die durch unzählige kreuzförmige Rillen rutschsicher gemacht worden waren. Die kräftige Stimme Tinofers hallte über das Deck. Die Seeleute ließen die obere Rah ab, legten das Segel in breiten Falten zusammen und belegten es mit dünnen Lederschnüren, während die Rahen miteinander verbunden wurden; alle Handgriffe waren hundertmal an Land geübt worden. Dann holten sie die langen Riemen aus den Halterungen innerbords, schoben sie durch Schlingen an der Bordwand und hoben sie an. Ein paar kurze Befehle und in ruhigem Takt tauchten die dreißig Riemen fast gleichzeitig ein. Das Schiff fuhr eine Wende und stampfte gegen die Wellen.

Das Fahrwasser war voller Riffe, Bänke und Inselchen: Tödliche Fallen für die Schiffe tauchten weiter vorne auf. Nebamun rief jedes einzelne Hindernis aus.

Keine nennenswerten Schwierigkeiten traten auf. Während die *No-Amuns Stolz* zur Werft zurückgerudert wurde, sagte Jehoumilq, was er auszusetzen hatte, und Karidon schrieb es auf. Es gab nicht viel zu verbessern. Jehoumilq schloss seine Hinweise mit einer lautstarken Ermahnung: »Denkt immer daran. Wir müssen mondelang auf dem Schiff leben! Jeder Fehler rächt sich, und zwar an der Gesundheit und am Leben!«

»So ist es. Die Götter mögen mit uns sein!«, murmelte Ptah-Sokar und nickte schwer.

Karidon genoss die Fahrt gegen Wind und Wellen. Sie ließ ihn Wüste, Fieber und Schwäche vergessen. Nur noch wenige Tage musste an Land geschuftet werden: Die Ladung würde nach Jehoumilqs Vorschriften und Karidons Listen sorgfältig verstaut werden. Seine Aufgabe war, die Arbeiten zu überwachen. Er sah sich schon von Schiff zu Schiff laufen, denn das Leben vieler Männer hing davon ab, dass weder Krüge barsten noch Vorräte vom Salzwasser verdorben wurden. Er wusste besser als jeder Rômet, wie es zwischen Deck und Bilge auszusehen hatte.

Karidon war voller Ungeduld. Bald war er mit Jehoumilq zusammen auf dem Schiff! An der Spitze der Flotte auf der Fahrt zum Land des Goldes, des Weihrauchs und der Wunder.

AN DER KARGEN KÜSTE

In der Morgendämmerung des Tages zwei im Mond Paophi, dem zweiten Mond nach dem Steigen des Sirius, wurde das letzte Schiff, die *Chufu zweier Horizonte,* hinausgerudert. Die Hafenbucht war nun endgültig verlassen. Ptah-Sokar, mit frischem Tuch und funkelndem Halsschmuck, winkte den Zurückgebliebenen an der Küste zu.

Nebamuns Stimme hallte über das ruhige Wasser. »Bei Nun, dem Ur-Ozean! Die Strömung zieht nach Süd. Fünfzehn Ellen frei unter dem Kiel!«

Die *No-Amuns Stolz* wurde in sicheres Fahrwasser gebracht. Jehoumilq stemmte die Fäuste in die Seiten und starrte misstrauisch in das Gekräusel der Wellen, um die hellen Unterwasserklippen zu sehen. Karidon lehnte sich neben dem Lotsen weit an Backbord hinaus.

Ptah-Sokar wandte sich an den Bogenschützen: »Gib Signal!«

Peser setzte die Trompete aus poliertem Kupfer an die Lippen und blies einen scharfen, langen Ton über den Strand. Alle zwölf Schiffe hatten abgelegt. Jeder Riemenschlag brachte sie in die abgesprochene Reihenfolge. Die *No-Amuns Stolz* sollte die Führung übernehmen.

Karidons Herz pochte. »Wir sind unterwegs nach Punt!«, sagte er zu Nebamun, als wisse er es erst jetzt.

Nebamun versenkte seinen Stab so tief er konnte, lächelte breit und sagte: »Ich glaub's auch erst, wenn wir den ersten Sturm hinter uns haben.«

Karidon blickte zur Küste. Vor dem gelbroten Hintergrund der Berge verschwanden allmählich die Zelte und Rauchsäulen des Lagers. Der Höhenzug und die anderen Landmarken schienen von innen heraus aufzuleuchten, als die ersten Sonnenstrahlen übers Meer schossen. Felsen, Steintrümmer, Hänge und Spalten waren ausgelaugt, gelb, hellrot und dunkelrot, ohne Flussmündungen oder Quellen und erkennbaren Pflanzenwuchs. Die Sonne überschüttete die Küste mit dunklem Rot und veränderte langsam die Farben. Die Landbrise wehte von Nord und brachte Gerüche vom Ufer. Kreischend zogen Möwen um die Schiffe.

Kapitän Ahau-Tinofer hob die Hände trichterförmig an den Mund und rief: »Ungefähr drei Meilen weit müssen wir uns vom Ufer freihalten, wenn wir das Segel gesetzt haben! Verstanden?«

In langer Linie, schräg zueinander versetzt, strebten die Schiffe auf das Meer hinaus. Im Gleichtakt arbeiteten die Ruderer.

Nach zwölf Dutzend Riemenschlägen sagte Nebamun: »Man hat es uns berichtet. Nun sehen wir es selbst. Sorglos sein – das bedeutet Gefahr. Wenn wir als Erste auf ein Riff laufen, folgen uns die anderen.«

»Jehoumilq hat die *Kothar* noch nie auf ein Riff gesetzt«, sagte Karidon stolz.

»Ich hab's auch nicht vor, Grünauge.« Der Lotse grinste. Jeder fürchtete die Klippen und Riffe.

Eine Stunde später, im warmen Morgenlicht, wurden die Rahen aufgezogen. Ruhige Wellen liefen durch das Segel, als es sich füllte.

»Riemen sichern!«, rief Ahau-Tinofer.

Der Lotse hielt den federnden Stab quer über den Bug und sagte laut: »Bei Atum-Rê von Om! Freies Fahrwasser, Käpten!«

Das Segel stand prall. Ipuki und Cheriuf hielten ohne Mühe die Steuerruder. Die Linie der Schiffe hatte sich weit auseinander gezogen. Elf pralle Segel leuchteten hinter der *No-Amuns Stolz*.

Ahau-Tinofer setzte sich neben Jehoumilq auf die eingezimmerte Truhe an der höchsten Stelle im Heck und gähnte: »Mit einem Becher Irep aus deinem eigenen Vorrat, Bärtiger, würdest du uns eine Freude machen!«

»Einen Schluck Wein also. Sofort!«

Mit unbewegtem Gesicht hatte Jehoumilq zugesehen, wie die Ruderer die Riemen verstauten und am Tauwerk der Rahen und des Segels zogen. Auch mit den Manövern der anderen Schiffe schien er zufrieden zu sein. Er schlug die Faust in die offene Hand und sagte: »Besänftigen wir mit großen Schlucken die Meeresgötter! Wir sind unterwegs zum Goldland, Freunde! Umkehr ist sinnlos. Der erste vieler mühevoller Tage liegt vor uns und unzählbar viele Arbeiten!«

»Noch merke ich nichts von Mühsal.« Ptah-Sokar setzte sich und streckte die Beine aus.

Karidon hatte ihn beobachtet. Sein Wissen und die Schärfe seines Blicks standen der Erfahrung Jehoumilqs nur wenig nach. Er bestimmte über alle Männer und Schiffe und war der Vertraute des wichtigsten Mannes im Palast. Lächelte er, waren alle zufrieden.

Ptah-Sokar stand wieder auf. »Aber ich glaub dir. Punt ist weit und die Welt birgt viele Gefahren.«

»So ist es.« Jehoumilq hob den Sitz der Truhe, zog einen

versiegelten, strohumflochtenen Tonkrug hervor und wartete, bis Ptah-Sokar die Becher gefunden hatte. Er rief: »Lotse! Krabbe! Her zu uns!«

»Wir kommen.« Karidon lief hinter Nebamun über den Mittelsteg. Cheriuf hielt beide Ruderpinnen und Peser half dem anderen Steuermann das dunkel gefärbte Sonnensegel über dem Heck mit Seilen zu befestigen. Die Knoten hatte er von Karidon gelernt.

Als Jehoumilq den starken Kreta-Wein austeilte, lag das Heck halb im Schatten. Jehoumilq schüttete einen dünnen Strahl ins strudelnde Heckwasser.

»Für Rudraja, die Leuchtende!« Er trank und hielt Ptah-Sokar den Becher hin. »Möge jeder gesund zurückkommen. Um die Schiffe bin ich nicht bange.«

Der Wein war stark und kühl und schmeckte nach kretischer Herbstsonne.

Ahau-Tinofer hob die Schultern. »Henenus Männer kamen zurück. Auch wir schaffen es. Wir haben einen Kapitän, der das wilde Meer kennt.«

Jehoumilq nickte gelassen.

Karidon sagte sich, dass selbst der Kapitän weder die ganze Größe des Großen Grünen kannte, noch die Wellen und die Ausdehnung jenes Meeres, dem sie entgegensegelten.

Jehoumilq verschloss den Krug und stellte ihn zurück, nachdem er die Becher noch einmal gefüllt hatte. »Niemand hat sich besser vorbereitet als wir«, sagte er. »In ein paar hundert Tagen und Nächten sind wir klüger.«

Der Wind schob die Schiffe in schneller Fahrt vorwärts. Karidon ging in den Bug. Der lange Rumpf federte und wiegte sich ruhig. Die Geräusche, mit denen sich die Planken aneinander rieben, klangen vertraut. Nach so langer

Zeit an Land erkannte Karidon jene Ruhe wieder, die auf dem Wasser über ihn kam. Er atmete tief durch und blickte in den weiten Horizont.

Der Kurs führte die Flotte, dem felsigen Ufer folgend, zuerst nach Südost, vorbei an den Inselchen und Riffen. Die Seefahrer hatten viel Zeit, aber Zeit bedeutete nicht Wasser oder Nahrung, konnte weder Unglücke vermeiden noch Krankheiten heilen.

An der Bugwelle und dem vorbeiziehenden Treibgut, dem Möwenflug und der spitzwinkligen Kielspur versuchte Karidon die Geschwindigkeit zu schätzen; sie waren keineswegs schneller als drei Meilen in der Stunde. Er zog das Kopftuch in die Stirn und murmelte: »Besser als zu Fuß durch die Wüste.«

Tauwerk knirschte, die Rahen ächzten leise, ab und zu trafen salzige Spritzer die Männer im Bug. Kupferbänder warfen blitzend die Sonnenstrahlen zurück; am Himmel war nicht eine Wolke. Niemand zeigte Übelkeit. Erst nach einigen Tagen und Nächten würde sich jene Langeweile ausbreiten, die Männer dazu brachte, nach schwachen Stellen zu suchen, Holz zu schnitzen, den Koch zu ärgern oder sich mit dem schnarchenden Nachbarn anzulegen. Ptah-Sokar und Jehoumilq hatten beschlossen so selten wie möglich an Land zu gehen, besonders an dieser abweisenden Küste.

Auch Nebamun, der sich weit nach Mittag neben Karidon an die Bordwand lehnte, behielt seine gewohnte Gelassenheit. Er fragte leise: »Du hast keine Angst, wie?«

»Angst? Noch nicht, Nebamun. Wie steht es bei euch Stromseglern?«

»Ich denke an die Stürme, von denen Jehoumilq und du

uns erzählt habt. Schiffe im Sturm hab ich noch nie erlebt. Es wird eine üble Erfahrung sein, oder nicht?«

»Ich kenne nur die *Kothar* im Sturm. Überaus unangenehm«, sagte Karidon: »Aber wenn man sich richtig verhält, tötet das Meer niemanden.«

Nebamun verzog das Gesicht zu einem schwachen Lächeln. »Ich halt mich an dir fest, Kari.«

Später kroch Karidon unter Deck und streckte sich auf dem Mantel aus, den er über die Ledersäcke gebreitet hatte. Die schwingenden Bewegungen des Schiffes wiegten ihn in Schlaf. Das leiseste Geräusch, das nicht ins Raunen und Murmeln des Schiffes passte, würde ihn augenblicklich wecken.

Am folgenden Tag herrschte Windstille. Seit dem späten Nachmittag waren alle Segel an den Rahen festgebunden. Karidon ruderte im Steuerbordheck zusammen mit neunundzwanzig Männern; er spürte, wie seine Muskeln hart wurden und wieder erschlafften. Über Brust und Rücken rann Schweiß. Karidons Platz lag im Schatten der Bordwand. Die Sonnen stand über den Bergen des Horizonts. Fünf Möwen mit feuerroten Schnäbeln glitten kreischend hinter der Heckwelle der *No-Amuns Stolz* durch die trockene Luft.

In der Nacht hatten die Kapitäne ihre Schiffe weit nach Ost steuern lassen. Die untermeerischen Bänke und Riffe, die wie steinerne Sträucher und Büsche aussahen, blieben an Steuerbord zurück. Im Bug eines jeden Schiffes hatte nachts eine Öllampe gebrannt, deren Flamme von Leinen geschützt wurde, das um kupferne Stäbe gespannt war: Der Wind konnte sie also nicht ausblasen und sie konnten die Schiffe nicht in Brand setzen.

Peser machte eine Faust, winkelte den rechten Arm an und spannte die Muskeln. »Soll ich dich ablösen, Kari?«

Karidon schüttelte den Kopf und stöhnte. »Später gern. Ich schaff's schon noch eine Stunde.«

Plötzlich hörten sie Jehoumilqs Stimme. »Was soll das?«, rief er. Noch vor wenigen Augenblicken hatte sein Schnarchen die Mannschaft beruhigt.

Ptah-Sokar sagte ruhig: »Vögel. Viele Vögel.«

»Sehe ich selbst. Was haben sie vor? Wollen sie uns den Weg zeigen?«

Die meisten Ruderer waren aufmerksam geworden und blickten, ohne den Takt zu verändern, in den Abendhimmel. Dort schwebten tausend und mehr große Vögel, deren sichelförmig gebogene Schwingen sich weiß und schwarz gefiedert gegen das abendliche Dunkelblau abhoben. Sie kamen aus östlicher Richtung und schraubten sich in großen Kreisen in die Höhe. Einige hatten sich abgesondert und strebten dem Westufer zu. Sie bewegten kaum die Flügel und ließen sich in der heißen Luftströmung, die vom Meer aufstieg, treiben.

»Es sind Störche«, sagte Ptah-Sokar.

Im Licht der sinkenden Sonne zeigte sich über dem Schiff eine seltsame Erscheinung: Die Störche in der östlichen Hälfte des Kreises schienen weiß zu sein, die anderen änderten ihre Farbe in schimmerndes Schwarz.

»Weil sie weiße und schwarze Federn haben«, brummte Jehoumilq. »Kein göttliches Wunder. – Aber es sind so viele?«

Nach einer halben Stunde verstanden die Seefahrer, wie sich die Störche fortbewegten. Eine breite Spirale der Tiere kreiste und erklomm größere Höhe. Dort verließen sie den Luftwirbel und schwebten schräg nach Westen, während dazukommende Tiere unterhalb der höher kreisenden Vögel in den Wirbel einflogen und aufstiegen.

Karidon beobachtete den lautlosen Schwarm und zwang sich im Takt weiterzurudern. Er fragte sich, wovon die Störche lebten, während sie so weite Strecken zurücklegten.

Dann wandte sich der Kapitän an seine Männer: »Wir bleiben heute Nacht auf dem Meer. Morgen suchen wir eine Bucht mit Wasser. Vielleicht jagen wir Gazellen oder wilde Ziegen.«

Peser nickte Karidon zu, schnallte den Ledergurt ab und kletterte zur Ruderbank. Er packte den Griff und schob Karidon zur Seite. »Du wirst noch oft rudern müssen. Nicht alles gleich am zweiten Tag, Kleiner. Los, auf's Deck!«

»Danke, Bogenschütze.« Karidon zog sich in die Höhe und bat Jehoumilq um Erlaubnis ins Wasser zu gehen. Der Kapitän nickte.

Als er ins kühle Wasser eintauchte, stöhnte er vor Wonne. Er tauchte und warf sich in die Wellen. Das Wasser erfrischte ihn. Wieder an Deck, schüttelte er sich, dass die Tropfen aus seinen Haaren flogen und lachte.

»Hat's gut getan, Krabbe?«, fragte der Herr des Schiffs. »Hilf dem Koch. Dann geh und schlaf dich aus. Wie dein alter Käpten sagt: Punt ist weit.«

Später lag Karidon auf seinem Mantel im Bug. Halb dachte er nach, halb döste er schon. Ein Gefühl, an das er sich dunkel erinnerte, war wieder stärker geworden, auch wenn er es noch nicht in Worte fassen konnte; aber er ahnte, dass der Weg zu seiner verlorenen Jugend und zu seinem Elternhaus über die lange Fahrt nach Punt führte, auch wenn ihm nicht klar war, warum. Er schüttelte still den

Kopf. Nichts wusste er. Weder, was ihn im Goldland erwartete, noch, ob seine Eltern noch lebten oder seine Geschwister.

Nebamun beugte sich über ihn. »Schläfst du noch nicht?«

»Nein. Soll ich dir helfen?«

»Lass nur.« Nebamun gähnte. Er hing wieder über dem Bug, um, wie er sagte, Unsichtbares zu sehen. »Keiner kennt dieses Meer ...«

Das Klatschen fliegender Fische war schwach zu hören. Karidon betrachtete die klaren Sterne. Unvermittelt überfiel ihn die Erinnerung an den Abschied im Haus von Parennefer. Harkhuf, der schweigsame Diener, hatte ihn umarmt und sein bartstoppeliges Kinn an Karidons Hals gerieben.

»Du wirst zurückkommen, Grünauge«, hatte er leise gesagt. »Der gute Herr wartet auf dich. Er wird deinen Namen vor dem Horus im Palast nennen.«

Karidon hatte am letzten Tag alle besucht: den Bäcker, den Biersieder, die Bauern und deren Kinder, die Hirten und Fischer. Werel hatte ihm einen Sack in die Hand gedrückt. »Datteln mit getrockneten Weinbeeren und gerösteten Kernen«, hatte sie gesagt. »Du wirst ganz verhungert zurückkommen, mein Kleiner. Gib den anderen nichts davon.«

Ihre weiche Umarmung hatte ihn fast erstickt. Sie stellte sich auf die Zehen und flüsterte ihm ins Ohr: »Amisu wird auf dich warten, auch wenn es ein paar Jahre dauert, Kleiner.«

Nefer-May, scharfäugig und zerstreut, hatte an seinem Gürtel gezupft und seinen Brustschmuck geordnet. »Du musst immer daran denken, Karidon, dass du der Schützling von Parennefer bist. Versprich mir, dass du immer daran denkst.«

»Ich versprech's, Herrin«, hatte er geantwortet. »Was muss ich tun?«

»Verhalte dich wie ein Rômet mit Verantwortung und mit tiefem Glauben an die Götter. Jeder im Schiff, der nach dem Weihrauchland fährt, ist ein Erwählter.«

Karidon hatte sich verneigt, obwohl er nicht alles verstand, was sie meinte.

Die Diener Api und Pentu wünschten ihm Glück und taten, als ob sie nicht an seine gesunde Rückkehr glaubten. Für sie gingen alle Männer in der Unendlichkeit des Horizonts jenseits der menschenleeren Wüste unweigerlich verloren. Karidon hatte geantwortet: »Ich komme doch wieder!«, aber sie hatten nur ungläubig die Köpfe geschüttelt und ihn angesehen wie einen, der todkrank war und es nicht wusste.

Am Ende des Tages hatte er alle gesehen – und noch immer Amisu gesucht. Jeden hatte er gefragt, aber nur Kopfschütteln als Antwort erhalten. Er hatte es schließlich aufgegeben und unruhig geschlafen. Er war aufgewacht, als die Tür knarrte. Undeutlich hatte er in der Dämmerung ihre Gestalt erkannt. Amisu presste sich gegen die Tür und flüsterte: »Du gehst in ein paar Stunden, Kari.«

Er hatte sich auf die Ellenbogen gestützt. An ihrer atemlosen Stimme hatte er ihre Verlegenheit erkannt.

»Bleib hier, Kari«, bat sie ihn. »Oder nimm mich mit. Nein – du wirst niemals zurückkommen. Ich werde dich nicht wieder sehen.« Dann, mit festerer Stimme: »Ich will's auch nicht mehr. Fahr doch mit deinem hässlichen alten Kapitän!«

Sie hatte ein unterdrücktes Schluchzen ausgestoßen und

war in der Finsternis des Ganges verschwunden. Karidon hatte sich zurückfallen lassen. Es erschien ihm wie ein Alptraum.

Am nächsten Morgen hatte er nur Werel in der Küche gefunden, die sein Essen zubereitete und sich vergewisserte, dass er ihr Geschenk mitnahm. Amisu hatte er nicht mehr gesehen.

Auch an diesem Morgen war die Dämmerung windlos geblieben; mittags kam ein heißer Wind aus dem Gebirge, zog nach Süden und erzeugte seltsame Luftspiegelungen, in denen einige Männer Lagunen und Buchten zu erkennen glaubten. Laut und klangvoll sang Nebamun aus: »Bei Isis, der Göttin des Dreiecks: Tiefer als neun Ellen!«

Ahau-Tinofer hatte die *No-Amuns Stolz* nach Westen gesteuert, wo die Felsküste zurücksprang und eine große Bucht bildete. Das erste Schiff tastete sich mit langsamen Riemenschlägen am Ufer entlang. An Backbord war die Bucht voller Riffe und nadelscharfer Klippen, die weit ins Meer hinausreichten. Ebenso vorsichtig folgte die *Herr beider Länder*. Die Ruderer waren angespannt. Schweigend warteten sie auf das Knirschen, mit dem Felsen den Rumpf aufreißen und die Planken aufschlitzen und zerbrechen. Der Lotse rief: »Beim Ptah von Memphis: sechs Ellen!«

»Noch zwei Riemenschläge!«, befahl Ahau-Tinofer. Jehoumilq schob sich zwischen Nebamun und Karidon; seine Blicke bohrten sich in den Uferdunst. Der Sandstrand schien Sammelplatz vieler Seevögel zu sein und kümmerliches Grün schloss das Ufergelände zu einem Tal hin ab. Hoch über der Bucht kreisten zwei Geier. Niemand sprach: Das Rauschen und Gischten der Brandung und das Knarren der Takelage klangen in der fast bewegungslosen Stille scharf und drohend.

Jehoumilq deutete nach vorn. »Überall Sand und Geröll! Woher kommen diese verdammten Palmen?«

»Weiß ich nicht.« Der Lotse starrte ins Wasser. Der Boden war deutlich zu sehen. Ein Schwarm großer Fische schlug einen Haken und schoss davon. Nebamuns Arm gab die Richtung an. Die Ruderer krümmten ihre Rücken. Das Schiff glitt nach Backbord. Es war Flut; die übrigen elf Schiffe würden neben der *Stolz* genügend Platz finden.

Jehoumilq rief Ahau-Tinofer zu: »Kapitän! Das Schiff wenden. Den Bug hinaus zum Wasser.«

»Haben wir genug Platz?«

»Reichlich, wenn wir auf der Stelle drehen.«

Wie lange hatte dieses Land keine menschliche Stimme gehört, dachte Karidon. Es lag leer da wie eine Wüste; vielleicht waren sie die Ersten, die es betraten.

Die eine Hälfte der Ruderer zog an den Griffen, die andere Hälfte schob. Die Steuerruder wurden hart ausgeschwenkt. Das Schiff drehte auf einer Strecke, die nur doppelt so lang war wie der Rumpf. Das Heck schob sich zum Strand, die Steuermänner zogen die schweren Ruder in die Höhe.

»Ankerstein fallen lassen!«

Karidon hatte das Tau im Bug in Schlingen gelegt, riss am Ende des Seiles. Klatschend fiel der Stein ins Wasser. Die Schlingen lösten sich, schossen über Bord, das Ankertau wurde straff. Drei Atemzüge später setzte das Heck sanft auf, ohne das geringste bedrohliche Knirschen. Die Männer schrien begeistert auf.

Über den Jubel erhob sich Ptah-Sokars Stimme: »Denkt daran: Wir suchen Wasser und jagen Wild. Wir schlafen an

Land. Ich glaube, drei oder vier Tage reichen. Horus ist mit uns!«

Jehoumilq stemmte sich gegen das schwere Tau, bis Karidon das Schiff mit sicheren Knoten belegt hatte. »Gut so. Ein Meer, das aus mehr Klippen besteht als aus Wasser.« Er fletschte die Zähne. »Ausgerechnet hier sollen wir Wasser finden?«

Nebamun richtete seinen Peilstab auf die kümmerlichen Palmen. »Irgendwo müssen sie es herhaben. Man hat mir gesagt, dass es in jeder Regierungszeit eines Gottesherrschers an dieser Küste einmal regnet. Dann verwandeln sich die Täler in reißende Flüsse, sagen sie in Koptos. Wir müssen nur tief genug graben.«

»Auch das noch!« Jehoumilq stapfte zurück zum Heck. »Bin ich Kapitän oder Graber von Sandlöchern?«

Der Lotse und Karidon grinsten einander an. Nebamun verstaute den Peilstab. Nacheinander kletterten sie ins seichte Wasser. Ptah-Sokar ging in den Bug und wies die *Weihrauchland* und die *Herr beider Länder* an ihre Plätze am Strand.

Als Karidon die ersten Schritte machte, schien der Boden unter seinen Füßen zu schwanken. Er kannte dieses seltsame Gefühl schon lange und wunderte sich nicht mehr darüber. Aber er fand es aufregend, diese unbekannte Küste zu betreten.

»Nehmt Werkzeuge mit, Männer!«, rief Peser. »Geschlafen wird erst in der Nacht!«

Ein Schiff nach dem anderen legte an, nachdem es auf dem gleichen Weg wie die *Stolz* durch die Klippen gerudert worden war.

Ptah-Sokar schien zufrieden.

Von der letzten Hochflut war eine Vielzahl von flachen

Tümpeln übrig geblieben. Winzige Landzungen ragten ins Wasser vor. Unschlüssig gingen die Seefahrer umher, versuchten Krebse zu fangen, sahen blau schimmernde Eidechsen davonhuschen, zerrten an Ästen und Stämmen im Treibgut und fingen an, das gesammelte Holz klein zu hacken. Einige Schieferfalken und eine Gruppe stakender Störche äugte misstrauisch nach den Eindringlingen.

Karidon ging an der Brandung entlang und schaute den Männern zu. Auf dem Meer, sagte er sich, verloren die Rômet ein wenig von ihrer feierlichen Umständlichkeit.

Chutaui, der Koch, stapfte auf Karidon zu und zeigte mit dem Kinn auf das Treibholz: »Genug Holz für hundert Feuer, Kari. Ich werde euch gute Brote backen können.«

»Soll ich dir einen Ofen bauen? Dort liegen Steine.«

»Du kannst sie zusammentragen. Ich zeig dir, wie ein Ofen aussehen muss.«

»Ich weiß es. Ich hab oft unserem Bäcker zugesehen.«

»Dann fang an.« Der Koch kicherte. »*Ich* fang erst an zu backen, wenn die Sonne damit aufgehört hat.«

Während Karidon passende Steine suchte, trieb Peser eine Gruppe Jäger in die Richtung der Baumgruppe am Ende des wasserlosen Flusstales. Die Mündung des Flüsschens war angefüllt mit Treibgut und weißen Kieseln. Über einen flachen Hang, zwischen Büschen voller blassgrüner Blätter, rasten zwei Hasen Haken schlagend davon. Peser hatte seine Kampfkeule geschultert und trug Sandalen; er achtete auf Schlangen und Skorpione im Geröll.

Ptah-Sokar deutete auf die Senke, in der Palmen wuchsen. Die Jäger verschwanden in der struppigen Oase und plötzlich stob eine kleine Herde rötlich brauner Gazellen aus dem Gebüsch.

Der Koch zog anerkennend die Mundwinkel nach unten

und nickte. »Unser Herr Ptah-Sokar ist klug. Wo es wildes Wild gibt, gibt es auch zahmes Wasser.«

»Auf den Schiffen sind nur kluge Männer«, sagte Karidon. »Abgesehen von mir. Ich weiß nichts.«

»Du bist Schreiber«, sagte der Koch. »Du musst alles aufschreiben, was wir tun, und denen, die nach uns kommen, den Weg beschreiben. Das kann nur einer, der das Meer kennt. Du bist so wichtig wie ein Kapitän.«

Karidon zuckte die Schultern. Er ließ Chutaui stehen, holte seine Bronzeaxt, half den Ruderern das Treibholz zu zerkleinern und landeinwärts zu schleppen und sammelte Steine für den Ofen. Bei all dem schwitzte er erbärmlich.

Als die ersten Schatten zu den Schiffen hinunterkrochen, sog die Ebbe allmählich das Wasser aus der Bucht; die Schiffe legten sich langsam auf die Seiten über, als wollten sie sich auf die Enden der Rahen stützen.

Karidon hob einen Stein auf, kletterte auf den großen Felsen, von wo aus er den Strand überblicken konnte, schärfte die Klinge seiner Axt und schaute den Männern zu.

Etwa hundertfünfzig Ruderer schufteten unten im Sand, um einen Brunnen zu bauen. Sie schleppten große Steine heran, aus kleineren bildeten sie einen runden Wall. Mit Ledereimern hoben sie den Sand darin aus und brachten ihn weg. Bald standen sie bis zu den Knien in schmutzigem Wasser und hoben Sand, Kies, Schlamm und Geröll heraus. Mit fettem Lehm dichteten sie den Wall ab. Über ihnen kreiste ein Schwarm zeternder Vögel.

»Das hätte ich nicht gedacht«, sagte Karidon zu sich selbst. »So viel Wasser!« Er sprang vom Felsen und rief zu Peser hinüber: »Wie ist das Wasser? Salzig?«

»Fast gar nicht. Morgen hat sich der Schmutz abgesetzt, dann füllen wir die Krüge.«

»Ein kleines Wunder!«, rief Karidon staunend. Er freute sich über die seltsame Quelle und lief einmal um den Brunnen herum. Vielleicht rettete er ihnen auf der Rückfahrt mit seinem sauberen Wasser das Leben.

Im letzten Tageslicht, als Karidon vom Schwimmen kam, sah er, dass die Ruderer den Strand zwischen den rauchenden Feuerstellen von Tang, zerbrochenen Muschelschalen und den roten und weißen Bruchstücken der vertrockneten Riffgewächse gesäubert hatten. Er überlegte, ob er etwas davon einsammeln sollte; vielleicht konnten es die Schmuckschmiede gebrauchen. Dann besann er sich und beschloss: »Vielleicht wenn wir zurückkommen. In Punt gibt es Wertvolleres.«

Als Karidon einen Siebentag später in einer anderen namenlosen Bucht die Ereignisse und die Besonderheiten der Küste und des Fahrwassers knapp und so genau wie möglich auf die Papyrusblätter pinselte, schaute ihm Jehoumilq über die Schulter.

»Dir gefällt's, Krabbe, nicht wahr? Wir erleben gerade, wie aus den Flussruderern richtige Seeleute werden.«

»Mich wundert, dass ihre Stimmung so gut ist – trotz der Unsicherheit und der Gefahren.«

»Du wirst es sehen. Wenn wir zurück sind, ist keiner mehr der Alte. Nicht einmal Ptah-Sokar.«

»Ich mag Ptah.« Karidon sah zu, wie die Tusche am Binsengriffel trocknete. »Ich wünsche mir, dass er mein Freund wird.«

»Gemach.« Jehoumilq machte eine beschwichtigende Geste. Dann brummte er: »Mir gefällt diese Hitze nicht; auch wenn alles ruhig scheint – es liegt was in der Luft. Ich spür's in meinen alten Knochen. Auch Ptah-Sokar wird lernen das Meer zu achten, so wie du und ich.«

»Wenn wir zurückkommen, hast du hundert neue Freunde. Im Stromland werden sie alles für dich tun, Käpten.«

Karidon blickte forschend in Jehoumilqs Gesicht. Die vielen Falten um seine tiefbraunen Augen und die schweren Tränensäcke erzählten mehr Geschichten als der Käpten selbst. Karidon glaubte manchmal in seinen Augen lesen zu können. Er wusste, wie sehr sich der Kapitän sorgte – auch wenn er es in seiner rauen Art nicht zeigte –, nicht so sehr um sich selbst, als um den Erfolg der Fahrt. Er hatte es sich in den Kopf gesetzt, alle Schiffe unversehrt und voll beladen mit ausgesucht wertvollem Handelsgut zurückzubringen. Und es gab niemanden, der dazu besser in der Lage gewesen wäre als er. Kein einziger Rômet hatte je einen Sturm miterlebt, weder einen Schiffsuntergang mit angesehen noch gehungert oder gedurstet.

Vielleicht waren Jehoumilqs Gedanken schon in Punt. »Mein Kleiner«, sagte er leise und in einer Betonung, die Karidon selten bei ihm gehört hatte. »Du hast völlig Recht. Wir haben diese Freunde. Und am Ende dieser Fahrt wirst du ein Mann sein und selbst befehlen.« Er senkte seine Stimme. »Vielleicht hast du Glück und wir finden heraus, ob noch jemand von deiner Familie lebt. Aber so eine Suche ist schwer; das dauert. Du weißt: Punt ist weit und das Leben ist beschwerlich, besonders für einen alten Seefahrer, der jetzt den Weinkrug leert – und zwar ganz allein.«

Er stand mit einem halb gespielten Ächzen auf und stapfte zum Schiff.

Karidon fühlte eine Anwandlung von Stolz, als er daran dachte, dass auch er zu den einflussreichen Männern am Nil gehören würde. Aber dann senkte er den Kopf; die Schiffe hatten ja noch nicht einmal das Rote Meer verlassen.

Karidon wachte auf, als Nebamun ihn an der Schulter rüttelte. Er blinzelte, kam auf die Füße und spähte über das heruntergelassene Segel zum Heck. Es war, als befände sich das Schiff in einer anderen Welt. Die Veränderung musste zwischen Mitternacht und Dämmerung eingetreten sein.

Er murmelte erschrocken: »Das sieht nicht gut aus.«

Die *No-Amuns Stolz* war eingehüllt in grauen Dunst. Kein Lufthauch regte sich. Das Meer war ruhig und glatt, es glänzte wie poliert. Keine zwei Fingerbreit hoch waren die Wellen. Die Heckspur verlor sich zwischen Horizont und Himmel und das nächste Schiff war nicht mehr zu sehen. Die Sonne war nur wie ein riesiger, schmerzhaft glühend roter Fleck durch den Nebel zu erkennen. Durch die Geräusche der Ruder ertönte ein knisterndes Schaben.

Karidon warf Nebamun einen besorgten Blick zu. »Was ist das?«

»Sand.« Nebamun fuhr mit dem Finger über die Bordkante. An seiner Haut klebte mehlfeiner roter Sand. »Ohne jeden Wind fällt Sand vom Himmel.«

Hinter dem Nebel war eine massige, dunkle Wand zu erahnen. Als der Nebel im Westen aufriss, fiel einen Augenblick lang ein Sonnenstrahl auf die abfallenden Felswände. In dem gebrochenen Licht erkannten sie eine gewaltige Säule aus Sand.

Die Entfernung war schlecht zu schätzen. Die riesige Windhose drehte sich und zerfaserte, je höher sie in den farblosen Himmel ragte.

Im Heck schrie Jehoumilq: »Ein minderwertiges Wetter! Seht ihr noch genug im Bug?«

»Ich sehe freies Wasser – immerhin!«, rief Nebamun.

»Weiter aufs Meer hinaus! Ipuki! Cheriuf! Bindet euch fest! Sichert die Ladung, Karidon!«

Der Riss im Nebel schloss sich beängstigend schnell. Kommandos hallten hinüber zur *Herr beider Länder*. Die Ruderer wurden langsamer, die Schiffe änderten den Kurs nach Backbord. Noch bevor sich der Nebelspalt endgültig schloss, konnten die entsetzten Männer sehen, dass sich die Sandsäule vom Boden löste und die Spitze in alle Richtungen verwehte.

Nebamun schrie voller Besorgnis: »Bei Osiris! Atums Gnade! Keine Felsen und Riffe! Fahrt geradeaus!«

Durchdringendes Summen und einzelne, lang gezogene Brummtöne kamen aus allen Richtungen zugleich.

Karidon holte unter Deck zwei Stücke fingerdickes Tau und legte es in Schleifen. Er band ein Ende um Nebamuns Hüften, ein anderes um seinen Körper und belegte die Enden mit sorgfältigen Knoten am Bug.

»Jetzt brauchen wir den Schutz deiner vielen Götter, o Lotse.«

»Was kannst du mir sagen?«

»Wenn uns der Sandwürger nur streift, überstehen wir den Sturm.« Karidon stemmte sich prüfend gegen das Tau.

Der Koch und einige Ruderer befestigten Teile der Ladung, die vordere Luke wurde geschlossen.

Der Staubwirbel schwankte, vergrößerte sich, kam näher und veränderte, den Nebel zerteilend, seine Form. Ein kochend heißer Windstoß rauschte heran, aus dem Summen wurde ein schneidendes Heulen.

Jehoumilq band Ahau-Tinofer und Ptah-Sokar im Heck fest, die Steuermänner hatten Seile um ihre Hüften gelegt und mit den Pinnen verbunden.

Karidon versuchte zu erkennen, was um ihn herum geschah. Sand wehte ihm in die Augen, er zwinkerte mit gesenktem Kopf. Die Enden des verrutschten Kopftuchs knatterten gegen die Schlüsselbeine. Dicht hinter dem Schiff, in der Kiellinie, hämmerte eine Sandfahne wie schwerer Regen ins Meer. Im Nordosten fegte der Sturm den Nebel weg; ein Drittel des Blickfeldes wurde leer geblasen. Langsam verfärbte sich das Firmament: Aus Grau wurde hartes Blau und schließlich fahles Purpur.

Dann wurde das Wasser ruhiger. Stille breitete sich aus, die jedes Geräusch mehrfach verstärkte. Doch die falsche Ruhe schien ihnen zuzuflüstern, dass in wenigen Augenblicken das Verhängnis losbrechen würde.

Über dem Nebel war der Himmel zu sehen. Der Nebel glomm rot, die Ausläufer des mächtigen Sandwirbels berührten das Meer.

Und dann schlug ein gewaltiges Brüllen und Heulen an. Der Sturm packte die Schiffe.

Ipuki und Cheriuf rissen die Pinnen herum, als sie sahen, dass die Sandwirbel auf die *Stolz* zufegten. Eine unsichtbare Kraft schob die Schiffe mit schäumenden Bugwellen vorwärts. Wo die Luft voll Sand war, brach jäh die Finsternis in den Tag ein. In breiten Bahnen prasselten ungeheure Mengen Staub und Sand herunter, in ihnen verschwand die *Herr beider Länder*. Steil hintereinander aufgetürmte Wellen führten einen breiten Gischtstreifen. Der unsichtbare Wirbel näherte sich heulend und kreischend. Mit dumpfem Krach schloss sich die zweite Luke.

Böen rissen am Segel und ließen das Tauwerk wimmern. Die erste Welle packte das Heck der *Stolz*, teilte sich und hob das Schiff. Von den Wellenkämmen wurde der Schaum weggerissen und mischte sich mit Sand. Karidon duckte sich; durch die schauerlichen Sturmgeräusche hörte er die Angstschreie der Männer.

Plötzlich hüllte sich das Schiff in Feuer.

Aus hervorstehenden Teilen und Kanten zuckten und leckten Flammen, brannten gelbrot, aber gaben kaum Helligkeit. Angstgeschrei war zu hören, lauter als der Sturm. Die Flammen wurden länger, steckten aber weder das trockene Holz noch die Leinwand in Brand.

Obwohl sich Jehoumilq ebenso fürchtete wie die Ruderer, versuchte er sie zu beruhigen. Man sah wie sich sein Mund öffnete und schloss, aber kein Laut war durch das Heulen des Windes zu hören. Ptah-Sokar schien mit geschlossenen Augen die Götter anzuflehen, sein Gesicht war eine Maske erstarrten Schreckens.

Der Schiffsrumpf hob und senkte sich, schwankte, schlug aber nicht quer. Karidon und der Lotse kauerten im Bug, die Köpfe auf den Unterarmen. Sie hörten nur noch knarrendes Holz, den heulenden Wind und das Schmettern der Wellen gegen die Planken.

Die *Stolz* war allein in der tobenden Wirrnis. Sie senkte den Bug, als die nächste Riesenwelle heranrauschte. Das Heck wurde in die Höhe gerissen, unter Deck rutschten und überschlugen sich Ballen und Packen. Die Ruderer klammerten sich an alles, was sie greifen konnten. Riemenschäfte fuhren durch die Luft, klapperten gegeneinander, einige splitterten. Trümmer wirbelten über die Bordwand und schlugen wie Speere in die Wellen. Zu lange blieb der Rumpf in dieser gefährlichen Lage, dann bäumte er sich auf. Nebamun und Karidon wurden von den Knien gerissen und gegeneinander geworfen. Die Welle, vom Heck gebrochen, packte die Enden der Rah und schüttelte sie; der Bug tauchte tief ein. Eine Wasserwand schlug über Nebamun und Karidon, strudelte über die Decksplanken und ergoss sich ins Schiff. Vom Bug her zischte die nächste Welle über die Planken; sie löschte alle Flammen.

Die Wucht der Wellen und des Windes wuchsen. Rostrote Düsternis umhüllte das Schiff. Es gab nichts mehr als Sandmassen, die über das Schiff prasselten, hin und her wogten und gegen die Bordwände schlugen. Ihr Knistern im Heulen des Sturmes betäubte die Ohren.

Nur langsam kamen die Ruderer zur Besinnung und versuchten das Schiff zu retten: Wie Schlafwandler bewegten sie die Riemen im Takt, mit verbissenen Gesichtern, ankämpfend gegen Schmerzen und Übelkeit. Ihre Handflächen waren aufgerissen, das Einsetzen des Rumpfes, wenn er in die Wellen schlug, stauchte sie auf den Sitz.

Ipuki und Cheriuf stemmten sich gegen die belasteten Seiten der Steuerruder. Das Schiff wand sich in einer lang gezogenen Spirale durch die Wellen. Das überlaute Knarzen schien zu beweisen, dass Spanten und Planken auseinander rissen. Krachende Stöße und furchtbare Schläge versetzten die *No-Amuns Stolz* in ächzende Schwingungen. Der Mast schien sich zu krümmen; übergroße Kräfte zerrten an den Blättern der Steuerruder. Das Schiff lag beängstigend schräg. Mit angstverzerrten Gesichtern stemmten sich die Männer in die Riemen. Alle an Bord kämpften um ihr Leben. Gingen sie über Bord, warteten Menschen fressende Fische und mörderische Klippen auf sie.

Karidon konnte ihnen nicht helfen, aber er wusste: Wenn der Sturm überstanden war, war in jedem von ihnen der ängstliche Stromruderer gestorben. Er dachte an den ersten Sturm, den er mit Jehoumilq südlich von Zypern erlebt hatte. Unbewusst hatte er damals sein Wissen über sich selbst und das Meer vertieft. Es war ein Wissen, über das keiner sprach und das tiefer saß als alle Schrecken.

Es stürmte ohne Unterlass, aber fast unmerklich wurden die Abstände zwischen den harten Schlägen größer. Die sand- und hitzeerfüllte Luft machte jeden Atemzug zur Qual. Im Halbdunkel verloren sie jegliches Zeitgefühl. Dauerte es eine Stunde? Oder fünf? Oder länger? Wieder tauchte der Bug tief ein, das Heck hing in der Luft, wieder wurden die Männer von den Beinen gerissen.

Als Karidon die salzwassergeröteten Augen öffnete, sah er, dass der Nebel aufgerissen hatte. Vor ihm lag das Meer, voller Wellen mit weißen Schaumkronen. Sonnenstrahlen glitzerten auf dem Wasser.

Die Männer atmeten auf und zogen gierig die frische Luft ein: Sie lebten. Die *No-Amuns Stolz* jagte durchs Wasser, glitt geradeaus wie auf Öl. Mit jedem Atemzug kehrten Erleichterung und Besonnenheit zurück.

Nebamun zerrte Karidon in die Höhe. »Anubis und Chons!«, sagte er keuchend. »Wir leben noch, obwohl wir zehn Tode gestorben sind. Sieh dir den Himmel an, Kari!«

Karidon wischte sich den Sand aus den tränenden Augen. Die Sonne hatte fast den höchsten Stand erreicht. Wolken rasten mit unglaublicher Geschwindigkeit über den Himmel. An Steuerbord voraus war die Küste gestochen scharf zu erkennen; die Luft war rein und klar wie selten zuvor.

Die Stimme Ahau-Tinofers klang wie die eines Greises, war aber durchdringend. »Wenn noch einer von euch lebt – zieht das Segel hoch!« Und nach einer Pause, die seine Erschöpfung zeigte: »In weitem Bogen zum Ufer. Lotse! Achte auf die Riffe, bei Amun! Dorthin, wo wir Wasser finden. Wir alle werden tief und lange schlafen, ihr Tapferen!«

Aus dem Schiffsbauch drangen Flüche, Schmerzenslaute und erleichtertes Stöhnen.

Karidon meldete, was er und Nebamun gesehen hatten: »In mehr als einer Stunde können wir an Land sein.«

Jehoumilq rüttelte Ptah-Sokar an der Schulter: »Wir haben das Meer besiegt. Sieh wie es vor uns kauert und sich duckt und um Gnade winselt, junger Rômet!«

Ptah-Sokar blinzelte und blickte den Kapitän an. Er glich mehr einem Schiffbrüchigen als einem Würdenträger. Karidon hütete sich zu grinsen oder etwas zu sagen, was er später bereuen müsste. Seine Knie zitterten ebenso wie die aller anderen.

Peser stemmte Wasser- und Henketkrüge aus dem Kielraum an Deck und fragte erschöpft: »Ist das immer so im Sturm, Grünauge?«

Karidon lächelte hinterhältig: »Heute war es besonders schlimm. Aber im Großen Grünen erlebten Jehoumilq und ich es jeden zweiten Tag.«

Nebamun packte einen Henketkrug. Nach dem dritten, langen Schluck keuchte der Lotse: »Danke. Jetzt geht's mir besser. Langsam fange ich an, deinen Kapitän zu begreifen, Kari. Wäre ich nur am Nil geblieben, bei meiner Frau!«

»Wir haben's überstanden«, sagte Karidon und zuckte mit den Schultern. »Schlimmer wird es kaum mehr. Aber – meine Augen vermissen elf, nein: zehn Schiffe!«

Nur die *Weihrauchland*, weit nach Ost abgetrieben, schob sich mit prallem Segel durch die Wellen.

Langsam schwenkte der Bug der *Stolz* herum und zielte auf die ruhige Wasserfläche zwischen einer Insel und einem nasenartigen Felsenkap.

Etwa eine Stunde später taumelten die Besatzungen der beiden Schiffe an Land und rafften sich zu letzten Anstrengungen auf. Sie schleppten Holzkloben zu großen Haufen, halfen dem Koch, entluden nass gewordene Teile der Ladung und zogen die Schiffe höher auf den Strand.

Bald loderten Flammen aus großen Holzstößen, Rauch stieg auf. Als die Flut ihren höchsten Stand erreicht hatte, zerrten die Schiffe härter an den Ankersteintrossen.

Ptah-Sokar schien um Jahre gealtert. Karidon, Jehoumilq und Ahau-Tinofer hatten den Tag wohl am besten überstanden. Überall am Strand lagen erschöpfte Männer, zwischen die hindurch Ptah-Sokar sich müde einen Weg bahnte. Seine Füße zogen Furchen im Sand.

Er starrte lange auf seine Fußspitzen, dann wandte er sich an Ahau-Tinofer: »Ich habe nicht glauben können, was Kapitän Jehoumilq so oft erzählte. Er hat Recht. Es war grauenhaft. Die Götter haben uns geschützt und gerettet. Gibt es Verletzte oder gar Tote, Ahau?«

»Nein. Jedenfalls nichts Ernstes. Meine Sorge gilt aber den anderen Schiffen. Hoffentlich sehen die Lotsen unser Signal.«

»Was schlägst du vor, Ptah?«, fragte Jehoumilq.

»Einen Bläser dort hinauf.« Ptah zeigte auf den höchsten Punkt des Felsvorsprungs. »Ruhe. Zwei Tage Pause. Die Ladung ist nass, vielleicht zum Teil verdorben. Ausladen und alles in die Sonne. Aber erst, wenn wir uns erholt haben.«

»Es ehrt dich diese Rede«, grinste Jehoumilq. »Du lernst rasch. Peser mit seinem Blasgeröhre und Nebamun mit dem Spiegel sollen dort hinaufklettern. Geben sie Signale, sehen's und hören's die anderen auf dem Meer.«

Ptah musterte ihn ernst. »Ein Vorschlag von ausgezeichneter Großartigkeit. Was wären wir ohne deine Erfahrung?«

Wieder grinste Jehoumilq breit. »Eure Schiffe wären in etliche Teile zerbrochen und die Männer ersoffen – und mit mir seid ihr in einigen Monden die Beherrscher aller Brandungen.« Jehoumilq schlug Ptah auf die Schulter, dass er stolperte. »Aber wir haben noch viel Zeit. Punt ist ...«

»Punt ist weit, ich weiß.« Über Ptahs Gesicht huschte ein flüchtiges Lächeln.

Ahau-Tinofer hatte die Männer zu sich gewinkt und erklärte, worum es ging. Karidon half dem Koch Henket auszuschenken, an die Ruderer zu verteilen und ihnen dabei Mut zuzusprechen. Peser und Nebamun hatten das Kap erklettert und spähten aus einer Höhe von dreißig Mannslängen aufs Meer hinaus.

Als Pesers Fanfare ertönte, sagte Ahau-Tinofer: »Hoffentlich sind die anderen auch so gut davongekommen wie wir.«

»Die Schiffe mit all meinen Einbauten und Verstärkungen«, erwiderte Jehoumilq mit starrem Gesichtsausdruck, »konnten den Sturm überstehen. Wenn die Männer keinen groben Fehler gemacht haben, leben sie noch. Wahrscheinlich ist die Flotte über das halbe Meer verteilt.«

»Ich hoffe es«, sagte Ahau-Tinofer. »Das offene Meer hat sie davor gerettet, in Klippen zu treiben oder an Felsen zerschmettert zu werden.«

Jehoumilq fuhr herum, als er Nebamun rufen hörte. Der Lotse brüllte: »Sechs! Sechs Signale!«

Ptah-Sokar, Ahau-Tinofer und Jehoumilq nickten einander erleichtert zu.

»Deine Erfindung hält, was du versprochen hast, Kapitän«, sagte Ptah-Sokar. Die Betonung des letzten Wortes zeigte, dass Jehoumilq in seiner Achtung gestiegen war.

Jehoumilq nickte schwer: »Weil sich die anderen daran gehalten haben.«

Ptah-Sokar, der gewiss sein konnte, dass viele Männer auf seine Befehle warteten, wirbelte herum, klatschte in die

Hände und rief: »Männer! Hört zu! Sechs Schiffe haben wir gesehen und sie haben uns gesehen. Bald sind sie hier. Seid tapfer und mutig und holt alle Ladung aus den Schiffen. Dann essen und schlafen wir.«

Die Seefahrer rafften sich auf und gehorchten.

»Wir müssen Ordnung schaffen«, sagte Jehoumilq leiser. »Packt mit an!«

Er kletterte in die *Stolz* und stemmte aus dem Laderaum den nächsten Ballen hoch.

Eine Stunde später, als die Segel zweier Schiffe auftauchten, war der Strand schon halb bedeckt mit Teilen der Ladung.

Am Strand rief Ptah-Sokar: »Die *Prächtiger Ibisgau* und die *Weiße Unsinkbare*! Hapuseneb und Anchaf – hierher!«

Fanfarensignale hallten von den Schiffen.

Als die Jäger eine Quelle gefunden hatten, lagen schon acht Schiffe hoch und trocken im Sand. Säcke und Ballen verteilten sich bis zu dem Hang der niedrigen Dünen. Krüge steckten in Reihen im Sand. In der Dämmerung hackten die Köche ihre Zutaten auf den Brettern und bereiteten das Essen für die Seefahrer vor.

Als der Mond schon über ihnen stand, loderten die Flammen der Feuer weit aufs Meer hinaus. Gerüche von Brei und Braten verteilten sich über der Bucht.

Ptah-Sokar ließ sich neben Jehoumilq in den Sand fallen: »Eigentlich gibt es kaum Unterschiede zwischen der Wüste, die wir Rômet so fürchten, und dem Meer.«

»Das ihr aber nicht zu fürchten braucht.« Jehoumilq nickte dankend und nahm den Becher aus Ptahs Hand. Er lachte scharf. »Stürme sind, obschon furchtbar, die Ausnahme, nicht die Regel. Es war nicht mein erster. Aber der erste mit so unglaublich viel Sand.«

Ptah zog den Kopf zwischen die Schultern. »Wie alt bist du, Kapitän?«

»Ein Jahrhundert«, grinste er. »Und davon war ich neunundneuzig Jahre auf dem Meer. Wie wenige Herbste zählst du?«

»Ich wurde geboren, als Gottkönig Senwosret, Amenemhets Vater, erkrankte.«

»Also doppelt so alt wie mein Kleiner. Er bewundert dich, Ptah!«

»Nicht mehr nach diesem Sturm. Furcht hat meinen Mut besiegt auf dieser Wüste aus mörderischem Wasser.«

»Alle guten Seeleute achten und fürchten das Meer. So wie du. Nur deshalb leben wir noch.«

Karidon, der in der Nähe saß, konnte die Unterhaltung verstehen. Er forschte in den Gesichtern Jehoumilqs und Ptahs, der über sein stoppeliges Kinn fuhr und die Salzkristalle zwischen seinen Fingern betrachtete.

Jehoumilq sprach weiter: »Wenn sich alle Schiffe getroffen haben und wir wieder Herr unserer Sinne sind, wenden wir uns den nahe liegenden Fragen zu. Alles wie abgesprochen.«

Lauter als Möwengeschrei ertönte eine Signalfanfare vom Meer. Im Osten erhoben sich die Schattenrisse der zwei fehlenden Schiffe.

Gegen Mitternacht brachte Kapitän Iruka als letztes Schiff die *Weiße Krone* in die Bucht – ohne Mast und Segel.

PTAH-SOKARS NASSES KA

Karidon erinnerte sich: Nachdem alle gegessen, getrunken und geschlafen hatten, bereiteten die Köche viel heißes Wasser. Jedermann schabte Bartstoppeln aus dem Gesicht. Man wusch die Schurze und Tücher und ließ sie an der Sonne trocknen. Jäger drangen zwischen den Felsen vor und kamen mit Gazellen zurück, deren Fleisch an Spießen gebraten wurde. An Land ließen sich die Schrecken schneller vergessen als auf den Planken. Jedes Schiff war angeschlagen. Die Besatzungen beseitigten die Schäden schnell und gründlich.

Erst ein Fünftel der Papyrusrolle war verbraucht. Karidon drehte das Blatt noch ein paar Fingerbreit. Er lächelte. Gelang es, seinen Text nach Memphis zurückzubringen, würden die Lesekundigen verblüfft sein. Der feierlich-umständliche Stil Ehrfurcht gebietender Schreiblehrer war nicht seine Sache; er bemühte sich, mit knappen Worten und Zeichnungen einem zukünftigen Puntkapitän wichtige Hinweise zu geben:

»15. Choyak, 43. Tag seit Aufbruch. Ein Ruderer der *Naparas Schönheit* fiel bei Nacht über Bord und verschwand. Keine guten Landmarken. Vorräte zu einem Drittel aufgebraucht. Alle Krüge mit Wasser gefüllt. Blieben nach dem Sandsturm drei Tage in der Bucht, gruben Brunnen, reinigten die Schiffe innen, putzten die Außenplanken. Man findet jede Nacht eine Bucht; gibt es

Wasser, schmeckt es salzig. Niemand dürstet, keiner hungert, Wunden und Prellungen sind verheilt. Es herrscht kurz vor dem Anderen Meer wieder Nordwind. Starke Strömungen.

Meist halten wir drei bis fünf Meilen Abstand von der Küste. Lotsen sind die wichtigsten Männer. Eine Insel aus Stein, wie geschmolzen: Man soll sie weit umfahren. Haben Schildkröten gefangen, ihr Fleisch gebraten und gegessen. Überall Riffe, nur bei Ebbe zu sehen, aber nicht alle. Segeln nachts nur bei vollem Mond, keinen Menschen gesehen, das Land ist leer; wer geduldig jagt, verhungert nicht.

Perücken: eine Plage. Viele waren voller Würmer, stanken und wurden verbrannt. Tücher sind besser, und Stirnbänder. Viel Öl aus Kreta wird gegen die Sonne gebraucht; wir haben zu wenig mitgenommen.

Sieht man die Küste nicht mehr, segelt sich's sicherer. Jeden Tag hundert Riffe und sandige Untiefen; Lob den Lotsen, deren Augen schärfer sind als die des Horusfalken. Ist der Himmel wolkenbedeckt oder bei Nebel, muss man weit nach Ost steuern; unsichtbare Riffe. Nicht so bei heller Sonne: gutes Wasser.

Ein Berg wie ein Tempel in Nordwest. Wo Landberge in Wolken sind, ist die Einfahrt zwischen Land, östlichem Riff und östlicher Insel sicher. Hoffe nie auf Feuerzeichen! Hier lebt niemand, nur wir machen Feuer. In der Luft spiegeln sich Seen und Lagunen; glaubt ihnen nicht und achtet auf die Sandebene und die Inseln, bleibt in Ost davon, auf Südkurs. Sieht man an zwei Tagen dreimal Brandung mitten im Meer, ist der Irrgarten erreicht – man soll rudern und drei Lotsen in den Bug stellen.«

Das östliche Ufer war zu erahnen, aber nie zu sehen. Inzwischen waren sie an einundzwanzig Inseln vorbeigekommen: öde, wasser- und baumlos, unbewohnt.

Mittlerweile erkannten die Lotsen die Strömungen und stellten anhand des Geruchs und anderer wenig fassbarer Zeichen fest, ob die Bucht zum Anlegen taugte. Längst konnten sie die Himmelsrichtungen genau bestimmen; Sternbilder und die Stellung mancher großer, strahlender Sterne leiteten sie zuverlässig.

Ptah-Sokar, der oft beim Lotsen stand, hatte Zeichen gegeben. Die Flotte, in Sichtweite segelnd, hatte nach West gedreht und lag wenig später in einer Doppelbucht, die sich nach Ost hin öffnete. Die Besatzung bereitete die Schiffe auf die gefahrvollen nächsten Tage und Nächte vor, denn sie näherten sich der Meerenge.

Karidon versuchte mit dem Griffel die Küstenlinie nachzuzeichnen. Dann wedelte er den Bogen trocken, rollte ihn zusammen und verschloss ihn im Tonkrug mit weichem Wachs.

Die Jäger waren noch nicht zurückgekommen. Dies versprach eine reiche Fleischbeute. Ruhig arbeiteten die Männer an den Schiffen, manche schliefen im Schatten. Die Stimmung war zuversichtlich: Nach so vielen überstandenen Tagen auf fremdem Wasser und an unbekannten Küsten war jeder sicher, dass die Flotte das Weihrauchland mit all seinen Schätzen und Wundern erreichen konnte.

Mit der Abendsonne senkte sich Ruhe über das Schiff. Das mittlerweile oft geflickte Sonnensegel war ausgespannt. Männer saßen und lagen auf Planken, tranken, aßen Brot und löffelten Suppe. Nebamun bewachte das Fahrwasser,

Ipuki handhabte beide Ruderpinnen; die Flotte machte gute Fahrt.

Ptah-Sokar sagte laut: »Deine Suppe, Chutaui, ist das Beste vom ganzen Tag. Aber viel zu heiß.«

Der kleine Koch lachte: »Kalt, Herr, wird sie ganz von selbst.«

Die gute Laune konnte aber nicht die Gefahren beseitigen. Sie waren zwischen zwei lang gezogenen Inseln hindurchgesegelt, gerade noch in Sichtweite der trostlosen Schroffen und Abstürze, gegen die die Brandungswellen gischteten. Weit voraus entdeckte Nebamun, der auf der Rah stand und sich am Mast festhielt, eine ausgedehnte Wirrnis aus Riffen, Sandbänken, Felsen, Inseln und Inselchen, die das Wasser an unzähligen Stellen zur Grabstätte für Planken und Seefahrer machte.

Jehoumilq und Ptah-Sokar berieten sich leise mit Ahau-Tinofer.

Die *Stolz*, im Gefolge die *Kêmets Stern* und die *Chufu zweier Horizonte*, steuerte so weit nach Backbord, wie es Wind und Segel zuließen. Die Küste entfernte sich wieder, der letzte Punkt, an dem sich der Blick festhalten konnte, verschmolz mit dem Horizont.

Karidon sagte sich, dass niemand wusste, wie lange das Wasser reichen würde, und dass selbst Jehoumilq dieses Meer völlig unbekannt war. Als er die Lampe entzündete und an Deck brachte, fing er einen nachdenklichen Blick Ahau-Tinofers auf.

»Mache ich etwas falsch, Herr?«, fragte er.

Ahau schüttelte den Kopf. »Du machst es richtig. – Wie lange werden wir brauchen, bis wir wieder in Memphis sind?«

»Alle reden von zwei Jahren«, sagte Karidon. Unter

Deck klapperte der Koch mit den Kesseln. »Wir haben noch viel Zeit vor uns.«

»Ich werd erst wieder ruhig schlafen, wenn ich die Küste von Punt sehe.« Ahau seufzte. »Auf dem Meer braucht man viel Geduld.«

»Bis jetzt haben wie alles erreicht, was wir uns vorgenommen haben«, warf Jehoumilq ein. »Die Tage auf dem Schiff scheinen endlos lang zu sein; einer ähnelt dem anderen. Wartet, bis wir im Anderen Meer sind.«

»Mein Ka zittert wie eine Vogelkehle«, sagte Karidon.

Ahau-Tinofers Blick wanderte über das Schiff und richtete sich auf die elf Segel hinter der Heckspur. »Mir scheint, Karidon, aus dir wird auf der Fahrt noch ein Mann. Wann fängst du an deinen Bart zu schaben?«

Man sah die Härchen an seinem Kinn, den Wangen und über den Lippen; sie waren kurz und weich. Und Karidons Haar war zu lang. Der Koch hätte es längst mit seinem Messerchen kürzen sollen.

Karidon wollte etwas antworten, aber Ahau lachte und sagte: »Weiß schon. Willst einen Bart haben wie Jehoumilq. Mach nur so weiter.«

»Die Haare wachsen von selbst«, brummte Jehoumilq.

Karidon zuckte die Schultern und balancierte zum Bug, auf seinen alten Platz. Gerade löste Ptah-Sokar den Lotsen ab, dessen Augen zu tränen begannen.

Über den unsichtbaren Bergen schwebte eine Sandwolke, von den letzten Sonnenstrahlen rot durchglüht. Hatte das Meer davon seinen Namen?

Die Tage und Nächte waren eintönig. Über den Schiffen stand rußschwarz der Himmel, übersät von Sternen, die in fremden Bildern aus dem Meer aufstiegen, und überstrahlt vom Mond, der nun dahinschwand.

An sonnigen Tagen sahen sie fliegende Fische und die dreieckigen Rückenflossen von Haien, weiße Wolken, die wuchsen und vergingen. Der Nordwind blieb tagelang gleichmäßig und kräftig. Karidon wusste, dass sich die Schiffe der unbekannten Grenze zwischen den Meeren näherten. Lang gestreckte Wellen kamen aus der Wassereinöde, hoben sich scharf gegen die lotosfarbene Dämmerung ab. Der Glanz eines neuen Tages blendete die Seefahrer.

Jehoumilq blickte in die Hecktruhe.

»Der letzte Krug Wein …«

Auch Karidon fühlte unerträglichen Durst. »Es ist noch viel Bier unten. Soll ich dir einen Krug Henket bringen?«

»Einen Becher. Andere wollen auch Henket trinken. Wie steht's mit dem Wasser?«

»Wenn jeder die gleiche Menge trinkt, reicht es für sieben Tage. Ich hab's zusammen mit Ptah ausgerechnet.«

Ahau-Tinofer nickte. »Dann wird es wohl stimmen. Wir sollten wieder auf die Küste zusteuern.«

Einige Ruderer klagten darüber, dass ihre Zähne zu wackeln anfingen. Der Lauch und die Früchte waren längst verbraucht und Karidon verteilte unter die Männer, was von Werels Geschenk geblieben war. Chutauis Suppen blieben zwar gut gewürzt, wurden aber dünner.

Am nächsten Morgen, bei klarer Sicht, deutete Nebamun auf die sonnenbeschienene Küste. Ahau-Tinofer wies die Steuermänner an: »Wie steuern dorthin, nach Osten!«

»Bald wackeln die Zähne nicht mehr!«, rief Jehoumilq. »Ihr Sieger über das rasende Meer – bald schlafen wir wieder auf festem Land. Und ihr werdet wieder einmal das stinkende Schiff putzen, nicht nur die Planken von außen!«

Seine Worte schienen die Ruderer zu beruhigen.

Aber in den nächsten Tagen stand das Leben der Männer auf dem Spiel. Nicht nur, weil die Holzkohle für Chutauis Suppen zur Neige ging.

Karidon öffnete die Augen und schlug hastig den Mantel zur Seite. Das Plätschern der Wellen hatte sich plötzlich verändert. Er hörte einen gurgelnden Schrei, dann leiser und weiter entfernt, einen zweiten. Als er auf die Beine sprang, sah er, dass der Platz neben ihm leer war. Karidon schrie auf. »Ptah-Sokar!«

Ein Schatten bewegte sich im schwarzen Wasser.

»Ich hab auch was gehört!«, rief Ipuki.

Karidons Schreien weckte zwei Drittel der Ruderer. Er rief: »Das Segel herunter! Steure im Kreis, Ipuki! Zündet Fackeln an!«

Dann stürmte er über das Deck, über die Ruderer hinweg, und versuchte, weit über die Bordwand gebeugt, etwas im Wasser zu erkennen. Als er einen schwachen Schimmer sah, vielleicht einen Steinwurf entfernt, schrie er: »Ptah ist über Bord. Ich glaube, er kann nicht schwimmen, Jehou!«

Er kletterte auf den Handlauf, holte tief Luft und sprang. Er tauchte flach ein und schwamm, so schnell er konnte, auf die Stelle zu, an der er Ptah vermutete.

Jehoumilq rief ihm nach: »Halt ihn über Wasser, Kari! Wir rudern dir hinterher!«

Karidon schwamm weiter, trat Wasser und reckte den Oberkörper. Jetzt sah er den Wirbel aus Gliedmaßen und Schaum. Ptah schlug wild um sich. Karidon fühlte nicht einmal die kalte Strömung aus der Tiefe. Vor ihm kämpfte Ptah-Sokar um sein Leben.

Keuchend rief Karidon: »Ich ... bin gleich ... bei dir, Ptah!«

Ptah ging unter, aber Karidon sah, wo sein Kopf war. Er tauchte und packte zu, bekam aber nur einen Fuß zu fassen. Finger krampften sich in seine Schulter und drückten ihn nach unten. Karidon packte Ptahs Handgelenk. Mit Mühe stieß er sich ab und als er die Wasserfläche durchbrach, zog er Ptah mit sich, der, immer noch in Todesangst, wild um sich schlug. Karidon wurde von Tritten und Schlägen getroffen. Er versuchte Ptah fester zu packen und schrie: »Ruhig! Ganz ruhig! Sie holen uns!«

Ptah spuckte Wasser, hustete und holte keuchend Luft. Langsam wurde er ruhiger.

Mit kräftigen Beinschlägen schwamm Karidon, der Ptah jetzt unter beiden Achseln hielt, zum Schiff.

»Wir sehen euch!«, rief Ahau-Tinofer. »Vorsicht mit den Riemen an Steuerbord!«

»Holt uns raus!« Karidon ahnte nur, wie der Bug des Schiffes auf ihn zu kam, aber er sah, dass die Riemen schräg in die Höhe gestemmt wurden. Gesichter erschienen über der Bordwand.

»Am Heck, Kari! Die Strickleiter! Wir werfen Schlingen!«

Er prustete und hörte auf zu schwimmen. Über ihnen wurden Fackeln in die Höhe gereckt. Die Riemen, unter denen er durchgeschwommen war, sanken wieder ins Wasser. Als die Bewegung des Schiffes aufhörte, wurde ein Tau zu ihm hinabgeworfen. Er packte es, knotete eine Schlinge und schob Ptahs Arme hindurch. Er hielt die Schlinge mit der Hand zusammen und schrie: »Zieht ihn hoch!«

Als Ptah halb aus dem Wasser war und sich am Tau festhielt, schwamm Karidon einen Bogen, packte das Rundholz der Strickleiter und zog sich selbst in die Höhe.

Nebamun und Ahau-Tinofer nahmen ihn in Empfang. Sie fassten ihn unter den Achseln und zogen ihn über die Bordwand.

An Bord war es im Schein der Fackeln ungewöhnlich hell. Die beiden Steuermänner standen an den Pinnen. Jehoumilq drehte sich um und brüllte: »Hoch die Rah!« Zu Ipuki und Cheriuf sagte er leise: »Bringt das Schiff wieder auf Kurs. Ich kann auch nicht besser schwimmen als der da.«

Ptah lag mit geschlossenen Augen auf zwei Decken im Heck und sah mehr tot aus als lebendig.

Während sich das Schiff schwerfällig drehte und die Taue knirschten, reichte Nebamun Karidon ein Tuch. Zwei Ruderer trockneten Ptah ab, ein anderer hielt einen Becher an seinen Mund.

Ahau-Tinofer sagte leise: »Danke, Kari.«

Jehoumilq hob den Truhendeckel und holte einen Krug heraus. Er nahm dem Ruderer den Becher aus der Hand und füllte ihn mit Wein und reichte ihn Karidon. »Hab ich's doch geahnt! Ein wahrer Notfall. Und ich dachte schon, ich könnte ihn allein trinken.«

Ptah-Sokar richtete sich langsam auf. Seine Arme zitterten. Er starrte Karidon an, der sich fast am Wein verschluckte, und kam auf den schwankenden Planken auf die Beine.

Karidon leerte den Becher und gab ihn Jehoumilq zurück. Er sagte: »Ich bin plötzlich aufgewacht. Du warst verschwunden. Was ist passiert?«

»Ich war im Totenreich. Du hast mich zurückgeholt,

Freund.« Ptah schüttelte sich. Er schwankte, als sich das Segel blähte und ein Ruck durch das Schiff ging. »Da war ein Leuchten im Wasser. Hab mich weit vorgebeugt. Dann verlor ich den Halt. Ich hab geschrien, aber niemand außer dir hat mich gehört.«

»Ipuki hat dich auch gehört«, sagte Karidon.

Jehoumilq füllte den Becher noch einmal und gab ihn Ptah. »Trink aus, dann roll dich unter Deck in den Mantel ein. Morgen sind wir am Strand. Los, helft ihm.«

Jehoumilq schwenkte leise fluchend den Krug, die Fackeln wurden gelöscht. Nebamun legte Karidon den Mantel um die Schultern und setzte sich neben ihn. Er atmete dreimal tief durch und sagte leise: »Du hast dem wichtigsten Mann der Flotte das Leben gerettet, Kleiner. Davor hab ich mich seit dem Ablegen gefürchtet: mitten im unbekannten Meer, nachts, allein – Ptah wäre jetzt tot.«

Karidon hob die Schultern und wusste nicht, was er antworten sollte.

Die Flotte hatte die Insel der Schildkröten längst hinter sich gelassen. Große Schwärme silberbauchiger Fische, die vor größeren Räubern flüchteten, tauchten aus dem Wasser und änderten dicht über den Wellenkämmen die Richtung. Riffe und Inseln gehörten zum täglichen Einerlei und verloren ihre Schrecken; die Lotsen erkannten an der Färbung des Wassers die Gefahren.

Nordwind füllte die Segel, das Land drängte von Backbord und Steuerbord heran. Karidon verglich was er sah mit den Worten, die er hastig im Tempel mitgeschrieben hatte.

Ahau-Tinofer kam übers Deck. Sein Schatten fiel auf Karidons Schreibrolle.

»Halten wir den richtigen Kurs, junger Lotse?« Die Frage klang scherzhaft. Karidon blickte auf und zeigte auf die Textstelle.

»Henenu sagte nicht viel über den Kurs. Oder die Priester haben uns nicht alles erzählt. Die engste Stelle des Meeres liegt hinter uns. Es stimmt also. Ich lese, wo wir die Bucht des guten Wassers finden werden.«

»Was wussten die Priester darüber?«

Karidon deutete nach Steuerbord. Die Küste verlief in leichtem Bogen nach Süden; niedrig, sandig und unzugänglich wegen der vielen Riffe. Im Norden, tief im Land, sah man grüne Pflanzen und am Horizont hob sich das Land und bildete steile Hänge.

»Voller Riffe.« Karidon kannte die Worte auswendig. »Wir müssen einen Einschnitt zwischen Steilfelsen finden. Wir sollten hier nur am Tag segeln. Oder rudern.«

Tiefe Falten zerfurchten die Stirn des Kapitäns. »Wann?«

»Morgen, wenn der Wind bleibt. Danach wird's schwer. Henenu sagt: ›Tausend Meilen nach Südost bis zum nächsten Wasser.‹ Seine Leute wären beinahe verdurstet.«

»Verstanden. Was weißt du noch, Karidon?«

»Nichts, Käpten.«

Karidon verstaute sorgfältig sein Schreibzeug. Das Wissen, das er aus den Zeilen herauslesen konnte, blieb karg, denn es war nur das Notwendigste. Aber bisher hatten sie immer die richtigen Stellen gefunden.

Ahau presste die Lippen zusammen und starrte Jehoumilq an.

»Bis zur ersten Bucht – keine Schwierigkeiten. Aber der Proviant wird knapp.«

Sie betrachteten stumm die unfruchtbare Küste. Die hohen Berge am Horizont drängten sich näher heran; ihre

Hänge, Flanken und Spalten veränderten sich unter den Sonnenstrahlen und den Schatten so langsam, wie die Flotte vorbeizog. Gab es dort Wasser, Pflanzen oder Tiere? Wenn es so war, dann flüchteten sie vor der Hitze und versteckten sich.

»Dann werden Pesers Männer jagen, bis wir genug Proviant für die tausend Meilen haben. Wir können Früchte und Beeren sammeln. Mir hängt der Fisch zum Hals heraus«, knurrte Jehoumilq.

»Wir halten es wie immer, wir haben Zeit. Wir füllen die Schiffe bis zum Rand: Punt ist weit.« Ptah-Sokar hielt sich am Masttau fest, sah in ihre Gesichter und deutete mit dem Daumen über die Schulter. »Sagt es den anderen. Gebt Signale.«

Karidon lehnte sich im Bug gegen den Handlauf. Nebamun löste grinsend die Knoten, mit denen die Teile des Peilstabes zusammengebunden waren. »Haben wieder alle deinen Worten gelauscht, Kleiner?«

»Ich hab ihnen gesagt, was ich weiß. Wie jedes Mal bisher. Auch Ptah hat zugehört.«

Ipuki steuerte die *No-Amuns Stolz* in gleich bleibendem Abstand von der Küste. Dadurch änderte sich der Kurs nach Süd und danach nach Südwest. Hier öffnete sich eine weite Bucht, die Farben der Ufer wurden blasser, ihre Umrisse verloren sich. Die Küste voraus war nur noch zu erahnen.

Leise sagte Karidon: »Es war immer das Gleiche. Stets war die Küste an Steuerbord; obwohl sie leblos schien, haben wir Wasser und Wild gefunden. Auch morgen wird Peser für Braten sorgen.«

»Hoffentlich.« Der Lotse entdeckte eine Sandbank, lotete und rief seine Warnung zum Heck: »Beim weisen Mondgott Thot: tiefer als acht Ellen.«

Karidon stellte nun endlich die Frage, die ihn seit etlichen Tagen beschäftigte: »Hast du eigentlich keine Angst, dass du einen Götternamen zweimal nennst? Ist der Schatz deiner Wörter so groß?«

Nebamun zwinkerte und begann zu lachen. »Keine Sorge, Krabbe, mein Vorrat reicht bis Punt.«

»Und für die Rückfahrt?«

Sie sahen einander in die Augen und lachten.

In der Nacht schlossen die Schiffe zueinander auf. Der Wind war bei Sonnenuntergang eingeschlafen, die Ruderer arbeiteten die Nacht hindurch. Elf Stunden nach den ersten Sonnenstrahlen fanden sie zwischen schrundigen Hängen den Einschnitt und setzten, bei hoher Flut, die Schiffe auf den weißen Sand einer Bucht, die von einem Bach zerschnitten wurde.

Karidon lag nackt, von den Zehen bis zu den Ohren mit Zedernöl eingerieben, auf dem heißen Felsen. Vier Fünftel aller Männer waren in den Tälern, Schluchten und Hängen entlang des Baches unterwegs. Wieder waren die Schiffe ausgeleert und geputzt worden; die Sonne brannte durch die Luken. Der Sand war gesprenkelt von gewaschenen Mänteln, Decken, Schurzen und Tüchern, Ausrüstungsgegenständen, sauberen Krügen und Ziegenbälgen. Fische brieten, Fleischstreifen trockneten, Suppen und Sud kochten an den Feuern.

Karidon richtete sich auf, als er die Stimme erkannte, und lächelte Ptah-Sokar entgegen. Er wartete darauf, was der mächtigste Mann der Flotte ihm zu sagen hatte.

Ptah blickte auf das grüne Wasser zwischen den Felsen. Er sah aus, als wollte er etwas sagen, aber er zögerte. Karidon betrachtete ihn von der Seite. Sein Haar war ausgebleicht wie das aller Seefahrer, die Haut tief gebräunt, das Gesicht voller Bartstoppeln, die Lippen rissig. Er suchte nach den richtigen Worten. »Wir sind allein, Karidon.«

Karidon nickte.

Ptah sah ihm in die Augen. »Du hast mich aus dem Meer gezogen. Dass ich noch lebe, ist dein Verdienst.«

Karidon legte sich die Antwort sorgfältig zurecht: »Ich wäre auch ins Wasser gesprungen, wenn ein anderer über Bord gegangen wäre. Ihr habt einige hundert Männer auf die Fahrt geschickt und nur wenige von ihnen können schwimmen.«

»Wenn ich ertrinke oder ein anderer – du weißt, dass wir Rômet uns nicht vor dem Sterben fürchten?«

»Aber davor, dass eure Gräber für die Wiedergeburt nicht gut genug ausgestattet sind mit Speisen, Hausrat und Tonfiguren von Dienern.«

»Versprichst du mir«, sagte Ptah zögernd, »dass du mein Grab im Westen bereitest? Ein bescheidenes Grab, wenn es so weit ist? Wirst du dafür sorgen?«

Ptah-Sokars Verlegenheit traf Karidon mit unerwarteter Stärke. Bisher war er von der kühlen Gelassenheit des jungen Mannes beeindruckt gewesen. Jetzt sprach einer der wichtigsten Männer des Reiches wie ein Steuermann oder ein einfacher Lotse mit ihm.

Karidon überlegte, dann sagte er: »Ich verspreche es dir. Aber du brauchst vor dem Wasser keine Angst zu haben. Noch etwas: Alle Männer sehen dich an und zittern, wenn du dich fürchtest; wenn du lachst, sind sie fröhlich. Punt ist weit, das stimmt. Aber wir erreichen Punt, das versprech ich dir.«

»Wie kannst du so sicher sein? Keiner von uns war dort!«

»Aber Henenu und andere vor ihm. Und wir haben

Jehoumilq, der alles weiß. Wenn es hart auf hart geht, tut er das Richtige. Vergiss dein Grab im Westen, Ptah. Bleib bei uns im Heck und sag, was zu tun ist – du bist wichtiger, als du glaubst.«

Ptah blickte schweigend zu Boden. Dann legte er den Arm um Karidons Schultern: »Ihr beide, ihr seid so sicher«, sagte er leise.

»*Du* trittst sicher auf im Palast, *wir* auf dem Schiff. Jeder, was er besser kann.« Karidon erzählte Ptah, was er aus den Aufzeichnungen herauslas: »Nach diesen tausend Meilen sind wir längst im Anderen Meer. Mit dem Ostwind können wir in einem Mond in Punt sein.« Er legte die Finger auf Ptahs Hand, die auf seiner Schulter ruhte.

Ptahs Scheu, das Falsche zu sagen, war groß. »… *wenn* wir zurückkommen …«

»Niemand zweifelt daran. Du vielleicht?«

»Wer weiß?« Ptah warf Steine in den Bach. »Wir haben einen Weg geöffnet wie Gott Upuaut. Was du schreibst und zeichnest, macht den Weg zum Weihrauchland leicht. Henenus Männer waren Helden; wir werden reich belohnt.«

Karidon legte sich auf dem Felsen zurück. Seine Stimme klang, als schlafe er ein. »Daran denke ich noch nicht, Herr. Wir sind noch nicht in Punt.«

»Nenn mich nicht ›Herr‹. Sag Ptah. – Erzähl deinen Freunden nicht, dass Ptah sich fürchtet.«

»Alle sind meine Freunde.« Karidon richtete sich noch einmal auf. Schmerzhaft bohrten sich Sandkörner in die Haut seiner Ellenbogen. Er schaute Ptah fest in die Augen und sagte: »Weil Feindschaft auf einem Schiff tödlich sein kann. Wenn ich dich recht verstehe, bist du mein Freund. Kann ich mit dir über dich reden, Freund?«

Ptah schien nicht zu wissen, ob er fluchen oder lachen sollte. Er setzte sich aufrecht hin, sein Gesicht wurde starr. Er musterte Karidon von Kopf bis Fuß, dann fand er die richtigen Worte: »Auf dem Wasser, mein Freund, halte ich mich an dich und Jehoumilq. Eure Seltsamkeit sucht ihresgleichen. Nie habe ich gedacht, dass ich mit fremden Seefahrern so sprechen könnte.«

Er ist störrisch wie ein junger Tragesel, dachte Karidon belustigt, und er scheut sich einfache Wörter zu gebrauchen. Vielleicht würde er es bis zu den Flussmündungen von Punt endlich gelernt haben, denn auf dem Land kehrte seine Selbstsicherheit zurück. Aber bis dahin mussten der Kapitän und er ihm helfen.

Von Parennefer hatte er gelernt, dass ein gutes Gespräch oft mit einem guten Scherz endete: »Unser Kopfhaar, Freund Ptah-Sokar,«, sagte er und betonte die letzten drei Worte, »ist zu lang. Auch mächtige Männer wie du und ich sollten es von Chutaui mit scharfen Messerchen stutzen lassen.«

»Und du?« Ptah grinste. »Du musst deinen Bart schaben. Oder willst du die Fische erschrecken wie Jehoumilq?«

Karidon tastete über Kinn und Wangen. »Ausnahmsweise hast du Recht. Nicht nur du wirst älter.«

Ptah saß einige Atemzüge lang starr da, drehte sich zu Karidon um, machte ein verdutztes Gesicht und fing an laut zu lachen.

Karidon zwang sich mitzulachen. »Ich sehe, Ptah, dass deine Rômetwelt wieder in guter Ordnung ist.«

Ptah stand auf, hielt sich die Nase zu und sprang ins Wasser.

Karidon rief ihm nach: »Bis wir zurückkommen, hab ich dir beigebracht, wie man schwimmt!«

An diesem Tag war Karidons Zufriedenheit kaum mehr zu steigern. Chutaui stutzte sein Haar zwei Fingerbreit kurz und Ahau-Tinofer weihte ihn in die Schwierigkeiten der Bartentfernung ein, die jeder kannte, der sich zum ersten Mal mit einem Kupferdolch rasierte.

Die Arbeiten an Land waren immer die gleichen: Die Männer mussten die Wasserkrüge füllen und ins Rohrgeflecht einsetzen, die Schiffe reinigen, Segel waschen und die Schiffe samt den Vorräten für die nächste lange Strecke vorbereiten.

Dabei dachten die Seefahrer viel nach. Warum waren die Küsten menschenleer und ohne Feuer? Wie segelte es sich im Anderen Meer? Würden sie wieder rechtzeitig Wasser und Nahrung finden? Jehoumilq sprach mit ihnen lange darüber und Karidon wunderte sich: Der Käpten tat so, als sei er hier jahrzehntelang gesegelt.

Am zehnten Tag schoben sich die Schiffe durch die Ebbebrandung und ruderten nach Südost. Nach weiteren vier Tagen erschienen graue Schatten am südöstlichen Horizont, dann zeichneten sich hinter Hügeln und kleinen Bergen Tafelberge ab. Schließlich segelten die Schiffe dicht unter dem Land, in sicherem Abstand zum Schäumen der wachsenden Brandung.

Ptah-Sokar schickte Kapitän Neferher mit der *Naparas Schönheit* voraus. Hinter einer Sandbank, deren Klippen trockengefallen waren, im rot glühenden Hochnebel eines Staubsturms, kämpften sich die Schiffe bis zu einer Sandbucht vor.

Eine Nacht, den Tag und die nächste Nacht blieb die Flotte am geschützten Strand. Man ergänzte das Wasser, sammelte unreife Datteln und ruderte am Morgen weiter.

Die Luft roch schon seit Tagen anders: Sie war frischer, salziger und feuchter. Der ständige Wind aus Osten und Nordosten vertrieb die kochende Hitze. Die Flotte zerstreute sich, aber die Schiffe blieben in Sichtweite zueinander. Die Ruderer begannen in Vierteltagen und Halbtagen zu rechnen. Ihre Blicke hefteten sich auf die Ufer: Sie sahen hochragende Berge, Spalten, schroffe Abstürze, Dünen und vorspringende Klippen, die Wind, Sand und Wasser rund geschliffen hatten.

Irgendwo dort vorn, dachte Karidon, gab es Quellen und Bäche, die über moosbedeckte Hänge und schattige Wälder voller Früchte rieselten, und Wild so zahlreich wie die Fische im Anderen Meer.

Der Wind des Anderen Meeres schuf eine seltsame Art Wellen, die den Rômet völlig fremd war. Auf der Schulter der Dünung hob sich das Schiff weit über die Wellen; im Dünungstal versank es so tief, dass die Welt bis auf den Himmel verschwand.

In der Dämmerung färbten sich die Landmarken schwarz und wurden zu bedrohlichen Mauern. Die blutrote Sonnenscheibe blendete die Männer. Strömung griff nach den Schiffen und versetzte sie nach Backbord, vom Ufer weg. Auch nachts wehte der Wind.

Jeder sehnte das Ende der Fahrt herbei.

Karidon ließ sich vom Heben und Senken des Bugs in den Schlaf wiegen. Auch Nebamun hatte sich an diese Bewegungen gewöhnt. Noch mehr fremde Sterne stiegen aus dem Meer und gliederten sich zu neuen Bildern. Über dem Versuch, die Sterne mit Linien zu verbinden und sich darin Gestalten vorzustellen, schlief Karidon ein.

Im ersten Grau des Morgens rüttelte Kapitän Jehoumilq ihn wach: »Steh auf«, sagte er. »Nebamun hat es auch gemerkt. Das Schiff bewegt sich seltsam. Steig in die Bilge, aber mach keinen Lärm.«

Karidon ließ sich von Jehoumilq hochziehen und blickte blinzelnd zum Deck; die Mannschaft lag schlafend auf den Planken. Die hintere Luke war offen. Vorsichtig stieg Karidon entlang der Bordwand nach hinten und spürte unter den Sohlen, dass die *Stolz* so schwerfällig geworden war, als habe sie plötzlich die doppelte Menge Ballaststeine geladen. Karidon bückte sich. Einen Atemzug später zuckte er zusammen und stöhnte: »Wasser!«

Sein Herz begann rasend schnell zu schlagen und seine Hände wurden feucht, als er die breiten Leitersprossen am Lukenrand hinunterstieg. Er brauchte nicht zu überlegen: Sein Fuß glitt von der untersten Sprosse in kühles Wasser. Er duckte sich, sah unter Deck zum Bug und musste erkennen, dass der Rumpf fast zu einem Drittel voll Wasser war. Mehr sah er nicht, es war zu dunkel. Er würde jetzt nicht herausfinden können, wo sich das Leck befand. Er murmelte: »Jetzt ist's mit der Ruhe vorbei. Schaffen wir es bis zum Ufer?«

Dann kletterte er in die Höhe. Jehoumilq hatte Ptah geweckt. Beide standen im Heck. Leise berichtete Karidon, was er gesehen hatte. Der Käpten schloss die Augen, holte tief Luft und fing zu brüllen an: »Aufwachen! Die Luken öffnen! Jeder Mann schöpft Wasser aus dem Schiff. Ipuki, Cheriuf – sofort zum Ufer. Karidon – sieh nach, wo das Leck ist!«

Einen Atemzug später brach ein Durcheinander aus. Niemand schlief mehr. Es gab Poltern, Geschrei und Flüche. Das Schiff änderte die Richtung.

Ptahs Stimme schnitt durch den Lärm: »Öffnet die vordere Luke, fünfzehn Männer in den Schiffsbauch. Los,

Karidon, finde heraus, wo der Schaden ist. Was können wir tun, Jehou?«

»Warten, bis uns Kari sagt, was er gefunden hat.«

Nebamun half mit den schweren Lukendeckel in den Bug zu stellen. Karidon wartete, bis die Ruderer anfingen mit Kesseln und Wasserkrügen zu schöpfen. Sie wuchteten die Gefäße auf die Planken und nahmen sie leer zurück, nachdem andere Ruderer sie ausgekippt hatten. Es dauerte nicht lange, dann arbeiteten je drei oder vier Männer zusammen. Karidon schlängelte sich unters Heck und tastete prüfend über die Planken. Zuerst an Steuerbord, dann an Backbord, bis zur Höhe der Leiter. Nichts. Die Planken saßen fest aufeinander. Die Schnüre, mit denen sie zusammengehalten wurden, waren hart wie bei der letzten Überprüfung am Strand. Langsam rutschte er an Steuerbord weiter in Richtung Bug. Neben der Verstärkung, auf deren Planken der Mast ruhte, glitten seine Fingerspitzen in die Fugen zwischen den Planken. Dort ertastete er vier armlange Spalten die unter der Wasserlinie lagen. Hier also drang das Wasser ein. Er überlegte: Auch wenn sie versuchten das Schiff zu neigen, nützte es nichts, denn die Fugen würden dennoch nicht über der Wasserlinie liegen.

Karidon krabbelte auf den Mittelsteg. Er schob den Ledersack zur Seite, in dem Chutaui seine Holzkohlen aufbewahrt hatte. Dabei fiel ihm etwas ein, was er in einer Schenke in Byblos gehört und damals nicht so recht geglaubt hatte. Er packte den nassen Sack und zog ihn hinter sich her zum Heck, wo Jehoumilq und Ptah-Sokar auf seinen Bericht warteten.

»Vier so lange Risse neben dem Mast an Steuerbord«, stieß er hervor und zeigte die Länge an. »Das Ausschöpfen wird nicht viel nützen. Es dringt sehr viel Wasser ein.«

»Was willst du mit dem Lederding?«, fragte Ptah-Sokar.

Karidon hob den Sack an, ließ das Wasser und ein paar Hand voll Kohlen herausplätschern und sagte drängend: »Erinnerst du dich an den Dicken von Byblos? Der sein Schiff von außen mit seinem Mantel abgedichtet hat?«

»Ja.« Jehoumilq nickte und grinste. Er hatte verstanden. Ohne noch weiter zu fragen, kommandierte er: »Einen scharfen Dolch her! Und vier Seile, nicht dicker als ein Finger. Los, schnell!«

Karidon kletterte zwischen den schuftenden Ruderern hindurch wieder in den Schiffsbauch. Die Wassergüsse platschten nach allen Seiten, überall lief Wasser, die Männer keuchten, aber es schien, als sei das Wasser um ein paar Fingerbreit gesunken. Durch die Spalten in den Planken drang Helligkeit ins Schiff. Karidon kroch zum Bug und an der Backbordseite wieder zurück. Jetzt war er sicher: Es gab nur dieses eine große Leck. Triefend tauchte er aus der vorderen Luke auf und rief: »Käpten! Kein anderes Leck!«

»Verstehe!«, rief Jehoumilq.

Peser stand im ersten Sonnenlicht auf der Hecktruhe und blies abgehackte Signale. Er deutete zum Ufer und gestikulierte; die *Naparas Schönheit* ließ die Rah herunter und setzte Riemen ein.

Ahau-Tinofer rief mit lauter, ruhiger Stimme seine Befehle aus: »Sechs Ruderer auf jede Seite, ganz vorn und hinten im Schiff. Das Segel herunter und weiterschöpfen.«

Die *Stolz* war inzwischen nach Steuerbord gelenkt worden, bis zu dem Punkt, an dem das Segel den Rückenwind nicht mehr fing. Die Ruderer kamen schnell in den Takt, die Steuermänner bewegten die Pinnen und das Schiff hielt auf das Ufer zu. Der leblose, gerade Strand war vielleicht eine knappe Stunde heftigen Ruderns entfernt. Die *Napara* folgte ihnen.

Ptah und Jehoumilq hatten an jeder Ecke des Ledersacks ein Seil angeknotet.

»Kari, in den Schiffsbauch. Ptah, mit mir zum Bug.« Jehoumilq redete, als spräche er über zu warmes Henket. »Ich hab's dir erklärt. Nebamun hilft uns.«

Die wenigsten Ruderer begriffen, was Ptah und Jehoumilq vorhatten. Sie schöpften wie die Rasenden und ein Dutzend von ihnen ruderte, schweigend und mit voller Kraft. Das Schiff legte immer wieder weit über, einmal so weit, dass Karidon die Fugen zwischen den Planken von der Bordwand aus sehen konnte.

Jehoumilq und Ptah-Sokar wickelten sich je zwei Seilenden um die Handgelenke, ließen das Ledervierecck ins Wasser gleiten und warteten, bis es unter den Bugkiel gesogen wurde. Jehou rief: »Gut so! Nach hinten!«

Die Ruderer kippten paarweise die Riemen hoch, hängten sie aus, stocherten mit den Riemenschaufeln nach dem Leder und hielten es von der Bordwand fern, bis Jehoumilq und Ptah neben dem Mast standen, jeder auf einer Seite des Schiffes.

Karidon hockte vor dem Leck und schob einen langen Holzspan nach draußen, schob ihn hin und her, sah die Schatten der Riemenschäfte und, von links, den Rand des Leders. Er wandte den Kopf zur Luke und schrie: »Zwei Ellen weiter, Jehou!«

Die Seile auf der Backbordseite waren länger, die an Steuerbord kürzer. Jehou und Ptah ruckten, zerrten und zogen das glitschige Leder an den Planken entlang.

Jehoumilq spähte ins Wasser, sah Karidons hellen Holzspan und brüllte: »Noch weiter, Kari?«

»Noch eine Elle!«, schrie Karidon und wartete. Der viereckige Schatten glitt näher, rutschte tiefer, schob sich über zwei Drittel der Risse und an diesen Stellen drückte das Wasser das Leder in die Spalten. Jehoumilq zerrte es weiter zum Heck, Karidon stieß es mit dem Span von der Bordwand weg, und einige Atemzüge danach pressten sich fingerdicke Lederwülste in die Fugen und Planken. Nur sechs schmale Schlitze blieben übrig, durch die Seewasser eindrang.

Karidon warf den Span ins Wasser und kletterte an Deck. Ptah und Jehou knoteten die Seilenden fest und als Karidon zum Ufer blickte, sah er, dass die *Stolz* schon ungefähr die halbe Entfernung zurückgelegt hatte.

Ununterbrochen schöpften die Ruderer. Einer schrie: »Es wird weniger. Das hat geholfen, was ihr gemacht habt.«

Karidon schüttelte das Wasser ab und stellte sich in die Sonne. Einen Pfeilschuss entfernt an Steuerbord torkelte die *Napara* durch die Wellen.

Chutaui sammelte seine triefenden Kohlenstückchen ein und jammerte: »Ich werd mir Glut von der *Napara* holen müssen. Sonst bekommt ihr heute nur kalten Sud.«

Die beiden Schiffe hoben sich in der Brandung. Der Rest der Flotte segelte langsam vorbei. Nebamun sah, dass das Wasser vor dem Strand frei von Riffen war, winkte den Steuermännern und hielt sich an der Bugbordwand fest. Mit unaufhaltsamer Gewalt wurde der Bug gehoben und kippte nach unten. Die Brandung schäumte und gischtete und stieß das Heck in die Höhe und beide Schiffe glitten im brodelnden Wasser immer schneller vorwärts, obwohl die Ruder rückwärts arbeiteten. Als das Ufer erreicht war, schnitten die Kiele knirschend tiefe Rillen in den Sand. Ein schwerer Stoß, die Ruderer fielen übereinander, das Leder löste sich und Wasser lief aus dem Schiff.

»So!« Jehoumilq sprang in den Sand. »Das Übliche: Ausladen, Handwerker her, Schiffe weiter hochziehen und abstützen. Aber zuerst ein paar Becher Henket.«

Ahau-Tinofer sprang neben ihn. »Das war knapp, Kapitän ...« Die Bordwand, von der das Leder halb abgerissen war und aus der nun breite Wasserstrahlen liefen, knisterte und sprang auf. Die Planken lösten sich und barsten. Vier Handbreit in einer Länge von vier, fünf Ellen brach die Bordwand auf und das Wasser schwemmte Krüge, Ballen und Truhen heraus, bis sie sich verkeilten und stecken blieben.

Peser kletterte aus dem Heck und sagte: »Höchstens zwei, drei Tage, ihr Herren Kapitäne. Dann ist unser gutes Schiff wieder fast wie neu.«

Er zerrte einen versiegelten Krug durch den Sand, rief nach Bechern und teilte Henket aus. Von der *Napara* kamen die ersten Ruderer gelaufen; die Ruderer des eigenen Schiffes stützten den Rumpf mit Riemen.

Die Ladung und Ausrüstung der *No-Amuns Stolz* trocknete langsam. Alle Handwerker halfen zusammen, um das Schiff auszubessern. Sie arbeiteten fast so gründlich und so schnell wie damals in der Bucht des Beginnens.

Karidon und Ptah-Sokar fanden am Ende des Strandes eine Möglichkeit die Felswand zu erklettern und setzten sich an der höchsten Stelle, höher als zweihundert Ellen über dem Wasser, in den Schatten einer überhängenden Platte. Hoch stiebende Sandwirbel liefen über die Felsfläche und lösten sich auf, als sie über den Rand geweht wurden. Nicht einmal Fischadler kreisten über der Einsamkeit. Der Himmel war wolkenlos, der Wind verschaffte nur wenig Kühlung.

Ptah zeigte auf die winzigen Schiffe und das quirlende Durcheinander auf dem Strand. »Jehoumilq und du, ihr wart so ruhig und habt das Richtige getan, die richtigen Befehle gegeben«, sagte er leise. »Wir dachten, das Schiff zerbricht und wir alle ertrinken.«

»Das haben Jehou und ich auch gedacht«, sagte Karidon. »Er hat mich gelehrt im richtigen Augenblick die richtigen Befehle zu geben. Nun – er *hat* die Befehle gegeben.«

»Aber dir ist das Leder eingefallen ...«

»Das ist anderen viel früher eingefallen. Ich hab's nur gehört und mich dran erinnert.«

Karidon ließ den Blick über das Land schweifen. Die Küste aus felsigen Kaps, Tafelbergen und weiß leuchtenden Bergen aus kalkigem Gestein erstreckte sich fast bis zum Horizont in Südwest. Vormittagslicht loderte auf dem Wasser. In der Ferne schoben sich Wälder jener seltsamen Bäume ins Meer vor, die auf langen Stelzwurzeln standen und während jeder Flut zu ertrinken schienen.

»Bäume, die im Seewasser stehen ... Wir sind wirklich an fremden Küsten«, murmelte Karidon. »Für wann, Freund Ptah, hast du den Aufbruch befohlen?«

»Wegen der Vorräte am übernächsten Morgen.«

Karidon nickte. Vor ihm lag die Endlosigkeit des Horizonts und des tiefblauen Himmels. Er stand auf. »Bald werden wir uns alle langweilen«, sagte er. »Der Wind riecht, als würde er mondelang wehen. Mit diesem Wind segeln wir bis Punt.«

**

Zwischen Amina-Nefer und dem Rômet-Verwalter Mahu von Tyros lag das dicht beschriebene Papyrusblatt. Der Schreiber hatte den Text vorgelesen. Die Verwalter von Ugarit, Byblos und Djedan forderten in wohlgesetzten Worten ihren Freund auf, der Frau zu helfen, wann immer es möglich war.

»Nun kenne ich deine Geschichte, Amina-Nefer, und weiß, warum du unsere Sprache sprichst wie ein königlicher Schreiber. Selbstverständlich tue ich, was ich kann. Sag, wie lange suchst du schon? Und woher kommst du wirklich?«

»Seit vielen Monden. Ich bin von Phaystos, wo ich und Prinz Nysos wohnten, nach Knossos gewandert. Der Fürst, mein Schwiegervater, gab mir, was ich brauchte, und dazu tausend Namen und Ratschläge. Ein Handelsschiff brachte mich nach Kition auf Zypern. Dort werden stets im Frühjahr Sklaven verkauft. Ich kam um einige Tage zu spät. Derselbe Kapitän nahm mich dann mit nach Ugarit. Und seither suche ich in den Häfen und Hafenstädten entlang des Zederngebirges.«

»Ich frage«, sagte der Verwalter, »weil ich von Boten, Kapitänen und Steuermännern gehört und etliche Briefe gelesen habe: Du bist nicht die Einzige, die nach vermissten Schwestern und Müttern sucht.«

»Und nach Brüdern.« Amina-Nefer lächelte bitter und mit schmalen Lippen. »Wer? Seit wann? Kennst du Namen?«

»Ein reicher Kapitän, der viel Bronze nach Memphis bringt, hat vor vielleicht zwei Jahren einen dürren Sklavenjungen gekauft. Karidon nennt er sich. Der Sklave, nicht der Händler. Er war in einem Kupferbergwerk auf Kreta. Das Bürschchen scheint klug und besonders anstellig zu sein. Der Kapitän und dieser Junge haben für unseren Pharao Amenemhet eine Fahrt ins Gold- und Weihrauchland vorbereitet.« Mahu lächelte, als wolle er um Verständnis bitten. »Weiterer Neuigkeiten entrate ich bislang. Du weißt, dass das Land Punt für uns Rômet das unendlich ferne Land der Sehnsucht ist?«

»Ich weiß es. Und ich weiß auch, dass es tausend Sklavenjungen gibt. Wo erfahre ich mehr über diesen Kapitän und seinen Sklaven?«

»In Isqanu und Gedjet. Und natürlich in Memphis.«

»Dann werde ich hier und in beiden südlichen Häfen fragen und suchen. Wie lange darf ich deine Gastfreundschaft genießen, ehe du meiner überdrüssig wirst?«

Mahu neigte behutsam den schweren Krug über die Schalen und lächelte. Die Glieder seines Brustschmucks klirrten. Er legte drei Finger auf das Schreibblatt. »Jener Mann, Cha-Rechmire, der dich damals kaufte und ausbildete, war uns ein guter Freund. Er verlangte viel, aber er war gerecht. Was wir sind, die Verwalter der Häfen im Zederngebirge, sind wir durch ihn. Verlange, Amina-Nefer, was du brauchst. Du bekommst es in dem Maß, in dem ich großzügig sein darf.«

»Ich wünschte, ich könnte euch danken«, sagte sie leise und rollte das Papyrusblatt eng zusammen. »In Djedan blieb ich vier Zehntage.«

»Tyros ist bedeutender. Bleibe also fünf oder sechs Zehntage.« Mahu zögerte und musterte Amina-Nefer über den Rand der Trinkschale. »Du bist eine schöne Frau, Nefer. Jeder in der Stadt wird lächeln und flüstern. Der Glanz, der auf mein Haus fällt, ist willkommen.« Er zögerte. »Aber sieh dich vor: Im Hafen, im Badehaus und in den Schenken sind die Sitten weniger angenehm.«

Amina-Nefer seufzte. Als sie sprach, klang ihre Stimme scharf: »Auch darauf bin ich vorbereitet.« Sie zog den Dolch halb aus der Scheide. »Es gibt wenig, was ich nicht für mein Überleben gelernt hab.«

Mahu nickte, stand auf und deutete mit ausgestrecktem Arm ins Innere des Hauses. Er sagte leise: »Willkommen. Die Dienerinnen zeigen dir den Innenhof, dein Zimmer, das Bad und die Küche. Komm.«

Sie folgte ihm schweigend. Ihm war, als freute sich Amina-Nefer, wieder im Haus eines Rômet zu sein.

**

Die *No-Amuns Stolz* führte die Flotte wieder an. In stillem Wasser, in weit schwingender Dünung nahm die Höhe der schäumenden Bugwelle zu. Das Wasser gurgelte und zischte, die Heckspuren breiteten sich so weit aus wie nie zuvor. Das Wasser schien an den Bordwänden entlang zu rasen.

Einmal erblickten sie eine Insel oder einen Landvorsprung, der wie ein Tier mit einem riesigen Höcker aussah. Schwärzlich und leblos verschwand die Erscheinung hinter den Heckspuren der Flotte. Die Tafelberge verschwanden, öde Sandhügel tauchten auf, das Land fiel in kaum wahrnehmbaren Stufen weit nach Süd ab.

Nebamun drehte sich um, bewunderte das pralle Segel und lauschte dem Winseln des Windes im Takelwerk.

»Beim hundsköpfigen Anubis.« Er betrachtete die anderen Segel, schätzte die Geschwindigkeit und kratzte sich. »Wir fliegen dahin wie hungrige Ibisse.«

Karidon federte die Bewegungen mit den Knien ab und erinnerte sich an die unbedeutende Dünung zwischen Zypern und Kreta. Hier war das Wasser dunkelblau, was auf große Tiefe schließen ließ.

Wieder wucherten Felsen an Steuerbord. Sie waren schroff, abweisend und völlig kahl, sahen aus wie von grimmigen Riesen zerschlagen. Nachts dröhnte die Brandung, deren Schaum eine weiße Wellenlinie bildete.

Der Mond war zu einer fadendünnen Sichel geschrumpft.

Cheriufs Gestalt hob sich gegen die hellen Streifen der Heckspur ab. Seine Stimme klang krächzend, als er fragte: »Wie lange noch, Öffner der Wege?«

Ptah-Sokar fuhr mit der Zunge über die trockenen Lippen. »Ich weiß es nicht.«

Jehoumilq dehnte seine Schultermuskeln und hob den Blick zum Mond. »Falsche Frage zur falschen Zeit. Frag morgen im Sonnenlicht. Ich schätze einen Zehntag. Weißt du's besser, Krabbe?«

Karidon wiederholte, was er seit Tagen antwortete: »Mit gutem Wind segelte Henenu einen Siebentag lang von unserer letzten Wasserstelle bis zum Fluss. Fünf Tage und eine halbe Nacht sind vergangen.«

Er trank in winzigen Schlucken aus dem Wasserkrug; so blieb der Eindruck, dass die Ration länger hielt. Das Wasser war eine Mischung aus sechs Teilen Süßwasser und einem Teil Meerwasser.

»Bei Licht sieht immer alles besser aus«, sagte Jehoumilq. Er sprach laut genug, um auch die Ruderer zuversichtlich zu stimmen – falls sie ihm zuhörten.

Über warmen Wellen blies warmer Wind, die fremden Sterne über der fremden Küste schienen zu drohen. Die Heckspur leuchtete bis zum Bug des folgenden Schiffes, der ihr Leuchten in tausend Funken zerschnitt und verwirbelte.

Cheriuf hing müde über den Pinnen. »Du weißt, wo wir sind, Kari?«

»Wir sind so weit nach Südost gesegelt wie nur Henenu vor uns.« Karidon schüttelte den Kopf. »Mach dir keine Sorgen. In zwei, drei Tagen haben wir wieder frisches Trinkwasser.«

Wie jeder an Bord hatte auch er sich nach der Abenddämmerung durch das Wasser ziehen lassen, aber die warmen Wellen hatten weder den Durst gemindert, noch den Körper erfrischt.

Jehoumilq brummte: »Geh schlafen. Wir passen inzwischen auf die Flotte auf.«

Karidon nickte und ging in den Bug. Er legte sich neben Nebamuns Füße. Der Lotse war ebenso müde wie er und murmelte: »Ich schlaf auch bald. Keine Felsen zu sehen.«

Die Kapitäne schätzten, dass die Schiffe im Anderen Meer in einer Stunde mitunter mehr als drei Rômetmeilen zurücklegten. Das war eine Geschwindigkeit, die keiner von ihnen jemals zuvor erfahren hatte.

Als der nächste Tag begann, langweilig wie die Tage davor, errechneten Nebamun, Ahau-Tinofer und Karidon, dass sie mehr als dreihundertsechzig Meilen hinter sich gelassen hatten. Die Fahrt hatte jeden von ihnen verändert. Die Körper hatten jegliches Fett verloren, waren tiefbraun gebrannt und die Muskeln traten scharf hervor.

Chutaui verteilte die erste Hälfte der Sudration. Unausgesetzt beobachtete Jehoumilq die Küste. Sie zeigte nicht ein grünes Fleckchen.

Um noch besser sehen zu können, war Nebamun auf den Mast geklettert. »Vielleicht haben wir heute Abend schon Wasser«, sagte er mit heiserer Stimme, aber zuversichtlich.

»Wasser? Was ist das?« Ptah schluckte einen Fluch hinunter, sagte aber dann: »Gut, vielleicht hast du wieder einmal Recht. Seht, dort vorn!«

Alle drehten die Köpfe, als er mit erhobenem Arm auf einige Vögel zeigte, die fast unsichtbar vor dem Schiff über einem dunklen Teil des Strandes kreisten. Zwei Geier waren vor einigen Tagen die letzten Vögel gewesen, die sie gesehen hatten.

»Wann sind wir bei den Vögeln?«, fragte Ipuki und sah Karidon aus blutunterlaufenen Augen an.

»Wenn der Wind anhält, in der Abenddämmerung.«

Den ganzen Tag über gab es nur Dörrfleisch, kaum Wasser und Sud, salzigen Fisch und geschrotetes Korn. Der Durst wurde unerträglich. Die Schiffe, die sich auf dem Meer ausnahmen, wie Schmetterlinge auf blauem Tuch, blieben so dicht an der Küste, dass man jeden Busch und jeden Baum deutlich hätte sehen können. Aber da waren nur Dünen und Steine. Quälend langsam kroch die Zeit dahin.

Zwei Stunden vor Sonnenuntergang endlich ragte an Steuerbord ein Berg auf. Im rötlichen Licht der untergehenden Sonne schien er zu brennen. Seine Hänge waren mit großen Bäumen bedeckt. Die Seefahrer hörten das Kreischen der Vogelschwärme, als sich auch die Küstenlinie unmittelbar jenseits der Brandung veränderte. Hinter den Schaumkämmen stiegen niedrige Dünen an, am Ende der mächtigen Walzen aus Treibgut standen palmenartige Bäume und andere, deren Namen niemand kannte.

Kraftlos taumelte Karidon auf die Füße. Ahau-Tinofer winkte Peser und krächzte: »Gib das Signal, Peser: viel Wasser.«

Der Bogenschütze, unrasiert und triefend vor Öl, kam mit der grünfleckigen Kupferfanfare aufs Achterdeck, blickte zum Strand, holte keuchend Luft und setzte an. Der lang gezogene, kreischend gurgelnde Klang lärmte über das Wasser.

Vom Bug der *Hathor* blitzten Spiegelsignale. Sie hatten verstanden.

Auch Jehoumilqs Stimme war kaum wieder zu erkennen: »Wasser. In einer Stunde baden und trinken wir.«

Karidon winkte Nebamun und stieg in den Mast. Schließlich sah er dort, wo die Brandung ohne weißen Gischt in dunklem Wasser auslief, das dunkle Dreieck einer großen Flussmündung.

»Gib das Signal: Wir gehen an Land!«, rief Ahau-Tinofer. Wieder erscholl das quäkende Blasen. Als das Geräusch verhallt war, schlugen Tiergeschrei und Vogellärm an die Ohren der Männer. Karidon rief zu den Steuermännern hinunter, was er sah.

Ohne auf den Befehl zu warten, brachten die Männer die Riemen in Bereitschaft und setzten sich geordnet auf die Ruderbänke.

Jehoumilq stieß Ptah-Sokar mit dem Ellenbogen an und murmelte etwas; Ptah sprang plötzlich zur Kante der Heckplattform, riss die Arme in die Luft und rief: »Männer, Freunde! Amun ist stolz auf euch. Wüsste der Goldhorus, wo wir sind, wäre er's auch. Bevor ihr Wasser sauft, bis es euch aus den Ohren läuft, liegt nur noch eine einzige Anstrengung vor euch. Wir sind am Fuß des perlenden Wassers, wie Henenu sagte! Schnell, ihr Ruderer! Die Sonne sinkt.«

Jehoumilq murmelte: »So wie jeden Tag. Was sollte sie sonst um diese Zeit tun?« Dann schob er die Steuermänner von den Pinnen und wartete, bis das Segel an die beiden Rahen gewickelt war. Er stemmte sich in die Ruder und richtete den Bug des Schiffes auf die Flussmündung. Ptah klatschte den Ruderern den Takt. Im Bug und im Heck wurden die Lampen angezündet, nachdem die Schiffe eine Weile durch blutrotes Wasser gerudert worden waren. Schließlich spiegelte sich die Sichel des zunehmenden Mondes in der ruhigen, schwarzen Wasserfläche.

Ein Schiff nach dem anderen überwand die schwach gewordenen Brandungswellen und glitt leise durch faulig riechendes Brackwasser flussauf dem Ufer zu.

Nach einer letzten Anstrengung der Ruderer schob sich die *No-Amuns Stolz* knirschend auf den Strand. Nebamun und Karidon kippten den Ankerstein über die Bordwand.

Peser schwang sich mit einem weiten Satz ins seichte Wasser. »Wir haben's wieder geschafft! Hinaus! Ins Wasser! Aber trinkt mit kleinen Schlucken.«

Die Ruderer sprangen an beiden Seiten des Schiffes ins Wasser, liefen auf den Strand und stürzten sich ins kühle Süßwasser.

Die *Prächtiger Ibisgau* ruderte heran, die *Naparas Schönheit*, der Rest der Flotte folgte. Ein Schiff reihte sich neben das andere, bis der Strand von Schiffsrümpfen und Männern übersät war.

Karidon kletterte hinter Ptah über die Strickleiter an Land. Dann wateten sie im Flüsschen aufwärts. Noch nie hatte kaltes Wasser so gut geschmeckt.

Die Nacht begann mit Geschrei, Durcheinander und den lauten Geräuschen, mit denen das Treibholz zerhackt wurde. Mächtige Feuer brannten, über denen in Kesseln aus den letzten Vorräten seltsame Suppen gekocht wurden. Gegen Mitternacht lagen sechsunddreißig Dutzend Männer müde und erleichtert um die Feuer, entlang des Strandes und am Waldrand.

Karidon wusch sich ein zweites Mal, diesmal noch gründlicher, dann breitete auch er seine muffige Decke zwischen den Wurzeln eines großen Baumes aus und legte sich schlafen. Wenn er sich umdrehte, raschelte das Laub zwischen den dicken Moospolstern.

Am nächsten Tag entdeckten Pesers Späher, dass ein spitzes Walddreieck am Flüsschen entlang bis weit in die Steppe reichte und dann mit dem Fuß eines Terrassenberges verschmolz. Das Waldstück war menschenleer und wildreich. Nach Henenus Aufzeichnungen lag es noch ein gutes Stück vor Punt.

IM ANDEREN MEER ZUM GOLDLAND

In Karidons Traum drangen Geräusche, Licht und fremde Gerüche. Benommen blinzelte er. Zwanzig Ellen entfernt brodelte Schaum aus dem Wasserkessel über die Glut. Er sah, wie Chutaui Ptah-Sokars Haar fingerbreit kürzte, während sich Ptah mit Öl und dem schaumigen Brei aus Natron und Seifenstrauch-Pulver rasierte. Die Sonnenstrahlen, die Ptahs Spiegel zurückblitzte, blendeten Karidon, auch vom Bronzemesser und vom Siegelring flirrten rötliche Lichtblitze. Karidon stand auf und ging zu den beiden ans Feuer.

Ptahs Stimme klang wieder klar und voll. »Hathor und Sachmet lieben uns. Ein guter Platz. Henenu wusste alles, nicht wahr?«

Karidon nickte: »Wenn Pesers Schützen gut treffen, haben wir bald viele Braten. Ein neues Land, Freund Ptah. Schattig und kühl, sodass der Schlaf doppelt erholsam ist. Ich hab so gut geschlafen wie nie zuvor.«

Aus dem Wald kamen Männer mit Früchten und Beeren in ihren Körben. Ptah betrachtete sein glänzendes Gesicht im Spiegel und deutete auf den Kessel. »Dort brodeln unsere dreckigen Lappen. Wirf deine Schurze dazu. Hat dich auch der Vogellärm geweckt?«

Seit dem ersten Licht krakeelten Scharen unbekannter Vögel zwischen den Zweigen. Fliegen und Käfer summten in der Luft, riesige Schmetterlinge gaukelten über den

Strand. Nur noch wenige Männer schliefen. Es herrschte rege Betriebsamkeit.

»Vielleicht«, Karidon gähnte. »Oder ein Traum. Ich hol mein Zeug aus dem Schiff.«

Wieder einmal wurde der Großteil der Ladung neben den Schiffen gestapelt. Sechs Schiffe waren aus dem Wasser gezogen und abgestützt worden. Einige Ruderer kratzten Bewuchs von den unteren Planken und schmolzen Wachs und Erdpech in alten Kesseln. Eine andere Gruppe wusch Krüge aus, füllte sie und setzte sie im Schatten in den Sand. Rufe, Gelächter, das Knarren von Holz und das klatschende Geräusch der Segel, die im Fluss auswässerten, erfüllten den Strand mitten im Wald.

Karidon packte seinen Watsack. Er ging zu Chutaui zurück und deutete auf den Kessel: »Ist das deine Morgensuppe, Vater der Würzung?«

Chutaui winkte ab und sah zu, wie Karidon die schmutzigen Tücher und Schurze in das kochende Wasser tauchte. »Später gibt's Brei und Brot. Die Männer suchen Beeren, Früchte und anderes Genießbares. Ich hab nur noch Mehl, Öl und Schrot.«

Ptah wusch sich im Fluss, kam zurück und hob die Hand. »Ich sehe erste Versuche der wohligen Rômet-Ordnung. Warte noch eine Stunde, Chutaui. Dann essen wir wie gewohnt.«

Er ging zum Schiff. Kurze Zeit später stand er im Bug, als habe er eben den Palast verlassen: Er trug ein frisches Tuch mit Goldreif, einen weißen Schurz, neue Sandalen und glänzenden Schmuck. Zuerst erblickten ihn die Ruderer und hörten auf zu arbeiten, dann die Kapitäne, schließlich die Wäscher von Krügen und Ziegenbälgen. Alle starrten ihn an.

»Wir brauchen das Wild hier an den Feuern«, sagte er. »Zieht dann die anderen Schiffe aus dem Wasser. Die Köche haben viel zu braten und zu backen. Jeder Kapitän wird euch sagen, was es auf seinem Schiff zu putzen und instand zu setzen gibt.«

Er winkte und stolzierte zu Karidon und Ahau-Tinofer hinüber.

Kommandos hallten über den Strand. Das Leinenzeug wurde an Stricken aufgehängt, die zwischen Bäumen und Riemen gespannt waren. Es flatterte im Wind.

Karidon schärfte zum dritten Mal seine Axtschneiden, als Jehoumilq mit seiner Jagdgruppe auf ihn zukam. Seine Haut glänzte von Schweiß und Öl, in seinen Haaren hingen Laubreste. Es schien, als seien sein Haupthaar und der Bart heute als Erste Chutauis Schaben und Sägen zum Opfer gefallen.

»Na, Krabbe? Vor lauter arbeiten denkt wohl keiner daran, dass wir schon am Rand der Welt sind, wie? Hast du irgendwo Henket gefunden?«

»Nein«, sagte Karidon. »Kein Henket, kein Wein. Nur Blasen an den Händen, Kapitän.«

»Dann also nicht. Muss bis Punt warten. Was sagt Henenu über ihr Henket?«

»Es ist köstlicher als der Weihrauch und die Gewürze und stärker als der Herr von Punt.«

»Punt ist weit.« Jehoumilq setzte sich in den Sand und betrachtete eine Zeit lang die Jäger, die Handwerker und die Schiffe, dann brummte er: »Ich kümmere mich um eure Schiffe, Ptah. Aber mein Magen knurrt. Zuerst will ich mich an Chutauis Brühe vergiften!«

Vielleicht zwölf Dutzend Männer – es waren dieselben, die Jehoumilq in der Bucht des Beginnens angeleitet hatte –

besserten jene Stellen an den Schiffen aus, die auf dem Meer unzugänglich gewesen waren. Mit Steinen, kupfernen Schabern und Drechseln, Bohrern, Holznägeln, Leinen und heißem Wachs, Sand und heißem Wasser, Öl und Farbe verwandelten sie die Rümpfe innen und außen wieder in stattliche, saubere Schiffe, die nicht stanken und deren Planken nicht zu brechen drohten. Sie hatten die ausgebleichten Segel aufgespannt, sodass sie ihnen als Sonnensegel über den Planken dienten.

Jäger schleppten ihre gehäutete und ausgenommene Beute an Stangen ins Lager und die besten Bratenstücke wurden zwischen körnigem Salz in Krüge gelegt, deren Öffnungen mit salzwassergetränkten Tüchern verschlossen wurden. An den Feuern arbeiteten die Köche. Bald schien selbst der Rauch nach Gewürzen zu riechen. Auf glühend heißen Steinen buken Brotfladen, braunrandige Blasen werfend.

Nebamun warf die Bronzesäge in den Sand und fluchte: »Es wird Zeit, dass wir wieder wie Rômet fühlen und aussehen.« Er versuchte seine Finger vom Harz zu reinigen. »Wann werden wir wirklich in Punt sein, Schreiber Karidon?«

»Es dauert nicht mehr länger als einen Mond. Ich habe alles gelesen. Henenu brauchte ein paar Tage weniger.«

»Ehrlich? Oder sagst du's nur, um mir Mut zu machen?«

»Nein! Ehrlich!« Karidon schüttelte den Kopf. »Bisher hat alles gestimmt, was uns die Priester sagten.«

Nebamun zuckte die Schultern und wandte sich wieder seiner Arbeit zu.

Die Vorräte wurden abgemessen und umverteilt. Jedes Schiff erhielt die gleiche Menge: Mehl, Gerstenschrot, Öl und Salböl, getrocknete Weinbeeren; Gänsefett und steinharten Käse. Antilopen, Gazellen und armlange Flussfische brieten an Rosten. Die Ruderer konnten sich satt essen und lagen in der Mittagshitze faul im Schatten.

Jehoumilq saß im Kreis der Kapitäne und sah zu, wie grüne Kräuter mit starkem Rauch in der Glut verbrannten. Der Rauch vertrieb die Stechmücken. »Alle Anstrengungen werden belohnt«, sagte er. »Wieder einmal habt ihr gesehen, dass eine solche Fahrt Handwerker, Werkzeug und viele Dinge des Ersatzes braucht. Und solche Wasserstellen. Wir lassen die Schiffe nicht im Stich. Sie haben uns nicht enttäuscht.«

»Du willst damit sagen, dass umgebaute Nilschiffe auch längere Reisen überstehen!«, sagte Ptah-Sokar.

Jehoumilq nickte. »Oder die lange Rückfahrt. Wir kennen jedes Ufer, an dem wir landen und uns zum Teil neu ausrüsten können.«

Einige Schiffe waren vom Strand gezogen, herumgeschwenkt und ausgerüstet worden, mitsamt der glatt geschliffenen und neu geschnitzten Riemen, den Tauschwaren und den Ballen gereinigter und getrockneter Schurze und Tücher. Die Menge der Vorräte nahm zu, die Jäger hatten an den Berghängen Vogelnester gefunden und geplündert. Sie brachten Körbe voll Eier zum Lagerplatz.

Jehoumilq betrachtete das Treiben voller Zufriedenheit und brummte schließlich: »Wir sollten lange und tief schlafen vor dem letzten Abschnitt. Das nächste Mal könnt ihr ohne unsere Ratschläge segeln. War doch alles ganz einfach, bei Athirat!«

Ahau-Tinofer und Ptah-Sokar nickten und grinsten.

Plötzlich hoben sie die Köpfe und starrten zum Berg. Ahau-Tinofer stöhnte auf: »Mutter des Horus! Ein Zeichen …«

Ein Schatten kroch am Westhang des namenlosen Berges in die Höhe. Einzelne Felsen leuchteten in den letzten Sonnenstrahlen. Einige Atemzüge lang verwandelten Licht und Schatten die Bergflanke in ein rätselvolles Gesicht, das aus großen Augen auf das Lager hinabblickte. Sein Ausdruck war unbestimmbar – es schien weder zornig noch freundlich.

Die Flotte war wieder in See gestochen. Am Mittag des vierten Tages, als selbst die Lotsen schliefen, legte Jehoumilq seine Hand auf jene Stelle an Karidons Schulter, an der sich nur noch eine winzige Narbe anstelle des Brandzeichens wölbte. Leise sagte der Kapitän: »Diese Küste kennt keiner von uns. Und dich werd ich auch bald nicht mehr wieder erkennen, Krabbe.«

»Wie meinst du das, Kapitän?«

»Dein Sklavenmal ist weg. Du hast dich schon ein Dutzend Mal rasiert und schneidest dich dabei nicht mehr. Deine Schultern sind breiter. Du wirst den Frauen von Punt gefallen!«

»An die Frauen von Punt denke ich noch nicht.« Karidon zog den Kopf zwischen die Schultern. »Aber ich denk an etwas anderes, über das wir nicht oft gesprochen haben.«

»Und woran, Krabbe?«

»An deine Suche nach meinen Eltern. Ich weiß über mich und meine Familie nichts außer dem wirren Zeug aus meinen Träumen, das sich nicht zusammenfügen will. Weißt du mehr?«

»Vielleicht.« Jehoumilq zog die Augenbrauen zusammen. »Immer wieder, haben mir andere Kapitäne erzählt, kommt es vor, dass bewaffnete Seefahrer den einen oder anderen Ort an der Küste überfallen, wenn er schutzlos ist. Und etwa zu der Zeit, als du ins Bergwerk kamst, hatten sie es besonders auf abgelegene Orte an der Küste Kretas abgesehen. Von dort kamen viele Sklavinnen und Sklaven in die Bergwerke. Frauen, Männer, Kinder jeden Alters.« Er holte tief Luft und kratzte sich am Bart. »In Byblos und Knossos hab ich jedem, der mir gute Nachricht bringen kann, Gold versprochen. Sicher erfahren wir mehr, wenn wir wieder in Memphis sind. Du erinnerst dich wirklich an nichts mehr?«

»Nur an das, was du schon weißt: An ein Haus, von dem aus ich das Meer gesehen hab. An Vater Mylos und Mutter Kara. Eine schöne Amme oder Schwester. Und dass die Sonne links aufging. Also wohnten wir an der südlichen Küste. Viele Menschen waren da; Geschwister, Eltern, Diener. An eine Flussmündung, in der Schiffe anlegten. Und an viele duftende Blüten. Sonst nichts. Ich hab's ein Dutzend Mal geträumt.«

»Sei versichert, Kari: Wenn es etwas herauszufinden gibt, wird es gefunden. Aber das kann Jahre dauern.«

»Ich weiß«, sagte Karidon leise und blickte über das Meer.

Marabus und Pelikane begleiteten die Schiffe. Peser und Ptah redeten über die Jagd in den Uferwäldern. Karidon hörte genau hin und runzelte die Stirn. Er verstand kaum ein Wort. »Wo spricht man dieses seltsame Rômetisch?« Er schaute von Ptah zu Peser und zurück.

Ptah lachte. »Ein Dialekt. Man spricht ihn im Gau des Heseb-Stieres.«

»Ptah-Sokar spricht bald ein Dutzend Dialekte«, sagte Peser stolz, als habe er sie ihn gelehrt. »Sogar zwei Sprachen der Völker aus der Wüste. In Punt wird uns das nützlich sein. Hast du das nicht gewusst, Kari?«

Karidon riss erstaunt die Augen auf, schüttelte den Kopf und verkniff sich eine Bemerkung.

Ptah sagte: »Dafür kann ich nicht schwimmen.«

»Ich bringe es dir bei, Ptah«, lachte Karidon. »Beim nächsten Mal, im flachen Wasser, vor der Brandung. Es ist ganz leicht.«

»Das meint jeder von dem, was er kann.«

Jehoumilq nickte.

Die Flotte hatte sich weit auseinander gezogen. Von der *No-Amuns Stolz* aus war das Segel des zwölften Schiffes nicht mehr zu sehen. Der Wind wehte stetig, Tag und Nacht, in gleich bleibender Stärke, ohne Gewitter, Sturm oder Wolken. Jeder zählte, während die Küste vorüberglitt, die Tage und Nächte. Viermal fanden die Seefahrer Wasser und verbrachten eine Nacht am Strand. Immer wieder sahen sie Meeresleuchten und flammende Sonnenuntergänge, begleiteten sie springende Fische und unbekannte, jagende Vögel. Es war jeden Tag das gleiche Bild. Einundzwanzig Tage lang brannte die riesige, hoch stehende Sonne gnadenlos auf die Schiffe nieder.

Nebamun und Karidon standen im Bug und sahen als Erste den dunklen Streifen am Horizont, der nichts anderes sein konnte, als der mächtige Wald an der Mündung des Stromes, von dem Henenu berichtet hatte. Sie zweifelten nicht daran, dass dies der Strom war, der zu den Städten Punts führte.

Am nächsten Morgen, die Männer schliefen noch, kam Nebamun vom Mast heruntergeklettert. Er strahlte und deutete nach rechts. »Kari! Boote! Siehst du die Boote dort am Strand?«

Karidon stand auf und blickte zur Küste. Er sah die Boote. Und in der Morgendämmerung trieben Dutzende fadendünner Rauchsäulen schräg nach Westen. In der diesigen Luft tauchten Riesenbäume, Palmen und Felsen auf; an Steuerbord begann ein langer Schilfgürtel.

Dahinter lebten die Menschen von Punt.

Karidon und Nebamun blickten einander strahlend und glücklich in die Augen. Dann ging Karidon leise ins Heck und weckte Ahau-Tinofer. »Wir sind in Punt, Kapitän.«

Der Kapitän gähnte, rieb sich die Augen, dann erfasste er die Bedeutung des Gehörten. Er zog sich in die Höhe, stierte zum Ufer und nickte schwer. Er rüttelte Peser an der Schulter und rief: »Aufwachen, Männer! Blas in dein Röchelhorn, Peser! In ein paar Stunden sind wir in Punt!«

Breit grinsend schob sich Jehoumilq in den Bug zu Nebamun und Karidon. Er schlug auf Karidons Schulter. »Wir haben's geschafft, Kleiner!«

Einer nach dem anderen stand auf. Langsam kam Bewegung und freudige Unruhe in die Männer. Sie blickten ungläubig nach Steuerbord und redeten wild durcheinander. Peser blies: Vier lang gezogene Töne röhrten durchdringend und der Wald warf das Echo zurück.

Karidon sagte: »Das also ist Henenus Großer Strom. Wir müssen bald wieder rudern.«

Die *No-Amuns Stolz* beschrieb einen weiten Bogen und näherte sich der Mündung ungefähr in der Mitte beider Schilfränder. Die Ufer rechts und links waren gerade noch zu erkennen. Als das Segel fast quer zum Wind stand und anfing zu rattern, begannen die Männer zu rudern. Das Fahrwasser war ohne Strudel und Riffe, das Sonnenlicht ließ das heruntergleitende Segel aufflammen. Langsam schlossen die anderen Schiffe auf und fuhren durch das Mündungsdreieck gegen die zunächst fast unmerkliche, dann stärker werdende Strömung.

Als die Ufer näher rückten, staunte selbst Jehoumilq. »Beeindruckend, nicht wahr? Bei Rudraja, der Leuchtenden! Bäume so groß, wie sie niemand je gesehen hat. Ein Strom, breiter als der Nil!«

»Das waren die letzten Worte der Henenu-Erinnerungen, Kapitän«, sagte Karidon. »Er erzählte den Priestern vom Großen Strom.«

Die *Chufu zweier Horizonte* und die *Weiße Unsinkbare* folgten dicht auf. Noch blieben viele Einzelheiten im Dunst und in den dünnen Nebelschwaden über dem stillen Wasser verborgen. Längst waren die Geräusche der Wellen und der Brandung nicht mehr zu hören. Es war, als schöben sich die Schiffe in eine andere Welt hinein. Das veränderte Licht, die Geräusche und das Bewusstsein, das Ende der Fahrt erreicht zu haben, überwältigten selbst die Ruderer, die nach hinten blicken mussten. Kühle und Frieden lag zwischen den Ufern, den Mauern aus strotzendem Grün. Ein Schwarm großer Wasservögel flog auf. Die Seefahrer sahen Schmetterlinge, tanzende Mückenschwärme, prächtige Vögel, deren weite, majestätische Schwingen sich im Fluss spiegelten, und riesige Blüten.

Peser stellte sich ins Heck und rief: »Es mag sein, dass man hier mit Pfeilen und Speeren auf uns wartet. Vorsicht ist besser, als Gräber zu schaufeln. Von jedem Schiff holt ein Dutzend Männer Schilde, Speere, Bogen und Köcher und stellt sich an die Bordwand. Ich hoffe, wir brauchen nichts davon!« Er wartete keine Antwort ab, drehte sich um und rief die gleiche Botschaft zu den folgenden Schiffen.

Nebamun zuckte mit den Schultern und zeigte auf einen verfallenen Steg und zwei Pfahlhütten ohne Dächer.

»Es sind brave Leute, die von Punt. Wahrscheinlich essen sie nur Flussfisch.«

»Bisher hab ich noch keinen Menschen gesehen«, sagte Karidon.

Die Sonne war hinter dem Wald des östlichen Ufers verschwunden; in den schwarzgrünen, von Tupfen grellfarbiger Blüten übersäten Pflanzenwällen öffneten sich kleine Nebenarme. Buchten, lange Sandbänke, Binsendickichte, umgestürzte Baumriesen, von weißgrünen Pflanzen überwuchert, tauchten auf und verschwanden wieder. Stück für Stück schoben sich die Schiffe stromaufwärts.

Karidon hörte Nebamun flüstern: »Ein Waldland. Wasser im Überfluss. Wirklich und wahrhaftig ein wunderbarer Gau.«

Die Schiffe fuhren in einer Reihe in der Mitte des Stroms. Zum ersten Mal seit langer Zeit senkte Nebamun wieder den Peilstab ins Wasser und fand keinen Grund.

»Bei Tefnut!«, rief er. »Freies Wasser!«

Es ließen sich weder Fischer noch Jäger blicken. Regungslos lagen Sobeks Geschöpfe, größer als die Nilkrokodile, auf Inseln aus Sand, Kies und faulendem Treibholz. Je näher die Waldränder kamen, desto lauter wurde der Lärm von Tieren, die kaum zu sehen waren. Affen sprangen in den Wipfeln umher. Große Libellen schwirrten mit schillernden Flügeln in der Luft, dazu Fliegen und Mücken und noch mehr Schmetterlinge und Vögel. Millionen einzelner Geräusche übertönten die Stimmen an Bord.

Jehoumilq stemmte grinsend die Arme in die Seiten und sah sich um. Er musterte den wuchernden Überfluss. Es war ein Reichtum an Leben, der jeden Rômet überwältigte. Losgerissene Blüten, Gräser und aufgequollene Samenkapseln glitten lautlos durch das Wasser, das so glatt war wie der Nil während der Überflutung. Seerosen öffneten sich, als die Sonne über die Wipfel stieg und die Wasserschlucht beleuchtete. Wieder erschienen zwei Fischerhütten auf Pfählen am Ufer, aber wieder war kein Mensch zu sehen.

Ruhig sagte Ahau-Tinofer: »Rudert weiter. Wir haben den Rauch vieler Feuer gesehen.«

Vielleicht musterten unsichtbare Augen die Eindringlinge. Aber auch zur Mittagsstunde sahen die Lotsen kein Dorf, keine Menschen, keine Spuren einer großen Siedlung. Trotzdem roch es immer wieder nach kaltem Rauch.

Nebamun prüfte den Schlamm am Ende des Peilstabes und rief: »Sechs Ellen unter dem Kiel, bei der Pfeilgöttin Neith.«

In weiter Krümmung führte der Strom nach links. Als Ipuki und Cheriuf die Ruder wieder geradeaus richteten, als das erste Schiff sich zwischen Riesenbäumen, einer lang gestreckten Kiesbank und der kühn vorspringenden Felskanzel von der fünffachen Höhe des Mastes hervorschob, wurde selbst Jehoumilqs Stimme heiser vor Bewunderung.

»Beim Baal! Das nenne ich wahre Schönheit!«

Jeder, der nach vorn blickte, war überrascht. Der Strom weitete sich zu einer ovalen Bucht, deren Durchmesser größer war als zwei rômetische Meilen, und gab den Blick frei auf grüne Hänge, Waldstücke und auf eine savannenartige Landschaft, einen großen Sandstrand und dahinter, zum großen Teil auf Stelzen, eine halbmondförmig angeordnete Siedlung runder Hütten mit spitzkegeligen Grasdächern.

Karidon war sprachlos. Sie sahen tatsächlich aus wie die Hütten, die Meister Hophra an die Palastmauer gemalt hatte. Zwischen den Hütten und großen Bäumen brannten Feuer. Auf der seeartigen Wasserfläche fuhren Boote und überall liefen Menschen hin und her.

»Punt!« Karidon stütze sich schwer auf den Handlauf der Bugverkleidung.

»Jetzt fehlen selbst dir die Worte, wie?« Nebamun war nicht weniger überwältigt. »Das Weihrauchland! Beim großen Stadtgott!«

»Nach Steuerbord, Ipuki!«, rief Ahau-Tinofer.

Die Schwarzen sprangen in die Boote und begannen zu paddeln. Einige Fischerboote änderten den Kurs und kamen auf die Rômetschiffe zu. Die Kapitäne und Steuermänner winkten, die wenigen Bewaffneten hoben die Schilde; im Sonnenlicht funkelten Speerspitzen.

Nebamun brummte: »Auch deinem Byblosfahrer und unserem Herren Ptah hat es die Sprache verschlagen.«

»Bald wird er mit ihnen sprechen müssen.«

Karidon winkte den näher kommenden Booten. Sie waren länger und schmaler als die Binsenboote auf dem Nil.

Ptah rief: »Ich werde mit ihnen sprechen.«

Karidon wandte sich an den Lotsen: »Wo willst du anlegen lassen? Bei den Bäumen, nicht wahr?«

»Rechts von den Hütten.« Nebamuns Blicke schätzten den Liegeplatz ab. »Beim Steg. Ankersteine bereit, ja?«

»Verstanden, Lotse.«

Karidon schwelgte in den vielen Bildern von Reichtum, Schönheit und Überfluss. Die Luft, durchtränkt von einer Vielzahl starker Gerüche, war warm und frisch. Wolken, weiß wie gebleichtes Leinen, spiegelten sich in der Wasseroberfläche, nur Boote und Kielspuren durchfurchten das Hellblau.

Jehoumilq kam in den Bug und stieß mit den Ellbogen den Lotsen und Karidon in die Rippen. Seine gepresste Stimme verriet kühle Aufmerksamkeit. »Diese Burschen in den Langbooten – mit denen sollten wir besser jeden Ärger vermeiden. Was sagst du, Krabbe?«

»Dasselbe wie du, Käpten.«

Als das Schiff nur noch wenige Ellen von der Anlegestelle entfernt dahinglitt, stemmten die Ruderer zweier Boote ihre Paddel gegen die Fahrtrichtung. Im Bug richtete sich ein schwarzhäutiger Mann auf. Er war größer als Jehoumilq. Die Bewaffneten der *No-Amuns Stolz* standen rechts und links zwischen den Ruderern, Bogen und Köcher auf dem Rücken, Schilde am linken Arm. Im Gürtel steckten die Dolche und in der rechten Hand hielten sie Kampfkeulen oder Wurfspeere.

Karidon blickte die Männer mit der dunklen Haut an. Sie waren dunkler als Amisu. Er sah, dass sie grinsten und lachten und die Schiffe der Rômet ebenso neugierig anstarrten, wie sie selbst angestarrt wurden. Der Aufrechtstehende trug einen Lendenschurz aus Leder, Fell und Pflanzenfasern. Er hob den Arm. Dabei verrutschte das große Leopardenfell über seinen Schultern. An beiden Oberarmen trug er drei Finger breite Goldreife. Die Boote glitten längsseits, die Paddler hielten sich an den Riemen fest.

Ptah-Sokar begann laut und mit sonderbarer Betonung zu reden. »Wir kommen als Freunde, aus dem fernen Land der Rômet; ihr nennt es Tameri. Wir wollen handeln und tauschen wie vor vielen Jahren der Mann Henenu. Dürfen wir vor eurer Stadt ankern und an euren Feuern sitzen?«

Karidon lauschte dem Klang der Worte und versuchte deren Bedeutung zu verstehen; das meiste musste er erraten. Die Diener auf der Elfenbeininsel unterhalb der Stromschnelle hatten so ähnlich gesprochen. Ihre Sprache war klangvoller als die der Rômet.

Leise sagte er zu Jehoumilq: »Jetzt wissen wir, warum der Vater von hundert Sprachen mit uns gefahren ist.«

»Unter anderem deswegen.«

Der Mann im Boot antwortete. Wahrscheinlich war er der Anführer der Paddler, die mit Dolchen und kurzen Speeren bewaffnet waren.

»Der Adler des Staunens schreit in meinem Kopf! Du sprichst,wenn auch nicht gut, unsere Sprache.«

Ptah-Sokar nickte langsam. »Kann es sein, dass ich von einem Kapitän gelernt habe, der hier war? Mit solchen Schiffen? Und göttlichen Geschenken?«

Der Schwung trug das Schiff und die beiden Boote langsam zum Ufer. Hinter der *No-Amuns Stolz* bildete die Flotte eine unregelmäßige Front. Die bewaffneten Ruderer starrten die Männer in den Booten an, sahen auf die Schilde und die Wurfspeere zwischen den Knien der Schwarzhäutigen.

»Lange Zeit zurück«, sagte der Anführer, »kamen Schiffe wie eure. Wir tauschen viel. Wir haben schöne Dinge erhalten. Wir haben gegeben, was wir haben. Viel Harz, das dein Volk Weihrauch nennt.«

»Wir sind gekommen, um Weihrauch einzutauschen.«

»Eure großen Boote sollen dort die Ankersteine werfen.« Er zeigte auf den Platz, den auch Nebamun ausgesucht hatte. »So wie damals. Kommt in unsere Häuser. Wir helfen euch. Wir reden und trinken Bier.«

Jehoumilq nickte beifällig. »Henket! Viel gutes dunkles Bier.«

Ptah war erleichtert. »Unsere Schiffe sind voller Geschenke. Wir zählen mehr als viermal hundert Männer.«

»Wir haben Platz für alle. Wenn nicht, bauen wir Hütten.«

»Darüber werden wir sprechen.«

Die Holzboote wendeten auf engem Raum. Die Schiffe folgten: Eines nach dem anderen setzte den Ankerstein, schwang im Halbkreis herum und schob das Heck zum Ufer. Neugierig wartend stand die Bevölkerung zwischen den Hütten oder lehnte sich über die Brüstungen. Ruderer wateten an Land und zogen die Trossen zu den Bäumen. Vielstimmiges Geschrei erschallte, Kinder rannten kreischend umher. Die Steuermänner folgten Ptah und Ahau von Bord und gingen zwischen einer Doppelmauer schwarzer Puntier auf den Häuptling zu. Der große, schlanke Mann, offensichtlich der Herrscher über die Siedlung, strahlte kaum weniger Würde und Macht aus als Ptah-Sokar. Sie blieben voreinander stehen, packten einander an den Handgelenken und schüttelten die Arme.

»Ich danke dir für die freundliche Begrüßung. Ich bin Ptah-Sokar. Alle gehorchen mir.«

Die Bewaffneten auf den Schiffen schlugen die Streitkolben gegen die Schilde. Das knatternde Geräusch übertönte die Antwort des Häuptlings.

»Mir gehorcht der Stamm der S'om. Ich bin N'ginza. Sprechen auch deine Männer meine Sprache?«

»Die wenigsten. Bald werden sie's gelernt haben. Einige in meinem Volk sprechen ähnlich wie ihr.«

N'ginza trug einen großen Dolch aus einer Kupferschneide und reich verziertem Handgriff. Karidon erkannte, dass es eine Arbeit von Rômetschmieden war. An den Speeren der Krieger starrten blattförmige Spitzen aus scharfkantigem Stein und Knochenspitzen mit Widerhaken.

N'ginza legte seine Hand schwer auf Ptahs Schulter und rief freundlich: »Heute brennen viele Feuer. Ein großes Fest. Die neuen Freunde und wir trinken Bier. Eine gute Zeit fängt an.«

»Alles ohne Eile.« Ptah drehte sich um und lachte die

Mannschaft, die Kapitäne und Steuermänner an. Er winkte zu den anderen Schiffen. »Ich verspreche es. Ohne Hast und in Freundschaft.«

Wieder schüttelten sie einander die Arme.

Auch Frauen drängten sich zwischen den Kriegern. Sie trugen nur schmale Schurze und Schmuck aus Steinen oder Holzperlen.

Karidon nahm die unzähligen neuen Eindrücke auf. Er blickte in die Augen und schmalen Gesichter der Frauen und Männer mit dem dicht gekräuselten schwarzen Haar. Er wusste, er hatte viel Zeit. Die Schiffe würden länger als sechs Monde hier liegen. Wie damals, als er in Parennefers Haus kam, würde er über jeden neuen Schritt nachdenken. Vor ihm lag das ferne Land des Goldes, des Weihrauchs und vieler anderer Seltsamkeiten, das zu erreichen er so lange geträumt hatte.

DIE NACHT DER MASKEN

Es war weit nach Mitternacht. Alle schliefen, nur Karidon lag reglos auf seinem Mantel im Bug des Schiffes. Ihm war heiß. In der Stille sirrten Stechmücken, die Wellen gluckerten wie am Nil. Als die ersten Sonnenstrahlen in sein Gesicht schlugen, wusste er, was ihn vor Stunden geweckt hatte. Es waren die durchdringend hellen Schläge kleiner Trommeln und die Antworten aus anderen Siedlungen flussauf oder flussab. Karidon richtete sich auf. Chutauis Feuer im Windschatten einer Hütte aus Lehm, Flechtwerk und Blätterbündeln brannte hell. Auf dem Strom trieben Dutzende von Fischerbooten, in denen zwischen den Fischern der S'om Ruderer der *No-Amuns Stolz* saßen.

Aus dem Wald, in dem die Schläge der Bronzebeile widerhallten, kamen Frauen mit Körben voller grünlicher, gekrümmter Früchte auf den Köpfen und Schultern; die S'om nannten sie Bananen.

Die meisten Männer schliefen an Land. Karidon genoss es, unter dem Sonnensegel und den dünnen Mückenschleiern allein im Bug zu hausen. Er ging zum Heck, kletterte von Bord und watete durchs Wasser hinauf zu dem Haus, wo Chutauis Feuer brannte.

Peser, Ptah-Sokar und M'asuda, einer der Häuptlingssöhne, bogen um die Ecke. M'asuda trug wie sein Vater ein Leopardenfell; das gefletschte Gebiss starrte von seiner

Schulter. Die drei Männer blieben neben geschnitzten Hockern stehen: Ranken und Fabeltiere aus Holz stemmten die Sitzfläche hoch. Auf den ausgehängten und geschrubbten Ruderbänken standen Kürbisschalen, halbe Nussschalen und Holzbecher aufgereiht.

Ptah-Sokar lächelte. »Geht's dir gut, Kari? Keiner langweilt sich. Dir gefällt Punt, nicht wahr?«

»Ich kenne noch nicht einmal die Siedlung.« Er zuckte mit den Schultern. »Ich hab den Puntiern gezeigt, wie scharf die Bronzeaxt ist. Ich helf unserem Arzt. Mechyl braucht mich für seine Heilerde und die Salben. Ich lerne die Sprache. Jetzt will ich heißen Sud und etwas Festes für den Magen.«

»Recht hast du.« Chutaui schenkte den größten Becher voll und schöpfte Brei aus Hirse, Fleisch und vielen Gewürzen in eine Schale. Karidon tunkte den Holzlöffel ein und sah sich nach Fladenbrot um.

»Brot gibt's heute noch nicht. Lass ihn in Ruhe essen, Ptah.«

»Habe ich etwas gesagt?« Ptah setzte sich neben Karidon. »Am Abend tanzen die Jungen für uns. Heute ist wieder ein Fest. M'asuda weiß jetzt, um wie viel besser Kupfer und Bronze sind, statt Pfeilspitzen aus Stein und Knochen.«

»Wir haben, als hätte uns Henenu eine Liste hinterlassen, genau die richtigen Tauschwaren mitgebracht. Und die richtigen Geschenke«, sagte Peser und hob eine Banane auf. »Magst du dieses weiche Zeug?«

»Ja. Gut für Männer mit wenig Zähnen«, sagte Karidon.

Ptah lachte schallend. Er dankte dem Koch und nippte an dem Sud aus fremden Kräutern, Gewürzen und Honig.

Seit sechs Tagen liefen nun von Sonnenaufgang bis in die Nacht Eingeborene und Seefahrer durcheinander. Die Kinder bestaunten die Fremden und betasteten sie, Mädchen umkreisten kichernd die Ruderer und Steuermänner. Die älteren Männer sprachen und bewegten sich würdevoll zwischen den Fremden. Sie tauschten und handelten sachkundig.

Karidon erkannte, dass einige Männer der Flotte langsam in den Mittelpunkt rückten; er war einer von ihnen. Den Auftrag, nach dem Austausch von Geschenken möglichst viel kostbare Waren einzuhandeln, konnten sie ohne Schwierigkeiten erfüllen.

Als er über ein Papyrusblatt gebeugt saß, kam Ptah-Sokar heran. Er wirkte angespannt. »Was machst du, Schreiber?«

»Ich schreibe für Mechyl, den Heiler.«

»Du sollst tun, was du für richtig hältst, Kari.« Ptah-Sokar sah ihm in die Augen. »Lass dir Zeit. Aber ich bin beunruhigt, denn noch haben wir bestimmte Schwierigkeiten, die ich lösen muss. Verstehst du?«

Karidon winkte M'asuda und sagte: »Sag unserem Fürstensohn, dass es keinen Grund zu Misstrauen gibt. Wir brauchen, als eure Gäste, eure Gastfreundschaft.«

Ptah seufzte und sprach. Er benutzte eine Umschreibung: »Unbehaglich warten und denken, dass kühler Wind zu Blitzgewitter wird.«

M'asuda nickte bei jedem Wort und antwortete kehlig: »Du willst, was auch wir wollen. Bisher ist kein Schatten zwischen Rômet und S'om. Was fürchtest du, Pttach?«

»Ich muss so viele Männer und zwölf Schiffe, die schwer beladen sein werden, unversehrt nach Hause bringen. Mein Großer Häuptling erwartet dies von mir.«

M'asuda lachte. »Lege dich in die Sonne, genieße dein Leben, träume und warte. Was geschehen muss, wird geschehen, auch ohne deine Sorge.«

»Und trink einen Becher Bier!« Chutaui kicherte.

Karidon und M'asuda blickten Ptah auffordernd an.

Er hob die Schultern: »Ihr habt Recht. Wozu die Eile? Wir müssen mondelang auf den richtigen Wind warten.«

»Wir sagen euch, wann er wehen wird.« M'asuda nickte und zeigte zum Himmel. »Wir haben noch viel Zeit.«

Peser hatte zugehört und nichts gesagt. M'asuda nickte Karidon zu, packte Ptah-Sokar am Arm und zog ihn mit sich zum Dorfplatz.

Karidon aß und trank ruhig weiter. Er hatte viel zu schreiben: Die Menge Sontjer- und Antyharz für den Weihrauch, die gegen je eine bronzene Pfeilspitze eingetauscht werden sollte, stand bereits ebenso fest wie das Entgelt für ein Leopardenfell. Die ersten Vorbereitungen für den Tausch wurden bereits getroffen. Die S'om waren mit den Knochenmessern zu den Savannensträuchern unterwegs, um die Rinde zu ritzen und die erstarrten Harztropfen zu sammeln. Pesers Schützen jagten Leoparden am Steppenrand; fünfzehn gegerbte Felle bedeuteten eine kupferne Beilklinge, einen Kupferkessel oder eine kleine Säge.

Karidon spülte seinen Becher aus und ging zum Ufer.

Jehoumilq war mit drei Schiffen weiter stromaufwärts gerudert, um das Land zu erkunden und mit anderen Häuptlingen zu handeln. Er würde längere Zeit fortbleiben.

Karidon bückte sich im Bug der *No-Amuns Stolz* unter das Sonnensegel und suchte eine unbeschriebene Schreibrolle hervor. Mit halbem Ohr hörte er, wie die Frauen auf dem Steg bei der Arbeit sangen. Sie wuschen Schurze und

Tücher, schuppten Fische und nahmen sie aus, reinigten Haushaltsgeräte oder schabten Fettreste von der Innenseite frischer Häute. Manchmal blickten sie lachend zum Schiff hinüber. Auch die älteren Frauen, die damit beschäftigt waren, an den Dächern zweier Hütten lange Grasbüschel aneinander zu binden, sangen und summten bei jeder Handbewegung.

In Erdlöchern zwischen den Bäumen wurde gegerbt. Es stank nach Akazienschoten und Fellen. Die Geräusche wogten auf und ab. Manchmal schnellten Fische aus dem Wasser und tauchten klatschend wieder ein. Ein Zug Reiher flog über die seeartige Flusslandschaft. Vögel mit prächtigem Gefieder und unglaublich langen Schwanzfedern, Heuschrecken, Bienen, Baumschlangen und kleine Affen bevölkerten die Bäume rund um den Dorfplatz.

Während des Tages gab es nur in den heißesten Mittagsstunden Ruhe. Sonst lag Hämmern, Sägen und Brechen des Holzes, Blätterrascheln, Stimmengewirr und das rätselhafte Gebrüll großer Tiere in der Luft.

Karidon rollte das Blatt zusammen, nahm sein Schreibzeug und lief zum Bug.

Wieder hob eine junge Frau den Kopf und lächelte Karidon an. Sie hatte hellere Haut als die anderen. Karidon hatte sie einige Male an den Quellen oder in der Siedlung gesehen, kannte aber ihren Namen nicht. Er winkte.

Dann entdeckte er den Arzt der Flotte auf der Terrasse des ersten noch unfertigen Hauses.

Drei weißhaarige, zahnlose Männer saßen vor Mechyl. Ihre Haltung war würdig.

Karidon setzte sich, stellte das Wasserkrüglein neben seine Knie und rollte das Blatt auf der Unterlage aus.

Mechyl nickte ihm zu und sprach zu einem der Männer:

»Nun sage mir, kluger M'daona, ob diese rote Erde auch in einem anderen Land den gelben Eiter aus Geschwüren zieht.« Er suchte den Blick der dunklen Augen, die sich zwischen tiefen Falten und unter schlohweißen Brauen ins dunkelblaue Wasser zu bohren schienen. Der Alte begann zu sprechen.

Karidon schrieb gewissenhaft alles auf, was er sagte.

Später saß Karidon bei Ptah-Sokar und dem Häuptling. Der weitere Austausch von Geschenken wurde besprochen. Der Häuptling trug das Leopardenfell. Hinter ihm hingen vom Dach der Hütte etwa zwei Dutzend weiße Totenschädel an Schnüren.

Während die Männer sprachen, erschien der erste Jäger vor dem Pfahlhaus. Er schwenkte die Wurfspeere über dem Kopf, hob den Schild und lachte hinauf.

Der Häuptling, der zwischen Karidon und Ptah-Sokar saß, hob die Hand.

»Wir haben das Lager gefunden, Häuptling!«, schrie der Jäger. »Wir bringen siebzig große, alte Stoßzähne!«

»Gut gemacht, M'ambara!«, rief der Häuptling. »Stapelt sie am Strand, bei den großen Booten.«

»In den Gruben liegt noch mehr.«

»Ich weiß.« Der Häuptling tippte zwei Schädel an, die zu pendeln begannen. »Mein Vater und sein Vater haben die Tembozähne sammeln lassen. Für schlechte Zeiten.«

Ptah führte seine Trinkschale zum Mund und lächelte zufrieden. »Elfenbein«, sagte er. »Ihr werdet arm sein, wenn wir die Heimfahrt antreten.«

N'ginza drehte die Goldreife an seinem Oberarm. »Bis ihr wiederkommt, haben wir viele Tembotiere gejagt, viele Geparden, Leoparden, Strauße und Büffel. Sie wachsen nach wie Bananen, Pilze und Kürbisse. Nur nicht so schnell.«

»Ihr seid große Jäger und Sammler von Dingen«, sagte Karidon. »Am Nil leben nur göttergläubige Bauern. Bis auf jene, die hierher gesegelt sind.«

»Und ihr habt uns vieles gebracht, was wir brauchen können, was unser Leben einfacher macht. – Zu trinken!«

Aus dem Haus kam eine junge Frau und brachte neu gefüllte Becher. Es war die Frau, die Karidon vom Steg aus zugelächelt hatte.

»Meine Tochter Askaia. Eine von vielen Töchtern vieler Mütter.«

Ptah nickte ihr zu und Karidon lächelte. Als er nach dem Becher griff, berührten ihre Finger seine Hand. Dann zog sie sich so leise zurück, wie sie eben durch den Vorhang aus Holzperlenschnüren erschienen war.

Karidon sah zu, wie die Jäger die schmutzig gelben Elefantenzähne stapelten. Tief im Wasser liegend kamen auch die Fischerboote zurück. Kinder schleppten Fischkörbe an Land. Zwischen den Bäumen stampften Frauen hellgelbe Wurzelstücke. Durch den Rauch der Feuer ertönten Gesänge, die ihren strengen Takt durch Schnalzlaute und Aufstampfen erhielten. Millionen Fliegen summten zwischen dem Ufer und dem Rand der Steppe in der Luft. Der Schwarzholzstamm neben den Pfählen der Hütte, der halb entrindet war, roch stechend.

Nach einigem Nachdenken sagte der Häuptling halb verwundert: »Wozu, beim Mondgott, braucht ihr so viele Säcke voller Sontjer und Anty?«

»Unsere Priester, Männer so klug wie euer Schamane, brauchen das Harz in den Tempeln.«

»Wozu?«

»Sie verschwelen es. Es ist Opferrauch für unsere Götter. Mit Anty heilen wir Wunden und Entzündungen.«

»Ich sage dir, wozu sie es brauchen«, sagte der Häuptling und lachte laut. »Sie atmen den Rauch ein, sie kauen's auch, was sie dazu bringt, Götter zu sehen und Wörter zu hören. Ins Land zwischen Leben und Tod dringen sie ein, ohne Bier trinken zu müssen.«

Ptah-Sokar war sehr verwundert, fast entsetzt: »Wie ein Rausch?«, fragte er.

»Ein Rausch, ohne dass einem übel wird.« N'ginza nickte. »Ihre Gedanken fliegen davon und kommen, meinen sie, voller Weisheit und kluger Einsicht zurück. Fragt den Schamanen.«

Karidon hatte regungslos zugehört. N'ginza starrte Ptah-Sokar herausfordernd an. Er brauchte lange, um Sinn und Wichtigkeit dieser Worte zu begreifen. Karidon sagte sich, dass es klüger sei, sich nicht einzumischen. Seine Blicke suchten im Halbdunkel der Hütte nach Askaia. Niemand hatte gewusst, dachte er, dass Sontjerharz, dessen Rauch die Priester göttlich machte, wenn es auf glühenden Kohlen schwelte, die Diener der Götter berauschte! Er würde es mit Jehoumilq besprechen müssen.

Ptah senkte den Kopf. Sein Ka zitterte. Das Bild seiner Welt schien zu wanken.

* *

Amina-Nefer wischte das Tuschnäpfchen leer und strich über das Papyrusblatt. Es war drei Stunden nach Mittag. In der tiefen, lotosduftenden Stille knisterten die Lehmziegel der Mauern.

Alle Worte, alle Namen waren mit einem schwarzen

Strich markiert. Amina hob die Schultern, betrachtete ihre leeren Handflächen und schloss die Augen. Sie hatte das Zählen aufgegeben. Sie hatte mit Verwaltern gesprochen, Karawanenplätze besucht, Fischer, Hafenarbeiter und Sklaven in den Bauernhäusern befragt, dazu mehr als zwölf Dutzend Schankwirte, Kapitäne, Steuermänner und Sklavenhändler, hatte immer wieder das Aussehen von Mutter Kara und Bruder Aissos geschildert – niemand hatte ihr sagen können, ob und wann sie verkauft worden waren und wer sie gekauft hatte. Niemand erinnerte sich an die beiden. Auch von den Räubern hatte sich jede Spur verloren.

Amina zog die Knie an die Brust, legte die Arme darum und starrte die Lotosblüten im kleinen Gartenteich an. Morgen nahm ein Händlerschiff sie mit nach Isqanu. Deshalb wollte ihr geduldiger Gastgeber heute Abend ein kleines Abschiedsfest für sie ausrichten.

Amina-Nefer flüsterte im Selbstgespräch: »Es war zu viel, was du dir vorgenommen hast, Schwester. Viel zu spät. Sieben oder acht Jahre zu spät.« Raschelnd rollte sie das Papyrusblatt zusammen. »Auch die Witwe von Fürst Meynoos' Sohn darf nicht zu viel vom Glück verlangen.«

Nach einer Weile, in der Amina-Nefer reglos dasaß, kamen ihre Gedanken zur Ruhe. Fürst Meynoos von Knossos unterstützte ihre Suche. Die Erinnerung an das weiße Haus beim Palast von Phaystos verpflichtete sie weiterzusuchen. Durch das blaue Stichbild auf der Brust, das den Knossos-Stier zeigte, war sie ein Teil der Herrschersippe, durch ihren toten Gatten und Geliebten Nysos und den alten Vater Mylos war sie an die Tradition gebunden; ihr Schicksal verband sie eng mit dem Land der Rômet – kein zweiter Mensch vermochte sie zu ersetzen.

Hinter sich hörte sie leise Schritte auf dem Sandweg. Mahu, ihr Gastgeber, näherte sich. »Du träumst, Nefer?«

Er hielt eine mitgenommen aussehende Schreibrolle in den Händen, blickte auf das Schreibzeug und lächelte. »Es scheinen keine fröhlichen Gedanken zu sein, bei Hathor!«

Sie zuckte mit den Schultern und sagte leise: »Ich versuche mich an den Gedanken des Scheiterns, des Versagens zu gewöhnen.«

Mahu zog die Rolle auseinander, legte sie vor ihr Schreibzeug und drückte die Ecken mit den Fingern nieder. »Lies, Nefer.«

Sie las schweigend. Bei einigen verwischten Wörtern runzelte sie die Stirn, dann las sie den Text leise vor: »Dies schreibt Ahmose, Auge und Ohr des Goldhorus, aus Gedjet an Mahu zu Tyros: Der Besitzer der *Lob der Kothar*, der sich Jehoumilq nennt, verspricht Erfolg und überreiche Belohnung, wenn die Eltern seines Sklaven gefunden werden. Der Sklave, wohl zwischen zwölf und vierzehn Sommern jung, wird Karidon gerufen. Jehoumilq kaufte ihn in Kition auf Zypern. Vorher war er im Bergwerk, auf Kreta, wie es scheint. Er ist groß und hellhäutig. Offensichtlich taugt er mehr als ein herkömmlicher Versklavter. Wo die *Kothar* und Jehoumilq sind, weiß niemand. Findest du etwas über den Jungen heraus, den Sklavenschinder Sharsta verkauft hat, so schicke Botschaft an Parennefer bei Memphis, dem Herrn aller königlichen Schiffe im Stromland. Gruß dir im fremden Zedernland: Ahmose.«

Amina-Nefer hob den Kopf und wartete, bis Mahu das nasse Tuch vom Henketkrug gewickelt und die Becher gefüllt hatte.

»Mein Bruder heißt Aissos. Undenkbar, dass er seinen

Namen vergessen hat.« Sie deutete auf ihre Brust. »Mit sechzehn hätte auch er dieses Zeichen bekommen.«

»Du fährst morgen nach Gedjet. Ich schreibe Ahmose. Dort bist du näher an der Grenze unseres Landes. Du glaubst nicht, dass es dein Bruder sein könnte?«

»Die dünnste Spur ist besser als ein Misserfolg. Was würde ich verlieren?«

»Nichts. Oder wenig.« Mahu hob den Becher. »Ich kenne die *Lob der Kothar* und den Kapitän. Ein gerissener Händler. Er ist bewundernswert tüchtig. Wenn er sagt, dass der Sklave etwas taugt, bedeutet es viel – noch mehr, wenn er suchen lässt.«

»Wenn Jehoumilq lebt, werde ich ihn finden. Und wenn es im fernen Memphis ist.«

»Auch dort, gerade dort, hat der Name deines einstigen Lehrmeisters einen guten Klang. – Heute Abend, Nefer, werden wir feiern.«

Amina-Nefer nickte.

Mahu leerte den Becher, verbeugte sich und ging durch den schattigen Garten zu seinem Arbeitszimmer. Im Vorbeigehen zog er eine Lotosblüte aus dem Wasser.

**

Karidon sprach von anderen Dingen, um Ptah-Sokar abzulenken. Er sagte leichthin: »Ich schreibe, andere rechnen. Keiner will, dass du zornig wirst, Häuptling.«

»Zornig? Warum ich?«

»Unser Handel soll gerecht sein. Wir wollen nicht wenig geben gegen viel, Wertloses gegen Schätze. Das ist der Wunsch unseres Herrschers. Ptah-Sokar sorgt dafür, dass der Befehl gilt: Bis zum letzten Goldkorn.«

»Mit diesem jungen Fremdling habe ich keine Schwierigkeiten«, sagte der Häuptling und schlug Ptah zwischen die Schulterblätter. Er wurde halb von seinem Sitz geworfen. Der Häuptling stand auf und hieb auch Karidon kraftvoll in den Nacken. »Kommt heute Abend nicht zu spät.«

Karidon ging zurück zum Schiff, Ptah zur Hütte. Im Vorbeigehen sah er, dass die Männer sich auf das Fest vorbereiteten. In den Hütten, am Ufer und auch auf den Schiffen rasierten sich die Seefahrer, wuschen sich und legten frische Schurze und Schmuck an.

Langsam brach die Dämmerung herein.

Die Feuer der Köche waren zu tiefroter Glut heruntergebrannt. Hinter den Bäumen schlug jemand eine hohl hallende Trommel.

Karidon stellte das Öllämpchen in den Bug. In den Hütten rund um den Versammlungsplatz, entlang des Ufers und an den Stegen entzündeten die S'om Lampen, Fackeln und Feuer. Die Tiere und Dämonen in den Schnitzereien an Balken und Kanus schienen zum Leben zu erwachen.

Sorgfältig verrieb Karidon Öl auf seiner Haut. Er entfaltete einen frischen Schurz, strich über Halsschmuck und Armreife und holte trockene Sandalen.

Ebenholzbäume und andere Baumriesen, deren Holz von der Farbe getrockneten Blutes war, bildeten einen riesigen Hain um das Dorf. Um den runden Platz erhoben sich Pfahlhütten, von denen die Hälfte im Wasser stand.

Die Sandfläche des Platzes war gesäubert und sorgfältig geharkt worden. Zwei Fußspuren liefen quer hindurch. Rund um den Platz wurden Vorbereitungen für das Fest getroffen, Feuer geschürt und Speisen bereitet. Nach und nach versammelten sich immer mehr Menschen in der feuerbeschienen Dunkelheit.

Als Karidon und Ahau-Tinofer auf den Platz kamen, sahen sie, wie der Häuptling einen großen Hund zum Feuer zerrte. Mit dem neuen Bronzedolch öffnete er die Kehle des Tieres. Das Ausweiden überließ er seinen Frauen. Der Häuptling wischte das Blut am Leopardenfell ab und begrüßte die Gäste.

Junge Mädchen liefen umher und teilten Bier an die Rômet aus. Eine große Trommel schlug, irgendwo versteckt, einen dumpf dröhnenden, langsamen Takt.

»Merk dir das Feuer, an dem sie den Köter brutzeln«, flüsterte Ahau-Tinofer. Er schnitt eine Grimasse des Ekels. Karidon nickte.

N'ginza stapfte, von seinen hoch gewachsenen Söhnen begleitet, im Zickzack zwischen den Feuern einher und tadelte faule Köche, lobte die Mädchen und schrie nach den Musikern.

Karidon lehnte seinen Hocker gegen einen Baumstamm. Rechts von ihm standen elf Wasserkrüge, randvoll gefüllt mit grobem Goldsand aus dem oberen Strom. Zwischen den vielen Gestalten hindurch sah Karidon, dass Ptah-Sokar, Cheriuf und Ipuki sich bestens unterhielten.

Zu dem Pochen der großen Trommel kam nun ein scharfes Klappern in schnellerem Takt hinzu; trockene Hölzer wurden gegeneinander geschlagen. Aus den Feuern wirbelten Funkenschauer auf. Über der weißen Glut wurden Spieße gedreht. Fett tropfte zischend ins Feuer. Durch das Flackern im Halbdunkel näherte sich eine Gestalt und ließ sich neben Karidon auf die Knie nieder.

Askaia reichte ihm eine polierte Schale und flüsterte: »Du heißt Karidon, nicht wahr? Ich bringe dir Bier ... Ich werde nachher für dich tanzen.«

Sie nahm seine Hand, drückte die Schale hinein und verschwand. Zurück blieb ein feiner Hauch von Blütenöl. Karidon lehnte lächelnd den Kopf an den borkigen Stamm.

Nach einer Weile mischte sich der näselnde Ton zweier Flöten zwischen den Trommelklang. Die Rohrflöten trillerten eine berauschende Folge von Tönen. Die Luft war schwer von Gerüchen und Hitze.

Karidon trank das dünne Bier und sah, wie Nebamun auf einige Häuptlingssöhne einredete: Die Eingeborenen verschlangen jedes Wort, das ihnen die schwierige Seefahrt nahe brachte.

Plötzlich blieb der Häuptling in der Mitte des Platzes stehen, drehte sich um und hob die Arme. Seine Stimme übertönte mühelos das Lärmen.

»Eure Gesichter sind fröhlich. Die Götter sind freundlich zu uns und unseren Freunden. Bald kommen viele Häuptlingskanus den Strom herunter. Heute trinken und tanzen wir. Unsere Gäste, unsere Freunde – sie gehören zu uns. Sie sollen die besten Stücke bekommen, von meinem Lieblingshund.« Karidon verzog das Gesicht. »Die Speermänner und meine Töchter tanzen den Tanz der Freundschaft. Es gibt Bier und Braten für alle!«

Er wankte in die Richtung der Musiker davon. Der Takt wurde schneller, fordernder. Scharfes Rasseln wetteiferte mit den schnellen Handtrommeln, die Flöten gellten. Die Teilnehmer des Festes drängten zu den Feuern.

Karidon sah, wie zwei Dutzend Tänzer aus dem Halbdunkel kamen und mit weiten Sprüngen in den Sandkreis liefen. Ihre Körper waren mit verwirrenden Lianenmustern weiß und rot bemalt. Auf den Schultern trugen sie die Masken von Vögeln: Kraniche, Adler, Falken und Königsfischer. Sie bildeten einen Ring, ordneten ihre Bewegungen dem Rhythmus unter, dann schwangen ihre glänzenden

Körper hin und her, vor und zurück. Zuerst gemessen, schließlich hastiger und mit stärkerem Ausdruck. Plötzlich, an einem bestimmten Punkt des Tanzes, wurden die Tänzer zu Vögeln. Sie versanken in einer Art Betäubung.

Karidon vergaß alles; er bewunderte das Spiel der Muskeln und Gliedmaßen. Zwischen den Masken versuchte er Askaia zu erkennen. Die Augen und Schnäbel der Vögel glühten und glitzerten wie die von Dämonen. Auch die Frauen kamen und begannen zu tanzen wie verzauberte Schlangen. Mit ihrem Silberschmuck wirkten sie wie geschuppt. Ihre Köpfe trugen Halbmasken, die Fische darstellten. Geduckt schlichen sie in den inneren Kreis und schwangen Köpfe und Arme weit nach rechts und links. Tänzerinnen und Tänzer schienen zu schwimmen, zu fliegen, aus den Wellen zu springen. Die Vögel stießen herab, die Fische flüchteten. Stets verfehlten die Vögel die Beute. Die Musik wurde lauter, schneller, betäubender.

Ein Vogel stürzte sich bis vor den Häuptling, flatterte aufgeregt mit den Händen und Unterarmen. Er war ein rüttelnder Falke. N'ginza hob den Arm, die Vogelmaske hüpfte zurück an ihren Platz im Kreistanz. Eine Frau näherte sich Karidon und bewegte die Finger, als wolle sie ihn in die Höhe und mit sich fortziehen. Die Trommelschläge wurden immer lauter, sie zerschmetterten die Nacht. Der tödliche Sturzflug der Raubvögel fuhr zwischen die Fische: Ein rasendes Angreifen und Ausweichen begann. Krallen und Schnäbel zuckten vor. Rauch trieb zwischen die Tanzenden. Die Paare umklammerten einander, lösten sich, wirbelten auseinander und prallten voreinander zurück.

Plötzlich riss die Musik ab.

Die Stille schmerzte. Sie dauerte nur drei Atemzüge lang. Dann dröhnten sieben harte Trommelschläge, die Flöten jaulten, die Handtrommeln vollführten einen durchdringenden Wirbel. Undeutlicher Lärm brandete auf. Der Rauch um die Füße der Tänzer begann seltsam zu riechen, als würden getrocknete Kräuter verbrannt. Aus dem Kampf um die Beute wurde ein wiegender Reigen. Tändelnd und leicht wurden die Bewegungen, ein Instrument nach dem anderen hörte auf zu spielen und wieder wirbelte eine Falkenmaske vor den Häuptling. N'ginza gab dem Tänzer einen kurzen Wurfspeer mit steinerner Spitze, den der Maskenmann dicht an seinen Körper presste, bevor er in den Kreis zurückglitt.

Je länger der Tanz dauerte, desto weniger Trommeln schlugen; nur noch Flöten und nasale Holzröhrchen wurden geblasen. Nach und nach stoben die Tänzer in verschiedene Richtungen auseinander und verschwanden in der Dunkelheit. Zuletzt standen sich am Rand des Kreises, durch dessen Durchmesser getrennt, eine Fischmaske und der Vogeltänzer mit dem Speer gegenüber.

Die Frau breitete die Arme aus, der junge Mann holte aus und warf den Speer. Die Spitze bohrte sich tief in ihren Leib. Die Tänzerin sank auf die Knie und fiel langsam auf den Rücken, noch immer mit ausgebreiteten Armen. Die Rômet schrien vor Entsetzen, Karidon sprang auf. Vor ihm zog ein Mann seine Vogelmaske vom Kopf und verdeckte das Fackellicht. Karidon fühlte heiße, schlanke Finger in seiner Hand. Er schüttelte sich und stellte sich auf die Zehenspitzen. Die Tänzerin lag reglos im Sand, der Falke stand über ihr und zog den Speer aus ihrem Körper. Karidon sah keinen Tropfen Blut, keine Wunde, und als für einen Augenblick Licht auf die Speerspitze fiel, bemerkte er, dass auch sie ohne Spuren war. Der Tänzer rammte den Speer in den Kreismittelpunkt, ging auf die Tänzerin zu und hob sie auf seine Schultern, drehte sich, und sie zog, während er langsam aufs Feuer zuschritt, die Fischmaske vom Kopf und lachte.

»Komm«, flüsterte Askaia. Karidon fragte sich verwirrt, ob er träumte oder schon erwacht war. Askaia zog ihn mit sich, lief in Schlangenlinien zwischen den Feuern und Bäumen hindurch zum Strand. Am Steg, unweit des Schiffes, blieben sie stehen.

»Komm mit mir«, wiederholte Askaia. Sie setzte sich auf den Steg und ließ sich ins Wasser gleiten. Karidon schlüpfte aus den Sandalen. Er sprang hinterher und schwamm neben ihr zum Ankertau des Schiffes. Der Schiffsmast berührte den Rand des vollen Mondes.

Atemlos sagte Askaia: »Mein schönster Tanz war für dich. Hast du mich erkannt?«

»Ich hab nie etwas Schöneres gesehen. Du warst die schönste Tänzerin.«

Sie tauchte und legte unter Wasser ihren Arm um seine Schulter. Nahe des Hecks tauchten sie prustend auf.

Karidons Gedanken überschlugen sich. Noch nie war ein anderer Körper so nahe an seiner Haut gewesen und noch nie hatten die Berührungen solche Empfindungen in ihm ausgelöst. Er hörte sich sagen: »Auf dem Schiff sind wir allein. Dort hab ich Bier und trockene Tücher.«

Sie zogen sich an der Strickleiter hoch und hinterließen große schwarze Fußabdrücke auf den Planken und eine Tropfenspur, als sie zum Bug liefen. Das Lämpchen, das Karidon aufgestellt hatte, brannte noch immer. Askaia setzte sich auf den Mantel und legte ihre Hände, leicht wie die Flügel eines Kükens, an seine Wangen und zog seinen Kopf zu sich heran, bis sich die Nasen berührten. Sie legte ihre Arme um ihn. »Stört uns jemand?«

Karidon schüttelte den Kopf. Er wehrte sich nicht, als sie ihn zu streicheln begann.

»Ich seh in deinen grünen Augen den Mond, Karidon«, sagte sie zärtlich. Sanft zog sie ihn zu Boden. Sie küsste ihn und schmiegte ihren Körper an ihn.

Askaia lehnte neben Karidon, die Knie angezogen, einen Arm um seine Schultern.

»Soll ich zu trinken holen?«, flüsterte er.

Sie bewegte den Kopf. Ihr Haar kitzelte seine Nase. »Ja. Aber bleib nicht zu lange weg.«

Er kletterte unter Deck, holte Tücher, füllte das heiße Kupferlämpchen auf und blies auf den Docht; das Flämmchen züngelte hoch.

Mit kühlem Henket und einem Becher kam er zurück, schob die Lampe an Steuerbord. Schweigend blickte er Askaia an. Karidon fühlte sich älter – und glücklich.

»Ich muss dich ansehen«, sagte er. »Du bist schön. Du bist meine erste Frau. Und meine Gedanken flattern wie ein erschrockener Vogel.«

Sie antwortete nicht. Zart legte sie seine Hand auf ihre Brust. Unter ihren Berührungen sank Karidon in angenehmen Schlaf.

Noch bevor die Tiere im Wald erwachten und zu lärmen begannen, bemerkte Karidon im Halbschlaf, wie Askaia sich über ihn beugte. Sie hielt das Lämpchen in den Fingern und schaute in sein Gesicht, als müsse sie es sich für immer einprägen. Dann ertränkte sie den Docht im Öl und schlich fast lautlos von Bord.

Peser stand im Schatten der Mittagssonne unter einem Baum, hatte einen langen Pfeil auf die Sehne gesetzt und zog den großen Bogen ohne Mühe aus. Er öffnete den Umgriff der drei Finger; der Pfeil heulte zweihundert Schritte weit über das verdorrte Savannengras und schlug in eine drei Fingerbreit dicke Platte aus Flechtwerk und Holz.

Als Karidon und Askaia näher kamen, sahen sie unter der Zielscheibe eine Menge zersplitterte Pfeile aus Holz und Pfeilschilf. In der Scheibe steckten Pfeile mit zerbrochenen Steinspitzen. Jeder Pfeil bot einen kläglichen Anblick.

Ipuki zog mit einiger Anstrengung Pesers Pfeil heraus und brach ihn hinter der Spitze ab. Er zeigte die fast unbeschädigte Bronzespitze dem Häuptling. Die Schneiden waren scharf wie die eines Messers. Dann bettete er die Spitze in ein Stück Holz und zog die Kanten mit einem Schärfstein ab; das Metall begann wie Gold zu leuchten.

»Eine Spitze für zehnmal zehn Pfeile«, sagte Ipuki. »Mindestens. Ihr könnt sie immer wieder benutzen, wenn ihr sie geschärft habt.«

N'ginza fuhr mit dem Daumen über die geschliffenen Schneiden. Sie waren so scharf, dass er sich schnitt. Er leckte das Blut ab, nickte und sagte: »Gebt uns alle Spitzen, die ihr habt.« Dann grüßte er Ptah-Sokar und lächelte, als er Karidon und Askaia Hand in Hand dastehen sah. »Die Frauen nähen schon Ledersäcke für euer Sontjer. Überall sammeln die Jäger das Harz. Die Bäuche eurer Schiffe werden sich füllen.«

Ptah wandte sich an Karidon: »Wie viele Pfeilspitzen haben wir noch?«

Karidon hatte alles verzeichnet, auch die Geschenke: Pfeilspitzen, Beilschneiden und Speerspitzen. Er antwortete: »Viermal hundert und ein paar mehr.«

»Alle!« N'ginza beharrte auf seinem Wunsch. »Wir

haben nur ein einziges Metall, und das ist Gold. Einverstanden?«

»Einverstanden.« Ptah-Sokar nickte zufrieden.

Zwischen den Dornbüschen, die weit vor der Siedlung einen hohen Wall zwischen dem Savannenrand und dem Wald bildeten, teilte sich das übermannshohe Gras. Kankai, der Anführer der Jägergruppe, rannte auf die Männer zu.

»Schnell! Er stirbt! Ein Leopard hat ihn halb zerfetzt!«

Hinter ihm kamen die Jäger in einer langen Reihe aus der Savanne. Sie trugen zwei erlegte Leoparden und auf einer Trage aus Speeren und Schilden einen S'om. Er wimmerte halb besinnungslos. Seine Schultern und seine Brust waren blutüberströmt und von langen Risswunden gezeichnet.

Karidon hielt Kankai am Arm fest und deutete zum Rand der Siedlung. »Bringt ihn zu Mechyl, zum neuen Langhaus bei den Schiffen. Er wird euch helfen.«

Kankai nickte, rannte los und winkte den Jägern. Sie änderten die Richtung und schleppten den Verwundeten zur Siedlung. Viele ihrer Waffen waren zerbrochen. Die Rômet-Jäger waren ebenso staubbedeckt wie die S'om, ihre Haut ebenso von scharfen Dornen und Gräsern zerschnitten. Sie trugen erlegte Gazellen und Felle von Leoparden und Geparden. Im Osten zogen Geier enge Kreise und ließen sich schräg aus dem Himmel fallen.

Der Häuptling sah den Jägern nach und sagte: »Die nächste Jagd, in drei Tagen, wird besser.« Er verscheuchte einen Schwarm zudringlicher Fliegen. »Wenn wir alle die neuen Spitzen und die scharfen Waffen haben. Willst du mit den Jägern gehen, junger Schreiber?«

»Ja, wenn wir nicht tagelang in der Savanne bleiben.« Karidon sah Askaia an. »Mit den besseren Waffen, N'ginza, werden weniger eurer guten Jäger sterben müssen.«

Karidon, Askaia und die Männer gingen durch die Mittagshitze zur Siedlung zurück. Dort herrschte rege Geschäftigkeit. Frauen bündelten Straußenfedern und flochten Körbe. Ruderer und S'om zersägten mit neuen Werkzeugen dicke, balsamisch duftende Schwarzholzstämme. Teile der Schiffe wurden mit kostbarem Ebenholz ausgebessert. Kostbar war es am Nil, nicht hier in den Wäldern, hier wuchs es wild. Am Großen Strom war es so wertvoll wie Bronze.

Die *Hathors Lob* und die *Naparas Schönheit* lagen hoch und trocken. Sie wurden am Kiel ausgebessert. Neben den Schiffen stapelten sich unter den ausgespannten Segeln und unter den Vordächern die Handelswaren.

Karidon drückte Askaias Hand und sagte: »Wir gehen zu den Handwerkern. Muss ich heute noch schreiben, Ptah?«

Ptah-Sokar schüttelte den Kopf und lauschte auf die Schreie, die aus der Savanne herüberklangen. Die Jäger trieben eine Herde Beutetiere zwischen den Hügeln in ein Gatter. »Du kannst den Arbeitern bei den Schiffen auf die Finger sehen. Wer außer dir könnte Jehoumilq vertreten?«

Karidon sah zu, wie ein Ruderer den Schwarzen half. Mit einem Gemisch aus geriebener Rinde und Harz klebten sie Bronzespitzen an Speerschäfte und befestigten sie mit dünnen nassen Lederschnüren; die Schnüre zogen sich hart zusammen, wenn sie trockneten. Handwerker verbesserten Waffen und Werkzeuge der jagenden Sammler.

Karidon nickte und zog Askaia mit sich. »Wenn du mich brauchst – ich bin auf dem Schiff oder beim Fischen mit Askaia.«

Am Versammlungsplatz trafen sie Chutaui, der mit

Gewürzfrauen schäkerte. Askaia schüttelte lachend den Kopf und deutete auf ihre Nase und die Lippen. »Das sind Gewürze, Kari. Wir finden sie im Wald und in der Steppe.«

Viele große Flechtwerkschalen, ausgeschlagen mit grünen Blättern, enthielten bräunliche Krümel, schwarze, gelbe und rote Körner verschiedener Größe, Samen und Wurzeln, mehlfein geriebene Pulver. Dazwischen standen Chutauis leere Gewürzkrüge. Die aufgeregte Unterhaltung bestand aus Gelächter und vielen Gesten. Chutaui probierte mit großer Vorsicht einzelne Körner oder Pulver. Die Frauen sagten dem Koch, wofür sie dieses oder jenes Gewürz verwendeten. Eine Frau zeigte, wie sie die Körner im Mörser zerstampfte.

Karidon ließ scharf riechende Körner durch seine Finger gleiten. »Vater der Würzung!«, sagte er. »Du sollst gut würzen, aber uns nicht vergiften!«

»Keine Sorge, Grünauge. Die Großmütter wollen mich nur erschrecken.« Chutaui grinste. »Oder hat euch nicht geschmeckt, was ich bisher gekocht hab?«

»Darüber herrschen auf dem Schiff unterschiedliche Meinungen!«, antwortete Karidon und grinste. Er ging mit Askaia weiter.

Durch Rauchschwaden und Staubwolken stolperten Kinder. Hunde kläfften und wurden vertrieben, wenn sie zwischen die Beine der S'om und Rômet gerieten. Männer schleppten Balken, bohrten Löcher, sägten und hämmerten. Unter den Strohdächern stapelten sich Säcke und Körbe, Krüge standen in langen Reihen.

Als sie am Ufer entlangliefen, holte Karidon zu einer Geste aus, die alle Schiffe und die halbe Siedlung umfasste. »Wir aus dem Stromland mussten viel lernen«, sagte er nachdenklich. »Ein fremder Kapitän und ein ehemaliger

Sklave führten die Rômet hierher, zu euch, die ihr jenseits der Grenzen wohnt und für die Rômet eigentlich Barbaren seid. Und jetzt jagen wir mit euch, wir handeln und arbeiten miteinander, wir lernen eure Sprache, essen euren Fisch – und einige von uns lieben Frauen von euch. Ist es nicht wunderbar?«

Askaia nickte. »Und es gibt kaum Streit.«

Karidon hatte die Tage zu Zehntagen und Monden zusammengezählt und hatte bei dem Gedanken, in der Mitte des nächsten Mondes Abschied nehmen zu müssen, ein Gefühl der Leere und des Verlustes.

Askaia schien seine Gedanken zu erraten. »Eure Schiffe werden tief im Wasser liegen. Und wir – wir werden schöne Kinder gebären …«

Sie kletterten an Bord. Auch hier war gearbeitet worden. Auf der *No-Amuns Stolz* waren Teile des Decks entfernt. Balken aus wertvollem Holz verstärkten die Planken, die Sonne trocknete den Bilgenraum. Einige Spanten wurden verstärkt, die Doppelröhren der Halterungen der Krüge zum Teil neu geflochten.

Karidon wühlte in seinem Watsack und brachte Bier in den Bug.

»Alle sehen uns, Askaia.« Er hob den Krug und zog unter der Matte einen handgroßen Kupferspiegel hervor. Die eine Seite trug eine hauchdünne Silberschicht. Im Stromland war das Metall wertvoller als Gold.

Er reichte ihn Askaia: »Mein Geschenk für dich.«

»Für mich?«

Askaia drehte den Spiegel, wusste zuerst nicht, was er bedeutete, entdeckte dann ihr Spiegelbild und zuckte zusammen. Sie lächelte und näherte die spiegelnde Fläche ihrem Gesicht, hielt sie dann auf Armeslänge von sich weg und strahlte. »Ich darf es behalten, Kari? Ein Geschenk für mich? Wirklich?«

»Es ist ein Spiegel. Ptah-Sokar gab ihn mir für dich. Damit du jedes Mal siehst, wie schön du bist.«

Sie warf ihre Arme um seinen Hals. Über seine Schulter blickte sie lächelnd in die Silberschicht.

Ungefähr drei Dutzend Jäger, junge und erfahrene ältere Männer hatten sich auf dem Dorfplatz versammelt. Peser hatte seine fünf besten Bogenschützen mitgebracht. Es war noch dunkel. Die knisternden Fackeln rußten und stanken.

Karidon wickelte sich ein Fell mit der Lederseite nach innen um die Knöchel, schnürte die beiden Lederbänder um Schienbeine und Waden und bewegte prüfend die Zehen.

Der Häuptlingssohn nickte und sagte: »Das Gras hat scharfe Kanten, es gibt viele Ranken und Dornen. Ein Jäger kann verbluten und sich vergiften. Das dicke Fell ist gut gegen Schlangen und Skorpione.«

»Und nach zwei Stunden wate ich im eigenen Schweiß.« Karidon hatte zwei Wurfspeere, seinen Dolch und die Doppelaxt neben sich liegen. Auch die Rômet hatten ihre Beine bis über die Knie mit Fellen geschützt und trugen lederne Wämser.

M'asuda hob einen runden Schild aus Leder, Geflecht und Holz auf und sagte: »Pass auf, Karidon. Unsere Jäger sind gute Schützen und Speermänner. Du hast nicht gelernt, wie man jagt?«

Karidon schüttelte den Kopf und blickte Askaia Hilfe suchend an.

Häuptling N'ginza hob die Hand, zeigte in die Richtung der Savanne und sagte: »Haltet euch an meine Jäger, Rômet.

Sie kennen die Pfade und die Beute. Und alle Gefahren. Bringt euch nicht vorsätzlich um, Peser.«

»Nicht wegen ein paar Antilopenschenkeln, Häuptling. Wir sind geübte Jäger von Hasen, Gazellen und Gänsen.«

»An eurem Strom. Hier ist es anders. Viel Glück.«

Das Ziel der Jagd war Fleisch für die S'om und die Rômet; es fehlten noch viele Krüge voll Fleisch und Salz für die Rückfahrt.

N'ginza zog eine Fackel aus dem Boden und gab sie seinem Sohn. »Los! Sonst lachen die Antilopen über euch!«

Ein langer Zug, Mann hinter Mann, verließ im Licht weniger Fackeln die Siedlung. Drei Jäger führten hochbeinige Jagdgeparde an ledernen Leinen. Je weiter sie sich vom Versammlungsplatz entfernten, desto schweigsamer wurden die Männer. Die Waffen klapperten und klirrten leise.

Der Pfad schlängelte sich jenseits der Bäume und der Felder auf den Dornwall zu. Die gewohnten Gerüche des Uferdorfes blieben zurück. Auf den Blättern und Gräsern lag kühler Tau.

Die Jäger machten lange Schritte. In regelmäßigen Abständen begann der Anführer einen schnellen Trab. Bevor die Jäger ermüdeten, fielen sie wieder in Schritt. Beim Laufen schlugen die Wassersäcke gegen ihre Schultern; die Jäger scheuchten Fliegen, Mücken und Heuschrecken auf.

Tage zuvor hatten die alten Männer die Fanggatter an einer anderen Stelle aufgebaut. Im weiten Bogen umgingen die Jäger die Zäune aus Holz, Flechtwerk und Dornenranken.

Karidon blickte in den Himmel: Die ersten Sterne verschwanden bereits, der Mond versank im Dunst am Savannenrand.

Eine halbe Stunde später, als es anfing zu dämmern, blieben sie stehen. M'asuda versammelte die Jäger um sich und gab seine Anweisungen. »Ihr lauft zur Wasserstelle. Ihr dort hinüber, zu den Akazien. Mindestens sieben Männer müssen bei den Gattern warten. Los!«

Zwei Zehnergruppen, unter ihnen die Männer mit den Geparden, liefen nach rechts und nach links. Nach zweihundert Schritten löschten sie die Fackelflammen und verschwanden, als habe es sie nie gegeben.

In Karidons Magen bildete sich ein kleiner harter Knoten.

Der Häuptlingssohn wandte sich an ihn. »Ihr müsst die Tiere seitwärts auf den Zaun zutreiben. Wenn sie ihn sehen, laufen sie zur Mitte. Wenn zwischen ihnen andere Tiere sind, müsst ihr sie in die andere Richtung treiben.«

Er hob den Schild, der mit grellen Farben bemalt war, und zeigte auf mächtige Schattenrisse im Norden. »Gib Acht, Karidon. Du weißt, dass es nicht nur Gazellen und Antilopen sind. Bei den großen Bäumen fangen die Zäune an.«

Karidon nickte. Er schloss sich einer Gruppe aus jungen und erfahrenen Jägern an. Einer winkte und Karidon lief hinter den sieben Männern her. Beim ersten Baum machten sie Halt. Im Osten, wo der Strom lag, zeigte sich ein hellgraues Wolkengebirge.

Karidons Lippen waren ausgedörrt. »Wann treiben sie die Tiere hierher?«

»Du wirst es leicht erkennen. Wenn die Sonne dort steht.«

»Also in einer Stunde oder später.«

Die zweite Gruppe rannte durch das schwarzgrüne nasse Gras. Karidon setzte das Knochenmundstück des

Wassersacks an die Lippen und trank. Noch immer war der Morgen kühl und dunstig. An einem Baum mit wulstiger Rinde, die einem schrundigen Felsen glich, war eine breite Leiter aus armdickem Riesenschilf mit Pflanzenschnüren befestigt. Sie führte zum untersten Ast, der mehr als zwei Mannslängen hoch war. Karidon setzte sich auf die unterste Stufe und wartete. M'debola, der Älteste, war bei ihm.

Askaia und ihr Bruder hatten Karidon erzählt, dass die Savanne, der Bach und der flache See im Norden, zwischen der Bergwüste und dem Uferwald, voller Tiere war: Gazellen, Antilopen, Löwen, Schakale und Hyänen, Rinder und, zu bestimmten Jahreszeiten, auch Elefantenherden, die durch die Savanne zogen.

Vor Sonnenaufgang mussten die Jäger an ihren Verstecken sein, denn das Wild, das sie heute jagen wollten, kam zu dieser Zeit zur Tränke. Wenn die Jagd erfolgreich sein sollte, musste die Morgensonne die flüchtenden Gazellen und Antilopen blenden.

Karidon lehnte Schild und Speere an den Baumstamm und verschloss den Wassersack. Ihm graute vor dem Töten der Tiere.

Er fragte M'debola: »Wenn zwischen den kleinen Tieren viele Löwen, wütende Büffel und Elfenbeintiere auf uns losstürmen, was dann?«

Der Älteste nickte und zeigte auf die Leiter: »Dann müssen wir schneller sein als die Affen.«

Karidon seufzte: »Das Lernen hört niemals auf.«

Er sah wie Schwärme kleiner Vögel aufflogen und wie sich jeder Grashalm belebte: Käfer, Raupen, Schmetterlinge und unzählige Fliegen krabbelten, flatterten und summten umher. Langsam lösten sich die Wolken auf, die rote Sonne des Horizonts stieg und wurde blasser. Die Lichtstrahlen verscheuchten binnen weniger Atemzüge die Kühle und Feuchtigkeit der Dämmerung.

»Ich werde der erste Kletterer sein, glaube ich«, sagte Karidon.

»Du kannst jetzt schon hinaufklettern und uns sagen, was du siehst«, brummte M'debola.

Karidon nickte, hängte den Wassersack auf die oberste Leitersprosse und kletterte in den Baum. Erst am gegabelten Ende eines schwankenden Astes gab es zwischen den staubbedeckten Blättern einen Durchblick. Über dem Wasser und dem Seeufer schien ein Spiegel zu liegen; allen Lebewesen fehlten die Beine und auch die Köpfe, wenn sie Wasser soffen.

Undeutlich sah Karidon hinter den kleinen Herden und zwischen Akazienstämmen wie sich die dunkelhäutigen Jäger behutsam vorwärts bewegten. Er rief nach unten, dass die Jagd noch nicht angefangen habe, sah die eigenen Spuren im Gras und in einiger Entfernung den Baum, unter dem die zweite Gruppe wartete. Hoch über der Savanne kreisten die ersten Geier.

Mit steigender Ungeduld wartete Karidon, bis die Treibjagd begann. Plötzlich wirbelten die winzigen schwarzen Gestalten Staub auf, sie fingen zu rennen an, ihre Fackeln rauchten und sie machten Lärm und schrien.

Einige Tiere rissen die Köpfe hoch und entfernten sich langsam von der Tränke.

Karidon rief: »Jetzt geht es los, M'debola!«

»Bleib oben, bis du alles deutlich sehen kannst. Dann musst du uns helfen.«

»Nichts anderes tu ich, Oberjäger«, murmelte Karidon, zerriss Spinnennetze und versuchte Mücken und Fliegen zu vertreiben. Das Bild am nahen Horizont geriet in Bewegung. Die Ufer bildeten einen Halbkreis. Hier und dort, völlig unerwartet, sprangen Tiere auf und flüchteten nach rechts oder links auf Karidons Baum zu. Aber auch die Jäger, die die rauchenden Fackeln schwangen, liefen im Halbkreis zur weiten Öffnung der Gatter. Karidon konnte vereinzelte Schreie hören. Tiere mit langem Gehörn liefen und sprangen durcheinander. Gazellen hetzten in unglaublich weiten Sprüngen davon. Überall dort, wohin die Tiere flüchten wollten, liefen Jäger hin und her und erschreckten das Wild mit den grellfarbigen Zeichen auf ihren Schilden, mit gellendem Trillern und mit Rauch, den die Tiere am meisten zu fürchten schienen. Eine Herde langbeiniger Antilopen, vielleicht drei Dutzend Tiere, galoppierte durch das hohe Gras auf die Mitte zwischen den Bäumen zu.

Der alte Jäger schrie: »Rührt euch nicht! Lasst sie weiterrennen!«

»Jetzt rennen alle Tiere. Die meisten kommen zu uns. Ich hab keine Elefanten gesehen«, rief Karidon.

»Komm runter und hilf uns.«

Karidon kletterte bis zu dem dicken Ast hinunter und nahm dann die Sprossen der Leiter. Schon während des Kletterns hatte er das leise Zittern des Bodens gespürt. Die vielen Hufe der Tiere erzeugten ein Geräusch wie ferner Donner. Hinter ihnen wallten Staubwolken auf, in denen die S'omjäger verschwanden. Auch ihre trillernden Schreie kamen näher und wurden lauter und bedrohlicher. Zwischen den Rindern, Antilopen und Gazellen sah Karidon kleine Rudel jagender Hyänen.

Er schob den Unterarm in den Schild und hob die Speere auf. Ab und zu glaubte er gelbe Löwenfelle zu sehen. Der Klumpen in seinem Magen wurde härter.

Der alte Jäger deutete hinter den Baum und nach links. »Stellt euch dort auf und treibt das Wild da hinüber!«

Zwei Männer rannten davon. M'debola nahm Karidons Oberarm in einen harten Griff und sagte beschwörend, fast drohend zu ihm: »Askaia kratzt mir die Augen aus, wenn dir etwas passiert. Du bleibst vor der Leiter stehen, Grünauge. Versprich's!«

»Versprochen.«

Die letzten Worte mussten sie fast schreien. Das Trampeln unzähliger Hufe und die erschreckten Laute der heranstürmenden Tiere erstickten jedes andere Geräusch.

Karidon hob den Schild und blickte über den Rand auf die Flut stoßender, springender, rennender und gegeneinander prallender Körper in den verschiedenen Farben der Felle und der Zeichnungen. Er sah klappernde Hörner, die schlanken Leiber der Geparde, die hinter der ersten Welle der Tiere hin und her jagten, eine Löwin, die eine Gazelle riss, Staub, hochgeschleuderte Grasbüschel und Wirbel aus Sand und zerfetzten Pflanzen. Schritt um Schritt wich Karidon, bis er gegen die Leiter stieß. Eine mächtige Staubwolke kam auf den Baum zu. Karidon sah verwirrt auf die lebendige Mauer. Er begann sich zu fürchten.

Der Jäger rannte hinter die hoch gewachsenen, knorrigen Wurzeln und schrie etwas Unverständliches. Karidon zuckte mit den Schultern und kletterte Stufe um Stufe höher. Schild und Speere behinderten ihn, aber er klammerte sich an den gelben Röhren fest.

Wenige Atemzüge später, als er den Ast erreicht hatte und sich umdrehen konnte, waren die Tiere bis auf zwei, drei Pfeilschüsse weit herangekommen. Einige stürzten und wurden von den folgenden Antilopen niedergetrampelt. Über der Staubwolke kreisten mehr als ein halbes

Dutzend Aasvögel. Der Lärm dröhnte in den Ohren. Die Erde bebte.

Karidon sah die Speerschäfte gegeneinander klappern. Seine Finger zitterten. Das schnellste Wildrudel raste rechts von ihm in den leeren Raum zwischen den Bäumen. Eine Herde Tiere, die wie schwarz und weiß gestreifte Pferde aussahen, rannten donnernd in gestrecktem Galopp aus der Ebene hervor. Der Anprall, den Karidon erwartete, würde schlimmer sein als die höchste Woge, die er jemals erlebt hatte.

Er sah die blendenden Schilde links unter sich, die zurückzuckenden Tiere, das Blut an den Schenkeln und im Nacken der Antilopen, die von den Löwinnen angegriffen worden waren. Alles raste an ihm vorbei.

Die Treiber zogen den Halbkreis enger. Rechts und links preschten einzelne Tiere, kleine Herden und die hetzenden Geparde vorbei. Einige hundert Tiere würden sich in den Gattern fangen. Die Staubwolke breitete sich weiter aus und hüllte alles ein.

Karidon hustete und blinzelte den Staub aus den Augen. Er hörte die schrillen Schreie der Jäger links von sich – und dann war es plötzlich still. Der Staub senkte sich, tiefes Grollen erscholl, von weiter hinten kam das geifernde Kichern der Hyänen.

Aus dem Durcheinander löste sich ein geschmeidiger Tierkörper mit gesprenkeltem Fell, spannte die Muskeln, rannte auf die Leiter zu und zog sich fauchend mit zwei, drei Sprüngen in die Höhe; Karidon, beinahe starr vor Entsetzen, blickte in die lodernden Augen eines breitbrüstigen, schweißnassen Leoparden. Hinter dem Tier erscholl der donnernde Schrei eines Löwen. Karidon schob einen Speer in die Astgabelung, nahm den anderen Speer in die

Hand, drehte ihn und warf ihn nach dem Löwen. Er traf. Das Tier schrie auf und sprang nach links, aber der Leopard kletterte mit wilden Prankenhieben die Leiter hinauf. Karidon zielte und warf den zweiten Speer, der den Leoparden am Rücken streifte. Der Leopard schrie wie eine Katze, aber viel lauter und länger, fauchte schrill und kletterte weiter. Halb blind vor Furcht tastete Karidon nach dem Bronzebeil in seinem Gürtel und zog es heraus. Er hob die Doppelaxt über seinen Kopf und verkroch sich hinter dem Schild. Er schrie vor Angst. Mit einem ungeschickten Satz klomm der Leopard auf ihn zu und langte mit der Pranke nach seinem Knie. Karidon schlug mit aller Wucht zu. Für einen langen, reglosen Augenblick starrten sie einander an, gleichermaßen verängstigt und voller Wut. Dann kreischte der Leopard auf, kippte zur Seite und überschlug sich am Fuß der Leiter.

Die S'omjäger liefen auf den Baum zu, warfen die abgebrannten Fackeln weg, hasteten im Zickzack weiter. Keiner hatte einen Blick für den sterbenden Leoparden übrig, der sich am Fuß der Leiter zusammenkrümmte und mit den Läufen zuckte. Als sich das Tier zur Seite schleppen wollte, kam ein alter Jäger hinter dem Baum hervor und tötete es mit einem schnellen Kehlschnitt.

»Komm herunter, junger Kapitän«, rief er. »Die Jagd ist vorbei!«

Karidon wagte sich Sprosse um Sprosse hinab, betrachtete das zerwühlte Gras, das Blut und seine zerbrochenen Speere.

Große und kleine Antilopen, Hyänen und Büffel mit gesenkten Köpfen und mächtigem Gehörn galoppierten zurück in die Savanne. Langsam senkten sich die gelben

Staubmassen. Das Lärmen und Schreien verlagerte sich in Karidons Rücken. Weit hinter ihm erlegten die Jäger die Beutetiere.

»Ich bin kein Mann der Savanne«, murmelte Karidon. »Ich hab mich zu Tode gefürchtet.«

Er sah sich um, ging auf M'debola zu und ließ den Schild sinken. »Muss ich hier bis zum Abend warten, Jäger?«

»Du musst nicht. Geh.«

»Aus mir wird nie ein guter Savannenjäger. – Gehört das Fell mir?«

»Du hast den Leoparden getötet. Schenk das Fell der schönen Häuptlingstochter.«

»Das will ich tun, wenn ihr es abzieht.«

Karidon knüpfte den Ziegenbalg von der Leiter. Er besaß nur noch den Dolch, die Axt und den Schild, aber der Klumpen in seinem Magen löste sich langsam auf. Auf seiner Haut lag kalter Schweiß. Trotzdem sagte er: »Ich laufe jetzt zum Dorf und hole tüchtige Helfer. Nie werde ich die Augen des Leoparden vergessen.« Er schüttelte sich. »Jetzt weiß ich, warum ein solches Fell so wertvoll ist.«

Er ließ den Schild vom Arm gleiten, schob die Axt in den Gürtel und lief zur Siedlung zurück. Niemand hielt ihn auf. Er lief hastig, er stolperte und rannte rückwärts; schließlich sank er atemlos auf einen Holzblock am Brunnen des Dorfplatzes und sah sich um. Askaia kam auf ihn zu. Langsam löste sich seine Beklemmung.

**

Das Mondlicht spiegelte sich in Millionen winziger, sichelförmiger Glitzerpünktchen auf dem Wasser im Hafen. In der fast leeren Schenke spielte eine müde Harfenistin. Die

Lichtpunkte schienen auf dem Wasser zu zittern, wenn die Töne der Harfensaiten durch die Stille schwirrten.

Morgen sollte Amina-Nefer mit der *Großen Woge* Gedjet verlassen. Der Kapitän hatte zugestimmt; er würde eine Summe Goldstaubes dafür erhalten.

Der bärtige Steuermann saß bei ihr. »Morgen Nacht legen wir ab.« Er griff nach Amina-Nefers Handgelenk. »Das schönste Plätzchen an Bord, Frau, wenn du jetzt mit mir kommst.«

Im Mondlicht wirkte Amina-Nefers Gesicht wie gemeißelter Stein. In ihren Augen spiegelte sich das zuckende Fackellicht. »Ich sag's dir zum letzten Mal, Steuermann: Lass mich los. Ich finde allein zum Haus des Verwalters und ohne dich ins Stromland.« Ihre Stimme klang zugleich gelangweilt, überdrüssig und scharf. »Du bist betrunken. Nimm die Hand weg!«

Der Bärtige packte Amina am Oberarm und drängte sie gegen die Wand.

Amina sah ihm ins Gesicht und wartete bis ihre Schultern gegen den körnigen Kalkbewurf stießen.

»Ich fahr nicht mit deinem Schiff«, sagte sie. »Ich gehe mit keinem Mann mit, wenn ich nicht will. Ich will dich nicht.«

Er lachte: »Wird eine lange Fahrt ins Stromland.«

Amina tastete nach ihrem Dolch. »Keine Fahrt, Steuermann.« Ihre Finger umschlossen den Dolchgriff und ihr Knie zuckte hoch. »Ich habe dich gewarnt.«

Er stöhnte auf und taumelte zurück. Der schmale Dolch glitt aus der Scheide. Die Klinge blitzte zweimal in der Luft. Die Spitze zerschnitt kreuzweise das dünne Leder des Kittels und zog zwei tiefe Spuren durch die Brust des Mannes. Er begann zu schreien, stolperte ins Freie und tastete nach den Wunden. Schwankend und blutend lief er zu den Schiffen.

Amina-Nefer huschte durch die Gassen davon und blieb am Brunnen stehen, um die Klinge zu säubern. Einen Steinwurf entfernt hinter ihr erhob sich am Hafenrand undeutlicher Lärm. Sie ging ruhig weiter und klopfte an das schmale Tor im Schatten einer Zeder.

Als der Diener öffnete, nickte Amina ihm zu und sagte: »Sag deinem Herrn, dass ich morgen nicht mit der *Woge* fahre. Ich warte auf ein Schiff ohne gewalttätige Steuermänner. Schlafe gut.«

Im Innenhof tauchte sie ihre Unterarme in das kühle Wasser des Badeteichs. Dann betrachtete sie ihre Hände. Ihre Finger zitterten nicht. Sie hob den Blick in den Vollmond und horchte in sich hinein. Vor fünfundzwanzig langen Monden war sie von Knossos aufgebrochen. Inmitten des Abgrunds aus Enttäuschungen fand sie in ihren Gedanken einen tröstlichen Hoffnungsschimmer.

**

Deutlicher als Askaia erkannte Karidon die Zeichen des nahenden Aufbruchs. Die Seeleute dachten wieder mehr an die Schiffe, die Vorräte und das Handelsgut als an Jagden oder andere Vergnügungen. Noch vor einem Mond war es umgekehrt gewesen.

Askaia legte ihre Hand auf Karidons Knie. »Wir werden an den Feuern von euch sprechen. Im langen Regen. Unsere Kinder werden auf Schiffe aus dem Stromland warten.« Sie blickte ihn an. »Du wirst eine Legende werden, Kari. Wenn ich alt und zahnlos bin, werd ich noch nachts mit dir flüstern.«

Karidon wusste nicht, was er antworten sollte. Er starrte in ihre dunkelbraunen, großen Augen. »Du weißt, dass ich dich nicht vergessen kann.«

»Ich weiß. Vielleicht kommst du einmal wieder? Aber – wer einmal gegangen ist, kommt nie zurück.« Sie stand langsam auf. »Wenn es dunkel ist, bin ich wieder bei dir. Jetzt muss ich in der Hütte helfen.«

Karidon brachte sie zum Deck und winkte ihr nach. Sie rannte den Uferhang hinauf, fing mit dem Spiegel einen Sonnenstrahl ein und verschwand zwischen den Baumstämmen.

Langsam faltete Karidon den trockenen, heißen Mantel zusammen. Die S'omfrauen hatten ihn gewaschen. Er roch nach Blüten, die Farben leuchteten wieder. Dann kletterte Karidon ins Schiffsinnere hinunter. Mit dem Dolchgriff klopfte er jede Planke ab. Außerdem prüfte er die Schnurbündel; er fand nichts auszusetzen. Die *No-Amuns Stolz* war wieder seetüchtig.

Jehoumilq kam vom Oberlauf zurück. Fast hundert Paddelboote begleiteten die drei Schiffe. Die Ankersteine fielen, die Heckruder schrammten neben der neu gezimmerten Verlängerung des Stegs über den Kiesgrund. Die *Weiße Unsinkbare* lag tief im Wasser.

Aus dem Heck rief Jehoumilq zu Karidon und Askaia hinüber: »Ganz Byblos könnte ich mit dieser Ladung kaufen. Frage N'amama. Er besucht gerade unseren Häuptling.«

»Habt ihr alles getauscht?«, fragte Karidon.

»Sogar den löchrigen Kessel von unserem Koch.«

Jehoumilq trampelte strahlend über das Deck, schwang sich auf den Steg und sah sich um. Was er sah, schien ihm zu gefallen: die sorgsam gestapelten Waren, die ausgebesserten Schiffe auf Holzrollen und die vielen Handwerker.

Die Dörfler rannten zum Steg und begrüßten die Kanus, in denen Häuptlinge vom Oberlauf des Stromes saßen. Auch an manchen Speeren der Krieger N'amamas funkelten Bronzeschneiden und an ihren Gürteln Kupfermesser.

Jehoumilq blieb vor den Bierkrügen stehen und brummte: »Du machst eigenes Henket, Chutaui?«

»Die Frauen helfen mir. Gut, stark und fast schwarz, Kapitän!«

»Her damit.« Jehoumilq grinste Karidon an. »Hoffentlich bringen wir uns und unsere Schätze trotzdem zurück in diese schrundige Bucht des Beginnens.«

»Die Tage vergehen so schnell wie vor jeder Abfahrt«, sagte Karidon und legte den Arm um Askaia.

Jehoumilq betrachtete ihn und die Frau aufmerksam. Plötzlich änderte sich seine Miene. Er schien schwermütig zu werden. »Denkt daran, ihr zwei! Die Tage und Nächte der Rückfahrt werden langweiliger sein als hier im Bug und im Schilf.«

Er leerte den Becher, sah den beiden fest in die Augen und legte Karidon und Askaia die Hände auf die Schultern. Dann drehte er sich um. Er schien trotz aller Zufriedenheit müde zu sein. Langsam ging er zum Versammlungsplatz, wo seine neuen Freunde, die Häuptlinge vom Strom, auf ihn warteten.

Karidon paddelte das kleine Fischerboot durch die Schilfhalme, während Askaia die kleine Fackel hochhielt. Er fühlte sich wie im Schilf am Nil, jenseits des Kanals. Rot versank die Sonne hinter dem Dorf. Frösche sprangen von den Seerosenblättern.

Askaia hatte einen Platz gefunden, an dem weniger Stechmücken sirrten. Dicht über dem Wasser, auf Moosblättern zwischen knorrigen Riesenwurzeln, lagen sie auf dem weichen Mantel. Jetzt brannte die Öllampe. Im Blattwerk funkelten schon die ersten Leuchtkäfer. Ruhe umschloss Askaia und Karidon und verstärkte ihre Traurigkeit. Sie sprachen nur voneinander, mit wenigen Worten und viel Zärtlichkeit und jener Leidenschaft, die aus der Verzweiflung kam. Mit all seinen Sinnen klammerte sich Karidon an diese Erfahrung.

Askaias Flüstern klang traurig und hoffnungslos. »Bald bist du fort, Kari. Aber unsere Götter und deine Götter beschützen dich. Du wirst nicht ertrinken auf dem Anderen Meer, auf dem Großen Wasser.«

»Ich hoffe es. Es ist eine so lange Fahrt.«

»Du wirst immer Glück haben, Kari.«

»Ich fürchte, ich hab schon zu viel Glück gehabt«, sagte er und sah ihr in die Augen. Erst jetzt verstand er vieles von dem, was er bisher gehört oder abgeschrieben hatte, ohne etwas dabei zu empfinden. Aber in jener Nacht der Leuchtkäfer, einer der letzten Nächte in Punt, konnte er zum ersten Mal auf seine Jugend blicken.

Askaia überschüttete ihn mit Zärtlichkeit und Liebkosungen. Er merkte, dass sie in Wirklichkeit verzweifelt war.

»Alle lieben dich«, sagte sie und über ihre Wangen liefen große Tränen. »Und ich liebe dich am meisten.«

Er wischte die Tränen mit den Fingerspitzen weg. »Weine nicht. Die Frucht war reif, wir haben sie gegessen und sie war süß und gut.«

Die Gefühle überwältigten sie. Auch diese Erfahrung nahm Karidon mit an den Nil zurück. Seine tastenden Versuche das Leben zu erkennen, waren weder

Zufall noch Absicht. Alles geschah und er kannte nicht das Ziel.

Er fing einen Leuchtkäfer und setzte ihn auf Askaias Schulter. Das Tierchen krabbelte über ihre Haut, summte um ihren Kopf und schwirrte in die Höhe, als ob eine Träne mitten zwischen die Sterne flöge.

»Sie bleibt immer süß, unsere Frucht«, sagte Askaia. »In deinem Spiegel werde ich auch deine grünen Augen sehen.«

Er umfasste ihre Schultern und zog sie an sich. Bis zur Morgendämmerung, in der sie zurückfuhren, sprachen sie nicht viel.

Behutsam senkte Karidon das Paddel rechts und links ins stille Wasser. Askaia kniete vor ihm und blickte schweigend in seine Augen, bis sie bei den Schiffen waren und den ersten Fischern begegneten.

Nebamuns Stimme klang beklommen, als er den Peilstab ablas. Er sprach leise, trotzdem verstand man jedes Wort bis ins Heck des letzten Schiffes, der *Weihrauchland*. Noch war es still, wie an jedem Morgen. Aber das Ufer war gesäumt von schwarzhäutigen Menschen.

»Bei Nefertem, dem Sonnenkind mit der Lotosblüte: Sieben Ellen unter dem Kiel!«

Jehoumilq drückte Karidon fast die Rippen ein und zog ihn nach Backbord. »Ich weiß. Es tut weh, nicht wahr?«

Karidon nickte.

Jehoumilq drehte ihn an den Schultern herum. Seine Stimme war rau, fast tonlos. »Sieh Askaia an, blick zum Ufer: Wenn es nicht baalverdammt schmerzt, war es nichts wert.«

Karidon gehorchte und trotz der vielen Menschen fand sein Blick Askaia. Sie stand am vorderen Ende des Steges, sah ihn an und breitete die Arme aus, als könne sie ihn halten.

Als die dreißig Ruderer der *No-Amuns Stolz* die Riemenschaufeln zum fünfzehnten Mal eintauchten und sich das Schiff mit dem Bug in die schwache Strömung drehte, schrien die S'om und winkten, stießen trillernde Schreie aus und riefen unverständliche Worte. Vom Feuer am Dorfrand stieg eine mächtige Rauchsäule in den taubengrauen Himmel.

Karidon hörte Nebamun sagen: »Wenn wir richtig gerechnet haben, sind es zweitausend Meilen.«

»Zweitausendzweihundert.«

Als Jehoumilq ihn verbesserte, musste Karidon lächeln. Er sagte: »Zweitausendzweihundertzwanzig und keine weniger!«

Die Schiffe glitten den Strom hinunter. Der Wind kam aus Südwest. Sechs Stunden nach Sonnenaufgang zogen die Ruderer die Rahen hoch und banden die Riemen fest.

WINDE DER WIEDERKEHR

Am zweiundfünfzigsten Tag kauerten Nebamun und Karidon im Schatten des Bug-Sonnensegels, wie fast immer in der Hitze des frühen Nachmittags. Sie unterhielten sich träge oder Karidon las vor oder schrieb.

Der Lotse träufelte Öl in seine Handfläche und verrieb es über die Knie, die Schienbeine und die Füße. »Eine Frage, Karidon. Bisher habe ich nur darüber nachgedacht, heute spreche ich es aus. Kennst du die Antwort?«

»Rede deutlich, Nebamun. Was soll ich antworten?«

»Wir sind mit voll beladenen Schiffen nun fast am Ende des Anderen Meeres. Nur ein einziger Ruderer ist bisher ertrunken ... Ist das Glück oder ist es unser Können?«

»Beides, Lotse. Und der gute, gleichmäßige Wind.«

Wieder schwiegen sie und betrachteten das Spiel der Wellen. Zwölf Segel standen straff, jedes Schiff hob sich schwer beladen durch das tiefblaue Wasser. Abgesehen von dem wenig abwechslungsreichen Essen litt niemand Mangel. Der Wasservorrat, den sie vor wenigen Tagen ergänzt hatten, würde weit bis ins Rote Meer hinein reichen. Alle Seefahrer waren ausgeruht.

Karidon kaute die Spitze des Binsengriffels weich. Er überlegte, was er schreiben sollte. Die Schrift wurde kräftiger, wenn er Meerwasser verwendete. Er las, was er schon geschrieben hatte:

»Der Wind ist jede Stunde, Tag und Nacht, stark und

kräftig, die Wellen sind groß und weit. Jehoumilq und ich sagen: Die Schiffe fahren ruhig, weil sie schwer beladen sind. Die Küste an Backbord habe ich schon beschrieben; wir haben die Brunnen und Wasserstellen wieder gefunden. Kein Mann starb. Krankheiten, Wunden und Brüche hat Mechyl geheilt. Jeder Mann gibt Acht, jeder arbeitet und keinem ist so übel geworden, dass er spie.«

»Was ich vor zwei Zehntagen geschrieben habe, gilt auch für gestern und heute«, sagte Karidon leise, las weiter und rollte das Papyrusblatt enger zusammen.

Die Sonne stand zwischen großen, weißen Wolkenbergen, die nach Osten trieben, der stetige Wind minderte die Hitze. In den weiten Wogen der Dünung kam und ging das Spiel der Fischschwärme und Tümmler.

Seit mehr als einem Mond, in den vielen Stunden der Tage und Nächte, hatten sich Ruhe und tiefer Friede in die Herzen der Seefahrer gesenkt. Jede Stunde brachte sie der Heimat näher.

Karidon las: »Erst jetzt gibt es Zeichnungen: einfache Karten von Küsten und Riffen. Viele hundert Männer haben sich jede Einzelheit gemerkt. Die Farbe des Wassers, die Anzahl der Tage, die Formen der Wellen und Wolken, Wind und Vogelflug – ich habe alles beschrieben. Auch die Richtung, in die Vögel fliegen und aus der Winde blasen. Wir erkennen die Buchten am Geruch; selbst bei Nebel wissen wir, wohin es geht. Sterne, Mond und Sternbilder sind für uns dasselbe wie Stangen in der Nilschwelle. Die Kapitäne kennen den Weg nach Punt. In wenigen Tagen segeln wir um den mächtigen Vorsprung des Landes, ums Tor zum Roten Meer. Danach werden wir viel rudern müssen.«

An diesem trägen Nachmittag gab es nichts Schreibenswertes mehr. Karidon malte das Zählzeichen dieses Tages und räumte sorgfältig das Schreibzeug weg.

Rötlicher Morgendunst lag über dem Wasser. Jehoumilqs Brüllen riss mehr als zwei Dutzend Männer endgültig aus dem Schlaf. »Hört zu! Wenn sie hinter uns die Fanfare blasen, sind sie in Gefahr!«

Nebamun und Karidon rannten ins Heck, duckten sich unter der Rah durch und versuchten zu erkennen, was es gab. Über das ruhige Wasser schallten abgehackte Signale.

»Sie rufen um Hilfe!« Karidon hielt die offene Hand an die Ohren. »Dort hinten. Südost.«

Ptah-Sokar redete leise mit Ahau-Tinofer. Der Kapitän nickte. »Wir helfen. Segel herunter, Männer! Wir wenden! An die Riemen!«

»Wir sind bereit.«

Im Dunst zeichneten sich undeutlich zwei Segel vor der *No-Amuns Stolz* ab. Nachts waren die *Herr beider Länder* und die *Weihrauchland* an ihnen vorbeigesegelt. Weit an Steuerbord hatten sie besseren Wind. Aber die Sonne war noch zu kraftlos. Sie sahen nur, dass die *Prächtiger Ibisgau* das Segel herunternahm und ebenfalls langsam wendete. Die anderen Schiffe blieben im Dunst verborgen.

Die Riemen klapperten, Befehle hallten über das Deck, die Steuermänner stemmten sich gegen die Pinnen. Noch ein weiteres Schiff scherte aus der Flotte aus und ruderte auf die Stelle zu, von der die Signale kamen.

Eine halbe Stunde später begann der Nebel sich aufzulösen. Spiegel blinkten hin und her. Nachdem Jehoumilq und der Käpten die Segel gezählt hatten und die Farben unterscheiden konnten, sagte Jehoumilq: »Das gestreifte

Segel fehlt. Es ist die *Kêmets Stern*. Kai-em Nofret ist in Gefahr. Wo ist ihr Mast?«

Der Dunst war völlig gewichen, die Riemen peitschten ins Wasser. Die Sonne blendete rot und riesengroß.

Nebamun sagte: »Sinkt die *Stern*, sind Vorräte und Ladung verloren.«

»Und die weißen Fresser zerfleischen die Ruderer«, entgegnete Karidon und zerrte an einer der Luken, deren Holz gequollen war. »Hilf mir. Tauwerk und Balken.«

Jehoumilq brüllte Kommandos und gestikulierte. An Deck der zwei Schiffe war jedes Wort zu verstehen. »Wir fahren von hinten zu beiden Seiten an die *Stern* heran. Sagt es euren Ruderern.«

Die Kapitäne winkten, sie hatten verstanden. Schwitzend stemmten sich die Ruderer in die Riemengriffe. Jehoumilq und Ptah-Sokar halfen Tauwerk und Ersatzriemen an Deck zu wuchten. Die Buge der Schiffe schnitten durch die kurzen Wellen, die *Ibisgau* überholte die *Stolz*, von Steuerbord kam quer zur Fahrtrichtung die *Chufu zweier Horizonte*.

Jetzt war deutlich zu sehen, dass Mast, Segel und Rahen der *Stern* halb im Wasser nachschleiften. Eine Hälfte der Männer ruderte verzweifelt, die andere schöpfte Wasser aus dem Schiff. Ahau-Tinofer und Jehoumilq wiesen die Schiffe mit weit ausholenden Gesten und knappen Kommandos an ihre Stellen. Zu beiden Seiten ruderten sie am Schiff vorbei, wendeten auf engstem Raum und kamen wieder auf die *Stern* zu.

Jehoumilq schien genau zu wissen, was getan werden musste: »Wenn unser Bug an ihrem Heck ist, zieht ihr an Backbord die Riemen ein. Die Axt, Karidon. Ihr auf der *Ibisgau*: Weg mit den Riemen an Steuerbord!«

Karidon ging unter Deck.

Die stöhnenden und ächzenden Ruderer der *Stern* sahen, wie sich die weit überhängenden Rahenden heranschoben, die Riemen zum letzten Mal eingetaucht und durchgezogen wurden und wie sich die Bordwände einander annäherten.

»Nehmt die Riemen an Deck, ihr Landmäuse!«, brüllte Jehoumilq. Knirschend und knarrend rieben die Bordwände aneinander. Er winkte Karidon herauf.

Karidon packte ein loses Tau der *Stern*, schwang sich an Deck des anderen Schiffes und zog einen erschöpften Ruderer in die Höhe. Er rief: »Hilf mir. Das ganze Zeug muss weg!«

Karidon zielte sorgfältig und kümmerte sich nicht darum, was an anderen Stellen geschah. Die Bronzeaxt fuhr herunter. Die Schneide durchtrennte Tauwerk und Leder, schnitt Kupferhalterungen, und langsam versanken die Trümmer des Mastes, die gebrochenen Rahen, das Segel und die dicken Taue im Wasser. Die Trümmer zerrten die Taue mit sich. Die Lotsen der *Chufu* würden sie herausfischen.

Karidons Waffe bohrte sich ins Holz; das letzte Tau faserte sich auf. Er hebelte die Schneide heraus und hörte seinen Käpten schreien: »*Chufu*! Fischt das Zeug heraus!«

Die Ruderer zogen die Köpfe ein, als die schweren Bündel über die Planken schrammten.

Karidon deutete auf die Ruderbänke und rief: »Bindet Riemen an die Bänke. Schnell! Drüben machen sie das Gleiche!«

Seile flogen von rechts und links aufs Deck der *Stern*.

Ahau-Tinofer rief hinüber: »Warum der Mastbruch?«

»Zuerst riss ein Tau. Dann das andere. Der Mast hat

nach unten gedrückt und die Planken aufgebrochen. Neben dem Kiel sind breite Spalten!«

Karidon half den Ruderern. »Die Ladung an Deck!«, schrie er. »Wir übernehmen sie!«

Von beiden Hilfsschiffen aus wurde die *Stern* festgebunden. Überall wanden sich Taue, stützten sich Riemen auf die Bordwände und nach beiden Seiten wurden Ballen, Truhen, Säcke und schwere Krüge gestemmt und gewuchtet. Tauwerk knirschte und Knoten zogen sich zusammen. Die Ruderer hatten begriffen, was Karidon und Jehoumilq wollten. Knapp hundert Männer halfen zusammen und stapelten die Ladung an Deck und unter Deck der Hilfsschiffe.

»Gut!«, rief Karidon. »So geht es. Nur so!«

Ledersäcke, Truhen und Bündel – der Laderaum leerte sich.

Die drei Schiffe waren fest miteinander verbunden worden. Nun begannen die Ruderer der Hilfsschiffe, der Steuerbord- und Backbordhälfte, zu schuften. Sie trieben die Schiffe in Richtung Strand. Die Morgensonne brannte erbarmungslos auf die schwitzenden Ruderer und die wasserlose Küste.

Karidon richtete sich auf und holte tief Luft. Die *Stern* lag spürbar tiefer im Wasser und der Rumpf sank weiter.

»Mehr Ladung heraus! Schneller rudern!«, erschallten die Kommandos.

Die anderen Schiffe segelten weiter. Karidon sah ihre Segel kleiner werden.

»An Land! So schnell wie möglich. Ihr schöpft und wir rudern. Wie hoch steht das Wasser jetzt?«, rief Ahau-Tinofer zu Kai-em Nofret hinüber.

»Bis zur halben Höhe des Rumpfes.«

Jehoumilq deutete auf die Balken und dicken Bretter aus

Ebenholz. »Werft das Holz ins Wasser. Die anderen fischen es auf. Wird schon wieder abfließen, das Wasser!«

Aus dem Bug der *Chufu* winkte der Kapitän: »Wir holen alles raus, was ihr hineinwerft!«

Jehoumilq nickte und brüllte: »Also: Steuerbordruderer der *Stolz*, Backbordruderer der *Ibisgau*! Rudert, Männer. Es geht um die Kerle dort drüben!«

Schrittweise kam Ordnung in das Durcheinander. Die Ruderer strengten sich an. Unmerklich langsam näherte sich die Küste. Erst allmählich bewegte sich das seltsame Gespann schneller. Es schien, als sacke die *Stern* nicht mehr länger durch.

Karidon ging in den Bug des Schiffes und spähte zum Ufer. Sie steuerten auf einen wasserlosen Abschnitt der Ostküste zu. Noch einige Verbindungen zwischen den Schiffen wurden gesichert, Taue und Knoten gestrafft.

Jehoumilqs laute Stimme schien die Männer wieder aufzurichten. »Beim Baal! Bringen wir diesen schwimmenden Haufen Feuerholz zum Strand. Zerbrecht die Henketkrüge nicht! Falls ihr überhaupt noch Punt-Bier habt, ihr Säufer!«

Nach einer Weile holte die *Chufu* auf, die alles Treibgut aufgefischt und an Deck verstaut hatte. Um den Bug hatte der Lotse dicke Taue gespannt. Das Schiff fuhr mit dem Bug ins Heck der *Stern* und schob die drei Schiffe an. Auch ihre Ruderer arbeiteten bis zur Erschöpfung. Langsam bewegten sich die Schiffe auf das rote Gebirge zu. Raubfische zogen enge Kreise um die Schiffe. Peser versuchte sie mit Pfeilschüssen zu vertreiben, gab aber bald wieder auf.

Karidon musterte die aufgetürmte Ladung auf dem Deck der *No-Amuns Stolz* und trank einen tiefen Schluck aus dem Krug, den ihm Ptah-Sokar entgegenhielt.

»Ich klettere auf den Mast und halte Ausschau nach einem brauchbaren Landeplatz«, sagte Karidon.

Ptah-Sokar schob Nebamun zum Bug und betrachtete ernst die drei nebeneinander liegenden Decks.

»Ich sage euch, wenn wir auf ein Riff auflaufen«, rief Nebamun und setzte sich auf einen Ledersack.

Eine Stunde später kräuselte ein Windstoß aus Osten das Wasser und füllte die zwei Segel.

Jehoumilq rief zu Karidon in den Mast hinauf: »Was siehst du?«

»Freies Wasser voraus. Im Norden sind wieder Riffe. Hinter ihnen ein Strand. Aber ich kann nicht sagen, ob er etwas taugt.«

»Ich hab's verstanden. Nicht aufgeben. Wir versuchen es.«

Verbissen und schweigend ruderten die Männer weiter. Der Wind half nicht viel, ebenso wenig wie das Schöpfen aus dem Rumpf. Drei Stunden lang segelten und ruderten die Schiffe in westliche Richtung, umgingen die Klippen und näherten sich immer weiter dem Strand. Erst um Mittag sah Karidon vom Mast aus eine weit vorspringende Sandbank, die bei Ebbe mit dem Land verbunden sein würde.

Er kletterte vorsichtig hinunter und rief: »Weiter geradeaus!«

»Auf den Berg mit der roten Zackenspitze zu?«, fragte Ahau-Tinofer.

»Genau dorthin!«

Später, mit zunehmendem Wind, segelte die *Chufu zweier Horizonte* voraus, erreichte vor dem Ausläufer der Sandbank flaches Wasser und warf den Ankerstein.

In brütender Mittagshitze ruderten die Männer, bis

Nebamun erleichtert rief: »Bei Chontamenti, dem Totengott: Bald setzen wir auf Grund auf!«

»Niedrigwasser.« Jehoumilq blickte durch die Luken in das gurgelnde Wasser im Rumpf des Schiffes neben sich. »Glück im Unglück.«

Die Ruderer ließen die Schäfte los. Das abgewetzte Kupfer dreier Kiele rumpelte und knirschte mit grässlichen Geräuschen über Sand und Kiesel. Die Schiffe kamen zum Stillstand.

Jehoumilq zog die Sandalen an und kletterte auf den nassen, von Muschelschalen übersäten Strand hinunter. »Das war's. Viel später hättest du nicht blasen lassen dürfen, Käpten.«

»Ich bin zu spät geweckt worden.« Der Kapitän hob die Arme zum Himmel. »Was nun?«

»Nun erwarten wir die Flut«, sagte Ptah. Dann lächelte er grimmig und feixte: »Vorher laden wir das Zeug aus und warten in aller Ruhe auf dich im Wadi Hammamat.«

Der Kapitän wechselte die Farbe und starrte ihn entgeistert an. Er war fassungslos und stotterte: »Das tut ihr nicht?!«

»Vielleicht lassen wir dir ein paar Krüge Wasser da«, nickte Ahau-Tinofer ernst. »Und etwas Salzfisch. Und natürlich deine vielfältigen Bruchstücke. Schließlich wollen wir beim Heimkehrfest etwas Spaß haben.«

Dann lachte er und schlug dem Kapitän auf die Schulter.

Kai-em seufzte erleichtert auf.

Zum Ausruhen war wenig Zeit. Die Ruderer lösten die vielen Stützen und Verbindungen zwischen den drei Schiffen. Im hüfthohen Wasser zerrten sie fluchend die Holztrümmer und das Segel auf den Strand. Das Wasser sank noch immer. Fingerbreit um Fingerbreit.

Der Kiel der *Stern* wurde mit Bohlen unterlegt, die Ruderer schoben die *Stolz* und die *Ibisgau* in tieferes Wasser zurück.

In der Flut schwammen die Rettungsschiffe frei und warteten weiter draußen vor den Ankersteinen.

Erst jetzt war zu sehen, dass drei lange Planken völlig eingedrückt waren, von innen nach außen gesplittert.

Die Ruderer aller drei Schiffe kippten den Rumpf erst nach Steuerbord, dann nach Backbord. Es war eine schweißtreibende Arbeit; die Rümpfe waren schwer zu bewegen. Aber ein Teil des eingedrungenen Wassers lief aus dem großen Loch an Backbord ab und am Nachmittag war kaum noch Wasser im Rumpf.

Aus dem Holz von Punt wurden neue Planken gesägt und eingepasst.

Jehoumilq strich prüfend über die tiefen Nuten der unbeschädigten Kielplanken. »An dieser Stelle biegt sich und federt der Rumpf am stärksten. Deswegen sind die Stützen des Mastes mehr belastet.«

»Es hätte noch schlimmer kommen können.« Karidon drückte die Fingerspitzen an die Schläfen. Hinter der Stirn und im Nacken pochte scharfer Schmerz. »Aber die Planken der *Lob der Kothar* sind so dick, dass sie's ausgehalten hätten.«

»Sei da nicht so sicher.« Jehoumilq schüttelte langsam den Kopf. »Der Boden aller Meere ist übersät mit den Wracks guter Schiffe und ein großer, schwarzer Friedhof guter Seeleute.«

Der Aufenthalt, der nötig war, um die *Stern* zu reparieren, dauerte fast zwei volle Tage. Dann wurde das letzte Wachs erhitzt, jeder Spalt wurde mit den Resten von Leinentüchern abgedichtet. Die unbarmherzige Hitze dörrte die letzte Nässe aus dem Rumpf. Die Ersatzrahen der *Ibisgau* und der *Chufu* wurden zusammengefügt, das Segel getrocknet und geflickt. Alle halfen. Schließlich zogen sie das Schiff in tieferes Wasser, wo es wieder beladen wurde.

Mit der Morgenflut ruderten sie der *Weihrauchland* und der Morgensonne entgegen und nahmen wieder Kurs auf das allerletzte Ziel jenseits des Meereshorizonts.

Karidon lag ausgestreckt neben dem Mast im Schatten des Segels. Er fieberte und hatte unsäglichen Durst. Kam sein Fieber von den Mücken, die aus den Ebbetümpeln des letzten Küstenstreifens aufgeflogen waren? Auf dem Meer gab es keine Stechmücken außer denen, die sich in Ritzen zwischen den Schiffsplanken versteckten.

Stunden vergingen im Halbschlaf. Wieder quälten ihn wirre Träume. Dazwischen hatte er lange Augenblicke von seltsamer Klarheit, während derer sich seine Gedanken beruhigten. Wozu, warum, wofür, so fragte er sich, musste er immer suchen und immer versuchen aus allem, was er sah und erlebte, etwas zu lernen? Um so zu werden wie Ptah oder Jehou?

Wieder fiel er in einen Fiebertraum. Er fühlte sich sterbenselend. Er merkte nicht, dass Ptah und Jehoumilq seine Stirn und die Brust mit nassen Tüchern kühlten und ihm scheußlich schmeckenden, heißen Sud einflößten, und wahrscheinlich war die Erinnerung an Askaia, die sich immer wieder lächelnd in seine Fieberträume schob, die letzte gute Erinnerung seines Lebens. Im Traum weinte und schluchzte er. Dann sah er plötzlich, ohne dessen Bedeutung erfassen zu können, ein seltsames Zeichen. Es bestand aus blauen Punkten. Ein geschwungenes Stiergehörn, darunter die Schneiden einer Doppelaxt mit kurzem Stiel, der an die unterste Stelle des Gehörns mündete.

Karidon fuhr stöhnend hoch. Er fühlte den Rand eines Bechers an seinen Lippen. Er trank und erkannte Jehoumilqs sorgenvolle Augen, aber er war zu schwach, um zu sprechen. Kannte Jehou die Bedeutung des Zeichens? Wofür stand es? Was hatte es mit den weißen Säulen des Hauses, mit Vater Mylos und Mutter Kara zu tun? Mit den Segeln, die er vom Rand der Terrasse aus gesehen hatte? Eine Folge von Gedanken, hart und präzise wie Meißelschläge in weißem Stein, rollte sich ab.

Stunden, Tage, Zehntage, Monde, Jahreszeiten und Jahre. Schleichend verstreichende Zeit, die vergangen war seit dem Schlag, der seine Jugend auslöschte. Mühsame Zeit, in der seine Erinnerungen deutlicher wurden und allmählich vage Gestalt annahmen. Auf dem langen Weg nach Punt und zurück, durch das Erwachsenwerden, durch Askaias zärtliche Leidenschaft fand er zu den Erinnerungen seiner Kindheit zurück.

Wieder versank er in seine Fieberträume. Er schlief, trank, fieberte, schlief wieder und fand sich selbst in einer anderen Welt: Jedes Bild hatte sich in sein Gedächtnis eingebrannt, jede Erkenntnis schmerzte, aber machte ihn stärker und älter und plötzlich sah er ein schmales, bärtiges Gesicht, dessen Lippen sich bewegten, und er hörte, dröhnend wie die Schläge der Baumtrommel, die Worte: *Durch Wissen und Können und dadurch, wie wir mit anderen Menschen umgehen und durch nichts anderes, unterscheiden wir uns von anderen.*

Er erkannte Mylos, seinen Vater, auf dessen Knie er saß und der auf Sterne, Ölbäume und den Widerschein des Mondlichts auf dem Meer zeigte. Und eine andere, raue

Stimme – war es die Stimme Jehoumilqs? – sagte: *Der verschlungene Pfad, den wir von der Jugend bis zum Sterben gehen, ist lang und führt durch steiniges Land. Es ist der Weg, auf dem du entscheidest, ob du als Schurke stirbst oder als Mann, um den die Freunde weinen.* Karidon versuchte die Wichtigkeit der nebelhaft schwebenden Traumbilder zu erfassen. Wer hatte gesprochen? Sicherlich waren es der geliebte Käpten und Freund Ptah, die mit ihm in den Wellen der Dünung schwammen, auf ein sicheres Ufer zu.

Als er endlich erwachte, frei von Fieber und Schmerzen, aber kraftlos, sah er die Erleichterung in den Gesichtern. Er wusste, er würde viel Ruhe brauchen und unendliche Mühen überstehen müssen, bis er all die wichtigen Zeichen seines Traumes in Worte fassen konnte.

Einige Stunden weniger als volle elf Tage trieb unerwarteter Wind die Schiffe nach Norden voran. Von den Bergen wehten lange braune und goldene Schleier, sanken ins Meer und verhinderten die Sicht auf die Küste. Die zerschlissenen Segel, übersät von aufgenähten Fetzen, blieben gebläht und wieder führte die *No-Amuns Stolz* die Flotte an. In der Nacht, in der niemand rudern musste, saß Karidon still im Heck des Schiffes und trank warmes Henket. Ruhig brannte die Öllampe. Ptah-Sokar und Ahau-Tinofer waren bei ihm.

Jehoumilq kam dazu. »Und ihr meint, wir kommen wirklich zurück zu den Gänsekeulen und dem guten Wein?«

Ptah-Sokar zuckte mit den Schultern. »Du weißt, wie's geht, Käpten. Die Mannschaft des ersten Schiffes lädt aus und marschiert zum ersten Brunnen im Wadi Hammamat.

Die Boten erreichen Koptos und alle anderen werden von einigen tausend Männern abgeholt.«

»Das heißt nicht, dass wir schon dort wären«, sagte Jehoumilq. »Wieder ein solcher Marsch durch die baalverdammte Hitze?«

»In dieser Jahreszeit ist es viel kühler, Jehou«, sagte Ahau-Tinofer.

Jehoumilq stöhnte. »Trotzdem. Ich schwitze schon bei dem Gedanken daran. Und mein ausgemergelter Ziehsohn, der treffliche Schreiber unserer Reise? Soll er auf Kinn und Knien kriechen?«

Ptah-Sokar antwortete: »Man wird den edlen, entkräfteten Schreiber Karidon, meinen Freund, zwischen zwei Eseln oder acht Männern in der Sänfte tragen. Zufrieden, Meereskapitän?«

»Von Karidons Freund habe ich nichts anderes erwartet.«

Ptah-Sokar kniff ein Auge zu und grinste Karidon an. »Während die Boten vorausrennen und die Soldaten sich sammeln, nehmen wir die Schiffe auseinander und stapeln deren Teile ebenso wie unsere Schätze.«

Jehoumilq schüttelte den Kopf. »Welch ein Aufwand für den göttlichen Geruch in den scheelen Nasen eurer Gottesdiener. In einem halben Jahr bin ich wieder auf der *Lob der Kothar*, befahre das Große Grüne und hol für euch Bronze.«

»Es ist eben so«, erwiderte Ptah-Sokar. »Waren und Schiffe werden zum Nil getragen, zusammengesetzt, beladen und bemannt nach Memphis gesegelt und gerudert, stromab, zur Stadt des Königs Amenemhet.« Ptah lächelte. »Er wird das größte und schönste Fest für uns feiern lassen. Und schon vorher, Freund Jehoumilq, wirst du im Schatten neben den Quellen von Henket und Wein liegen und es dir gut gehen lassen.«

»Wenn es so endet, dann ist es ein gutes Ende«, grinste Jehoumilq. »Großes Fest, wie? Dazu hat euer Amenemhet auch allen Grund!«

Er goss das letzte S'om-Henket in seinen Becher und starrte traurig den leeren Krug an.

**

Parennefer schichtete das Dutzend unterschiedlich großer Papyrusblätter aufeinander, wischte mit einem missbilligendem Gesichtsausdruck die kleinen Fetzen der ausgetrockneten Binsenmarkblätter von der Platte und knotete, tief in Gedanken versunken, das Lederbändchen um die Rolle. Er stellte sie aufrecht vor sich hin, hob den Kopf und nickte.

»Ich hab den Badeknecht gefragt und Amisu. Karidon hat am rechten Oberschenkel eine Narbe wie ein kleiner Stern. Und drei Muttermale über dem Herzen.« Er schob die Perücke einen Daumenbreit in den Nacken. »Und er hat die seltsamsten und schönsten grünen Augen, die ich je sah. Aber – wer hat schon grüne Augen?«

»Mein Bruder Aissos«, sagte Amina-Nefer. »Parennefer, meinst du, dass er es ist? Dass ich ihn gefunden habe? Und wo ist er?«

»Nun – er heißt Karidon, Grünauge, junger Kapitän. Er ist in Punt. Genauer: Sie sollten alle, und deswegen sind wir in Sorge, auf der Rückfahrt sein. Oder bereits am Strand des Langen Meeres.«

Er klatschte in die Hände. Amisu kam und brachte einen Krug mit Wein. Parennefer lächelte und sagte zu ihr:

»Amisu, die Herrin mir gegenüber, bei Ptah, Amun und meiner Hinfälligkeit, ist, glauben wir, die Schwester unserer Krabbe!«

Amisu erschrak. Der Krug zerschellte klirrend auf dem Boden.

Parennefer beugte sich zur Seite, sah die Größe des Weinflecks und murmelte: »Fast leer gewesen. Nun denn, hol einen anderen Krug.« Er lehnte sich zurück, faltete die Hände unter seinem schweren Brustschmuck und wartete, bis Amisu und Amina sich lange genug gemustert und schließlich angelächelt hatten. Dann sammelte Amisu die Scherben auf.

In geschäftigem Ton sprach Parennefer weiter. Er schien die Tränen in Aminas Augen nicht wahrnehmen zu wollen: »Es wird schwierig werden und wir werden lange reden müssen. All diese Schreiben ... Natürlich kenne ich den alten Schurken Cha-Rechmire. Ein Mann von großer Unduldsamkeit, ehrlich bis zur Unerträglichkeit, liebenswert nur nach fünf Schalen ungemischtem Wein; kurzum, ein guter Freund wie Jehoumilq. Du und Rechmire? Das sagt fast alles. Nun, Amina-Nefer, niemand weiß, wann Karidon-Aissos zurückkommt. Zunächst: Du kannst hier warten und im Zimmer des Kiebitzes wohnen. Oder ich schicke einen Schnellruderer nach Koptos und du wartest dort, bis sie die Schiffe durch das Tal geschleppt haben. Aber im Vertrauen: Hier wartet sich's angenehmer.«

»Ich danke dir, Parennefer, aber ich werde den Schiffen entgegenreisen«, flüsterte Amina-Nefer. Ihre Hände an der Trinkschale bebten. »Diese Male und Narben, die grünen Augen, das braune Haar ... Es kann niemand anderer sein als Aissos. Erzähl mir von ihm!«

»Lass dir alles von Amisu erzählen.« Er beugte sich vor

und sagte leise und vertraulich: »Sie liebt ihn, glaube ich. Auch sie liebt ihn.«

»Ihr liebt ihn alle, ja?« Aminas blaue Augen strahlten.

Parennefer nickte langsam. Dann sagte er mit ruhiger Stimme: »Späher warten schon auf die Flotte. Wird sie gesichtet, werden Boten rennen und paddeln. Ich bin einer von jenen, die es als Erste erfahren. Ein besegelter Schnellruderer kann in Koptos sein, lange bevor die Puntflotte in der Strömung hierher fährt. Bis dahin kannst du mir – oder noch besser: einem Schreiber aus dem Palast! – erzählen, was du in Byblos und all den anderen Städten, die du gesehen hast, erlebtest. Du musst sehr klug und entschlossen sein. Sonst wärest du tot. Wie lange hast du bis hierher gebraucht?«

»Volle dreißig Monde, Parennefer.«

Amisu kam mit einem frischen Krug. Parennefer bedeutete ihr sich zu setzen und zuzuhören.

Später führte Amisu die schöne, große Fremde in Karidons Zimmer.

Nachts saßen sie auf der Dachplattform, aßen, tranken und erzählten. Zwischen den Sternen schwebte der Sichelmond wie das kretische Stiergehörn durch die strahlenden Sterne.

**

Vier Tage, bevor der Mond Mechir endete, legte die *No-Amuns Stolz* als letztes Schiff in der Bucht des Beginnens an.

Es geschah, wie Ptah-Sokar gesagt hatte: Die Schiffe wurden entladen und auseinander genommen. Unzählige Männer bildeten eine neue Karawane durch die Wüste.

Eine Heerschar Träger und Lastesel wälzte sich nach Westen. Es dauerte fast einen Mond, bis die Besatzung der *Stolz* Koptos am Strom erreichte. Weitere Zeit verging, bis die Flotte wieder reisefertig war.

»Jetzt bringt unangemessene Eile weder göttlichen Segen noch erhöhtes Lob des Pharao.« Ptah-Sokar, der Kapitän, Jehoumilq und Karidon sahen zu, wie die letzten Vorräte an Bier, Wein, Essen und frischen Tüchern an Bord geschleppt und verladen wurden.

Es war Mittag. Die Sonne brannte, als bestünden ihre Strahlen aus weiß glühenden Speerspitzen. Ein halbes Dutzend Schiffe, von den Stromschnellen und aus anderen Städten kommend, wollte die *No-Amuns Stolz* begleiten.

»Wir bleiben auf unserem Schiff, feiern einen schönen Abend und legen bei Sonnenaufgang ab«, sagte Ptah-Sokar.

»So halten wir's, Großkapitän!« Jehoumilq deutete auf die Gebäude des Hafens. »Ich geh zum Badehaus, lass die Abkömmlinge meines Bartes und anderes Gehaare stutzen und bring zwei Krüge Wein mit ins Heck. Einverstanden?«

Ptah nickte und lachte Jehoumilq an. Der junge Rômet, dachte Karidon, schien den Palast nicht eine Stunde lang verlassen zu haben: Er war von der Sonne dunkel gebräunt, trug frische Tücher, strahlte und schwitzte nicht einmal. Er stand am halb leeren Kai und wirkte bedeutender als eine Reihe von zwölf Standbildern.

Ein kleiner Segler, von vierzehn Ruderern mit hoher Schlagzahl unterstützt, bog um die Säule des Kanalhafens. Hinter der *Stolz* legte der Schnellruderer an. Karidon und Ptah beachteten ihn nicht.

»Wir werden nicht bei Parennefers Gut anlegen, sondern weiterrudern«, sagte Ptah zu Karidon. »Der Goldhorus im Großen Haus ist ungeduldig. Er weiß von den Boten, dass wir zurück sind. Parennefer auch. Ihr werdet im Gästehaus am Rande des Palastbezirkes wohnen.«

»Soll mir recht sein«, murmelte Karidon. »Ich schlaf auch auf dem Schiff.«

Die letzten Krüge und Körbe wurden eingeladen. Ein Teil der Besatzung winkte zu Ptah hinüber und entfernte sich. Die meisten Männer gingen in die Schenken, denn die Stadt bewirtete jeden Puntfahrer, ohne Ausnahme, als sei er ein Gaufürst.

Ptah und Karidon waren allein. Sie gingen langsam zum Schiff. Karidon gähnte. Von der Bucht des Beginnens bis zum Strom war er zwar kaum mehr als zweitausend Schritte gelaufen, aber er fühlte sich immer noch schwach. Er ging hinauf ins Schiff, über die Planken zum Heck, stützte sich auf die Bordwand und sah hinunter zu Ptah. Ein paar Ruderer hantierten noch schimpfend im Kielraum und polterten mit Truhen und Krügen.

Plötzlich schien ein unbekannter Gott die Umgebung zu verändern. Ptah-Sokar drehte sich unnatürlich langsam um. Karidon sah, wie der Freund erstarrte, wie er seinen Blick auf etwas oder jemanden heftete, wie sein Kiefer sank. Ptah-Sokars Finger hoben sich zum Kopftuch, tasteten zum Gürtel, schließlich kreuzte er die Unterarme wie aus Verlegenheit vor der Brust und bedeckte mit den Händen Teile seines kostbaren Brustschmucks.

Eine große, schlanke Frau, hinter sich einen Schreiber und einen Ruderer, kam auf Ptah zu. Sie verzögerte ihre Schritte, ihre Arme sanken herab. Sie schien keine Rômet zu sein, obwohl sie so gekleidet und geschmückt war. Karidon erhaschte einen Blick in ihr Gesicht: Sie hatte Augen von durchdringendem Blau.

Sie sprach leise, ihre Stimme war dunkel. »Seid ihr die Heimkehrer von Punt?«

»So ist ... es«, antwortete Ptah mühsam. Zum zweiten Mal hörte Karidon seinen Freund stottern. »Wir haben die lange Reise ... überlebt.«

»Ich komme von Parennefer. Er beherbergte mich.«

Karidon lauschte und stellte fest, dass die schöne Frau fließend die rômetische Sprache sprach, aber die Vokale schärfer betonte. Sie sagte: »Damit ich dich anreden kann – wie ist dein Name?«

»Ptah-Sokar, Schönste.«

»Ich bin Amina-Nefer aus Kreta. Ich suche einen Grünäugigen, den ihr Karidon nennt und der Aissos heißt.«

Ptah sah nur ganz kurz zu Karidon hinauf. Karidon kannte weder die Frau, noch konnte er sich vorstellen, was sie von ihm wollte. Ptah und die Fremde machten gleichzeitig einen Schritt aufeinander zu. Sie starrten einander an, als wären sie verschollene Gatten, Geschwister oder Zwillinge.

Es schien, als habe Ptah-Sokar Schwierigkeiten deutlich zu reden. »Der grünäugige Karidon ist mein Freund«, sagte er.

Karidon fühlte kalte Schauer über seinen Rücken rieseln; die Schwäche in den Gelenken schrieb er dem kaum überstandenen Fieber zu.

Ptah sagte in mühsam erzwungener Kühnheit: »Es wäre schöner, wenn du mich suchen würdest!«

»Mir scheint, ich hab dich gefunden, ohne je nach dir gesucht zu haben, Ptah-Sokar. Wo kann ich Aissos-Karidon finden?«, fragte Amina.

Mit schwerer Hand, als trüge er einen Quader, deutete Ptah zum Heck des Schiffes. Seine Blicke ließen die fremde

Frau nicht los. Auch sie brauchte einige Atemzüge lang, ehe sie den Kopf hob und in Karidons Gesicht blickte.

Karidon blinzelte. Sollte er diese Fremde kennen?

Sie sprach ihn an: »Du bist der grünäugige Sklave, den Jehoumilq in Kition auf Zypern gekauft hat?«

Karidon nickte und löste seine Arme von der Bordwand. Er runzelte die Stirn und fühlte, wie sich sein Magen verkrampfte.

Nefer redete weiter: »Auf deinem rechten Oberschenkel hast du eine sternförmige Narbe. Auf der linken Brust drei Muttermale. Du erinnerst dich an Vater Mylos und Mutter Kara? Du bist als Kind geraubt und ins Bergwerk geschleppt worden. Sharsta, der Sklavenhändler, verkaufte dich an deinen Käpten. Du erinnerst dich an ein Haus hoch über dem Meer, an Kretas südlicher Küste?«

Karidon glaubte zu taumeln, ihm schwindelte. Das Fieber schien zurückzukehren. Wieder mischten sich Traumfetzen und bruchstückartige Erinnerungen in die Gegenwart.

»Das ist alles richtig. Wer bist du, Herrin, dass du das alles weißt. Oder vorgibst es zu wissen?«

Das Schweigen dauerte ein Dutzend Herzschläge und eine Ewigkeit. Die Fremde, Ptah-Sokar und Karidon waren starr wie Granitstatuen.

Schließlich sagte die Fremde: »Ich bin deine Schwester Amina.«

Karidon handelte wie im Traum. Er tastete sich vom Heck hinunter, balancierte über die Planke, ging an Ptah vorbei und blieb zwischen ihm und der Frau stehen. Sie war wenig jünger als drei Jahrzehnte. Sie zeigte Karidon ein blaues Stichbild, jenes Stierzeichen auf ihrer Haut. Es war das Zeichen, das er im Traum gesehen hatte.

»Das Besitzzeichen des Palastes von Knossos«, hörte er sich sagen. In seinen Ohren war ein helles Rauschen, in seinen Gliedmaßen ein taubes Gefühl. »Du bist … meine Schwester Amina? Lebt Mutter Kara noch? Hat dich … unser Vater geschickt?«

Amina taumelte. Ptah-Sokar fing sie auf, bevor sie zu Boden sinken konnte. Er hielt sie fest, sie klammerte sich an seine Schultern und starrte in Karidons Gesicht. Aus ihren Augen liefen Tränen. »Es ist wahr«, stammelte sie. »Ich habe dich gefunden. Aissos! Hier! Nach drei Jahren … Du weißt nicht, wer du bist? Wer wir sind? Ich beginne wirr zu reden. Sag, wer ist dieser junge Schönling, der liebenswerte, an dem ich mich festhalten muss wegen dir?«

»Das ist Ptah-Sokar, mein Freund, ein mächtiger Mann im Palast, und wenn du wirklich von Parennefer kommst, musst du seinen Namen und seine Bedeutung kennen.«

Karidon konnte seine Gefühle nicht beschreiben. Seine Blicke flackerten zwischen Ptah und Amina hin und her. Beide starrten ihn an, er starrte zurück, voller Empfindungen, die er nicht entschlüsseln konnte. Es war nicht Karidon, der sprach. Die Gedanken und Worte bildeten sich ohne sein Zutun. Er sagte: »Ich hab's gewünscht, ich hab mich zu erinnern versucht, meine Träume waren voller Bilder. Ich kann es nicht glauben, schöne Schwester. Man hat mir den Glauben und die meisten Erinnerungen aus dem Leib geprügelt in den Jahren im Bergwerk. Ich weiß nicht, was ich tun soll. Warten wir, bis Jehoumilq aus dem Badehaus kommt. Er ist der Klügste. Ich tue nichts, ohne ihn vorher zu fragen.«

Ptah-Sokar nickte und holte tief Atem. Er hielt Amina immer noch fest. Mit einer Stimme, die Karidon kaum wieder erkannte, sagte er leise: »Das Leben: ein Pfeil! O ihr

Götter. Ich stottere und stammle, schönste Freundin. Gehen wir in den Schatten. Kannst du mir glauben, dass ich seit zehn Jahren von dir geträumt hab?«

»Ja«, sagte Amina. Sie gewann ihre Fassung wieder und legte einen Arm um Karidons Schultern. Den anderen Arm hielt Ptah auf seiner Schulter fest. Langsam gingen sie, Amina zwischen Ptah und Karidon, auf die weißen Mauern und Wände einer Schenke zu.

Sie waren trunken, aber keineswegs betrunken, als Jehoumilq sie fand. Abermals sah er, geschoren und rasiert, befremdlich aus. Er holte sich einen Becher Henket, setzte sich zu ihnen, lehnte sich zurück und versenkte schweigend seine Blicke in die Gesichter Karidons, Aminas und Ptah-Sokars.

Er hustete. »Bei Baal und der regenreichen Ahitra oder wie sie heißt – die wahre Fröhlichkeit soll ich woanders suchen, wie?«

Amina antwortete: »Kapitän Jehoumilq. Du bist der wahre Schuldige, den Göttern sei Lob.« Sie schlang den Arm um seine Schultern und küsste ihn auf die Wange, bevor er ausweichen konnte. »Meine Suche, deine Suche – sie sind zu Ende. Ich bin Karidons Schwester.«

Jehoumilq verzog keine Miene. Wieder forschte er lange in ihren Gesichtern. Er schien nachzudenken und betrachtete Ptah-Sokars und Aminas Hände, die ineinander verknüpft zu sein schienen. Er zuckte mit den Schultern und brummte: »Es scheint der Abend der Überraschungen, die Nacht der Wunder und die Zeit der närrischen Verknotungen zu sein. Morgen berechne ich den Zins für das Silber, das ich für diesen dürren Fürstensohn gezahlt habe, und hol ihn mir in Knossos.«

»Du bekommst ihn von mir, Käpten. Knossos zahlt

nicht, was du ausgegeben hast, um nach Aissos' Familie zu suchen. Wir haben, sagt dein Freund Parennefer, viel Zeit, bis wir beim Palast sind. Wir erzählen dir alles.«

Jehoumilq deutete auf Ptah-Sokar und dann auf Aminas Schenkel, wo ihr Dolchgriff aus der Halterung ragte, und sagte, als habe er seit Jahren nichts anderes erwartet: »Es scheinen sich ein Nichtschwimmer und eine Dolche schwingende Frau getroffen zu haben. Wenn du, Amina mir – oder uns! – begreifbar machen kannst, was passiert ist, während ich im Badehaus im Wasser lag, wird sich meine grämliche Miene aufhellen, denke ich.«

»Es ist viel mehr, Käpten, als wir glauben können«, sagte Karidon. »Ein Wunder, ich schwör's. Lass dir erzählen!«

Jehoumilq hauchte die Ringe an seinen Fingern an und polierte sie am Schurz. Er grinste breit und sagte: »Dann fangt mal an.«

PHARAO AMENEMHETS FEST

Sie hatten ihr Ziel erreicht. Alle Schiffe der Puntflotte und die wertvolle Ladung waren stromabwärts bis zum Palast des gottgleichen Amenemhet gerudert worden. Die Männer gingen an Land.

Aber Karidon selbst und alles, was ihn umgab, schienen von Mattigkeit wie von einer Staubschicht überzogen zu sein. Kein Glanz war in seinem Gemüt und keine Freude. Er lief allein im Palastbezirk umher, auf die Tore und Mauern zu. Kaum nahm er die Schönheit wahr, die um ihn war. Links von ihm, an den Seiten des Verbindungskanals, erstreckten sich Gärten, Felder und Weiden hinter niedrigen Mauern und jungen Dattelpalmen. Noch waren aus den Häusern der Handwerker und Arbeiter die Hämmer, Webstühle, Hacken und Meißelschläge zu hören. Je weiter sich Karidon von dem Lärmen entfernte, desto mehr veränderte sich die Umgebung. Es gab mehr alte Bäume, mehr Schatten, mehr Steinbauten mit prächtig verzierten Fassaden, auf denen zwischen unzählbar vielen Schriftzeichen in strengen Reihen die farbigen Gestalten der göttlichen Herrscher riesengroß und machtvoll über Säulen und Dächer hinwegblickten.

Dort drüben, neben dem Schatzhaus, arbeitete Parennefer. Viele Ruderer, Steuermänner und Kapitäne, Freunde der langen Fahrt, würden nach dem Fest zu ihren Wohnorten entlang des Stromes reisen.

Karidons Gedanken waren lastend und träge. Askaia gab es nur in seiner Erinnerung und von Amisu hatte er nichts gehört. Seit der Ankunft – sie waren, wie abgemacht an Parennefers Gut vorbeigefahren – schienen Amina-Nefer und Ptah unsichtbar geworden zu sein. Was würde er in den nächsten Monden tun? Zuerst zum Fürstenpalast von Knossos segeln? Nicht einmal Jehoumilq wusste Rat.

»Das Fest …«, murmelte Karidon und suchte den Schatten der Weiden, »was kann es mir bringen?« Eigentlich sollte er fröhlich sein, zuversichtlich und voller Vorfreude, zufrieden mit dieser wunderbaren Wende in seinem Leben. Er zuckte mit den Schultern. Er hatte sich so sorgfältig herausgeputz wie ein Rômet: Die Falten des Tuches auf seinem Kopf waren starr, der Brustschmuck funkelte farbiger als die breiten Armreife, den rechten Saum des Schurzes zierte feine Goldstickerei. Aber, wie Ptah-Sokar es ausgedrückt hätte: Sein Ka zitterte. Er war nicht im Einklang mit sich selbst, seine Welt schien zu wanken. Sein Vater lebte zwar, aber seine Mutter und die Schwester Iola waren verschollen. Traurig dachte er, dass man ihre Spuren wohl niemals finden würde und dass sie kaum so viel Glück gehabt hatten wie er. Dennoch ging er festlich geschmückt und der Schmuck war Ausdruck einer feierlich erhöhten Stimmung; seine Haut roch nach feinem Kyphiöl, ein dünner Koholstrich schien seine Augenlider zu verlängern und helles Grün lag auf der Haut zwischen Augen und Brauen.

Karidon ging weiter. Als er das erste Tor aus Steinquadern und einer mächtigen Sandsteintraverse durchschritt, sah er sich dem Ende des Kanals und dem heiligen See gegenüber. »Wie Parennefer stets sagte«, murmelte er vor sich hin, »es ist wunderschön. Aber wo ist meine Schwester?«

Eine achtfache Palmenreihe erstreckte sich entlang der Seiten des Kanals. Karidon erblickte die *No-Amuns Stolz*. Zehn Soldaten bewachten die Ladung unter den versiegelten Luken. Nur Ipuki und Cheriuf waren, wie immer, im Heck.

Unter den Palmen verliefen steingesäumte Sandwege zum See. An den Wegen entlang standen Statuen von kauernden Mischwesen. Sie hatten Menschengesichter, Löwentatzen und Leopardenkörper. Im Spiel von Licht und Schatten des späten Mittags schienen sie sich auf rätselhafte Weise zu bewegen. Aber als Karidon seine Hand auf einen der Köpfe legte, fühlte er nur warmen Stein.

Aus dem Palast erschallte eine Fanfare. Allmählich begannen sich die Wege zu füllen. Einzelne Personen und kleine Grüppchen schritten vorüber. Jeder trug feine Kleider und bewegte sich gemessen. Manche setzten sich in den Schatten und tranken aus großen Henketbechern. »Und nachts wird ihnen allen übel, weil sie es nicht vertragen«, murmelte Karidon. Er ging an den Gestalten vorbei und blickte wieder hinüber zum Schiff. Jetzt sah er zum ersten Mal, wie verbraucht und zerschrammt die *No-Amuns Stolz* nach der Puntfahrt wirklich war.

Jenseits des Sees lag der Mittelpunkt von Amenemhets Stadt. Zwischen den Gebäuden kamen Priester hervor und eilten murmelnd vorbei. Bewaffnete marschierten in die gleiche Richtung wie alle anderen. Palastdiener spannten Sonnensegel auf.

Auch die Plätze aus weißen Platten belebten sich. Hinter Mauern ertönte Gelächter und Trommelschlag.

Karidon merkte, dass sich seine Stimmung langsam hob, und er hielt Ausschau nach Jehoumilq, Amina-Nefer und anderen bekannten Gesichtern. Er wanderte an den Statuen vorbei und grinste ihnen zu. Neugierde und Erwartung verdrängten nun die Verdrießlichkeit. Karidon entdeckte Peser und winkte ihm zu. Peser führte einen Zug von fünfzig Bewaffneten an. Alle waren Ruderer der Puntfahrt. Lärmend begrüßten sie einander.

»Allein, Kari?«, fragte Peser.

Karidon machte eine nachlässige Geste. »Alle anderen treffen sich vor dem Palast, hat Ahau-Tinofer gesagt. Hast du Ptah und meine Schwester gesehen?«

Peser schüttelte den Kopf, legte seine Hand auf Karidons Schulter und winkte seinen Leuten, dass sie zum Schiff gehen sollten. Karidon passte seine Schritte denen des Bogenschützen an.

Peser sagte: »Es gibt Gerüchte über Gerüchte, Kari. Wir sollen reich beschenkt werden. Von diesem Fest werden wohl beide Länder lange sprechen.«

»Wart's ab, Peser. Schauen wir erst einmal, welche Zeremonien wir über uns ergehen lassen müssen.«

Der Bogenschütze lachte dröhnend. Auf Anhieb verstanden sie einander wieder. Es war, als ob überhaupt keine Zeit vergangen wäre und als stünden sie am Strand von Punt.

Als sie weitergingen, lag die Fläche des Sees in reinstem Blau vor ihnen. Der Mittagswind kräuselte das Wasser, die Spiegelungen der tiefgrünen Palmwedel und der schlanken Stämme verzitterten in unzählige Bilder, ebenso wie die Säulenreihen, das Schiff und die Sonnensegel. Vom Goldzierrat der Zeltstangen blitzten Funken in alle Richtungen, sie blendeten Peser und Karidon.

Einer von Pesers Männern rief: »Dort kommt unser Kapitän! Hierher, Ahau-Tinofer!«

Der Käpten begrüßte die Steuermänner im Heck des Schiffes.

Hinter Karidon sagte einer der ehemaligen Ruderer: »Wo sind eigentlich die anderen Schiffe?«

Karidon deutete mit dem Daumen über die Schulter: »Sie liegen am Nebenkanal. Nur unser Schiff wird hier, vor dem Pharao, entladen.«

»Viel Ehre für uns alle!«

Immer mehr Menschen belebten nun die Wege. Sie strömten auch über den kurz geschorenen Rasen unter den Bäumen und über den Großen Platz. Aus allen Richtungen, zwischen fensterlosen Mauern hervor und aus dem Schatten aufragender Dächer kamen Männer und Frauen mit Krügen. Sie klapperten mit Bechern und Trinkschalen, andere schleppten Körbe herbei. Fanfarenstöße, begleitet von Trommelwirbeln, erklangen. Fröhliche Stimmung griff um sich. Jedermann schien angesteckt.

Karidon stand zwischen Peser, den beiden Steuermännern Cheriuf und Ipuki und Ahau-Tinofer im Heck des Schiffs. Jeder aus der Mannschaft kannte längst die Berichte vom Treffen Karidons mit seiner Schwester und schien ein wenig verlegen zu sein.

Bewundernd blickte Karidon über den Platz. »Amenemhet und seine Vorgänger haben eine schöne Stadt gebaut«, sagte er.

Ahau-Tinofer pflichtete ihm bei und Peser nickte: »Ich war noch nie in der Palaststadt.«

»Wir sehen sie heute auch zum ersten Mal richtig«, meinten Cheriuf und Ipuki.

Nebamun und Jehoumilq saßen unter einem Sonnensegel. Sie winkten und lachten. Vor sich hatten sie Henkelkrüge stehen.

Cheriuf sprang von der Planke und rief: »Es fehlt nur noch Chutaui mitsamt seinen stinkenden Gewürzen. Der große Verschlinger gebratener Hunde sitzt gemütlich im Schatten.«

Karidon stimmte in das Gelächter ein. Bis heute ging das Gerücht, dass der Koch, während er ein köstliches Stück Fleisch anpries, Gazellenbraten mit Hundefleisch verwechselt hatte.

Jehoumilq rief herüber: »Und wann fängt das Fest eigentlich wirklich an?«

»Wenn alle versammelt sind!«

Meriere und Menkaura von der *Weihrauchland* und der *Herr beider Länder* kamen hinzu. Ein zweiter Zug Bewaffneter verteilte sich entlang der Mauern und zwischen den Säulen.

Ipuki nickte Karidon zu und deutete auf einen Wall sorgfältig gestutzter Büsche. »Bis uns das Volk zujubelt, können wir uns noch die prächtige Stadt des Pharao ansehen. Hast du schon Parennefer besucht? Und die kleine Amisu gesehen? Parennefer hat etwas für dich.«

Karidon schüttelte den Kopf. »Weder sie noch ihn. Gehen wir zu den anderen und trinken Henket, ja?«

Über Rampen und Treppen, vorbei an Säulen und bunten Mauern kamen sie zum Großen Platz zurück. Musiker waren aus den Häusern und Hallen gekommen und versammelten sich auf der Plattform hinter den schlanken Säulen. Unter den Sonnensegeln hatte sich eine große Gruppe zusammengefunden.

Karidon und Ipuki erkannten die Begleiter der Fahrt beinahe nicht wieder: Alle Kapitäne und Steuermänner trugen lange, schwarz glänzende Perücken, die Schurze waren weiß und gestärkt, hatten goldene und farbige Säume, und an den Hälsen der fast schwarz gebrannten Männer funkelten ebenso prächtige Schmuckstücke wie an Karidons Brust. Auch die Lotsen trugen ihre schönste Ausstattung. Die Gesichter waren fein geschminkt, an vielen Händen glänzten Siegelringe.

Sie begrüßten einander herzlich und laut.

Nun hämmerten und dröhnten aus verschiedenen Richtungen dumpfe Schläge großer Trommeln. Die Aufregung nahm zu.

Jehoumilq schwenkte seinen Becher und zeigte lachend auf die Menschen, die sich eilig zum Großen Platz begaben.

Fanfarenträger stellten sich entlang der Tempelfassade in einer Reihe auf. In den Takt der Trommeln, der schneller wurde, mischten sich helle Doppelschläge kleiner Schlaginstrumente. Tauben flatterten auf und kreisten über den Dattelpalmen und Säulen.

Die Soldaten formierten sich entlang der Gebäude zu zwei Reihen, die vor dem Doppeltor des Großen Hauses endeten. Hinter den Soldaten drängten sich Besucher und mehr als ein Viertel der Einwohner.

Auf ein Zeichen hin erhoben die Männer zugleich die Fanfaren und bliesen. Ein gellender, schriller Laut fuhr über die Höfe und Zierteiche hin, brach sich an den Wänden und verlor sich zwischen den engen Häusern der Arbeiter. Die reich verzierten Torflügel schwangen auf. Der Duft von feuchtem Gras und, einige Atemzüge später, von verbrennendem Weihrauchharz drang heraus.

Getragen von zwölf Soldaten mit bunten Wedeln auf den Lederhelmen, erschien der Thronsessel. Der Goldhorus umfasste die goldenen Löwenköpfe der Armlehnen. Seine Finger waren fast unbeweglich im Schmuck der schweren Ringe. Würdenträger fächelten mit bunten

Straußenfederwedeln an langen Stangen und vertrieben die Fliegen. Die Menschen jubelten und warfen sich zu Boden. Seerosen und Lotosblüten flogen durch die Luft und auf den Weg, den der König beider Länder nahm.

Jehoumilq zog die Finger aus den Ohren. »Jetzt fängt das Fest, scheint's mir, erst richtig an. Und das alles wegen uns! Zufrieden, Krabbe? Glücklich?«

Karidon wusste nicht, was er antworten sollte.

Die Soldaten schlugen mit den Bronzeköpfen der Streitkolben gegen die Schilde. Erschreckt, als sei der Habicht zwischen sie gefahren, änderten die Taubenschwärme ihre Richtung. Die Reiher in den Gehegen schrien, als die Bläser in ihre Instrumente stießen. Behutsam setzten die Träger Fuß vor Fuß. Sie umklammerten die Tragestangen auf ihren Schultern und folgten dem Träger der königlichen Sandalen zu der Rampe, die zur obersten Plattform einer Terrasse führte. Die Wedelträger bewegten gemessen ihre großen Fächer. Flöten, Harfenklänge und Trommeln begleiteten jeden Schritt. Dem Platz und dem Garten zugewandt über den Stufen stand ein vergoldeter Sessel auf großen Matten aus Stoff und Flechtwerk. Hinter den Thronträgern und einigen Mitgliedern der königlichen Familie marschierten Soldaten. Karidon erkannte Pesers Bogenschützen.

Er hielt Ausschau nach seiner Schwester. Aus den Augenwinkeln erblickte er eine Frau, die er glaubte zu kennen. Sie schien ihn ebenfalls zu kennen, breitete die Arme aus und kam mit unsicherem Lächeln auf ihn zu. Ihre Schritte wurden schneller, sie rannte. Als sie lächelte, durchfuhr es ihn: Es war Amisu! Älter, erwachsen und schön.

»Amisu! O ihr Götter!«, rief er und lief ihr entgegen.

Amisu hob die Hände. »Karidon, Grünauge! Junger Fürst von Kreta! Parennefer hat auch uns eingeladen.«

Karidon starrte sie bewundernd an. Sie war geschminkt wie eine Rômet, trug ein Tuch mit Stirnreif, einen halbmondförmigen Brustschmuck und ein weißes Leinenkleid mit breiten Bändern über der Brust. Sie war schön.

Karidon und Amisu umarmten sich; Amisu hängte sich an seinen Hals, dann legte sie die Hände auf seine Schultern und sagte: »Großer Punt-Kapitän! Ich freu mich so ... ich finde keine Worte. Deine Schwester und ich, sie hat mit mir geredet, als sei ich eine Fürstin; wir sind Freundinnen! Du bist zurückgekommen, ihr alle, und der Herrscher ehrt euch. Denk dir: Auch ich hab Bruder und Schwester wieder gefunden, so wie du.«

Karidon hielt ihre Handgelenke und sah in ihr aufgeregtes Gesicht, in die Augen, die durch die helle Schminke noch größer schienen.

Leise sagte er: »Ich hab's dir doch gesagt, damals, dass alles gut gehen wird. Erzähl! Wo lebst du jetzt, wie geht es dir, wie hast du deine Geschwister gefunden?«

»Das ist eine lange Geschichte, Kari. Ich bringe dich später zu ihnen, zu meiner Schwester Arouz und meinem Bruder Wolar. Ich wohne noch bei Parennefer und gehe jetzt auch in die Schreibschule!«

Amisu nahm seine Hand und drückte sie.

Jetzt tauchte die Spitze des Zuges in den Schatten der Mauern und Palmwedel ein und bewegte sich hinter dem Wald der schlanken Säulen aufwärts. Sonnenstrahlen trafen nun die goldene Natter, die sich an der weißroten Doppelkrone Amenemhets aufbäumte. Frauen und Kinder aus den Gemächern der Herrscherin betraten die Terrasse und bildeten Gruppen an den Enden.

Neben Karidon sagte Kapitän Ahau-Tinofer leise: »Aus dem dunklen Ozean des Gottes Nun erscheint der strahlende König, der beide Länder vereint. Für ihn sind wir nach Punt gefahren. Ist das deine neue Freundin, Kari? Wo ist deine Schwester?«

»Eine alte … nun, junge Freundin. Erkennst du Amisu aus Parennefers Gut nicht wieder?«

Von Amenemhets Kinn hing der zeremonielle Bart bis zur Mitte des halbmondförmigen Brustschmucks. Die Träger setzten, Fingerbreit um Fingerbreit, das Gestell und den Sessel ab; der Gottkönig schritt zum Sitz über den Stufen. Wieder warfen sich die Menschen zu Boden.

Karidon lief zu Jehoumilq, der ihm aufgeregt zuwinkte. Er und Karidon waren die Einzigen, die sich nur kniend tief verbeugten, ohne mit der Stirn den Boden zu berühren.

Karidon betrachtete Amenemhet. Die Haut des Gottkönigs war eine Spur dunkler als die der meisten Rômet. Trotz der Farben der Schminke und der grünen Malachitpaste auf seinem Gesicht sah Karidon scharfe Falten zwischen Kinn und Nase und in den Augenwinkeln. Der Pharao sah fast wie ein hellhäutiger Nubier aus, aber seine leicht gekrümmte Nase und die Lippen waren schmal. Sie zeigten Alter und Erfahrung eines Vierzigjährigen. Die eng anliegenden Ohren waren ungewöhnlich groß. Aus dunklen Augen, die durch Farbstriche noch größer erschienen, blickte Amenemhet ruhig auf die vielen Menschen hinab. Er schlüpfte in die Sandalen, ging zum Sessel vor der Treppe. Er setzte sich und schien an dem Aufwand wenig Bemerkenswertes zu finden. Er überblickte alles. Von rechts und links trieben Weihrauchschwaden heran; die Wedelträger bewegten die Fächer schneller. In den Händen trug Amenemhet, der jetzt die Punt-Kapitäne anblickte, Wedel und Stab. Die große Gürtelschnalle blitzte auf.

Einen Schritt hinter Amenemhet blieb Ptah-Sokar stehen und winkte nach links. Der Mann neben ihm war also Userhet, Ptahs Freund und Amenemhets rechte Hand. Das Sonnensegel über dem Thronsitz war an reich geschmückten Schiffsmasten befestigt, auf denen Falken aus Gold, Silber und Karneol saßen. Vorleser und Priester näherten sich dem Gottkönig, über die Stufen wimmelten Kinder mit kahlen Köpfen und Seitenzöpfchen, die Trommler und Fanfarenbläser sammelten sich auf dem hinteren Teil der Terrasse.

Umgeben von sieben Bogenschützen kam Amina-Nefer aus dem Vorbau des Palastes auf die Gruppe der Kapitäne zu; ihre Blicke suchten Karidon. Er winkte.

Die ausgesuchte Ladung der Puntschiffe war wie eine halbrunde Mauer mit einigen Durchgängen vor der untersten Stufe gestapelt.

Auf dem großen Platz wurde es leiser. Userhet schlug die Zipfel seines Kopftuchs zurück und trat an den Rand der Terrasse. Alle Blicke richteten sich auf ihn.

Er begann zu sprechen: »Ein glücklicher Tag für das Rote und das Schwarze Land.« Er breitete die Arme aus. »Voll Wohlwollen blickt der König beider Herrinnen, die unsere Länder schützen, auf die prächtigen Schätze aus dem fernen Punt. Zwölf Schiffe sind ausgeschickt worden und alle sind zurückgekommen, die Bäuche geschwollen von Gold und Weihrauch. Seekapitän Jehoumilq aus Byblos war den tapferen Kapitänen des Gottkönigs ein Berater, ohne den, wie unser guter Herr erfuhr, keines der Schiffe das ferne Land erreicht hätte.«

Jubelgeschrei brandete auf. Userhet winkte den Kapitänen, die näher kamen.

Plötzlich war Amina-Nefer an Karidons Seite. Er fühlte sich von Ahau-Tinofer und Jehoumilq an den Oberarmen gepackt und vorwärts geschoben.

Als das Gemurmel wieder anschwoll, hob Userhet die Hand. »Zum ersten Mal kennen wir nun den Kurs zum Weihrauchland und den sicheren Rückweg, Wasserstellen und Täler, in denen man jagen kann. Karidon, Schreiber der Flotte, Ziehsohn Kapitän Jehoumilqs, schrieb alles auf und malte schöne Bilder.« Seine Blicke huschten über die Kapitäne und blieben an Karidon haften. »Wenn wieder eine Flotte nach Punt fährt, wird jedermann den Meeresweg und die Brunnenbuchten leicht finden. Im Tempel ist deine Schriftrolle sicher verwahrt.«

Karidons Knie wurden weich. Amina strahlte ihn an, dann blickte sie auf Ptah-Sokar. Mühsam hob Karidon den Kopf; er wusste, dass die begeisterten Rufe ihm allein galten. Jetzt nickte Amenemhet Ptah-Sokar zu, der vortrat und neben Userhet stehen blieb. Wieder mussten sie mit Handbewegungen den Jubel unterbrechen.

Ptah-Sokar rief: »Ich wurde bestimmt, die Schiffe sicher nach Punt und zurück zu bringen. Ich segelte auf der *No-Amuns Stolz* und teilte mit Kapitänen und Ruderern die letzten Wassertropfen. In einer Nacht wurde ich von dem jungen Schreiber unserer Flotte vor dem Ertrinken gerettet und so konnte ich meinen Auftrag bis zum guten Ende erfüllen. Seht her, was wir mitgebracht haben: Sontjer-Weihrauch für die Götter, für unseren Herrscher und die Tempel, für viele Jahre, Säcke voll Anty-Myrrhe, Gold, Ebenholz und gewaltige Schätze für unser Schatzhaus.«

Er sah Karidon an, winkte Amina und kniff das rechte Auge zu. Amenemhet reichte Userhet seine göttlichen Herrscherwerkzeuge, stand auf und rief mit ruhiger, aber mächtiger Stimme: »Nun ist der Weg ins Land von Gold, Weihrauch und Schwarzholz geöffnet. Unsere Götter haben ihre Hände schützend über die tüchtigen Kapitäne gehalten. Aus dem Großen Haus und der Schatzkammer soll jeder belohnt werden; jeder Kapitän, Steuermann, Soldat, Lotse und Ruderer. Geht zu den Schreibern der wohl geordneten Listen, meine tapferen Bezwinger unbekannter Meere. Dort ist verzeichnet, welche Besitztümer auf euch warten.«

Amenemhets Worte schienen sich an jeden Einzelnen der Männer zu richten. Karidon sah sich um. Es war, als ob der Platz zwischen den Säulen und Mauern am Ende des Kanals sich in eine Insel verwandelt hätte, auf der die letzten Sonnenstrahlen des Nachmittags den Herrscher und die Kapitelle der Säulen aus dem Nebel des Weihrauchs heraushoben.

Karidon hörte Jehoumilq und Ahau-Tinofer jubeln. Er selbst verstand nicht ganz, was diese Versprechungen wirklich bedeuteten.

Hinter Ptah-Sokar und Userhet schob sich Parennefer in die Nähe des Thronsitzes. Der Gottkönig lächelte offen und freundlich. Er beschrieb mit ausgestrecktem Arm einen Halbkreis. »Jeder wird belohnt. Seid fröhlich wie die Segler und Ruderer der Puntschiffe. Esst und trinkt, seht den Tänzen zu, vergnügt und freut euch, denn wieder wurden die Grenzen des Roten und Schwarzen Landes weiter in die Ferne gerückt und befestigt. Nehmt teil an der Freude, die das Große Haus erfüllt.«

Er drehte sich halb herum, deutete auf die Trommler und Fanfarenbläser, winkte den Kapitänen und setzte sich. Er wirkte jetzt viel weniger starr als zuvor.

Ein betäubender Lärm brach aus, alles quirlte durcheinander. Ptah-Sokar winkte und Karidon lief mit Amina die Stufen hinauf. Als er Parennefer begrüßte, legte ihm Ptah die Hand auf die Schulter.

»Nun?«, sagte Parennefer. »Zufrieden mit dem Geschenk, Kari?«

Auch er schien mehr zu wissen. Er zog unter dem goldenen Armreif ein schmales, eng gerolltes Papyrusblatt hervor und reichte es Karidon. Er nickte dankend, sah von einem zum anderen, stand nur fünf Schritte vom Pharao entfernt und fand sich plötzlich im Mittelpunkt von Menschen, die ihn neugierig anblickten und berührten.

Er drückte Amisus Hand und sagte: »Wenn ich erfahre, was man mir geschenkt hat, werde ich ganz bestimmt zufrieden sein müssen.«

Ptah-Sokar lächelte. Auch er verbarg eine Überraschung. »Ich kann nicht zulassen, dass mein Lebensretter unzufrieden bleibt«, lachte er. »Sag du es ihm, Parennefer.«

»Ja, gern. Also, Karidon, hör zu: Jehoumilq und du, ihr werdet zu meinen Nachbarn. Da steht ein Gut leer, dessen Herr vor einem Jahr starb. Immer, wenn euer Schiff in Memphis liegt, werdet ihr die Herren des Hauses sein; dies gilt auch für Amina-Nefer. Es ist ein schöner Besitz. Nicht zu groß, ihr werdet einen tüchtigen Verwalter brauchen.« Er lächelte. »Oder eine junge Verwalterin, die diese Fertigkeit bei mir gelernt hat.« Parennefer nickte Amisu zu. »Deshalb lernt sie Schreiben und Lesen.«

Karidon hörte die Worte, aber er verstand alles erst, nachdem er sich schweigend mit deren Bedeutung beschäftigt hatte. Er holte Atem und sagte: »Jehoumilq und ich, ein Leben wie in deinem Haus, deinem Garten … Und vielleicht Amisu als Verwalterin …«

Parennefer deutete auf das ungeöffnete Papyrusröllchen und brummte verdrießlich: »Genau das ist es, bei Amun! Schreiber haben's notiert. Aber da ist noch etwas.«

»Noch mehr?« Die Aufregung lähmte Karidons Gedanken. Er zeigte auf Jehoumilq: »Und was sagt er dazu?«

Der Druck von Ptahs Hand auf seiner Schulter verstärkte sich. »Warte, Kari.«

Parennefer sah mit weisem Blick in Karidons Augen und redete weiter. »Du sollst mit Ahau-Tinofer oder anderen Kapitänen und mit der *No-Amuns Stolz*«, er betonte jedes Wort, »nach Byblos oder Kreta segeln, vielleicht auch wieder nach Punt oder über das Rote Meer. Wenn Ahau alt wird oder ein anderes Schiff befehligt, sollst du der Kapitän sein. Freust du dich, Kari?«

Karidon hatte begriffen, dass die Männer die Wahrheit sprachen. Noch wehrte er sich dagegen, die Geschenke innerlich in Besitz zu nehmen. Seine Gedanken beruhigten sich nur langsam; er hörte sich keuchen: »Das ist viel mehr, Ptah«, er sprach rau und trocken, »als ich wollte und verdiene. Ich hab davon nicht einmal geträumt. Ich ... es ist schön. Es bedeutet sehr viel mehr. Es ist ... zu viel, wisst ihr?«

»Wenn's einer schafft, dann du.« Ptah lachte kurz. »Natürlich nicht in einem Siebentag.«

Karidons Blicke suchten Amisu und Jehoumilq. Seine Kehle war trocken wie seine Lippen. Er forschte in den Gesichtern Aminas, Parennefers und Ptahs und warf einen scheuen Blick auf den Herrscher: Er sah nichts als Ehrlichkeit und Wohlwollen.

Der Blick Amenemhets ging über die Weite des Palasthofes hin bis zum Steinrand des Teichs und zur *No-Amuns Stolz*. Ruhig saß er inmitten der vielen Menschen, die sich auf den Stufen bewegten. Stets blieb ein Kreis um ihn herum leer, mehr als zwei Speerlängen weit. Die Sonne stand tief. Jeder Gegenstand warf lange Schatten.

Karidon sah Parennefer an: »Aber … darf ich heute noch im Kiebitzzimmer schlafen, Herr?«

»So lange du willst. Amisu und du, ihr werdet euch viel zu erzählen haben. Jehou und du, ihr wartet bei mir auf Balmahor und die *Lob der Kothar*. Bleibt und erholt euch! Auch ihr werdet viel zu besprechen haben. Und jetzt lies endlich, Kari, was auf dem Blatt steht.«

Parennefer winkte den Kapitänen, ging ein paar Stufen hinunter und rief: »Ich bin gleich bei euch.« Dann wandte er sich noch einmal an Karidon: »Geh zu den Tänzerinnen, trink und sei fröhlich. Die ganze Stadt feiert euer Fest.«

Karidon ging langsam Stufe um Stufe hinunter. Seine Finger nestelten am Knoten des Bändchens, er zog das Blatt auseinander, drehte es richtig herum und las schweigend. Plötzlich erfasste Schwäche seine Knie und er setzte sich auf die Stufen. Jehoumilq und Ahau-Tinofer warteten, neben Karidon standen Amisu und Amina. Auch sie schienen den Inhalt des Schreibens nicht zu kennen.

Karidon las: »Dies schreibt der Statthalter des großen Königs an Steuermann Karidon aus Kreta, Ziehsohn von Kapitän Jehoumilq; Boten werden es zum Gut des Obersten Kapitäns der Königlichen Flotte bringen, zu Parennefer; er lebe ewiglich. – Ich habe von sieben Kapitänen, Spähern, Fischern und Händlern erfahren, was Jehoumilq wissen wollte: An der Südküste Kretas, in Phaystos, hat Karidons Familie ein Haus. Man berichtet, dort leben Vater und Tochter. Vom Schicksal der Mutter und der jüngeren Tochter wissen sie nichts. Ich schreibe selbst mit beiden Fingern – ich kann nicht sagen, ob es die Wahrheit ist, aber die Kapitäne schworen es. Den Dank Kapitän Jehoumilqs habe ich schon. Möge sein Besuch nicht lange auf sich warten lassen.«

Karidon gab Amina das Schreibblatt, stand langsam auf und schloss die Augen. Er spürte, dass er nahe daran war, zu weinen. Er hob den Kopf und flüsterte: »Ich danke dir, Kapitän Jehoumilq. Nun habe ich eine halbe Familie. Wir werden also nach Hause segeln, nicht wahr?«

»Sobald wir die Südküste Kretas ansteuern, Krabbe«, sagte Jehoumilq leise. »Sie haben dir alles gesagt, nicht wahr? Bei Rudraja, der Leuchtenden – wir sind reich. Du wirst ein eigenes Schiff haben! Los, zeigen wir den Rômet, wie man feiert, Krabbe. Bring Ptah und deine Schwester mit. Komm.«

Karidon zog Amisu mit sich. Ptah betrachtete Amina, als sähe er sie zum ersten Mal. Karidon ging schnell zu den Kapitänen hinüber. Zweimal drehte er sich um und blickte den Gottkönig an. Amenemhet trank aus einer goldfunkelnden Schale, schien den Weihrauch einzuatmen und unterhielt sich mit den Frauen und den Kindern, die an seinen Knien lehnten.

Jehoumilq folgte Karidon, zog ihn zur Seite und sagte: »Du hast allen Grund heiter zu sein. Trink, Kari!«

Karidon nickte und sagte: »Aber ich war noch nie verwirrter als heute, glaub's mir.«

Sie gingen zu einer Gruppe Frauen, die Wein aus großen Krügen schöpften. Jehoumilq verlor plötzlich seine Heiterkeit und blickte Karidon über den Rand des Bechers an: »Hast du begriffen, dass uns Ptah ein gutes, sorgenfreies Leben verschafft hat? Wir haben's verdient, hart genug. Die nächsten Jahre, Krabbe, wird es uns so gut gehen, wie nie zuvor. Die werden Augen machen in Byblos, wenn du in ihren Hafen segelst, mit der alten *Stolz*. Und wenn erst dein Vater, auf Kreta ...!«

»Wir werden trinken und fröhlich sein, Kapitän!«

Karidon nahm einen Schluck. Er war überwältigt, aber noch musste Zeit vergehen, bis er das Ausmaß seines Glücks richtig verstand. Ptah-Sokar und Askaia hatten ihm gezeigt, dass er erwachsen war, ein junger Kapitän. Amisu wartete auf ihn. Er wusste, wohin er steuern würde. Er stand im Heck eines Schiffes, das sein Leben war, aber er musste lernen Steuer, Segel und sich selbst richtig zu führen.

Wind kam auf und wirbelte den Rauch der Feuer auf, über denen Fleisch und Fische brieten, vermengte Stimmen und Musik. Die Schatten wuchsen dem Kanal entgegen. Ein paar Atemzüge lang war es um Karidon still. Er lauschte auf den Klang der Harfensaiten. Dann leerte er den Becher, lächelte und merkte, wie seine Freude langsam Jehoumilq, Amisu und Amina-Nefer und jeden in seiner Nähe anzustecken begann. Er blieb stehen, legte den Arm um Amisus Schultern und starrte das Schiff an. Die *No-Amuns Stolz* verdeckte die Scheibe der Abendsonne. Ihr Licht schien die rissigen Planken in Gold zu verwandeln.

ENDE

GLOSSAR

Amenemhet
Pharao Amenemhet II. regierte von 1929 v. Chr. bis 1892 v. Chr. Er war Mitherrscher seines Vaters *Senwosret*. Der Begriff Pharao bezeichnete zunächst den Herrscherpalast, das Große Haus. Erst ab ca. 1500 v. Chr., im Neuen Reich, wird der Titel mit dem Palast gleichgesetzt. Der Aufbau des zentralistisch regierten Staates glich einer Pyramide. Der Pharao, der Sohn der Sonne an der Spitze, galt als gottgleicher Herrscher. Unter der Herrschaft Amenemhets II. erlebte das Land eine Blütezeit.

Amun Re-Harachte
s. Götter

Anty
Myrrhenharz. Wächst in Höhen bis zu 2000 m zu beiden Seiten des Roten Meeres, in den ostafrikanischen Bergen und auf der arabischen Halbinsel. Anty war ein begehrtes Handelsgut. Neben seiner Verwendung als ätherisches Öl wurde es auch als Heilmittel, z. B. als entzündungshemmender Bestandteil vieler Kosmetika, als Zahnreinigungsmittel oder für Hautsalben gebraucht.

Apis-Stier
s. Götter

Baal
s. Götter

Byblos
(damals Gubla) Seit dem 3. Jahrtausend v. Chr. wichtige phönizische Hafenstadt. Byblos am *Zederngebirge*, dem heutigen Libanon, war der Endpunkt einiger Handelsstraßen u. a. für Tannen- und Zedernholz, das zum Schiffs-, Haus-, Palast- und Möbelbau verwendet wurde. Von ca. 1500 v. Chr. bis 600 v. Chr. standen die Hafenstädte am *Zederngebirge* unter pharaonischer Verwaltung.

Deben
Maßeinheit. Die kleinste Verrechnungseinheit war das Kite =

9,1 g. 10 Kite ergaben ein Deben, also 91 g. Dabei gab es unter anderem folgende Wertverhältnisse: 5 Deben Eisen = 1 Deben Gold; 40 Deben Eisen = 1 Deben Silber (Silber, weitaus seltener, war fünf bis achtmal teurer als Gold). Zwischen 45 und 200 Deben Kupfer tauschte man in der fraglichen Zeit gegen 1 Deben Silber. Kupfer-Deben waren oft doppelt so schwer wie Gold-Deben.

Gau
s. Tameri

Götter
Die ägyptische Kultur war vollständig von der Religion durchdrungen. Sie war ausgerichtet auf die Zeichen und Worte der Götter aus den Tempeln und aus dem Mund des gottgleichen Pharao. Er schuf die Verbindung zwischen Gott und Mensch, indem er die Menschen gegenüber den Göttern vertrat und umgekehrt. Er verkörperte auch den Schöpfergott und übernahm seine Aufgabe, das Chaos zu ordnen. Ziel der Götterverehrung war es wiederum, die bestehende Ordnung zu erhalten oder möglichst zu erhöhen. Die ägyptische Religion umfasst zahlreiche Einzelgottheiten.
Amun Re-Harachte: Sonnenlicht. Sonnengott, falkenköpfig und mit einer Sonnenscheibe auf dem Kopf dargestellt.
Apis-Stier: Gott der Fruchtbarkeit. Trägt eine Sonnenscheibe zwischen den Hörnern. Eng mit Ptah, dem Hauptgott von *Memphis*, verbunden. Bekanntester der zahlreichen Stiergötter.
Baal: Fruchtbarkeitsgott der vorisraelitischen Bewohner Kanaans und der Phönizier.
Hapi:
Flussgott und der Strom *Nil.*
Horus: Falkengott, Himmels- und Lichtgott, Sohn von Isis und Osiris. Wurde zum Königsgott, da jeder lebende Pharao Horus war.
Ptah: Menschengestaltiger Gott. Schutzpatron der Handwerker und bildenden Künstler und Schöpfergott. In *Memphis* wurde ihm ein großer Tempel geweiht.
Sobek: Krokodilsgestaltiger oder krokodilsköpfiger Gott.
Thot: Gott der Wissenschaft, des Rechnens, des Schreibens und der Schreiber. Oft pavian- oder ibisköpfig dargestellt.

Hapi
s. Götter

Henenu
Im Jahr 2001 v. Chr. leitete Henenu, der Vertraute des Pharao Mentuhotep, eine Expedition nach *Punt.* Auch er drang mit zerlegten Schiffen durch das Wadi Hammamat (damals Tal Rohani) bis zur Küste des Roten Meeres vor. Ein königlicher Be-

amter ließ vier Inschriften im Wadi Hammamat zurück.

Horus, Horusfalke
s. Götter

Jahreszeiten
Das Jahr umfasste 12 Monde zu 30 Tagen + 5 Tage. Unterschieden wurden drei Jahreszeiten mit je vier Monden. Die Jahreszeiten waren eng auf den *Nil* und auf Aussaat und Ernte bezogen: Mit der Jahreszeit Achet und dem Erscheinen des Sirius begann das Jahr am 15. Juni. Es ist die Zeit der Nilschwemme. Sie umfasst die Monde Thot, Paophi, Athyr und Choyak. Am 15. Oktober begann die Periode der Aussaat und des Keimens, die Jahreszeit Peret mit den Monden Tybi, Mechir, Phamenat und Pharmuti. Am 15. März begann die Zeit Shemu, die Zeit der Ernte und des Speicherns. Sie umfasst die Monde Pachons, Payni, Epiphi und Mesore. Die Schifffahrt auf dem Strom war während dreier Monde im Achet, also zur Zeit der Überflutung, überaus schwierig; zwischen Mechir und Mesore, im Niedrigwasser, manchmal unmöglich.

Ka
Aspekt der menschlichen Persönlichkeit. Der Mensch wurde wie mit einem Doppelgänger mit seinem Ka geboren. Im Jenseits existierte das Ka unabhängig. Es erhielt Opfer und garantierte das ewige Leben des Menschen. Bei den Ägyptern galt das Herz als der Sitz des Lebens und aller Teile des Lebens und des Verstandes. Zu den unterschiedlichen Aspekten der menschlichen Persönlichkeits-Gesamtheit gehören Ba (Seele), Chet (Körper), Schut (Schatten), Ib (Herz), Ren (Namen), Ach (Geist) und das Ka. Das Gehirn wurde in Ägypten nicht als der Sitz des Verstandes definiert. Die Zuordnung der vielen Grundelemente, wichtig für das Weiterleben nach dem Tod, ist überaus schwierig.

Knossos
s. Kreta

Kreta
(damals Keftiu) Mittelpunkt der bronzezeitlichen, minoischen Hochkultur. Um 2000 v. Chr. entwickelte sich eine höfisch-städtische Kultur, die von einigen großen Palästen ausging, wie z. B. in der antiken Stadt *Knossos*. Der dortige Palast war auch Fundort von Tontafeln mit der sogenannten Linear-B-Schrift. Kreta stand durch Handel in Verbindung mit Ägypten. Kreta führte Kupfer und Zinn ein und exportierte Bronzewaren. Wertvolle, dünne Tonwaren zählten ebenso zu den teuren Exportarti-

keln wie Wein, Olivenöl (2 bis 6 Liter pro Baum im Jahr; in Ägypten gediehen keine Olivenbäume), Blütenauszüge, Ausgangsstoffe für Salben, Balsame und Kosmetika, Wollstoffe, Schiffsbauholz, Nüsse u. v. a. In etwa drei Tagen waren von Kreta aus die Mündungen des *Nil* für einen damaligen Rahsegler zu erreichen.

Kush
Das heutige Nubien.

Memphis
(damals Menefer, Menefru-Mirê) Als religiöses und verwaltungsmäßiges Zentrum von sehr großer Bedeutung. Zeitweise auch Residenz- und Hauptstadt Ägyptens. Die Stadt Memphis bei Kairo ist heute fast völlig verschwunden.

Metalle
Bronze war einer der wichtigsten Ausfuhrartikel *Kretas* und *Zyperns.*
Zur Zeit unserer Geschichte begann die sogenannte Bronzezeit nicht nur in Ägypten. Bronze besteht aus Kupfer und ca. 10 Prozent Zinn; im Gegensatz zu Kupfer schmilzt diese Legierung bei 910 Grad Celsius. In unzähligen Fahrten brachten Händler entweder Zinn oder Kupfer im Tausch (meist) gegen Gold nach Ägypten. Die Rômet nannten die Bronze Nechoschet, das Kupfer chemti, das Gold Nub (daher Nubien = Goldland), und das Silber Hedsch. Für die Kriegsführung und das Handwerk bedeutete Nechoschet-Bronze einen entscheidenden Vorteil. Kapitän Jehoumilq und viele andere Händler waren als Bronzehändler im Klassischen Ägypten hochgeachtet. Kupfer wurde in vielen zypriotischen Gruben gefunden, ferner an mindestens zwei Stellen im Sinai und an vielen Orten Ägyptens.
Das wertvolle Zinn kam über Afghanistan aus Persien und vom kaspischen Meer zum Zweiströmeland Sumer und von dort nach Westen. Ob die später dokumentierten großen Lager- und Abbaustellen von Cornwall zu dieser Zeit bis in den Mittelmeerraum lieferten, ist für 1900 v. Chr. fraglich, aber denkbar, für die späte Bronzezeit gewiss.
Gold kam in großen Mengen aus *Kush* und wurde u. a. im Wadi Hammamat und im Wadi Allaqi geschürft, ebenso wie wertvolle Steine.
Silber kam meist zusammen mit Gold vor. In Ägypten war es selten, wurde auch für Weißes Gold verarbeitet.
Eisen war auch um 1500 v. Chr. eine ausgesprochene Seltenheit, in Ägypten meist meteorisches Eisen, Baâ-Enepe-Metall genannt, höchstwahrscheinlich

über Tyros und *Byblos* von Händlern aus Sumer. Die Goldschmiede des klassischen Ägypten waren hervorragende Künstler; ihr Schmuck war begehrter Exportartikel.

Menes
Legendärer König, dessen Name bei klassisch-antiken Autoren belegt ist. Existenz und Identifikation sind umstritten. Wahrscheinlich ist er mit König Aha gleichzusetzen. Mit Menes beginnt ca. 3000 v. Chr. die erste Dynastie.

Nil
Der Fluss (damals *Hapi*), mit 6671 km der längste Strom der Welt, war von überaus großer Bedeutung. Seine Quellseen liegen am Äquator, außerdem wird er von den Regenfällen um den Tanesee in Äthiopien gespeist. Im Frühsommer, nach Erscheinen des Sirius, stieg der Pegel des Stroms und schwemmte nährstoffreiche, vulkanische Erde mit sich. Der Nilschlamm, der Felder, Weiden und große Teile des Mündungsdreiecks überschwemmte, hatte große Düngekraft. Zu hohe oder zu niedrige Nilschwellen konnten verheerende Zerstörungen oder, bei Missernten, Hungersnöte zur Folge haben. Im Vergleich zum Niedrigwasser führte der *Hapi* zur Zeit der Überschwemmung etwa die zwanzigfache Wassermenge.
Der *Hapi* wurde auch als Gott verehrt.

Ptah
s. Götter

Punt
Land des Goldes, des Weihrauchs und des Ebenholzes. Seine genaue Lage ist nicht zweifelsfrei geklärt. Anhand der Aufzeichnungen, die ägyptische Seefahrer auf ihren Punt-Expeditionen machten, vermutet man Punt an der somalischen Küste, also in Afrika. Die Gesamtstrecke dürfte mehr als 6500 Seemeilen (umgerechnet 4500 Rômet-Meilen oder 12 000 Kilometer) betragen haben. Viele Streckenabschnitte mussten gerudert werden. Landgänge und Aufenthalt in Punt eingerechnet, ist es realistisch, die Dauer einer solchen *Puntfahrt* mit ungefähr drei Jahren anzusetzen. Am besten ist eine Weihrauchland-Reise um 1480 v. Chr. im Tempel der Königin Hatschepsut dokumentiert. Gut erhaltene Reliefreste zeigen erstaunliche Einzelheiten: Schiffe, Tauschwaren (exotische Gewürze, Luxuswaren, vor allem Weihrauch), Pflanzen, und schwarzhäutige Menschen der somalischen Küste.

Puntfahrten
Folgende Puntfahrten sind zweifelsfrei dokumentiert:
5. Dynastie, Herrscher Sahure, ca. 2480 oder 2473 v. Chr., schickte eine Flotte ins Weihrauchland.
Die Punt-Fahrer in der Regierungszeit des Djedkare-Isesi, 2463– 2423 v. Chr. brachten einen Zwergwüchsigen aus dem Goldland mit.
Im Jahr 8 des Pharao Mentuhotep/Seanchtaujef, 2001 v. Chr. leitete *Henenu* eine Puntfahrt.
Während einer Puntfahrt, deren Datum unbestimmt ist, wurde, wie bereits unter *Henenu,* in den Steinbrüchen des Wadi Hammamat gearbeitet.
Im Jahr 28 des Ersten Amenemhet, 12. Dynastie, ca. 1963 v. Chr., kam wieder eine Expedition aus dem Goldland zurück. Inschriften im Wadi Hammamat, dessen Bergpässe durch Gebirge von stellenweise 1300 m Höhe führen, sprechen von Kämpfen um wiederhergestellte Brunnen und von 3000 Mann Truppen, von denen die Schiffe auseinander genommen und zusammengesetzt wurden. Unsere Punt-Fahrer, die in der Regierungszeit *Amenemhets II.* aufbrachen und ungefähr drei Jahre unterwegs waren, kamen im Jahr 1900 v. Chr. zurück.

Puntschiffe
Aus wenigen sehr gut erhaltenen Wrackfunden lassen sich Rückschlüsse auf damalige Puntschiffe ziehen: Das »Wrack von Ulu Burun«, ein Rahsegler, gesunken im 14. Jh. v. Chr. vor der Türkei, war 15 m lang. Es enthielt u. a. 5,2 Tonnen Kupferbarren. Ein 25–30 m langes Schiff trug rund 100 Tonnen.

Senwosret
s. Amenemhet

rotweiße Doppelkrone
Symbol für beide Länder. Vgl. *Tameri.*

Skarabäus
(griechische Bezeichnung für Cheper-Käfer). Gehört als Pillendreher zur Gruppe der Kotkäfer. Symbol für Leben und Wiedergeburt. Der Skarabäus war dem Sonnengott Re zugeordnet. Der religiösen Vorstellung liegt das geheimnisvolle Entstehen eines Tieres in der Dungkugel zugrunde.

Sontjer
Harz, das beim Verbrennen balsamisch duftet. Grundlage für Weihrauch. Von den Ägyptern aus *Punt* importiert.

Sobek
s. Götter

Tameri
Die Rômet nannten ihr Land Tameri und gliederten es in das Schwarze Land (das fruchtbare Land) und das Rote Land (die Wüste) in Ober- und Unterägypten. Beide Länder wurden schon von den ersten Herrschern vereinigt. So trug der Pharao die Weiße Krone Oberägyptens und die Rote Krone Unterägyptens oder die rot*weiße Doppelkrone*. Die Grenzlinie zwischen den beiden Ländern lag nördlich nahe *Memphis*. Seit Pharao *Senwosret* (ca. 1960 v. Chr.) war das Land in *Gaue* untergliedert. Einzelne Gaufürsten erhielten Verantwortung, aber der Umstand, dass nur wirksam eingesetzte Massenarbeitskraft dem Staat und seinen Bürgern zwischen der lebensfeindlichen Wüste längs des Stromes, dem wasserarmen Süden und dem fruchtbaren Nildelta einen bestimmten Wohlstand sichern konnte, führte schon vor 3000 v. Chr. zu einem zentralistisch organisierten Staatsaufbau. Der Pharao und seine Verwalter, Unterverwalter, Wasserverwalter, Baumeister und Steuereintreiber mussten die Arbeit streng organisieren, da sie von Art und Ablauf der Nilüberflutung, die das ganze Land betraf, diktiert wurde. Der ägyptische Staat war nicht nur starr in seinem Aufbau, sondern auch in seiner Haltung gegenüber allem Fremden und Neuen. Über dreitausend Jahre hinweg, von der Vorgeschichte bis in die römische Zeit, wurden Änderungen nur in kleinen Schritten vollzogen. Die Vorstellungswelt, die Religion und die Ideale von Schönheit und Kunst veränderten sich kaum.

Thot
s. Götter

Zederngebirge
Entspricht dem heutigen Libanon und Syrien. Vgl. auch *Byblos*.

Zypern
(damals Alashia) Wichtiger Handelspartner Ägyptens. Lieferte feine Keramik, Kupfer-, bzw. Bronzeerzeugnisse, bedruckte Stoffe, Oliven, Olivenöl und Wein. Bezog aus Ägypten (ähnlich wie *Byblos*) Gold, viele Salben und Schminken, Binsenschreibblätter (Papyros), Schmuck, Siegel, Elfenbeinarbeiten, feine Leinenstoffe und verschiedene Edelsteine. Zyperns Bergwerke und Metallschmelzen lieferten Kupfer und Bronze in erheblicher Menge.

Knossos
KRETA
ZYPERN
Ugarit
Kition
Byblos
Tyros
Zederngebirge
Mittelmeer (Das Große Grüne)
Libysche Wüste
Schwarzes Land
Memphis
ÄGYPTEN
Nil
Wadi Hammamat
Koptos
Elfenbeininsel
Assuan
Rotes Meer
Rotes Land
Nubische Wüste
Nil
Bogenland
0
500
Kilometer

Nord
Indischer Ozean
(Das Andere Meer)
WEIHRAUCHLAND
PUNT

Die Deutsche Bibliothek – CIP-Einheitsaufnahme

Kneifel, Hanns:
Weihrauch für den Pharao / Hanns Kneifel. –
Stuttgart; Wien; Bern: Thienemann, 1997
ISBN 3 522 16922 0

Einbandillustration: Gerhard Sternheim
Einbandtypographie: Michael Kimmerle
Schrift: Stempel Garamond und FF Vortex
Satz: KCS GmbH in Buchholz/Hamburg
Reproduktion: Die Repro in Tamm
Druck und Bindung: Friedrich Pustet in Regensburg

5 4 3 2 1 97 98 99 00

